Avner und Hannah Carmi

Das unsterbliche Klavier

Avner und Hannah Carmi

Das unsterbliche Klavier

Die abenteuerliche und wahrhaftige
Geschichte des verschollenen und
wiedergefundenen Siena-Klaviers

Aus dem amerikanischen Englisch
von Anna Maria Jokl

 Verlag Urachhaus

Die amerikanische Originalausgabe erschien 1960 unter dem Titel
The Immortal Piano bei Crown Publishers, New York.

ISBN 978-3-8251-7960-1

Erschienen 2016 im Verlag Urachhaus
www.urachhaus.com

Erstmals erschienen 1985 im
Verlag Urachhaus Johannes M. Mayer GmbH, Stuttgart
© 1960 Avner & Hannah Carmi
© 2016 Verlag Freies Geistesleben & Urachhaus GmbH, Stuttgart
Umschlaggestaltung: Ursula Weismann
Umschlagabbildung: © shutterstock / Sharon Day
Gesamtherstellung: CPI books GmbH, Leck

Inhalt

DIE WIEDERHERSTELLUNG

Präludium

Der Besuch des weltberühmten Klavierpädagogen Professor Lazare Lévy in Tel Aviv, wohin er 1951 als Gast der israelischen Regierung gekommen war, hatte für mich besondere Bedeutung, denn ich wollte ihn mit meiner Entdeckung, dem Klavier von Siena, nun das »Unsterbliche Klavier« genannt, bekannt machen.

Als ich ihn aber darum bat, das Klavier zu besichtigen, lehnte er ab mit der Begründung, ein derart altes Klavier könne keinen so außerordentlichen Klang haben, wie ich behauptete. Auch die Geschichte des Klaviers, die bis zum Jahr 1800, ja, vielleicht sogar bis ins biblische Jerusalem zurückreicht, schien ihn wenig zu beeindrucken.

Seit ich in meiner Kindheit zum ersten Mal von meinem Großvater, dem bekannten Pianisten Mattis Janowsky, von jenem legendären Klavier gehört hatte, war ich davon besessen. Auf seinem Sterbebett hatte ich dem Großvater gelobt, das Klavier aufzufinden. Denn seit jenem Tage im Jahre 1880, da er vor dem italienischen König Umberto gespielt und dieser ihm von dem unbeschreiblichen, harfengleichen Klang des Klaviers erzählt hatte, träumte er davon, auf dem Instrument spielen zu dürfen. Mein Gelübde hat mich dann auf eine seltsame Odyssee geführt, die die Jahre zwischen den beiden Weltkriegen umspannte, drei Kontinente berührte und viel Enttäuschung, vergebliche Mühe und mancherlei Tragödien mit sich brachte.

Davon erzählte ich Professor Lévy auf der Fahrt von Tel Aviv nach Jerusalem, wohin ich ihn als sein technischer Klavierberater begleitete. Er verhielt sich, wie erwähnt, so unverbindlich, dass ich zunächst nicht wusste, ob sein Interesse geweckt war. Doch als wir am folgenden Tag aus Jerusalem zurückkehrten, sagte er lächelnd:»Schauen wir uns also König Umbertos Harfe an« und kam in mein Haus. Als er endlich vor dem Klavier saß und spielte, war er so verzaubert, dass er meiner Bitte, darauf ein Konzert für die»Gesellschaft der Freunde des Siena-Klaviers« zu geben, augenblicklich zustimmte.

Als er nach dem Konzert stürmisch gefeiert wurde, streichelte der Maestro das Klavier und sagte:»Ich muss Ihnen ein Geständnis machen: Zuerst dachte ich, Herr Carmi übertreibt aus Begeisterung, weil er ein altes Klavier gefunden hat. Nun aber muss ich sagen: Nie bin ich einem so außerordentlichen Instrument begegnet. Die Werke von Couperin und Scarlatti klingen, als wären sie speziell für dieses Klavier geschrieben. Bach und Mozart klingen darauf weit interessanter als auf jedem anderen Klavier. Die größte Überraschung aber ist es, die impressionistische Musik eines Debussy darauf spielen zu können.«

Am darauffolgenden Wochenende hatten Lazare Lévy und ich im Kreise meiner Familie eine lange Unterhaltung. Als Professor Lévy von der Pflicht sprach, die Aufmerksamkeit der Welt auf dieses Musikinstrument zu lenken, begriff ich, dass dies eine Mission war, die ich zu übernehmen hatte. Und bei einem Glas Wein erzählte ich ihm, wie ich das»Unsterbliche Klavier« gesucht, wie jedoch das»Unsterbliche Klavier« mich gefunden hatte.

Avner Carmi / New York, 1965

DES KÖNIGS KLAVIER

Die Feuersäule

Fast von der Zeit an, da ich sprechen lernte, erinnere ich mich an erregte Unterhaltungen über ein Klavier, das sich im Palast des Königs zu Rom befand. Man sagte bei uns zu Hause, das Instrument klinge so süß, dass die Leute es für die Wiederverkörperung der Harfe des Königs David hielten. Vater erzählte uns sieben Kindern, dass der König von Italien selber diese Geschichte unserem Großvater, Mattis Janowsky, erzählt habe; und Großvater Mattis, sagte Vater, sei ein Konzertpianist, der in ganz Europa gespielt hätte; manchmal seien auch Könige und Königinnen zu seinen Konzerten gekommen.

In der Pionier-Siedlung von Petach-Tikwa in Israel, in der ich um die Jahrhundertwende aufwuchs, hatte ich nie ein Klavier gesehen oder gehört. Aber meine Fantasie war aufgerührt, wenn Vater von dem wunderbaren Ton des königlichen Klaviers im Palast erzählte und uns beschrieb, wie es klang: Er verglich seinen Ton mit dem einer Glocke. Ich nahm dies so wörtlich, dass ich hinterherlief, wenn Karawanen vorbeizogen, und zum Gebimmel der Kupferglocken der Kamele glückselig in die Hände klatschte und schrie:»Das Klavier! Das Klavier! Das Klavier!«

Das war wohlgemerkt vor der Zeit, in der die große Flut der Einwanderer Israel in den modernen, zukunftsorientierten Staat von heute verwandelte. Damals war Petach-Tikwa – heute eine richtige, lebhafte Stadt – eine primitive Siedlung, ähnlich einer Grenzsiedlung in den frühen Tagen des amerikanischen Westens. Welten schienen uns von der Zivilisation zu trennen: Wo heute Orangenhaine und Weingärten grünen, dehnten sich nur weite, malariaverseuchte Sumpfgebiete. Wasser musste in Blechkanistern auf Eselsrücken vom Fluss herangeschafft werden. Wenn die Winterregen die Wadis überfluteten, waren wir in unseren kleinen Lehm- und Holzhütten tagelang von der Umwelt abgeschnitten. Schuhe waren in unserer Familie eine Kostbarkeit, nur Vater besaß ein Paar, das er sich für gelegentliche Reisen nach Jaffa oder Jerusalem aufhob. Und ringsum herrschte die mörderische Malaria, an der meine Mutter starb, als ich erst vier Jahre alt war.

In die Härte und Kargheit dieses Lebens brachten die Erzählungen vom Klavier des Königs und vom Großvater den Abglanz des Wunderbaren, besonders die vom Großvater, der zu Ruhm gekommen war, obwohl er den Makel trug, im Ghetto der kleinen Stadt Zelda in Russland geboren zu sein, wo man Juden unterdrückte. Dank seiner Kunst, und weil er vor dem »heiligen« Zaren gespielt hatte, gehörte er zu der Handvoll Juden, die in Russlands »heiliger Hauptstadt«, St. Petersburg, leben durfte. Ich erinnere mich der heißen Tränen, die mir die Wangen herunterrollten, wenn Vater von Großvaters tiefstem Schmerz erzählte: wie seine ganze Familie – Großmutter Rachel und vier ihrer fünf Kinder – bei einem Pogrom in Kiew im Jahr 1880 niedergemetzelt wurde und nur der älteste Sohn, mein Vater Abraham Janowsky, am Leben blieb.

Nachts lag ich wach und durchlebte noch einmal die Geschichten, die mein Vater erzählt hatte: Mein Großvater war mit seinem Kummer und dem einzig verbliebenen Sohn aus Russland geflohen. Eine Weile lebten sie in London, wo Großvater eine Schwester hatte; aber das feuchte englische Klima war unzuträglich für Großvaters Gesundheit, die unter dem Schock des schweren Verlustes zerbrochen war. Die Ärzte rieten ihm zu dem sonnigen Klima Italiens, und so ging er nach Rom und ließ meinen Vater bei den Verwandten in London zurück.

Während er sich in Rom erholte, überlegte Großvater lange, wo er sich niederlassen sollte. Aber Israel kam ihm dabei nicht in den Sinn, da die moderne zionistische Bewegung damals noch nicht existierte und das Heilige Land eine Wüste war. Zum damaligen Zeitpunkt wanderten dorthin nur alte religiöse Juden aus, um dort ihr Leben zu beenden, oder weltfremde Narren, die damit die prophezeite Wiedergeburt Israels zu beschleunigen hofften.

Anlässlich eines Besuches bei der russischen Gesandtschaft in Rom schlug der Gesandte, der den Ruhm seines Gastes wohl kannte, ihm vor, Konzerte in den Häusern italienischer Adeliger zu geben. Großvater war einverstanden, und die Konzerte wurden arrangiert.

Als Großvater einige Wochen später im Haus des Gesandten am Klavier saß und für ein Konzert probte, das am gleichen Abend stattfinden sollte, erinnerte er sich plötzlich, dass es der Jahrestag des Blutbades von Kiew war – ein Tag, den er immer in Gebet und Trauer hatte verbringen wollen. Unvermittelt hörte er zu spielen auf. Ich werde heute Abend nicht spielen, sagte er zu sich, neigte den Kopf über das Klavier und betete: »Allmächtiger, gib mir die Kraft, den Verlust meiner Lieben zu ertragen. Gib mir den Mut, mein einsames, entwurzeltes, gequältes Leben zu tragen. Nicht um meinetwillen, mein Gott, sondern um des einzigen Sohnes willen, der mir geblieben ist.

Mein junger Baum, meine junge Eiche – wohin soll ich ihn verpflanzen? Gott Israels, führe mich. Zeig mir den Weg.«

Großvater bemerkte weder das leise Klopfen an der Türe des Musikzimmers noch das Öffnen der Tür und blickte also erstaunt auf, als er angesprochen wurde. Neben ihm stand die Frau des Gesandten. Eine Weile sagte keiner ein Wort, dann vertraute er ihr beklommen den Grund seiner Traurigkeit an.

»Ich fühle mit Ihnen, Maestro«, sagte sie. »Aber ich kam, um Ihnen eine aufregende Nachricht zu bringen: Soeben erfahren wir vom Quirinal, dass König Umberto und Königin Margherita zu Ihrem Konzert kommen werden.« Als Großvater schwieg, fuhr sie fort: »Es wäre sehr peinlich, wenn wir das Konzert verschieben müssten.«

»Sicherlich«, erwiderte Großvater hilflos. »Aber meine Erinnerungen überwältigen mich.«

»Ich verstehe, Maestro«, sagte sie. »Aber darf denn ein Künstler seine Musik – sei es in Kummer, Sorge, Krankheit oder Schmerz – preisgeben, solange seine Finger noch spielen können?«

Großvater fühlte, er habe nicht das Recht, den Menschen, die ihm so viel Gastfreundschaft erwiesen hatten, Unannehmlichkeiten zu bereiten. Und so gab er nach und das Konzert fand, wie geplant, statt. Da es nicht in seiner Absicht lag, die Anwesenden seinen Kummer merken zu lassen, war es ihm nicht bewusst, dass er an diesem Abend machtvoller und ergreifender spielte als je zuvor und dass das Musikzimmer zum Tempel seines Schmerzes wurde.

Nach dem Konzert wünschte das Königspaar, ihm seinen Dank auszusprechen. »Ihr Spiel hat uns in der Seele bewegt«, sagte der König. Und die Königin: »Sie haben mich Gott nähergebracht. Möge der Herr Sie segnen.« Dann fügte sie hinzu: »Ihr Spiel ließ uns an ein wunderbares Klavier denken, das wir besitzen. Dieses Instrument ist Ihrem Temperament und Geist gemäß.«

»Das ist richtig«, stimmte der König zu. »Dieses Klavier haben wir von unserem Volk als Zeichen der Wertschätzung zu unserem Hochzeitstag bekommen.«

»Was für eine Art Klavier ist es?«, fragte mein Großvater interessiert.

»Die Legende sagt«, erklärte der König, »dass es aus den Säulen gebaut sei, die von König Salomons Tempel stammen. Als vor fast zweitausend Jahren die römischen Legionen Jerusalem zerstörten, brachte Titus nicht nur die heiligen Geräte des Tempels nach Rom, sondern auch zwei seiner berühmten Säulen und ließ sie bei der Errichtung eines heidnischen Tempels verwenden. Später, als das Christentum sich weiter ausbreitete, und nach der Zerstörung des heidnischen Tempels wurde auf seinen Grundmauern eine Kirche erbaut, wozu wiederum Salomos Säulen verwendet wurden. Diese Kirche stand einige Jahrhunderte, bis sie durch ein Erdbeben zerstört wurde. Daraufhin baute ein Musikliebhaber aus dem heiligen Holz ein Klavier. Und dabei – so erzählt die Legende – trat die Seele der verlorenen Harfe König Davids, die heimatlos in den Lüften schwebte, in das Holz ein, um es seither zu bewohnen.«

»Und darum wird unser Klavier ›König Davids Harfe‹ genannt«, fügte die Königin hinzu.

»König Davids Harfe ...« Langsam, sinnend wiederholte Großvater diese Worte. Es war, als hätten sie in seinem Herzen die Funken, die in jedes Juden Herz für Jerusalem glimmen, zum Lodern gebracht – sie waren wie eine Antwort auf sein Gebet. Dankbar rief er aus:»Eure Majestäten! Ihre Geschichte hat mir eine Erleuchtung gebracht.«

Der Wunsch, auf des Königs legendärem Klavier zu spielen, war plötzlich vergessen, denn wie eine unendliche Melodie summte in seinem Herzen das Wort ›König Davids Harfe‹. – Und am nächsten Tag schon ging ein Eilbrief nach London ab: »Mein lieber Sohn, komm sofort nach Rom. Wir ziehen nach Jerusalem, in die Stadt Davids, des Königs von Israel!«

Der Bote des Messias

Den ersten Blick in ihr Gelobtes Land warfen Großvater Mattis und sein Sohn Abraham, als das Schiff, das aus Italien kam, in den biblischen Hafen Jaffa einlief, der sich in zwei Jahrtausenden kaum verändert hatte. Und es bot sich ihnen ein Anblick, den sie nie wieder vergaßen.

Vor dem Hintergrund alttestamentarischer Bauten säumte eine Menschenmenge das Ufer und winkte den Einwanderern ein Willkommen zu.»Schalom! Schalom!«, riefen sie, den hebräischen Friedensgruß.

Dann teilte sich die Menge, und durch sie hindurch schritt eine seltsame Prozession. Sie bestand aus nur drei Menschen, die sich dem Landeplatz jedoch mit einem solchen Pomp näherten, dass das Wort »Prozession« ihre Haltung am besten beschreibt. Voraus schritt ein farbenprächtig gewandeter Wächter mit einem Keulenstab, den er bei jedem Schritt auf die hölzernen Planken stieß – mit einer Autorität, die in jeder Sprache nur »Platz da!« bedeuten konnte. Ein zweiter Stabträger, der ebenfalls bei jedem Schritt aufpochte, beschloss den Zug. Zwischen den beiden schritt ein Ehrfurcht gebietender, bärtiger Beamter, der an seiner Amtskette fingerte und würdevoll nach rechts und links grüßte.

Mattis und Abraham erfuhren, dass dies Chaim Goldberg war, der Muchtar, der jüdische Bürgermeister von Jaffa. Die *Kavasse*, die Ehrengarde, gehörte gemäß der türkischen Herrschaft, der das Land unterstand, zur protokollarischen Form, und der Pomp, mit dem der Muchtar sich offiziell bewegte, war eine Konzession an die Bräuche des Regimes. Doch gab es, von seiner goldenen Amtskette einmal abgesehen, an Chaim Goldberg nichts Bombastisches. Sein Herz war erfüllt von Hilfsbereitschaft für den immer stärker anwachsenden Strom jüdischer Flüchtlinge, die infolge der russischen Pogrome nach Israel strömten. Diese Flüchtlingshilfe machte er zu seinem Lebenswerk. Jedes Schiff, das neue Einwanderer brachte, empfing er am Kai, lud die Fremden in sein eigenes Haus ein und bestand darauf, dass sie so lange seine Gäste blieben, bis sie ein eigenes Heim im neuen Land gründen konnten.

Als Mattis und Abraham ankamen, hatte Chaims selbstlose Gastfreundschaft bereits bemerkenswerte Ausmaße angenommen, und da der Strom der Einwanderer immer mehr anschwoll, wurde seine Hilfsbereitschaft auf die härteste Probe gestellt. Doch konnte er nicht vergessen, wie sehr er selbst um seinen Lebensunterhalt hatte kämpfen müssen, als er 1860 aus Karlsbad in Böhmen ins Heilige Land gekommen war und ihm niemand die kleinen hilfreichen Winke über die Bräuche der Bewohner Hebrons gegeben hatte, für die er Brot buk.

Darum reichte er nun tapfer und unermüdlich allen seine helfende Hand. Er führte sein Ein-Mann-Programm so erfolgreich durch, dass Baron Benjamin Edmond de Rothschild, als er Jahre später die jüdische Kolonisierung Israels zu unterstützen begann, Chaim Goldberg zu seinem persönlichen Beauftragten ernannte.

Was mich betrifft, so hatte die Großherzigkeit des Muchtar ein weiteres wichtiges, wenn auch indirektes Ergebnis: Er wurde einer meiner Vorfahren. Abraham war ein gut aussehender junger Mann von dreiundzwanzig Jahren, und der Muchtar hatte eine reizende siebzehnjährige Tochter namens Zipporah. Mein Vater erzählte später, es sei Liebe auf den ersten Blick gewesen. Nach kurzer Zeit heirateten Abraham und Zipporah und beschlossen – wie viele andere in jenen Pionier-Tagen –, ihr Heim der Wüste abzuringen. Sie schlossen sich ein paar Dutzend jungen Flüchtlingen an, die landeinwärts von Jaffa in den Sümpfen nahe dem Fluss Yarkon die winzige Siedlung PetachTikwa gründeten.

Der Name Petach-Tikwa bedeutet *Tor der Hoffnung*. Es war die Hoffnung dieser ernsthaften jungen Siedler, in einer freien jüdischen Gemeinde zu beweisen, dass sie selbst nach fast zweitausendjährigem Exil und Heimatlosigkeit zur Lebensform ihrer Väter zurückfinden konnten – durch die Lehre der Thora und die Arbeit ihrer Hände. Die Leute von Petach-Tikwa lieferten einen so überzeugenden Beweis für ihr Können, dass diese erste jüdische Kolonie im modernen Israel zum Vorbild für weitere Siedlungen wurde. Die in Petach-Tikwa entwickelten Lebensformen lieferten das Beispiel, das in weniger als zwei Generationen Israel in seiner biblischen Größe wiedererstehen ließ.

Jene frühen Tage in Petach-Tikwa aber waren ein bitterer Kampf um die nackte Existenz. Sümpfe mussten trockengelegt werden, um Weiden für den kleinen Viehbestand und Ackerland zum Anbau zu schaffen. Mithilfe der anderen Siedler musste Vater sein eigenes dreizimmeriges Haus aus Holz und Lehm erbauen. Doch waren es für Abraham und Zipporah auch Jahre der Erfüllung. Ihre Ehe wurde mit sieben Kindern gesegnet, drei Mädchen und vier Jungen, die alle in dem kleinen Haus zur Welt kamen. Es waren das Mosché, Pesach, Naomi, Jakob, Pnina, Avner Carmi (ich) und Miriam. Unsere biblischen Namen zeugten von der Frömmigkeit unserer Eltern.

Es gibt mehrere Versionen dafür, wie der Ort ausgewählt wurde, an dem Petach-Tikwa entstand. Die paradoxeste ist der, dass der Grund und Boden niemandem gehörte, da wegen seiner Unwirtlichkeit niemand etwas mit ihm anfangen wollte. Dies aber wussten die jungen Pioniere nicht. Als sie sich nach dem Besitzer erkundigten, gab sich ein findiger Araber als Eigentümer der ganzen Gegend aus und verlangte dafür mehr, als sie zahlen konnten.

Während der ersten dreißig Jahre forderte die Malaria viele Opfer innerhalb der kleinen Gemeinschaft. Ständig lagen einige von uns krank im Bett und kämpften mit dem Fieber, und eine Zeit lang schien der Friedhof schneller zu wachsen als die Siedlung. Schließlich brachte der Tod aus den Sümpfen auch in unser Haus großes Unheil: Meine Mutter starb mit Anfang der Dreißig und hinterließ sieben Waisen und einen auf immer untröstlichen Mann, der an ihrem Grabe gelobte, den Rest seines Lebens dem Kampf gegen die Seuche zu widmen, die ihr Leben gefordert hatte. Und so begann er, Eukalyptusbäume zu ziehen – Bäume, die im Jahr fast drei Meter hoch wachsen und die Feuchtigkeit so gierig aus dem Boden saugen, dass sie, wenn man Haine daraus pflanzt, ganze Sümpfe auszutrocknen imstande sind. Tag für Tag und Nacht für Nacht arbeitete er in seiner improvisierten Baumschule und säte und düngte die Eukalyptussprösslinge. Er nannte sie ›Vögel‹ (Zipporim) im Gedenken an meine Mutter – denn ihr Name Zipporah bedeutet im Hebräischen ›Vogel‹.

Manchmal, so erzählte uns Vater, erschien Mutter ihm bei seiner Arbeit und flüsterte ihm zu:»Pflanz' mehr, Abraham, pflanz' mehr Eukalyptus. Es wird dir helfen, unseren Kindern helfen und unseren Kindeskindern.«

Als die Sämlinge zu hohen Bäumen emporgeschossen waren, machte Vater es sich zur Gewohnheit, am Sabbat und an den Feiertagen mit uns in den Eukalyptushainen spazieren zu gehen und zu beobachten, wie die Bäume sich entwickelten, ihren betäubenden Duft einzuatmen und in ihrem Schatten zu sitzen – wie in Mutters bergendem Arm.

Mit eigenen Händen pflanzte Vater über zwei Millionen Eukalyptusbäume, und sie halfen, die Sümpfe auszutrocknen und die Malaria auszurotten – nicht nur in Petach-Tikwa, sondern auch im übrigen Israel. Im ganzen Land stehen heute die Haine, die er gepflanzt hat, von Dan im Norden bis nach Beer-Schewa im Negev. Und allmählich erlangte Vaters Leistung auch offizielle Anerkennung. Als Großbritannien nach dem Ersten Weltkrieg das Mandat über das Land übernahm und Sir Herbert Samuel als ersten Hochkommissar nach Judäa sandte, wurde Vater nach Jerusalem ins Regierungshaus eingeladen, wo Sir Herbert ihm in einer offiziellen Amtshandlung den Ehrentitel ›Vater des Eukalyptus‹ verlieh.

Die Rohrflöte

Meine Begeisterung für die Musik, die mich schließlich auf die lange Suche nach dem Klavier des Königs schickte, wurde durch eine Hirtenflöte erweckt, die mein Vater von einem Besuch bei Großvater Mattis in dessen Jerusalemer Atelier nach Hause brachte. Auf dem Heimweg, entlang der historischen Straße nach Jaffa, hörte mein Vater einen Beduinen-Schafhirten, wie er, auf einem Felsen sitzend, seiner Herde auf einer primitiven Rohrflöte etwas vorspielte. Meinen Kindern wird sie Freude machen, dachte mein Vater, auch wenn die Flöte primitiv ist. Er kaufte sie dem Jungen ab und brachte sie uns heim, um uns in die Wunder der Musik einzuführen. Es hatte ihn bedrückt, dass seine mutterlosen Kinder ohne Musik aufwuchsen.

Die strohfarbene Flöte war so dick wie ein Finger und vierzig Zentimeter lang. Sie hatte sechs eingebrannte Fingerlöcher und trug den Duft der Einöde in sich, doch uns vermittelte sie die Magie der Musik. Sieben Geschwister jagten einander die Flöte, um auf ihr spielen zu können, in so heftigen Kämpfen ab, dass Vater beschloss, jeder von uns müsste eine bekommen. Und so ging er zum Flussufer, schnitt sechs Schilfrohre nach dem Muster des Originals zurecht und brannte Fingerlöcher hinein, wie es der Araberjunge gemacht hatte.

Die ersten Flöten, die Vater uns machte, waren nicht gut gestimmt, aber das machte uns nichts aus. Wir sieben flöteten mit solcher Freude und Ausdauer, dass Vater begriff: Wir waren alle begabt. Daher stellte er in unverdrossener Mühe einen Satz von sieben Flöten her, die er auf Sopran, Alt, Tenor und Bariton einrichtete, sodass wir mehrstimmig musizieren konnten.

Wenn Vater sich auch ganz der Landwirtschaft zugewendet hatte, um »die Erde zum Blühen zu bringen«, so hatte er in seiner Jugend echte musikalische Begabung gezeigt und bei Großvater Mattis Klavierspielen gelernt. Darum war er imstande, mit uns, die wir so unermüdlich herumzirpten, ein einigermaßen harmonisches Flötenorchester zu schaffen.

Unser Repertoire bestand zumeist aus religiösen Liedern, die wir von Einwanderern aus den verschiedensten Ländern aufgeschnappt hatten und die Vater für uns arrangierte. Später, als Vater unsere Fähigkeit des Improvisierens entdeckte, legte er oft die handgeschriebene Partitur zur Seite und ließ uns miteinander spielen, wie es uns gerade einfiel. Daran hatten wir viel Spaß.

Obgleich weder Niveau noch Klang unseres ›Orchesters‹ hohen Ansprüchen genügte, betrachtete Vater es als eine Leistung. Denn damals, um die Jahrhundertwende, war Israel noch in jeder Beziehung arm – außer an Ideen und Idealen.

Aber wir hatten nicht nur das Flötespielen entdeckt, sondern auch das Singen. Wir sangen die Melodien, wir summten und pfiffen sie, wir ahmten die Stimmen der Natur nach – die Stimmen des Windes und der Wellen und aller Arten von Vögeln und Tieren.

Unsere besten Leistungen kamen zustande, wenn wir an Vaters Arbeitsplatz spontan lossangen, während wir ihm beim Umpflanzen der »Vögel«, der Eukalyptusschösslinge, halfen. Es konnte dann geschehen, dass uns beim Singen die Begeisterung überkam und Vater von der kleinen Miriam den Korb mit den Rohrflöten holen ließ, damit wir weiter musizieren konnten. Dann stellte er uns im Halbkreis auf und dirigierte. Natürlich hatte sich bald eine große Gruppe der Einwohner von Petach-Tikwa eingefunden, um uns zuzuhören und unsere musikalische Leidenschaft zu genießen.

Ein so kompliziertes Instrument wie ein Klavier war uns natürlich völlig unvorstellbar. Damals gab es in ganz Israel vielleicht zehn Klaviere, selbst wenn man Großvaters kleines Pianino mitzählte.

Ich erinnere mich noch, wie Vater auf meine Fragen einmal ein Klavier beschrieb. Er sagte, es sei ein großer Schrank mit vielen kleinen Hämmerchen innen, die wie Entenköpfe aussähen. »Entenköpfe?«, schrie ich und rannte sofort zum Bauernhof, um die Köpfe dieser eindrucksvollen Kreaturen aus jeder erdenklichen Perspektive zu studieren – konnte aber keinerlei Verbindung mit der Musik entdecken.

Ein andermal verglich Vater das Klavier mit der Bundeslade. »Wenn es geöffnet ist«, sagte er, »kann man darin so etwas wie weiße und schwarze Finger sehen, die die Töne und Melodien machen.«

Wunder über Wunder, dachte ich. Und als wir am Sabbat in den Tempel gingen und die heilige Lade zur Lesung der Thora geöffnet wurde, drängte ich mich durch die Rabbiner und Leviten nach vorn, um in die Lade zu sehen und zu entdecken, woher die Musik käme.

Auch pflegte ich stundenlang das Bild an unserer Wand zu betrachten, das den in Schwermut versunkenen König Saul darstellte, vor dem der junge David die Harfe schlug.

»Wie hat sie geklungen, die Harfe Davids?«, fragte ich eines Tages meinen Vater.

»Ihre Töne waren so voller Seele, dass man sie nicht beschreiben kann«, erwiderte er. Ein andermal sagte er: »Davids Harfe war so wundersam, dass sie von selber spielte.«

»Von selber!«, rief ich verwundert.

»Ja, tatsächlich«, sagte Vater. Erst nach einer Weile fuhr er fort: »Es war die Harfe, die König Davids Tod ankündigte; sie begann von selber zu erklingen.« Dann erzählte er mir diese Geschichte:

»Als König David alt wurde, bat er Gott, er möge ihm mitteilen, wann er sterben würde. Aber Gott erwiderte: ›Nein, mein Sohn. Das ist etwas, das ein Sterblicher nicht vorher wissen darf.‹ König David beugte sich Gottes Willen, aber er bat, wenigstens zu erfahren, an welchem Tag der Woche er sterben würde. ›Wie du willst‹, antwortete Gott. ›Es wird ein Sabbat sein.‹

König David erhob Einspruch, er wolle nicht an einem Sabbat sterben, er wolle nicht, dass die Überlebenden an diesem heiligen Tag trauern müssten. Und er bat, es möge ein Sonntag sein. Aber Gott war unerbittlich. Er sagte zu David: ›Dein Sohn Salomon wird dein Nachfolger, und jeder Tag seiner Herrschaft ist für die Geschichte wichtig.‹

›Ich bin glücklich, das zu hören, Allmächtiger‹, sagte König David. ›Dann lass mich eben einen Tag *vor* dem Sabbat sterben.‹

›Nein, David, auch jeder Tag *deiner* Herrschaft ist wichtig.‹

Da dankte der alte König Gott für seine Umsicht. Aber da er wusste, dass der Todesengel keine Gewalt über einen Menschen hat, der die Thora studiert, beschloss David, den heiligen Boten zu überlisten. Und so widmete er von diesem Tage an vom Beginn des Sabbats bis zum Ende seine ganze Aufmerksamkeit der Thora.

Als endlich der vorherbestimmte Sabbat kam und der Todesengel herabstieg, um den König zu holen, saß dieser und lernte aufmerksam in der Thora-Rolle. Da der Engel ihn dabei nicht unterbrechen durfte, aber ebenso wenig zurückkehren konnte, ohne seinen Auftrag erfüllt zu haben, beschloss er, vor dem Haus zu warten, bis David die heilige Rolle für einen Augenblick aus der Hand legen würde. Wie aber Stunde um Stunde verging und der Engel begriff, dass David nicht von der Thora aufschauen würde, sann er nach, was zu tun sei. Er ließ einen mächtigen Sturm durch die Bäume des Gartens gehen.

Als der König das Schlagen und Brechen der Äste hörte, rief er aus: ›Wer bricht am Sabbat Äste?‹, legte die Thora nieder und eilte zum Fenster. Sofort ergriff der Todesengel die Gelegenheit. Zärtlich nahm er die Seele des Königs an sich und entschwand mit ihr himmelwärts. Die Familie des Königs aber hörte von nebenan Davids Harfe tönen; erstaunt schauten sie einander an. ›Es kann nicht sein!‹, riefen sie. ›Kann unser Vater vergessen haben, dass Sabbat ist?‹ Und sie liefen ins Gemach des Königs und fanden ihn tot auf dem Boden liegen. Das Fenster stand offen, und der hereinwehende Wind ließ die Harfe traurig und melodisch aufklingen.«

»Wie herrlich!«, sagte ich. »Warum leben solche Menschen nicht ewig?«

»Sie tun es«, erwiderte mein Vater. »König Davids Seele wandert von Generation zu Generation und sucht nach dem Richtigen, sucht einen David, der Israels Ehre wieder aufrichten wird. Ebenso sucht er die Seele der Harfe. Und wenn dieser Tag kommen wird, wenn die Seele Davids und die Seele der Harfe wieder zusammenfinden – dann wird Israels Erlösung nahe sein, und die Harfe wird wieder ertönen.«

»Und wann, Vater, glaubst du, dass das sein wird?«

»Ich wünschte, ich könnte alle deine Fragen beantworten, mein Kind. Bevor das geschieht, müssen viele Juden wieder nach Israel zurückkehren, und sie müssen zur Lebensweise ihrer Vorväter zurückkehren – zur Thora und zur Arbeit ihrer Hände.«

»Wenn ihr wollt, ist es kein Märchen«

Das Passah-Fest des Jahres 1910 wurde zum Wendepunkt meines Lebens. Kurz vor den Feiertagen erreichte uns ein Brief von Großvater Mattis aus Paris, in dem er uns mitteilte, er käme nach Israel zurück und würde das Fest mit uns verbringen.

Der Brief erweckte unbeschreibliche Aufregung. Die meisten von uns Kindern hatten unsern Großvater, den großen Pianisten, der vor Königen und Königinnen gespielt hatte, noch nie gesehen, da für ihn ein Besuch in Petach-Tikwa mit Lebensgefahr verbunden war, denn noch immer war die Gegend ein Seuchenherd. Während eines kurzen Aufenthalts vor dreizehn Jahren hatte Großvater Malaria bekommen und sich nur schwer wieder davon erholt. Außerdem war er oft für längere Zeit fort aus Israel, um seinen Forschungen nachzugehen. Nach dem Verlust seiner Familie in Kiew hatte er das Konzertieren praktisch aufgegeben und sich ausschließlich der Auffindung vernachlässigter oder vergessener Klavierkompositionen gewidmet. Zu diesem Zweck reiste er durch Europa und stöberte in Bibliotheken, Museen, Klöstern und sogar in Privathäusern. Dann brachte er seine Funde nach Jerusalem zurück, wo er sie überarbeitete.

In Erwartung von Großvaters Besuch setzte in ganz Petach-Tikwa eine fieberhafte Tätigkeit ein. Alle Häuser wurden auf Hochglanz poliert, unser eigenes Drei-Zimmer-Häuschen erstrahlte wie neu, ebenso der Stall, die Scheune und das Hühnerhaus. Alle Haustiere, einschließlich Balaam, der kleine weiße Esel, und die schlammliebenden Enten wurden im Fluss gebadet. Zu den wichtigsten Vorbereitungen aber gehörten in diesen emsigen Tagen die Proben unseres Orchesters, da Großvater natürlich noch nie das »Philharmonische« seiner Enkelkinder gehört hatte. Vater eilte nach Tel Aviv – die in jenem Jahre neu gegründete Stadt – und kaufte ein großes Bild von Theodor Herzl, dem Begründer der zionistischen Bewegung, die um diese Zeit jüdische Einwanderer in einer Anzahl nach Israel brachte, die eine Generation früher noch unvorstellbar gewesen war. Als Vater das Bild an der Wand befestigte, drängten wir uns alle heran und lasen die Unterschrift, ein Wort, das Herzl geprägt hatte: »Wenn ihr wollt, ist es kein Märchen.«

Als Vater meine Verwunderung bemerkte, zog er mich zu sich und versuchte eine Erklärung. »Manchmal scheint einem ein Traum ganz unerfüllbar«, sagte er. »Wenn man es sich aber von ganzem Herzen wünscht, dann kann er sich erfüllen. Mit anderen Worten: Wenn etwas sehr schwer zu erreichen ist, aber du entschließt dich dazu, dann gibt es keine Macht der Welt, die dich von deinem Wunsch abhalten kann.«

»Wie wunderbar!«, rief ich beglückt. »Heißt das, dass ich Großvaters Klavier sehen werde, wenn ich es mir immer und immerfort weiter wünsche?«

»Natürlich!«, riefen meine älteren Geschwister und lachten. »Wünsch du nur immer weiter!«

Obgleich mich ihr Lachen verletzte, war ich von Herzls Ausspruch gebannt, und je älter ich wurde, desto mehr wurde er ein Stück von mir.

Als der große Tag kam, mussten alle verfügbaren Pferde, Maulesel und Esel aus dem Fluss Wasser heranschleppen, um damit die staubigen Wege der Siedlung vom äußersten Ende bis zur riesigen Ehrenpforte, die vor unserem Haus errichtet worden war, zu besprengen. Die Pforte war reich mit Blättern, Blumen und Fahnen geschmückt, trug an der einen Seite eine große Davidsharfe, an der anderen einen Davidsschild und dazwischen die Inschrift:

WILLKOMMEN AM TOR DER HOFFNUNG!

Als Großvaters Wagen endlich in Sicht kam, rannten wir, die Mitglieder des Ensembles, mit klopfenden Herzen auf unsere vorgesehenen Plätze, um bei der Ankunft des Wagens die ›Hatikwa‹ zu spielen.

Der Plan war, die Hymne nur mit den Flöten zu intonieren, um Großvater schon beim Aussteigen das Orchester vorzuführen, doch die Leute von Petach-Tikwa konnten ihre Begeisterung nicht zurückhalten und begannen mitzusingen.

Als die Hymne beendet war, liefen alle an den Wagen heran, und der tief gerührte Großvater tauschte Küsse mit allen, ohne eine Ahnung zu haben, wer es war und ob er einen Verwandten vor sich hatte oder nicht. Erst zu Hause, als Vater einen nach dem anderen vorstellte, konnten wir persönlichere Begrüßungen tauschen. Als ich an der Reihe war, konnte ich Großvater genau ansehen und er mich. Vater hatte ihm erzählt, dass von der ganzen Familie ich ihm am ähnlichsten sähe, und so schaute mir Großvater nun forschend in die Augen, nickte bejahend und erklärte: »Es stimmt.«

Großvater war noch schöner, als sein Foto es hatte vermuten lassen. Er war mittelgroß, trug wallendes Künstlerhaar und einen Schnurrbart, und seine leuchtenden Augen, der aufrechte Gang und das einnehmende Lächeln ließen vergessen, dass er schon in seinen Siebzigern war.

Am späteren Nachmittag, nachdem wir von einem Gottesdienst im Tempel zurückgekommen waren und Großvater die Bilder meines ältesten Bruders, die im ganzen Hause hingen, besichtigt hatte, mussten wir ihm alle unsere musikalischen Kunststücke vorführen, denn Vater hatte sich vor Großvater gebrüstet, dass wir alle das absolute Gehör besäßen. Zum Beweis holte er dreizehn Gläser herein, die unterschiedlich so mit Wasser gefüllt waren, dass sich die chromatische Tonleiter ergab. Wir Kinder standen aufgereiht vor dem Großvater, der ein Glas anschlug und zugleich einen unserer Namen aufrief. Zu Vaters Freude bezeichneten wir alle, vom Ältesten bis zum Jüngsten, den angeschlagenen Ton richtig. Dann schlug Großvater gleichzeitig zwei Gläser an, dann drei, vier, fünf und schließlich sechs – aber er konnte uns nicht verwirren. Schließlich krempelte er seine Hemdsärmel auf und ließ den Bleistift über die Gläser streichen, hin und her, während wir Kinder blitzschnell die Töne benannten.

»Kol-lo-sal-nye!«, rief Großvater, der vor Begeisterung in seine russische Muttersprache verfiel und Vater beglückwünschend am Bart zupfte.

An diesem Abend fand bei uns ein herrliches Fest mit vielen Gästen statt. Endlich kam auch der Moment, den wir so heiß herbeigesehnt hatten – unsere »Kleine Nachtmusik« unter dem Sternenhimmel, an dem auch der Mond leuchtete. Vater und meine älteren Brüder hatten für unser Orchester eine Bühne aus Eukalyptusholz errichtet, die eine riesige Harfe mit acht Saiten darstellte. Die »Saiten« wurden durch kleine Säulen von zunehmender Höhe gebildet, und oben auf jeder Säule stand, in Form einer Leier, ein Öllämpchen. Den Hintergrund der Bühne bildeten rote Banner, und als die sieben Mitglieder unseres Ensembles in verschiedenfarbigen biblischen Kostümen zwischen den Säulen standen und das Lampenlicht auf den roten Bannern flackerte, bot unsere Bühne einen wirklich begeisternden Anblick.

Das Programm begann damit, dass Naomi – seit Mutters Tod unsere »kleine Familienmutter« – mit einer Fackel die Öllämpchen entzündete und unser geliebter Rabbi Citron einen Segen sprach. Dann kam mein Auftritt: Ich sollte die »Harfe« zum Tönen bringen. Mit zwei kleinen stoffbezogenen Hämmerchen hatte ich auf den Säulen das zionistische Lied HOOSHU ACHIM HOOSHU (»Kommt, Brüder, kommt, wir wollen nach Israel ziehen«) zu spielen.

Die Entfernung zwischen den Säulen betrug ungefähr sechzig Zentimeter, und um das Tempo der Melodie zu halten, musste ich blitzschnell von einer »Saite« zur anderen hüpfen. Wir hatten uns während der Proben darüber Sorgen gemacht, dass die Zuschauer deshalb lachen könnten – andererseits wäre es falsch gewesen, das Tempo zu verlangsamen. Und so hatte Vater beschlossen, eher das Gelächter zu riskieren, als das korrekte Tempo zu vernachlässigen. Er behielt recht, denn trotz meines grotesken Hüpfens lauschten die Petach-Tikwaner aufmerksam und applaudierten am Ende kräftig.

Nun war das Ensemble an der Reihe. Wir stellten uns dem Alter nach auf und marschierten als biblische Figuren, die Rohrflöten wie Dolche im Gürtel, auf die Bühne und nahmen unsere vorgesehenen Plätze zwischen den Säulen ein. Vater trat ans »Dirigentenpult«. Als er den Taktstock hob, zogen wir unsere Flöten, und die Vorstellung begann mit der bekannten Melodie »Der alte Baum in Judäas Bergen«.

Berauscht von dem Gedanken, im Publikum einen Musiker von hohem Rang zu haben, spielten wir wie nie zuvor. Nach unserer Gewohnheit begannen wir zu improvisieren – und der »Alte Baum« war bald kaum mehr zu erkennen, wenn jede Flöte mit einer neuen Variation einsetzte, die die vorige übertraf. Jeder wollte von Großvater bemerkt werden, jeder wollte sich als besonderes Enkelkind erweisen. Und die Petach-Tikwaner, die unsere Art zu musizieren kannten, fühlten sich als Teil von uns und beobachteten gespannt die Reaktion des großen Kenners in ihrer Mitte. Großvater lachte oft und herzlich darüber, was wir aus dem »Alten Baum« machten, aber an seiner strahlenden Miene war abzulesen, dass unser Musizieren ihn beeindruckte. Seine Freude befeuerte uns zu höchsten Leistungen. Selbst Vater war von unserem Wettstreit mitgerissen. Zwar hatte er uns vorher eingeprägt, das Musikschiff sicher in den Hafen zu steuern und die Nummer mit einem hübschen Tutti zu beenden – aber jetzt vergaß er seine eigene Anweisung, dirigierte wie ein von der Musik Berauschter und ermunterte uns zu immer weiteren Variationen. Als endlich die Nummer beendet war oder, besser gesagt, als sie plötzlich abbrach, stürmte Großvater auf die Bühne, um uns alle zu umarmen und zu küssen, und die Luft erzitterte von tumultartigem Applaus. Niemals vorher waren wir so glücklich gewesen!

Als wir nachts heimkehrten, nahm Großvater die Geige heraus, die er aus Paris für meinen Bruder Mosché mitgebracht hatte, der in Tel Aviv das Gymnasium besuchte und Geigenstunden nahm. Beim Anblick des schimmernden Instruments gingen mir die Augen über. Es war die erste Geige, die ich in meinem Leben sah, die da in ihrem Kasten wie auf einem königlichen Purpurbett ruhte. Und als Mosché das Instrument nahm und uns darauf vorspielte, war ich wie verzaubert.

Als am nächsten Tag nach dem Mittagessen alle schliefen, holte ich heimlich die Geige aus dem Kasten und lief damit in den Stall. Zwischen den Kühen stellte ich mich auf, schob das Instrument unters Kinn und »spielte«. Augenblicklich vergaß ich die peitschenden Kuhschwänze, so gebannt war ich. Doch bald wurde ich unruhig, denn ich fühlte mich beobachtet. Und das war auch der Fall: Durch die Holzritzen des Stalls guckte mir die ganze Familie zu.

»Mach auf!«, schrien sie, als ich sie anstarrte. »Mach sofort auf und gib die Geige her!«

Erstarrt vor Angst verkroch ich mich hinter die Kühe. Da hörte ich Großvater sagen: »Hab keine Angst, Carmi. Du hast nichts Böses getan.« Ermutigt durch seine lieben Worte, kroch ich heraus und lief in seine Arme, die er mir entgegenstreckte.

Zum ersten Mal nahm Großvater mich so herzlich in den Arm. Noch heute kann ich mich deutlich an seinen gestreiften Anzug und an den Druck seiner Arme um meine Schultern erinnern.

Schon seit Tagen hatte ich Großvater sagen wollen, wie sehr ich ihn liebte, doch kam ich nie an ihn heran. Immer hatte er mit dem Vater zu reden oder wurde von den älteren Geschwistern mit Beschlag belegt, die mich beiseiteschoben und sagten: »Lass den Großvater in Ruhe, hörst du!« So konnte ich nur stumm dabeistehen, während mein Herz vor Eifersucht fast zerbarst. Sogar nach dem Geigen-Abenteuer, nach dem Rückweg ins Haus, den ich an Großvaters Hand zurücklegte, war es dasselbe – er war stets von den anderen umringt.

So nahm ich meine Rohrflöte, ging wieder in den Stall, hockte mich auf den Boden und blies mir meine Einsamkeit und Verzweiflung vom Herzen. Nach einiger Zeit hörte ich Schritte herankommen. Sofort hörte ich zu spielen auf und legte die Hand ans Ohr, um festzustellen, wer da kam. Als ich begriff, dass es Großvater war, wurde ich schrecklich verlegen und wäre weggelaufen, wenn das möglich gewesen wäre. So aber blieb ich wie angewurzelt auf der Erde sitzen und senkte beschämt den Kopf.

Großvater entdeckte mich in meiner Ecke, kam langsam auf mich zu, lächelte milde und fragte, ob er zuhören dürfe. Ich konnte nur ängstlich lächeln. Er breitete ein blütenweißes Taschentuch auf den Boden und setzte sich darauf. Dann legte er mir die Hand auf die Schulter, beugte sich herunter, um mir in die Augen sehen zu können, und fragte, ob ich sein Freund sein wolle. Wortlos nickte ich. Dann fragte er, ob ich mit ihm in Jerusalem leben wolle, und mein eifriges Kopfnicken und meine strahlenden Augen waren ihm Antwort genug.

An diesem Abend, da meine Zukunft besprochen wurde, war auch mein anderer Großvater, Chaim Goldberg, bei uns. Ich hörte, wie Großvater Mattis sagte:»Du, Chaim, hast den Ältesten, Mosché, zu dir nach Jaffa genommen, damit er Geigespielen lernt. Warum soll ich nicht den Jüngsten, Carmi, zu mir nach Jerusalem nehmen, damit er Klavierspielen lernt?«

Nun begann eine Zeit wunderbarer neuer Erfahrungen. Der erste Schritt bestand darin, dass ich über Petach-Tikwas Grenzen hinausgelangte, was bis damals, also bis zu meinem zehnten Jahr, noch nicht geschehen war. Der zweite Schritt war, dass ich per Bahn nach Jerusalem fuhr.

Vater hatte mir von diesem seltsamen Transportmittel erzählt, das mit atemberaubender Geschwindigkeit ganz von selbst auf zwei eisernen Schienen dahinführe. Ich hatte es kaum glauben können, aber jetzt sah ich, dass Vater die Wahrheit gesagt hatte. Die rauchende Lokomotive am Kopf der langen Wagenreihe pfiff lauter als tausend Rohrpfeifen zusammen. Und je mehr sie rauchte und je schneller sie den Takt schlug, umso rasender jagte der Zug auf Jerusalem zu.

Wenn man heute dieselbe Strecke entlangfährt, kommt man an vielen blühenden Siedlungen und Städten vorüber und sieht riesige Bagger, die neue Straßen ausheben. Heute sind die steinigsten Hügel von unzähligen Bäumen bewachsen, und die nicht ganz so steinigen sind terrassenförmig mit Weingärten und Obsthainen bepflanzt. Doch damals, 1910, war alles noch eine Wildnis, baumlos und wüst oder nur von hässlichem Unkraut bedeckt.

Der schnaubende Zug brachte uns in knapp drei Stunden nach Jerusalem – eine Entfernung, für die man mit einem Pferdefuhrwerk zwei Tage brauchte. Am Bahnhof mietete Großvater einen Wagen, der uns in seine Wohnung in Zichron Mosché, dem jüdischen Teil der Neustadt Jerusalems, brachte. Und nun erfüllte sich auch mein Herzenswunsch!

Ich sah Großvaters Klavier. Natürlich war es nur ein altes, hohes Ebenholz-Pianino russischen Fabrikats (Becker) mit einem vergoldeten Kerzenhalter an jeder Seite. Aber für mich war es das Herrlichste, was ich je gesehen hatte, und ich starrte es in stummer Ehrfurcht schweigend an. Großvater wartete, bis ich mich sattgesehen hatte.

»Wie wunderschön es ist!«, rief ich endlich. »Und es sieht wirklich aus wie die Bundeslade – genau wie Vater sagte.«

Großvater lächelte über diesen Vergleich.

»Komm her, Carmi, schlag es an.«

Ich gehorchte, wenn auch zögernd, und zuckte vor dem Ton, der aufklang, zurück. Da griff Großvater in die Tasten und begann mir vorzuführen, was für Musik ein Klavier hervorbringen konnte. Seine flinken Finger liefen die Tasten hinauf und herunter, schwarze und weiße, und sie erzeugten laute und leise Töne, die mich an Vögel und Wind und Donner erinnerten. Und das Erstaunlichste war, dass er mich beim Spielen anschaute oder die Augen schloss, und dass seine Finger alles scheinbar ohne sein Zutun vollführten. Es war für mich der Tag aller Tage.

An den Wänden rund um das Klavier hingen Bilder von Tschaikowsky, Rimsky-Korsakoff, Nicolai und Anton Rubinstein, Mussorgsky, Dargomyzhski und anderen großen Komponisten, die Großvater ihre Fotos gewidmet hatten. Zwar sagten mir ihre Namen nichts, doch da sie Großvaters Freunde waren, betrachtete ich sie ehrfurchtsvoll.

In einer Ecke stand ein Schrank mit Partituren. Großvater erklärte mir, dass dies aufgeschriebene Musik sei.

»Die Melodien, die du beim Flöten und beim Singen erfunden hast, sind in der Luft verloren gegangen. Hier aber ist Musik, die ich aufgeschrieben habe, damit man sie immer wieder spielen kann.«

So begann sich mir die Welt zu eröffnen, die ich bisher nur durch meinen angeborenen musikalischen Sinn wahrgenommen hatte. Erfüllt von den Eindrücken des Tages, lag ich abends im Bett und dachte voll Mitleid an meine Geschwister, die Großvater nicht hatten spielen hören. Nun liebte ich ihn noch mehr als zuvor und war sehr stolz auf ihn. Ohne an den Altersunterschied von sechzig Jahren zu denken, hatte ich nur einen Wunsch in der Welt: sein Freund zu sein.

Sobald die Wohnung für den neuen Mitbewohner umgestellt war, unternahm Großvater mit mir einen Spaziergang in die alte Stadt Davids, des Königs von Israel, um mir die Zeugnisse unseres großen biblischen Erbes zu zeigen. Vom Davidsturm, den wir erkletterten und der weithin das Land überschaut, sahen wir auf die Landschaft, in der sich so viele Geschehnisse der Bibel abgespielt hatten. Im Osten blauten die Berge Moabs, dort lag die Wüste Juda, die vielleicht ödeste und verlassenste Gegend der Welt; das Tote Meer, 400 Meter unter dem Meeresspiegel, in das sich der Jordan ergoss; Jericho, eine der ältesten Städte der Welt. Im Süden lag Bethlehem mit seinen vielen Kirchen und Klöstern und Mutter Rachels Grab. Im Westen lag das Mittelmeer. Und unter uns sah ich die alte Stadtmauer, die von König Agrippa, dem Enkel des Herodes, im Jahre 44 nach Christi Geburt auf den ehemals von König Salomo erbauten Grundmauern errichtet worden war.

Am tiefsten beeindruckte mich die Klagemauer, dieser mächtige Überrest der Westmauer des Salomonischen Tempels, zu der seit Jahrhunderten Juden pilgern, zum Gedenken an das bittere Schicksal ihrer Vertreibung. Großvater streichelte die gewaltigen Blöcke und sagte: »Diese Steine sind lebende Dokumente; sie sind nicht so stumm, wie es scheint. In ihnen lebt der Geist, der den Himmel anruft. Die Seele unseres Volkes ist in sie eingegangen. Wenn wir diese Steine küssen, so küssen wir damit unsere Lieben.«

Die Harfe

Ich liebte meinen Klavierunterricht. Jede Stunde, die ich mit Großvater am Klavier saß, wurde zu einem Erlebnis. Er forderte Musik, selbst in Tonleitern und Etüden. »Das Klavier«, sagte er mit Nachdruck, »ist ein Instrument mit einer großen Seele. Du musst es mit dem Herzen spielen, Hände und Finger sind nur Werkzeuge.«

Um mich immer tiefer für Musik zu interessieren, machte mich Großvater nicht nur mit seinem eigenen reichen Klavier-Repertoire bekannt, sondern schickte mich auch in den Chor des Hurvah-Tempels in der Jerusalemer Altstadt, nur wenige Schritte von dem Ort entfernt, an dem einst der Salomonische Tempel gestanden hatte. Wenn ich dort sang, stellte ich mir immer vor, ich sänge im Tempel König Salomos.

Nicht weniger erregend waren unsere Spaziergänge auf den Hügeln Jerusalems. Während Großvater mir die bewegenden Geschichten aus Israels glorreicher Vergangenheit erzählte, machte er mir die längst vergangene Musik hörbar, die die Luft des Heiligen Landes erfüllt. Waren wir nach solchen Spaziergängen wieder zu Hause, musste ich mich ans Klavier setzen und improvisieren, was ich am Berg Zion, am Berg Moria oder an Mutter Rachels Grab gehört hätte. Und wenn ich in solchen Momenten einen falschen Akkord oder Disharmonien produzierte, entmutigte er mich nie. Im Gegenteil, er sagte: »Spiel, was du fühlst, und höre mit deiner Fantasie.« Und er erzählte mir diese kleine Geschichte:

Der russische Komponist Alexander Borodin zeigte einmal dem zur Zeit des Geschehens bereits arrivierten Franz Liszt eine Symphonie, die er geschrieben hatte. Langsam blätterte

Liszt Seite um Seite durch, lächelte, sagte aber nichts. Schließlich konnte sich der ungeduldige junge Borodin, der herbe Kritik erwartete, nicht länger zurückhalten und gestand dem Meister kleinlaut, er hätte nie Theorie oder Harmonielehre studiert. »Ach, darum ist Ihre Musik so großartig!«, rief Liszt aus.

Neben den üblichen Schulfächern und Musik lernte ich bei Großvater auch Französisch, Englisch und Deutsch. »Man soll von jeder wichtigen Weltsprache etwas können«, meinte er.

Doch gewann ich in diesen erregenden, geschäftigen Tagen auch schmerzvolle Einsicht in das menschliche Herz. Wenn ihn seine Erinnerungen überkamen, konnte Großvater nicht schlafen. So erzählte er mir eines Nachts viele Stunden lang vom gewaltsamen Tod seiner Frau und seiner Kinder.

»Sie war Ärztin und hatte in Paris studiert. Mehr als einmal wurde sie zu Ihrer Majestät der Zarin gerufen. Meine beiden Jungen Michael und Gershon waren damals zwölf und vierzehn Jahre alt. Sie spielten so gut Klavier, dass ihnen eine große Zukunft bevorstand, während die sechzehnjährige Olga, die ebenfalls gut spielte und eine Schönheit war, Ärztin werden wollte wie ihre Mutter. Und die sechsjährige Saritschka … sie war ein Engel.« Großvaters Augen füllten sich mit Tränen, während er lächelnd weitersprach: »Sie lief immer von Zimmer zu Zimmer, um all die Musik zu hören, die bei uns im Haus gespielt wurde.«

Offensichtlich raubte der Kummer Großvater oft den Schlaf, denn häufig, wenn ich nachts erwachte, fand ich ihn am Schreibtisch über seinen Partituren.

Trotz des Glücks, das ich über mein neues Leben und meine Liebe zu Großvater empfand, kannte auch ich schlaflose

Nächte – bei mir allerdings war es das Heimweh. Manchmal überkam mich große Sehnsucht nach Petach-Tikwa, nach meinem Vater und meinen Geschwistern, nach unserem Orchester und der Baumschule und den Eukalyptus-Vögeln. Wehmütig erinnerte ich mich dann an die Laute frühmorgens beim Aufwachen in Petach-Tikwa, wenn die Hennen gackerten, der weiße Esel Balaam iahte und die Kühe muhten. Den Kühen und ihren verspielten Kälbern war ich besonders zugetan. Hier in Jerusalem gab es nur Ziegen, Ziegen und nochmals Ziegen. Eines Tages beim Klavierspiel hörte ich ein Muhen. »Eine Kuh! Eine Kuh!«, schrie ich entzückt und rannte auf den Balkon, um zu sehen, ob ich mich auch nicht irrte. Und tatsächlich, da kam eine Kuh die Straße entlang! Eine wirkliche Kuh mit hellen Hörnern, einem herrlichen Schwanz und einem Fell, das einer majestätisch leuchtend-roten Decke glich. Wie der Blitz schoss ich auf die Straße, und Großvater oben auf dem Balkon lächelte mir verständnisvoll zu, wie ich dort unten traurig der Kuh nachsah, die in der Ferne langsam kleiner und kleiner wurde.

Den Mechanismus eines Klaviers sah ich zum ersten Mal, als Großvater sein Instrument öffnete, um darin etwas zu richten. Nun begriff ich, warum Vater die Hämmerchen mit Entenköpfen verglichen hatte. Und ich konnte kaum fassen, welche Unmenge an Saiten ich dort sah. Großvater bemerkte mein Erstaunen.

»Siehst du, als Gott die Welt erschuf, gab er uns die Musik, damit wir nicht nur vom Brot allein leben müssten. Und er gab sie uns in der Form einer siebensaitigen Harfe – wie die Harfe, die David immer mit sich trug, als Hirtenjunge, als Dichter, als

Richter und als König. Aber im Laufe der Zeit und im Wandel aller Dinge wurde auch die Harfe größer. Schau hin! Erkennst du, dass der Metallrahmen mit den vielen Saiten im Klavier wie eine Harfe geformt ist?«

»Ja richtig!«, rief ich begeistert. »Das Klavier muss der König aller Instrumente sein.«

»Da magst du recht haben, mein Junge«, erwiderte Großvater liebevoll. »Das Klavier kann für sich allein bestehen, es bedarf keiner Begleitung, wie es etwa bei der Violine der Fall ist. Es ist ein König mit einem ganzen Königreich, einer ganzen Armee von Saiten, die viele Töne und Zwischentöne und Nuancen hervorbringen können, vom tiefsten Bass bis zum höchsten Sopran.«

Plötzlich hörte ich einen Summton. Er kam aus dem geöffneten Innenleib des Klaviers, das nahe am Fenster stand. Großvater sah mein Erstaunen und öffnete das Fenster noch weiter, sodass der Wind stärker über die Saiten streichen konnte.

»Ich hatte mich auch gewundert, woher die Töne kommen«, sagte er und lächelte mir, der ich mit offenen Augen und Mund lauschte, zu. »Das müssen wohl die Stimmen unserer Väter sein, die in der Luft schweben. Vergiss nicht, dass zwischen König David und den Kindern Israel unsterbliche Bande bestehen; wenn ihre Stimmen irgendwo auf eine Harfe, *irgendeine* Harfe, treffen, so beginnen die Saiten zu klingen.«

An diesem Tage stimmte Großvater das Klavier, und ich stand daneben und schaute gespannt zu. Ich horchte auf das Höher- und Tieferstimmen der Töne, begriff aber nicht, warum Großvater mit seinem feinen Gehör die Tonabstände nicht genau einhielt, wo ich sie doch ganz deutlich wahrnahm. Zuerst hielt ich an mich, doch dann fasste ich mir ein Herz.

»Ein bisschen höher, Großpapa«, flüsterte ich, »ein kleines bisschen höher!« Großvater lächelte und stimmte den Ton meinem Wunsch gemäß, worauf ich erleichtert und beglückt ausrief: »So ist es richtig.« Großvater fasste mich liebevoll unter das Kinn und sagte: »Mir scheint, da ist aus Petach-Tikwa ein Klavierstimmer gekommen!« Worauf er sich wieder dem Klavier zuwandte und die Saite erneut etwas herunterstimmte. Dann sagte er ernst: »So ist es richtig.« Ich begriff Großvater nicht.

Heute begreife ich, was er tat. Aber um es zu erklären, müsste ich ein ganzes Kolleg über die Technik des Klavierstimmens halten, wozu hier nicht der Ort ist. Ich kann nur so viel sagen, dass die Tonabstände beim Klavier nicht so exakt gestimmt werden dürfen, wie es für Harfe, Geige und andere Saiteninstrumente notwendig ist. Um auf dem Klavier oder anderen Tasteninstrumenten eine chromatische Tonleiter mit wirklich harmonischer Beziehung zwischen den einzelnen Tönen zu erreichen, müssen die Abstände leicht voneinander abweichend gestimmt werden.

Mein guter Großvater hielt eine solche Erklärung nicht für nötig, da sie ihm – ich war ja erst zehn Jahre alt – jenseits meines Fassungsvermögens zu liegen schien. Und es dauerte auch noch viele Monate, bevor ich das Prinzip begriff; damals jedoch zweifelte ich ernsthaft an Großvaters Gehör, während es mich andererseits verwirrte, dass das Klavier trotz der »falschen« Tonabstände so wunderbar klang.

Nun wollte ich unbedingt das Klavierstimmen probieren, und ich quälte Großvater so lange, bis er nachgab, obgleich er genau wusste, dass mir die Kraft fehlte, den Saiten die nötige Spannung zu geben. Natürlich konnte ich nicht einmal eine einzige Saite aufspannen, und Großvater zog mich vom Klavier, ehe ich Schaden anrichten konnte.

»Nächstes Jahr probierst du es wieder«, sagte er tröstend. »Wenn du inzwischen genug Tomaten und Orangen isst.«

Als ich einmal nicht einschlafen konnte, stellte ich die Frage, die mich ständig beschäftigte: »Was ist mit König Davids Harfe geschehen, als er tot war?«

»Sein Sohn, der König Salomo, bewahrte sie im heiligen Tempel auf«, antwortete Großvater. »Und die Römer nahmen sie mit nach Rom, zusammen mit all den heiligen Geräten.«

»Ich muss immerfort an die Harfe denken, Großpapa. Das Klavier ist doch aus ihrer Rippe gemacht worden, wie Gott Eva aus Adams Rippe gemacht hat, nicht?«

Großvater kam herüber und setzte sich auf meinen Bettrand.

»Mein Kind, ich habe eine Idee. Eigentlich ist es ein Traum, den ich mein Leben lang träumte: Seit vielen Jahren will ich eine Harfe bauen wie Davids Harfe, aber ich habe den Plan immer wieder aufgeschoben. Jetzt, wo du bei mir bist, scheint die richtige Zeit gekommen. Wir können die Harfe vielleicht zusammen bauen.«

»Großpapa, mein Großpapa!«, rief ich begeistert und sprang im Bett hoch. »Du kannst wirklich alles, wie Papa gesagt hat.«

»Siehst du, Carmi, ich habe eine Menge über die biblische Harfe gelesen, in vielen Büchern und in vielen Sprachen, und natürlich auch in den Psalmen. Ich glaube, ich weiß, wie eine solche Harfe aussehen muss.«

Zu Beginn der Sommerferien begann Großvater, Skizzen für die Harfe zu entwerfen. Schließlich entschied er sich für ein chromatisch gestimmtes einundzwanzigsaitiges Instrument.

Oben über dem flacheren Ende sollte der Kopf einer Friedenstaube geschnitzt werden, und das höhere Ende sollte den Davidsturm mit der Davidskrone darauf darstellen. Auf dem Basisbalken sollten die schweren Steine der Klagemauer angedeutet werden.

Als Holzschnitzer gewannen wir einen Nachbarn, einen Tischler, der aus Wien gekommen war, um seine letzten Tage in Jerusalem zu verleben. Er war ein Meister seines Faches und von unserem Plan begeistert. Glücklicherweise hatte er auch das richtige Holz zur Hand: einen alten Olivenstamm, den er auf irgendeinem Hof in der Altstadt gefunden hatte.

Es folgten viele arbeitsreiche Tage. Großvater sägte das Holz, der Tischler half, und ich schwitzte vom bloßen Zuschauen. Dann kam die harte Arbeit, mit Messer, Feile und Meißel alles überflüssige Holz aus dem Harfengehäuse zu entfernen, um ihm die nötigen akustischen Eigenschaften zu geben. Als diese Aufgabe geschafft war, begann das eigentliche Holzschnitzen. Wir waren so neugierig auf den Fortgang der Arbeit, dass wir jeden Tag mehrmals in die Tischlerwerkstatt liefen, bis es schließlich so weit war. Jetzt standen wir vor dem Problem, Saiten für den so herrlich geschmückten Holzrahmen zu finden. Im Jerusalem jener Tage konnte man keinerlei Saiten kaufen, und so blieb der einzige Weg, in König Davids Fußstapfen zu treten.

Zeitig am kommenden Morgen rüstete Großvater uns beide mit scharfen Messern aus, und wir wanderten zum Schindanger an der Straße nach Jericho, auf den man tote Tiere warf. Ehe wir ans Werk gehen konnten, mussten wir zwei dort räubernde Hyänen und ein paar Schakale verjagen. Es herrschte ein entsetzlicher Gestank. Wir arbeiteten so schnell wie nur möglich, schnitten die Teile heraus, die wir brauchten, wuschen uns die Hände in dem vorsorglich mitgebrachten Wasserbehälter und brachen eiligst auf.

Zu Hause hängte Großvater die Tierdärme zum Trocknen in die heiße Sonne auf dem Dach auf. Nach etwa einer halben Woche legten wir sie in Olivenöl und ließen sie ein paar Tage darin, so wie unsere Vorväter es getan haben; dann schnitten wir aus ihnen Saiten.

Als sie aufgezogen waren, war selbst Großvater mit seinem feingeschulten Ohr überrascht. Obgleich er sein ganzes Leben dem Klavier geweiht hatte, verliebte er sich augenblicklich in die Davidsharfe. Und so erging es jedem, der sie sah und hörte. Immer wieder konnten wir das Entzücken der Menschen beobachten, wenn unser »David« zu singen begann. Und die Schnitzereien, diese Symbole der Sehnsucht nach Zion und Jerusalem, begeisterten jeden Juden. Natürlich war unsere Harfe nicht König Davids Harfe, und sie konnte auch nicht von selber spielen wie diese – aber zuweilen brachte auch Großvaters Harfe die wundersamsten Töne hervor.

Obgleich einundzwanzig Saiten scheinbar nur einen beschränkten Tonumfang geben, konnte ich auf der Harfe grenzenlos spielen und improvisieren; bald konnte ich sie auch allein stimmen, da man dafür nicht viel Kraft benötigte.

Mein eigentliches Interesse aber galt noch immer dem Klavierstimmen. Nachdem ich zwei Jahre gehorsam Tomaten und Orangen gegessen hatte, wagte ich mich wieder an die straff gespannten Saiten: Und siehe da, ich konnte sie bewegen! Ich konnte »stimmen«! Und bald war es so weit, dass Großvater mir zeigte, wie man die Mitteloktave einrichtet. Die Mitteloktave besteht aus einer vollständigen chromatischen Tonleiter in der Mitte der Klaviatur. Und von der Qualität der Mitteloktave hängt das gesamte harmonische Ergebnis ab. Durch eine fehlerhafte Mitteloktave kann dem besten Klavier sein Ausdruck verloren gehen.

Auf seine bezaubernde Weise setzte Großvater mir das Prinzip des Klavierstimmens auseinander, das, wie bereits erwähnt, genau entgegengesetzt dem Stimmen der Geige ist, deren Tonabstände ganz rein gestimmt werden müssen. Der Höhepunkt der Belehrung kam, als Großvater, mit dem Blick auf die schier unendliche Reihe gespannter Saiten im Klavier, mir Folgendes erklärte:

»Schau sie dir an: Diese Saiten gleichen einer Menschengemeinschaft. Und wie Menschen, die miteinander in Harmonie leben wollen, untereinander Kompromisse eingehen müssen, so verhält es sich auch mit den Saiten im Klavier: Die Töne müssen zueinander gestimmt, aufeinander abgestimmt werden, damit die harmonische Beziehung zwischen ihnen entstehen kann.«

»Was heißt das – *zueinander?* Wie kann man sie zueinander stimmen?«

»Indem man die Tonzwischenräume ein winziges bisschen verkürzt.«

»Wie viel ist das – *ein winziges bisschen?*«

»Das ist das große Problem, Carmi. Es ist sehr schwierig, ein winziges bisschen richtig zu bestimmen.« Und gedankenvoll fügte er hinzu: »Darum gibt es auf der Welt so wenige gute Klavierstimmer.«

Um mir zu zeigen, was er meinte, unternahm Großvater ein großes Abenteuer: Zuerst stimmte er das Klavier so, wie man Tasteninstrumente vor Jahrhunderten – noch vor Bach und

Händel – gestimmt hatte, nämlich wie eine Geige, also mit reinen Tonabständen. Das Ergebnis war schauderhaft: Das Klavier klang völlig verstimmt; eine chromatische Tonleiter klang unmöglich, ebenso unmöglich wie einige Akkorde, bei deren Ertönen ich aus dem Zimmer laufen wollte. Als Großvater das Klavier wieder zurückstimmte, atmeten wir erleichtert auf, und ich rief begeistert: »Jetzt singt das Klavier!«

»Es singt«, wiederholte Großvater und schlug ein paar volle Akkorde an. »Ein gut gestimmtes Klavier singt!«

Nachdem er das Klavier fertig gestimmt hatte, sagte Großvater etwas, das meinem Leben die Richtung geben sollte: »Der Klavierstimmer ist das Schicksal des Klaviers«, und er erzählte, wie oft er unter unzureichenden Klavierstimmern gelitten hatte. »Selten«, sagte er, »habe ich einen getroffen, der Musik im Herzen hatte.«

Und so geschah es, dass ich aus Bewunderung für das geliebte Instrument meines Großvaters und aus Liebe zu ihm allmählich von dem Ehrgeiz besessen wurde, ein Klavierstimmer zu werden.

Außerdem bestätigte sich zu dieser Zeit eine dunkle Ahnung, die mich verfolgte. Eines Tages erschien unerwartet mein Vater, als Großvater ausgegangen war, und fand mich anstatt beim Üben beim Herumbasteln am Klavier. Als Großvater heimkam, wurde ich ins Nebenzimmer geschickt, während die beiden ein langes Gespräch über den Sinn meines Jerusalemer Aufenthalts führten. Da hörte ich Großvater sagen, er glaube nicht, dass aus mir ein Pianist werden würde.

»Carmi hat zu spät begonnen – er wird nie die Leichtigkeit erreichen, die ein Klaviervirtuose braucht.«

Im Innersten wusste ich, dass er recht hatte; nie würde ich die Tasten hinauf- und herunterjagen können wie er. Aber die Bestätigung schmerzte tief.

Großvater antwortete auch nur ausweichend, als mein Vater fragte, wie es mit meinem Improvisieren und Komponieren stünde. Aber, fügte er hinzu, ich zeigte entschieden Talent zu einem ausgezeichneten Klaviermechaniker.

»Gerechter Gott!«, rief Vater aus. »Willst du damit sagen, dass Carmi ein Klaviertechniker werden soll?«

»Und warum nicht, Abraham?«, fragte Großvater. »Warum nicht ein Klaviertechniker? Ein guter Stimmer ist ein wirklicher Künstler, und von denen gibt es nur sehr wenige. Hast du vergessen, wie sehr ich durch unfähige Techniker zu leiden hatte?«

»Ich erinnere mich – aber ich will nicht, dass Carmi ein Klavierstimmer wird. Das wäre wie die Geschichte von dem Jungen, den sein Vater zur Ballettausbildung nach Paris schickte und der so entzückt war von seinen Tanzschuhen, dass er Ballett-Schuhmacher wurde.«

»Sehr gut!«, lachte Großvater, »dieser Junge hat der Kunst wahrscheinlich einen großen Dienst erwiesen. Mit Carmi ist es so: Seine Liebe zum Klavier ist nicht zu leugnen, und als Klaviermechaniker wird er weder versagen noch enttäuschen.«

Doch Vater kehrte tief getroffen nach Petach-Tikwa zurück, und obgleich ich wusste, dass Großvater mit seiner Einschätzung meiner Begabung recht hatte, war ich natürlich tief enttäuscht. Dann geschah etwas, das einem Wunder ähnelte.

Während ich eines Tages die Saiten hinauf- und herunterstimmte, wie ich es fast täglich übte, kam mir plötzlich eine Idee, und ich begann, auf völlig neue Weise zu stimmen. So wurde meine Klavier-Stimm-Methode geboren, die ich bis zum heutigen Tag anwende. Sie ist einfach, sie ist leicht, und sie sichert die Vollkommenheit der Mitteloktave. – Großvater, der sich während meines Übens meist in die entlegene Küche verzog, kam herein und fragte mit besorgtem Gesicht, was um Himmels willen ich denn da triebe? Aber zu meiner unendlichen Beglückung begriff er, dass mein neu gefundener Weg nicht nur das Stimmen vereinfachte, sondern möglicherweise bahnbrechend sein würde. Denn ich hatte eine Welle entdeckt, die wie durch ein Wunder die ganze Saitenskala in Schwingung versetzte. Mit dieser Methode erzeugte das Klavier klangvollere und tragendere Töne mit dem Vibrato einer menschlichen Stimme.

Großvater war begeistert. »Noch nie hat das Klavier so geklungen«, sagte er.

Wie bereits erwähnt, wende ich seither diese Stimm-Methode an, und jeder, der mag, ist willkommen, sie zu lernen. Ich bin stolz darauf, den nachfolgenden Brief aus viel späterer Zeit zitieren zu können, den der große Artur Rubinstein mir schrieb:

Lieber Herr Carmi,
nie werde ich Ihr Stimmen vergessen, dem sich meiner Meinung nach kein anderes an Reinheit und Ausdauer vergleichen kann – ganz abgesehen davon, dass Ihrer Methode das große Geheimnis der Intuition eigen ist. Als ich die ersten Akkorde anschlug, erfasste mich tiefe Erregung, die mich in ein melodisches Meer tauchte.

Jerusalem, 6. Dezember 1951
Ihr ergebener Artur Rubinstein

Der Höhepunkt jenes Tages der Entdeckung aber – es war im Mai 1914 – war erreicht, als Großvater sich mitten aus seinem Klavierspiel auf dem neuartig gestimmten Klavier zu mir wandte: »Ich habe einen aufregenden Einfall, Carmi. Ich werde dich nach Europa mitnehmen.« Großvater plante für den Sommer eine Reise nach Russland, um seinen Haushalt dort endgültig aufzulösen. »In Frankreich«, sagte er, »will ich dich zu einem lieben Freund von mir bringen – zu Gustave Lyon, dem Besitzer der Pleyel-Klaviergesellschaft. Bei Pleyel kannst du alles über Klaviere lernen.«

Ich war überglücklich, als Großvater mir seinen Plan mitteilte und vom Ruhm des Namens Pleyel erzählte.

»César Franck spielte auf einem Pleyel, ebenso Chopin, Debussy und viele, viele andere. Seine schönsten Werke hat Chopin auf einem Pleyel komponiert.«

Wir konnten an diesem Abend nicht schlafen. Bis spät in die Nacht saßen wir zusammen und tranken Tee.

»Carmi, du kennst doch die Geschichte, wie ich vor dem italienischen König gespielt habe?«

»Natürlich, die kenne ich, solange ich denken kann. Und ich weiß auch, dass das Klavier des Königs ›Harfe Davids‹ heißt.«

»Das weißt du auch?«

»Natürlich. Wie hat es eigentlich geklungen?«

»Das weiß ich nicht, Carmi, ich habe ja nie darauf gespielt.«
Das erstaunte mich sehr.

»Nicht einmal gesehen habe ich es. Der König hatte versprochen, mir das Klavier zu zeigen, aber bevor ich wieder nach Italien kam, wurde er ermordet.«

»Schrecklich! Aber hast du nie versucht, das Klavier trotzdem zu sehen?«

»Allerdings habe ich das. Aber immer, wenn ich in Rom war, war der neue König nicht dort.«

»Wie wohl das Königsklavier klingt, Großpapa?«

»Das habe ich mir auch oft überlegt. Immer wieder habe ich mich gefragt, warum der König es so sehr gerühmt hat, wo er doch sicherlich die herrlichsten Klaviere besaß.«

Als er meinen traurigen Blick sah, setzte Großvater schnell hinzu: »Ich habe es nicht aufgegeben, Carmi. Schließlich hat dieses Klavier mich nach Israel gebracht. Und hör zu, warum ich heute davon spreche. Vielleicht machen wir auf dem Weg nach Paris in Italien Halt und gehen zusammen zum Königspalast!«

»Und wenn der König zufällig wieder nicht in Rom ist?«

»Dann warten wir so lange, bis er zurückkommt.«

Der Auszug

Die Traumwelt, in der ich mit Großvater Mattis lebte, zerbarst schlagartig im Sommer 1914. Während wir unsere Europareise vorbereiteten, brach der Erste Weltkrieg aus. Die Situation in Jerusalem wurde bald unerträglich, da die türkischen Machthaber die Guthaben in den Banken und alle Vorräte beschlagnahmten. Der Handel kam zum Stillstand, es folgten Hunger und dem Hunger Seuchen. Überall in der Stadt bettelten hungrige Menschen um Brot und bevölkerten zerlumpte, barfüßige Kinder die Straßen.

Uns ging es etwas besser als den meisten, da ein Freund von Großvater, ein französischer Bankdirektor, ihm kurz vor dem Einfrieren aller Bankkonten geraten hatte, eine größere Sum-

me abzuheben. Ich kann mich noch daran erinnern, wie Großvater damals von der Bank zurückkam: Vorsichtig verschloss
er die Wohnungstür, öffnete das Brett unter der Klaviatur und
schob ein kleines Bündel hinein.

»Dieses Paket«, sagte er dabei, »ist alles, was wir besitzen;
damit müssen wir bis zum Ende des Krieges auskommen.«

»Wie lange wird der Krieg dauern?«

»Das weiß niemand. Vielleicht sechs Monate, vielleicht ein
Jahr.«

So wurde das Klavier unser Safe. Klavierspielen konnten wir
sowieso nicht mehr, um nicht die Leute, die um Brot betteln
mussten, gegen uns aufzubringen.

Es dauerte nicht lange, so sah man auf den Straßen ein un-
gewohntes Bild: jüdische Rekruten in türkischer Uniform, auf
dem Marsch zu den Schlachtfeldern am Suez, wo sie die Engländer vertreiben sollten. Einige Monate später erblickten wir
unter den Rekruten meine eigenen Brüder Mosché und Pesach.
Sie waren zu einer Militärkapelle eingezogen, die am Davidsturm stationiert war und oft mit klingendem Spiel durch die
Straßen zog. Mosché spielte Bariton-Tuba, Pesach Flöte. Die
Noten aber, die die meisten türkischen Musiker nicht lesen
konnten, wurden aus Deutschland bezogen, und so befand
sich Mosché in einer Art Monopolstellung, da er eigens Tran-
skriptionen für seine Kameraden anfertigte.

Eines Tages hatte der Dirigent der Kapelle die alten Märsche
satt und verlangte von Mosché neue. Dieser lieferte sie auch,
ohne allerdings ihren Ursprung zu verraten: Er hatte einige jüdische Melodien arrangiert. Hätte Jemal Pascha, der Oberkommandierende der türkischen Streitkräfte in Israel, erfahren,
nach welchen Weisen seine türkischen Soldaten marschierten,

so hätte das den Major, dem die Kapelle unterstand, seinen Rang, wenn nicht gar den Kopf gekostet. Denn den Türken war allmählich aufgefallen, dass eine bestimmte Gruppe von Juden für England spionierte, da sie damit dem Zionismus zu helfen glaubten.

Daraufhin fanden massenweise Hausdurchsuchungen bei jüdischen Familien statt. Davidssterne, Sammelbüchsen des Jüdischen Nationalfonds, ja, selbst Bilder zionistischer Führer galten als Konterbande, und im ganzen Land wurden Juden verhaftet – während in Jerusalem die türkische Militärkapelle zum Klang zionistischer Lieder durch die Straßen marschierte! Die Juden schauten aus ihren Fenstern, weinten vor Rührung und fragten verwundert: »Was geht hier eigentlich vor? Gestern hat Jemal Pascha unser Blut getrunken, und heute spielt seine Kapelle unsere geliebten Lieder!«

Doch währte unsere Freude, Pesach und Mosché bei uns zu haben, nicht lang. Plötzlich waren sie weg, von einem Tag auf den anderen, und wir erfuhren, dass die Kapelle auf die Halbinsel Sinai versetzt war – vermutlich, um dort die britischen Festungen mit ihren Trompeten zum Einsturz zu bringen.

1916 traf Jerusalem ein neuer Schlag. Als Repressalie für die Hilfe, die eine kleine jüdische Gruppe, die unter dem Namen NILI agierte, den Engländern gewährt hatte, ließ Jemal Pascha die Evakuierung der gesamten jüdischen Bevölkerung Jerusalems binnen drei Tagen anordnen. »Wer dem Befehl nicht gehorcht, soll von Kopf bis Fuß ausgepeitscht werden, bis die Riemen sein Fleisch aufgezehrt haben«, hieß es in der Verordnung.

Der Name NILI setzt sich aus den Anfangsbuchstaben eines hebräischen Satzes zusammen: »Der Genius Israels kann nicht lügen.« Unter der Führung Aaron Aaronsons vertrat diese mutige Gruppe die Meinung, der schnellste Weg zur Gründung eines jüdischen Nationalstaates sei die Befreiung Israels von der Herrschaft des niedergehenden ottomanischen Reiches. Die Hilfe, die sie den Engländern leistete, war so bedeutend, dass der britische Oberkommandierende der alliierten Streitkräfte in Vorderasien, General Allenby, später erklärte: »Durch eine einzige Aktion dieser tapferen Männer wurden dreißigtausend britische Leben gerettet.«

Es war die Tragödie der Mitarbeiter von NILI, dass keiner von ihnen die Erfüllung erlebte, die sie mit ihrer selbst gestellten Aufgabe erreichen wollten; alle mussten mit ihrem Leben bezahlen.

Der Auszug der fünftausend Juden aus Jerusalem gehört zu den herzzerreißenden Massenauszügen, die dieses Jahrhundert der Massenauszüge kennzeichnen. Männer, Frauen und Kinder wurden aus ihrer angestammten Heimat gerissen und über die zehn jüdischen Siedlungen verteilt, die damals schon an der Küste bestanden, ohne einen Protest wagen zu dürfen. Viele mussten für das Vergehen Weniger büßen.

Während der Drei-Tage-Frist vor der Evakuierung gingen Gerüchte um, dass Jemal Pascha das zurückgelassene jüdische Eigentum durch seine Gendarmen schützen lassen würde. Doch das Gegenteil war der Fall: Schon vom Morgengrauen des dritten Tages an sammelte sich an der Grenze zum jüdischen Viertel eine Anzahl Araber, die gierig zu uns herüberschauten, obwohl sie Gleichgültigkeit heuchelten.

Da die Züge ausschließlich dem Militär vorbehalten und alle Pferde, Maultiere und Esel konfisziert waren, mussten die Evakuierten zu Fuß marschieren, in Höhlen entlang der schlechten

Straßen nächtigen und ihre Habseligkeiten auf dem Rücken tragen. Es bestand wenig Hoffnung, die Gegenstände, die man gezwungenermaßen in den Wohnungen zurückgelassen hatte, jemals wiederzuerlangen.

Großvater hatte sich mit dem Verlust seines Klaviers, das er aus Russland mitgebracht hatte, sowie seines gesamten anderen Besitzes abgefunden. Wirklich besorgt war er um die Sicherung seiner Bibliothek handgeschriebener Partituren, die, in einer Kiste verpackt, bei Kriegsausbruch nach Paris versandt werden sollten.

Die arabischen Beamten im Rathaus lachten ihn aus, als er sie um einen sicheren Aufbewahrungsort dafür bat. So eilte Großvater zum deutschen Konsulat, drang aber nicht einmal bis zum Konsul vor, obwohl er vor dem deutschen Kaiser gespielt hatte. Ebenso erging es ihm auf dem Österreichischen Konsulat.

»Die russischen Mönche im Pravoslav-Kloster werden mir helfen«, hoffte er. »Abt Wassil Wassily Wassilewitsch kann nicht ablehnen, er weiß, wie sehr der Zar und die Romanows mich schätzten.«

Aber Abt Wassilewitsch war nicht mehr da, und ein älterer Mönch schlug uns die Türe vor der Nase zu.

Nun erwog Großvater, die Kiste in der Erde zu vergraben, wie es viele Leute mit ihrem Silber und anderen Wertgegenständen machten. Doch mussten wir Abstand davon nehmen, da wir kein wasserdichtes Material zum Einwickeln der kostbaren Manuskripte hatten. Da uns nun keine Wahl blieb, schoben wir die schwere Kiste in eine dunkle Ecke der Wohnung und konnten nur hoffen, dass etwaigen Plünderern eine Kiste mit Papieren uninteressant erscheinen würde. Mit diesen Bemühungen war die gesetzte Gnadenfrist von drei Tagen vergangen, und wir waren unter den Letzten, die die Stadt verließen. An der Westgrenze der Stadt hatten sich als letzte Gruppe ungefähr fünfhundert Auswanderer angesammelt, um gemeinsam aufzubrechen. Großvater, als vermutlich Ältester der Gruppe und berühmter Musiker von allen respektiert, hielt eine kleine Ansprache.

»Brüder und Schwestern«, sagte er, »um Gottes und unserer selbst willen wollen wir die Hoffnung nicht aufgeben. Jeder, der unsere Geschichte kennt, weiß, dass viele Jemals aufgestanden sind, uns zu vernichten, dass aber alle diese Henker schließlich ein böses Ende genommen haben. Darum lasst uns dem Gott unserer Väter vertrauen.«

Und wir alle beteten aus den Psalmen:

Die auf den Herrn hoffen, die werden nicht fallen, sondern ewig bleiben wie der Berg Zion. Um Jerusalem her sind Berge, und der Herr ist um sein Volk her, von nun an bis in Ewigkeit.

Und wir wandten unsere Gesichter der alten Stadt zu, aus deren Mitte der Davidsturm aufragte, und wir hoben die Hände und wiederholten König Davids Schwur:

Vergesse ich dein, Jerusalem, so werde meiner
                              Rechten vergessen.
Meine Zunge soll an meinem Gaumen kleben,
wenn ich dein nicht gedenke,
wenn ich nicht lasse Jerusalem meine höchste Freude sein.

Danach ließ Großvater mich die Davidsharfe herausnehmen, und ich spielte »Der alte Baum in Judäas Bergen«. Dann begannen wir unseren Weg. Junge und Alte marschierten aufrecht, schweigend. Selbst die kleinen Kinder in den Armen ihrer Mütter verhielten sich still.

Als unsere müden Füße endlich Petach-Tikwa erreichten, erkannte ich meine Geburtsstätte kaum wieder. Anstelle der herrlichen Eukalyptushaine, die mein Vater gepflanzt hatte, standen nur noch Reihen abgeholzter Baumstümpfe. Die Türken hatten die Bäume gefällt, um mit dem Holz ihre Lokomotiven zu heizen.

Weinberge und Orangenhaine waren vernachlässigt, da es an Geld und Arbeitskräften fehlte. Jeder Mann im Militäralter war in die Armee eingezogen worden, die älteren Männer zur Zwangsarbeit abtransportiert. Mein Vater musste bei der Eisenbahnstation Ras-el-Ein, vier Kilometer von Petach-Tikwa, an zwei Tagen in der Woche unentgeltlich Holz hacken. Das Vieh war requiriert. Zuerst hatten die Türken die Pferde, Maulesel und Esel genommen, und als sie wiederkamen, die Kühe und Hühner.

Die Familie war in alle Winde zerstreut. Mosché und Pesach befanden sich – zumindest nahmen wir das an, denn Postverbindung gab es nicht – an der Front auf Sinai. Naomi, meine älteste Schwester, lag mit Typhus im Krankenhaus. Jakob, mein dritter Bruder, war desertiert und verbarg sich in einer Siedlung in Galiläa. Meine kleinste Schwester Miriam lag mit Fieber zu Bett.

Nur Pnina konnte sich noch auf den Beinen halten und das Haus versehen, obgleich sie aus den einzig verfügbaren Lebensmitteln – *Ridgeleh, Dura* und gefiltertem Orangensaft –

nur eben das Lebensnotwendigste bereiten konnte. Ridgeleh, ein Sumpfkraut, das sonst an das Vieh verfüttert wurde, ergab eine dünne, saure Brühe. Aus dem Hühnerfutter Dura wurde jetzt, da es keinen Weizen gab, Brot gebacken. Der Orangensaft musste filtriert werden; denn da es niemanden gab, der die Orangen pflückte, verfaulten sie an den Bäumen und wurden wurmig. Doch da wir nichts anderes hatten, pressten wir sie aus, filterten die wurmige Masse und tranken den Saft.

Tag für Tag musste Pnina uns das gleiche wenig schmackhafte Menü vorsetzen – morgens, mittags, abends –, bis »Manna« vom Himmel fiel. Natürlich war es nicht das wirkliche Manna, sondern ein Schwarm von Heuschrecken, der über das Land kam und das wenige genießbare Gemüse, das stehen geblieben war, auffraß.

Aber nun kamen wir unsererseits über die Heuschrecken. Wir brieten sie, wir kochten sie, ja, wir rösteten sie sogar. Nachdem wir den ersten natürlichen Widerwillen gegen die Insekten überwunden hatten, war diese Bereicherung unseres mageren Speisezettels sehr willkommen.

Inzwischen verstärkte sich der türkische Druck auf die Juden in dem Maße, in dem die Hilfe der NILI für die Engländer erfolgreich war. Die Verhaftungen nahmen in gefährlicher Weise zu. Wenn man in Jaffa nur über die Straße ging, riskierte man Verhaftung und Verhör. Ständig wurden Unschuldige unter dem Verdacht der Spionage verhaftet und vor das Kriegsgericht in Damaskus geschickt, und es dauerte nicht lange, bis die Juden von Tel Aviv und Jaffa von demselben Schicksal wie ihre Brüder in Jerusalem betroffen wurden, nachdem man in einem arabischen Kaffeehaus zwischen Tel Aviv und Jaffa einige Spione gefasst hatte. Der jüdischen Bevölkerung dieser Stadt gab man ebenfalls nur wenige Tage zur Räumung.

Als uns in Petach-Tikwa diese Unglücksbotschaft erreichte, machten sich Großvater Mattis und ich eilends nach Jaffa auf, um Großvater Chaim, dem Muchtar, dessen Kräfte schon fast am Ende waren, zu helfen. In Tel Aviv angekommen, das knapp vor Jaffa liegt, beschlossen wir, ich solle bleiben und einige Briefe abliefern, die mir Bewohner von Petach-Tikwa an Freunde und Verwandte mitgegeben hatten, während Großvater schon voraus nach Jaffa ging. Ich sollte dann nachkommen und ihn in Großvater Chaims Haus treffen.

Doch als ich in Jaffa ankam, war Großvater Mattis nicht am verabredeten Ort. Schnell ging ich noch einmal zurück, um zu sehen, ob er nicht unterwegs in einem arabischen Kaffeehaus Rast machte, und stieß vor einem Laden auf eine Menge, die erregt von einer soeben erfolgten Verhaftung einer Gruppe von Spionen sprach. Der Kaffeehausinhaber bestätigte meine schlimmsten Befürchtungen: Unter den Verhafteten hatte sich auch ein alter Mann befunden, auf den die Beschreibung meines Großvaters passte.

Ich rannte den ganzen Weg zum Gefängnis in Jaffa. Atemlos erzählte ich dem wachhabenden Soldaten, dass ich mit dem Kommandeur sprechen müsse, dass die Verhaftung ein Irrtum sei, dass ich Großvaters Anwesenheit in jenem Kaffeehaus erklären könnte. Der Offizier lachte mir ins Gesicht, stieß mich zu Boden und schlug mit der Peitsche zu.

Trotzdem drückte ich mich vor dem Gefängnistor herum und hoffte gegen jede Vernunft, dass es mir gelingen würde, Großvater zu helfen. Nach einer Weile kam ein Jude des Weges und fragte, was ein Junge hier zu suchen hätte. Ich erzählte ihm meine Geschichte und flehte ihn um Hilfe an. Doch er sagte, es gäbe keine – die in jenem Kaffeehaus verhaftete Gruppe warte schon gefesselt auf ihren Abtransport zum Kriegsgericht in Damaskus.

Mein Großvater gefesselt! Ein Mann von achtzig Jahren! Ich eilte nach Petach-Tikwa zurück, um Vater zu suchen, doch er war in Ras-el-Ein. Also lief ich die vier Kilometer dorthin und fand ihn beim Fällen seiner eigenen Eukalyptusbäume. Vater war außer sich, als er von den Vorgängen erfuhr, und überredete den türkischen Stationsvorsteher, ihm den Rest des Tages freizugeben.

Die Nacht brach bereits an, als wir Jaffa erreichten. Doch erfuhren wir dort, dass die Gefangenen schon auf dem Weg nach Damaskus waren.

Vater war erbittert. Was konnte man tun? Er war nur darum vom aktiven Militärdienst befreit, weil seine beiden Söhne Soldaten waren und er selbst Zwangsarbeit leistete. Für eine Fahrt nach Damaskus aber brauchte man eine Spezialerlaubnis des türkischen Bezirkskommandanten Hassan Beck. Wer ohne diese Erlaubnis zu fahren versuchte, wurde fast sicher im Zug verhaftet. Also beschlossen wir, nach Petach-Tikwa zurückzukehren und zeitig am nächsten Morgen unseren Muchtar Mosché Pinhasevitsch um Hilfe zu bitten. Obgleich er seit einigen Wochen krank zu Bett lag, war er sofort bereit, uns zu empfangen.

»Das kann dich deinen Kopf kosten«, sagte er zu Vater. »Wenn man sich bei Hassan Beck für Spionageverdächtige verwendet, lädt man sich eine Katastrophe aufs Haupt.«

Er musste nicht näher erklären, was er mit Katastrophe meinte. Hassan Beck war für seine ausgesuchten Grausamkeiten berühmt. Obgleich er seinen Sadismus in den Dienst des Sultans stellte, war er merkwürdigerweise kein Türke, sondern ein Syrer, ein Araber. Noch heute lebt in Israel die böse Erinnerung an diesen Mann in jenen Familien, deren Vorfahren seine *Phalikas* ertragen mussten: Die Phalikas waren Peitschenhiebe auf die Fußsohlen, in Osteuropa als *Bastonade* bekannt.

Hassan Beck hatte für diese Tortur seine eigene Methode. Seine Gendarmen legten das Opfer mit dem Rücken auf den Fußboden, nahmen ihm die Schuhe ab, hoben seine nackten Füße auf ein Gestell und peitschten die Sohlen zehn- bis zwanzigmal mit Riemen, die oft in Salz und Pfeffer getaucht waren, um die Wunden unerträglich schmerzhaft zu machen. Hassan Beck machte keine Unterschiede: Er sparte seine Phalikas nicht nur für Juden auf, auch Araber gehörten zu seinen Opfern. Er ließ seinen Sadismus an jedem aus, der das Unglück hatte, ihm in die Hände zu fallen.

Als seine Stunde schlug, erfolgte die Abrechnung jedoch nicht durch die Juden, sondern durch die Araber. Eines Freitags – der Sabbat der Moslems – wurde er verschleppt, als er aus der von ihm selbst errichteten und unterhaltenen Moschee »Hassan Beck« in Jaffa kam; seine arabischen Entführer brachten ihn in ein Versteck. Und dort nun versetzte ihm jeder Araber, den er je gemartert hatte, dieselbe Anzahl von Hieben, die er einst bekommen hatte. Zwischen den einzelnen Vergeltungsakten ließen sie Hassan Beck essen und trinken, um Kräfte zu sammeln. Schließlich wurden sein Körper und der abgetrennte Kopf in einem Sack gefunden, an der Treppe, die zum Jaffa-Gefängnis führte, in dem er gewohnt und gewirkt hatte.

Die ganze Gemeinschaft Petach-Tikwas teilte unsere Verzweiflung über Großvaters Verhaftung. Die Älteren verglichen die Stimmung mit jener am neunten Av, jener sternenlosen Nacht, da Titus und die römischen Legionen Jerusalem zerstört hatten. Die Leute versammelten sich im Tempel, Rabbi Citron öffnete die Bundeslade. Es wurde das Schofar geblasen, und die Gemeinde betete:

Errette mich, mein Gott, von meinen Feinden
und schütze mich vor denen, so sich wider mich setzen.
Errette mich von den Übeltätern
und hilf mir von den Blutgierigen.
Denn siehe, Herr, sie lauern auf meine Seele;
die Starken sammeln sich wider mich
ohne meine Schuld und Missetat.

Sie kamen, um uns zu trösten. Vater aber saß weinend da, den Kopf in den Händen vergraben, und wies Essen und Trinken von sich. Schließlich ging er nochmals zum kranken Muchtar. Doch als der ihn abermals warnte, verlor Vater die Nerven.

»Wir können doch nicht einfach nur hier sitzen und warten!«, rief er aus. Muchtar Pinhasevitsch begriff, dass Vater handeln und um jeden Preis um eine Audienz bei Hassan Beck ansuchen wollte. Da warf er die Decke von seinem Krankenbett und streckte uns seine Füße und seine gefolterten Sohlen, zerschnitten von den Phalikas, entgegen: »Das ist es, was dich bei Hassan Beck erwartet«, sagte er. »Nun weißt du es.«

Wir waren entsetzt, Vater schlug die Hände vors Gesicht. Dann kniete er neben Pinhasevitsch nieder, nahm sanft seine geschwollenen Füße und drückte sie an sein Herz.

Niemand in Petach-Tikwa hatte gewusst, dass unser geliebter Muchtar die Bastonade bekommen hatte. Er hatte diese erniedrigende, entsetzliche Tortur erlitten und dazu geschwiegen. Nur hatte er zwei Wochen im Bett gelegen und erklärt, sich nicht wohlzufühlen.

Nach diesem dramatischen Vorfall berieten die beiden Männer ernsthaft, welche Wege noch offen blieben. Vater nannte den Namen Jakob Ichiloff, ein Mann aus Petach-Tikwa, der die Orangenzüchter in Damaskus vertrat und der vielleicht etwas für Großvater Mattis tun könnte.

»Die einzige Chance liegt bei dem Richter, der über den Fall urteilt«, meinte Pinhasevitsch.

Wir kehrten heim und wussten nicht, was wir unternehmen sollten. In meinem Kopf jedoch begann sich ein Plan zu bilden, und so besuchte ich den Muchtar am nächsten Tag noch einmal. Er wunderte sich über meinen Mut, beantwortete jedoch meine Fragen, so gut er konnte. Ich befragte ihn über Damaskus, über den Verlauf einer Verhandlung vor dem Standgericht, über die Richter und den besten Weg, mit ihnen in Verbindung zu kommen.

»Das Gericht ist sehr groß, es gibt dort viele Richter«, erklärte der Muchtar. »Ohne Beziehungen wird es unmöglich sein, herauszufinden, wer in Großvaters Fall der Richter ist.« Er lächelte müde. »Was kann ein Junge wie du dabei helfen, Carmi?«

Mit der ganzen Überzeugung meiner sechzehn Jahre antwortete ich: »Nicht nur ich, auch die Harfe. Ich will den Richter finden und will ihm die Wahrheit über Großvater sagen. Er wird mir sicher glauben.«

»Und wozu ist dann die Harfe nötig?«

»Das weiß ich noch nicht.«

»Carmi, weiß dein Vater, was du vorhast?«

»Nein.«

»Ich nehme an, du wirst es ihm sagen?«

»Nein, denn er wäre dagegen und würde es verhindern wollen.«

»Das glaube ich auch. Wie willst du denn nach Damaskus kommen? Hast du Geld?«

»Nein, ich werde unterwegs auf den Zug springen, wie es alle Kinder tun.«

»Aber der Schaffner wirft euch an der nächsten Station heraus.«

»Das weiß ich. Darum nehme ich ja meine Harfe mit. Wenn der Schaffner mich erwischt, werde ich ihm etwas vorspielen. Es wird ihm gefallen, und dann lässt er mich weiterfahren.«

Der Muchtar nickte nachsichtig zu meinen wilden Fantasien. Er wusste sicherlich, dass ich die Gefahren meines Plans gar nicht begriff. Aber er ließ mich gehen. Und heute noch bin ich sicher, dass er für mich und für Großvater Mattis betete.

Die gefährliche Reise

Am kommenden Morgen stand ich zeitig auf, packte leise und verstohlen ein paar Kleidungsstücke in einen Ranzen, verstaute meine Davidsharfe in ihrem bunten Überzug und nahm das bisschen Geld mit, das ich mir in Jerusalem erspart hatte. Geräuschlos schlich ich aus dem Haus.

Als ich das letzte Haus von Petach-Tikwa passierte, hörte ich es in den Bäumen hinterm Zaun rascheln, und im offenen Hoftor stand, weiß gekleidet wie ein Engel, Silvers kleine Tochter Hannah.

»Schalom Carmi«, sagte sie.

Trotz der Eile, zu der meine Mission mich verpflichtete, blieb ich stehen, um mit diesem reizenden zehnjährigen Mädchen zu sprechen.

»Wohin gehst du, Carmi?«, fragte sie.

»Weit, weit weg, Hannale«, antwortete ich. Der Ausdruck ihrer graublauen verträumten Augen, in die ich sah, erfüllte mich plötzlich mit Kraft und Mut, und ich fügte stolz hinzu: »Nach Damaskus.«

»Holst du deinen Großvater?«

»Ja.«

»Carmi, das ist herrlich! Und was ist in deinem Sack?«

»Eine Harfe, meine Davidsharfe.«

»Die, die dein Großvater dir gemacht hat? Spiel mir was vor!«, bettelte sie.

Da nahm ich die Harfe heraus und spielte für das kleine Mädchen, sehr leise, im Dämmern des Tages. Dann fragte ich, ob sie auch versuchen wollte, darauf zu spielen.

»Ja«, antwortete sie entzückt und zupfte an den Saiten.

Und nun schüttete ich Hannah mein Herz aus, erzählte ihr, dass Großvater und ich nach dem Kriege nach Europa fahren und dass wir in Rom den König von Italien besuchen wollten, um dessen Klavier anzuschauen. Ich versuchte ihr zu verdeutlichen, um was für ein einzigartiges Klavier es sich handelte und wie es klang.

Aber das interessierte Hannah nicht.

»Wirst du auch die Königin sehen?«, fragte sie.

»Natürlich. Die Königin und alle Prinzen und alle Prinzessinnen. Weißt du, der Vater vom König und mein Großvater waren alte Freunde.«

Dann erinnerte ich mich, dass ich gehen musste.

»Also, Hannale«, sagte ich, »ich habe gespielt, du hast gespielt, und jetzt muss ich gehen. Großvater wartet auf mich.«

Ich streckte die Hand aus, und als das kleine Mädchen seine Hand in meine legte, gab ich ihr einen Kuss darauf. Sie wurde rot wie eine Rose und lief ins Haus, ohne Adieu zu sagen. Ich war verlegen und wollte hinterherlaufen, um mich zu entschuldigen, fand aber nicht den Mut dazu. Außerdem hätte ich mich geschämt, vielleicht ihrer Mutter zu begegnen, die die beste Freundin meiner Mutter gewesen war. Also machte ich mich auf den Weg. Als ich hundert Meter gegangen war, drehte ich mich noch einmal um und sah Hannah mit ihrer Mutter auf dem Balkon stehen und mir eifrig nachwinken.

Gott ist mein Zeuge: Ich war sehr glücklich.

Der Zug, auf den ich bei Ras-el-Ein aufsprang, war überfüllt mit Evakuierten aus Jaffa und Tel Aviv, die nach Haifa, Tiberias und Safad im Norden flohen. Ich hoffte, in dieser Masse verängstigter Menschen unterzutauchen und ohne Fahrgeld, das ich nicht erschwingen konnte, durchzukommen. Also mischte ich mich unter die anderen Jugendlichen im Zug und versuchte, mich unsichtbar zu machen, wenn der türkische Schaffner, ein Mann in den Fünfzigern mit einem Schnurrbart wie ein Kater, durch den Zug ging.

Es war kein Personenzug mit bequemen Sitzen und großen Fenstern wie jener, mit dem Großvater Mattis mit mir 1910 nach Jerusalem gefahren war; es war ein Güterzug, und die Leute saßen am Boden. Wegen des übelriechenden Rauches der Lokomotive, der Funken und Ruß in den Wagen spuckte, mussten die Türen halb geschlossen bleiben, während wir nordwärts fuhren. Alle paar Kilometer hielt der Zug, entweder um sich auszuruhen oder um Wasser und Eukalyptusklötze aufzunehmen, die »Vögel«, die Vater im liebenden Gedenken an meine Mutter gepflanzt hatte.

Wäre ich nicht so sehr in Sorge um meinen Großvater und so bemüht gewesen, dem Schaffner zu entgehen, hätte diese Fahrt meine Fantasie aufs Äußerste beschäftigt, denn das Land um uns her war biblisches Land. Auf dem Wege nach Damaskus sah ich zum ersten Mal die Berge Schomron, den Carmel, den Tabor und die Hügel West-Galiläas mit Nazareth. Wir fuhren nahe dem Fuße des Gilboa vorbei, jenes Berges, den David nach Sauls Tragödie verfluchte, und wir rollten über den Jordan und wanden uns am See Genezareth entlang. Doch alles war wüst und öde. Beim Anblick dieser Wildnis konnte ich kaum begreifen, dass in diesem Lande einst Könige und Propheten gelebt, dass dies die Bühne gewesen war, auf der sich die großen Dramen der Bibel abgespielt hatten.

Fährt man heute dieselbe Strecke entlang, so sieht man ein Land, das wieder blüht wie in jenen großen Tagen Israels. Überall grünen die Felder der landwirtschaftlichen Siedlungen, grasen Herden bester Zucht und blühen in Plantagen Tausende Rosen, die, heute geschnitten, morgen mithilfe von Flugzeugen in London oder Paris verkauft werden. Und über den Köpfen spannt sich überall das Netzwerk elektrischer Leitungen, die Stadt und Land mit Energie versorgen.

Das größte Wunder aber ist, dass Davids Fluch über Gilboa: »Es soll weder tauen noch regnen auf euch, ihr trügerischen Gefilde« durch Israels Wiedererstehen anscheinend aufgehoben wurde. Gilboas Hänge sind auf israelischer Seite grün, während ihre andere Seite, die Jordanien sich aneignete, noch immer so wüst ist, wie Davids Fluch es gebot. Und die Höhle, in der sich David vor Saul verbarg, wurde zur »Bühne«, von der aus Jascha Heifetz ein Konzert vor Pionieren gab. Auf dem Felsen stand er im Kerzenlicht und verströmte seine Musik.

Aber diese Gedanken kamen mir erst viele Jahre später, wenn ich an dieses fantastische Abenteuer zurückdachte. Damals war ich ein verängstigter Junge von sechzehn Jahren, für den ein wackelnder, übel riechender Zug die Welt darstellte und der nur von einem Gedanken beherrscht war: dem katerbärtigen Schaffner zu entgehen, der, wie mir schien, in seinen rußigen Händen Großvaters Schicksal hielt.

Ich musste zu Großvater nach Damaskus, und wenn ich die 250 Kilometer zu Fuß laufen müsste. Sollte mich dieser Schaffner, dessen Anblick ich nun schon hasste, hinauswerfen, so wollte ich auf den nächsten Zug warten und auf den dritten und vierten und fünften. In Damaskus, davon war ich überzeugt, würde ich schon jemanden finden, der die Ungerechtigkeit der Verhaftung einsehen und Großvaters Entlassung erwirken würde.

Einen ganzen Tag und eine ganze Nacht lang – das heißt, zwei Drittel des Wegs nach Damaskus – ging der Schaffner an mir vorbei, ohne mich zu bemerken. Schon glaubte ich, die ganze Reise ohne Zwischenfall zu überstehen, als er am zweiten Tag beschloss, alle Passagiere einzeln zu kontrollieren. Natürlich hatte er mich bald am Kragen und verlangte die Fahrkarte. Als er hörte, dass ich keine hatte, erklärte er selbstverständlich: Entweder zahlen oder an der nächsten Station hinaus!

Nun war der Moment gekommen, in dem die Davidsharfe sich bewähren musste. Ich nahm sie aus dem Ranzen und schlug einen Ton an. Und – Wunder über Wunder: Des Schaffners Zorn schmolz dahin. Er verwandelte sich in einen vereinsamten Mann, der es hasste, über die Einöde hin- und herzuzotteln und Flüchtlingshorden zu überwachen, noch dazu im Krieg!

Als ich sah, wie seine Augen leuchteten und sein Gesicht sich entspannte, spielte ich ihm eine muntere türkische Melodie vor, die ich in Jerusalem gehört hatte. Er strahlte und bat mich, weiterzuspielen.

»*Hiyar Effendum*!«, erwiderte ich ihm in seiner Sprache. »Aber nur, mein Herr, wenn Sie mich eine Station weiter mitfahren lassen!«

»*Iy yiy*«, antwortete der Türke, begeistert von dem Handel. »In Ordnung. Spiel weiter!«

So begann ein Spiel zwischen dem Schaffner und mir. Vor jeder Station drohte er, mich hinauszusetzen, und ich betörte ihn mit einer neuen Weise, sodass er mich bis zur nächsten Station mitfahren ließ. Schließlich verfiel er meiner Musik so sehr, dass er sich kaum mehr von meiner Seite rührte. Er hatte eine hübsche Stimme, mit der er seine türkischen Lieblingslieder zu meiner Begleitung sang, und war nun so anhänglich, dass er sogar sein Brot, seine Feigen und sein Wasser mit mir teilte.

Schließlich ließ er die Drohung, mich hinauszuwerfen, fallen. Ich war sein Freund geworden, und er erzählte mir von Frau und Kindern. Er bat mich, in Damaskus angelangt, nach Smyrna mitzukommen, um dort seiner Familie auf der Harfe vorzuspielen.

Aber ich verließ den Zug und den neuen Freund und presste zärtlich die Harfe ans Herz, die mir tatsächlich den Weg nach

Damaskus bezahlt hatte. O Großvater, dachte ich, als du die Harfe gemacht hast, dachtest du nicht, dass sie mich eines Tages zu deiner Hilfe führen würde!

Es war spät am Nachmittag, als ich in Damaskus ankam. Ich wollte sofort Jakob Ichiloff auffinden, doch hatte ich weder seine Adresse, noch wusste ich, wie ich sie herausfinden könnte. Daher fragte ich einfach x-beliebige Leute auf der Straße, wo man Orangen verkaufe. Sie dachten natürlich, ich suchte Orangen, und erklärten mir, jetzt sei Saison für Wassermelonen. Als ich jedoch auf Orangen bestand, klopften sie mir auf die Schulter und sagten: »Dann musst du in der Orangensaison wiederkommen.«

Inzwischen war die Sonne untergegangen und es wurde kalt. Natürlich konnte ich in kein Hotel gehen, aber ebenso unmöglich war es, unter dem Sternenhimmel zu schlafen. Ich hatte im Freien übernachten wollen, wie wir es bei unserem Auszug aus Jerusalem getan hatten, doch war es hier zu kalt. Als ich ratlos die Straßen entlangschlenderte, hörte ich den Singsang eines Muezzins, der vom Minarett einer nahen Moschee aus die Gläubigen zum Gebet rief.

Warum konnte ich nicht in der Moschee schlafen? Ich erinnerte mich an Geschichten meiner Glaubensbrüder, die in einer fremden Stadt bei Nacht in einer Synagoge Zuflucht suchten, sich auf einer Bank ausstreckten und schliefen. Also kroch ich in die Moschee und wartete.

Als die Gebete beendet waren und die Moslems sich von ihrem Fußfall erhoben, legten sich einige auf die Strohmatten. Ich machte mich so klein wie möglich und folgte ihrem Beispiel. Schlafen konnte ich jedoch nicht, denn die Männer husteten so sehr, dass das ganze Gebäude zu wackeln schien.

Und obgleich ich mich in einer heiligen Stätte befand, war ich um meine Kleider, mein Geld, vor allem aber um meine Davidsharfe besorgt. Schließlich musste ich wohl dennoch eingeschlafen sein, denn plötzlich war es Morgen. Mein Ranzen lag noch immer unter meinem Kopf, und meine Harfe war an meinen Leib gebunden. Ich schämte mich meines Misstrauens.

Gerade wollte ich mich auf die Straße wagen, als ein gut angezogener Araber von etwa vierzig Jahren auf mich zukam, meinen Ranzen befühlte und fragte: »Was ist da drin?«

»Meine Sachen«, antwortete ich, und da ich das Gefühl hatte, er sei ein einflussreicher Mann, öffnete ich die Hülle und zeigte ihm die Harfe.

»*Yah Allah*«, rief er und strich mit seinen dicken Fingern über die Saiten, die wundersam aufklangen. »Wie viel willst du dafür?«

Ich antwortete, sie sei nicht zu verkaufen.

»Aber vorspielen wirst du mir doch darauf, oder?«, bat er. Ich spielte also ein paar Melodien, von denen ich annahm, sie würden einem vornehmen Moslem gefallen, und tatsächlich war er so entzückt, dass er mich in ein Kaffeehaus einlud. Als wir unseren Kaffee schlürften, stellte sich der Mann als Muezzin der Moschee vor. Vielleicht kann er mir helfen, dachte ich und erzählte ihm von Großvaters rechtswidriger Verhaftung und meiner Hoffnung, Jakob Ichiloff zu finden.

»Wir werden uns sofort nach dem Zitrushändler erkundigen«, sagte er. »Dann gehen wir zum Gefängnis. Ich selber führe dich zum Wachhabenden.«

Hier im Hause Gottes, dachte ich, der doch für alle ein und derselbe Gott ist, was auch sonst uns trennt, hier hat mich das Schicksal zu einem Menschen guten Willens geführt. Ein herrlicher Mensch! Und ich dankte dem Muezzin aus tiefstem Herzen. Anstatt einer Antwort lächelte er nur still und zitierte Stellen aus dem Koran über schlechte Menschen und gute Menschen, Arme und Reiche, Hölle und Himmel, und davon, wie viel vorteilhafter es sei, gut und offen zu sein anstatt schlecht und verdorben. Er sprach von dem Tag, da alle Sterblichen vor Allah erscheinen müssten, und wie viel leichter es dann für ein Kamel sein würde, durch ein Nadelöhr zu gehen, als für einen Sünder, ins Himmelreich zu gelangen.

Als wir zum Gefängnis kamen, begann mein Herz laut zu schlagen, denn vielleicht nur ein paar Schritte entfernt saß ja mein armer Großvater in einer dunklen Zelle.

Hunderte von Menschen jeder Altersstufe – Männer, Frauen, Kinder – standen hier dicht gedrängt und schauten angstvoll auf die schweren Eisentore, in der Hoffnung, unter den Gefangenen, die hinein- und herausgeführt wurden, vielleicht einen ihrer Lieben zu entdecken.

Der Muezzin strich sein Gewand glatt, rückte sich den Turban zurecht, kämmte den Bart mit den Fingerspitzen, streckte die Brust heraus und ging hoch aufgerichtet auf den wachhabenden Offizier zu.

Doch kaum hatte er ihm die Sache erklärt, so schrie dieser »Hiyar! Hiyar!« – Nein! Nein! – und stieß den Muezzin beiseite.

Mir war es peinlich, die Niederlage des Muezzins mit ansehen zu müssen. Er tobte eine Weile darüber, sagte dann aber, er würde sich nach dem Zitrushändler umsehen, und hieß mich gegen Abend wieder zur Moschee zu kommen. Als er gegangen war, blieb auch mir nichts anderes übrig, als dazustehen und mit den anderen auf die schrecklichen Eisentore zu starren. Plötzlich wurden einige Gefangene herausgebracht. Sie waren mit Stricken aneinandergefesselt, und als sie herauskamen, begannen sie laut ihre Namen zu rufen, damit man erfuhr, wer sie waren. Dies war die einzige Möglichkeit, mit Freunden und Verwandten in Kontakt zu kommen, da Besuche im Gefängnis nicht gestattet wurden.

Ich schrie, mitten aus der vorwärtsdrängenden Menge heraus: »Großpapa! Großpapa!«, sah aber, dass die Gefangenen alle jüngere Männer waren. Die Gendarmen trieben uns zurück und schwangen drohend ihre Peitschen.

Wie ich so dastand und die vergitterten Fenster und den Stacheldraht um das furchterregende Gefängnis sah, begriff ich die Unmöglichkeit meines Planes. Der Stacheldraht hielt uns in solcher Entfernung, dass es vergeblich war, harfespielend um das Gefängnis zu spazieren, um Großvater ein Zeichen zu geben. Es gab keinen direkten Kontakt, und plötzlich wurde mir schmerzhaft bewusst, wie armselig und unerfahren ich war.

Sodom

Als die Sonne unterging, wanderte ich zur Moschee, um zu erfahren, ob der Muezzin Ichiloff gefunden hatte. Mein arabischer Freund erwartete mich schon am Eingang, und mein Herz schlug, als er andeutete, er hätte Neuigkeiten für mich. Doch bestand er darauf, vorher etwas zu essen. Ich bettelte, mir die Neuigkeit mitzuteilen, da ich vorher nicht essen könnte, aber er lächelte nur verschmitzt und sagte: »Morgen ist ein großer Tag! Ach, die Neuigkeiten, die du erfahren wirst!«

Widerwillig kaute ich Brot, Käse, Oliven und Süßigkeiten und grübelte dabei über die versprochenen Neuigkeiten. Der

Muezzin aber holte eine Wasserpfeife und forderte mich zum Rauchen auf. Ich antwortete, dass ich nicht rauche, und bat ihn wieder, mir zu sagen, was er wusste.

Endlich war er bereit. »Ich habe einen guten Freund getroffen, der ganz Damaskus in der Tasche hat. Morgen wird er uns zu dem Mann führen, den du suchst.«

Das war etwas Konkretes, und ich schämte mich der Zweifel, die mir über den Muezzin aufgestiegen waren. Eine Stunde lang las er mir aus dem Koran vor, und als er sah, dass ich ermüdete, fragte er, ob ich schlafen oder vorher mit ihm auf den Turm der Moschee steigen wollte, um Damaskus bei Nacht zu betrachten.

Aus Reue über mein Misstrauen zuvor sagte ich, ich wolle auf den Turm steigen. Am Fuße der Wendeltreppe zeigte der Muezzin auf eine Tür, hinter der sein Zimmer lag, und schlug vor, meinen Ranzen mit der Harfe dort zu lassen, doch ich sagte, ich trennte mich nie davon.

Da ich in Jerusalem viel Übung im Erklettern von Türmen gehabt hatte und außerdem viel jünger war als der Muezzin, war ich lange vor meinem beleibten Gastgeber oben, der vor Anstrengung keuchte. Wieder zu Atem gekommen, erklärte er mir die verschiedenen Sehenswürdigkeiten, während seine Hand väterlich auf meiner Schulter ruhte. Dann aber strich seine Hand liebkosend an mir herunter. Entsetzt fuhr ich zurück, denn ich erinnerte mich der Geschichten, die ich in Jerusalem über gewisse Neigungen der Araber gehört hatte. In der Schule hatte man uns vor Päderasten gewarnt und uns über ihre Annäherungsversuche aufgeklärt.

»Lassen Sie mich!«, schrie ich und rannte zur Tür der Wendeltreppe, die der Muezzin in seiner ganzen Breite verstellte.

Er stand ruhig da und beäugte mich wie ein Schakal.

»Warum hast du es denn plötzlich so eilig? Hier ist es doch so schön … und das ist so gut, so gut.«

»Lassen Sie mich fort!«, schrie ich wieder.

»*La ya Habibi*«, erwiderte er ironisch. »Nein, Liebling. Ich habe dir zu essen gegeben, ich habe dir zu trinken gegeben, ich bin mit dir durch ganz Damaskus marschiert.«

Ich erkannte meine Situation und schrie ihm Worte seines eigenen Glaubens zu: »*Din Mohammed bil Seif*« (Mohammeds Gerechtigkeit ist die Spitze des Schwerts), gab ihm mit aller Kraft einen unerwarteten Stoß, sodass er das Gleichgewicht verlor, auf den Rücken fiel und eine ganze Windung der Treppe hinunterrollte. Dabei verfingen sich seine Arme und Beine in dem eisernen Gestänge, und während er sich fluchend zu befreien suchte, sprang ich über ihn hinweg und rannte die Treppe hinunter.

Nahe am Ende verlangsamte ich das Tempo, um nicht aufzufallen, und konnte mit einigermaßen würdevollem Schritt aus dem Treppenhaus die Moschee betreten. Sobald ich aber ihre Tür durchschritten hatte und auf die Straße gelangt war, rannte ich los, so schnell ich konnte. Doch da ich erschöpft war, hatte ich keine Wahl, als erneut eine Moschee aufzusuchen, in der ich die Nacht verbringen könnte.

Bei Sonnenaufgang lief ich zum Gefängnis, doch war es geschlossen, weil Moslem-Sabbat war. Also ging ich in die Stadt, da ich beschlossen hatte, zur Vergrößerung meiner kleinen Barschaft eines meiner beiden Hemden zu verkaufen. Der Händler im ersten Laden, den ich sah, probierte und kaufte es, obwohl es ihm zu kurz und zu eng war. Zweifellos machte er dabei ein gutes Geschäft. Interessiert fragte er, ob ich nicht noch etwas zu verkaufen hätte und was da aus meinem Ranzen herausschaue. Ich zeigte ihm die Harfe und strich ihre Saiten.

»Ah, *Hadi mazica*!«, rief der Araber vergnügt. »Komm schon, spiel was!«

Und wieder zeigte sich die Magie der Harfe. Als ich endete, gab er mir zur Belohnung eine Handvoll frischer Datteln aus einem Korb.

»Wozu verkaufst du deine Kleider?«, rief er. »Warum gehst du nicht lieber in den Straßen herum und spielst? Jeder wird dir was geben!« Und er bat mich »im Namen Allahs«, noch etwas zu spielen. In seiner Begeisterung rief er seine Nachbarn herbei, und sie kamen und blieben und verlangten mehr Musik.

Mein Händler hatte recht. Auf diese Wiese konnte ich die Herzen der Damaszener erobern. Der Bäcker von gegenüber engagierte mich und gab mir dafür einen halben Wecken Brot, das eben aus dem Ofen kam, während er einem Bettler nur einen harten Kanten hingeworfen hätte. Und während ich spielte, schob mir ein Gemüsehändler Rettichstückchen in den Mund.

Inzwischen hatten die Musik und der entstandene Volksauflauf auch einen zerlumpten, verhungerten Schwarm von Bettlern angezogen. Ob der Gemüsehändler auch ansonsten ein mildtätiger Mann war, weiß ich nicht. Jetzt aber war er von der Harfe so bezaubert, dass er immer von Neuem die im Osten sehr teuren Rettiche zerschnitt und davon Häppchen an die Bettler verteilte. Ich jedoch, als außergewöhnlicher Bettler, erhielt einen ganzen langen Rettich für mich allein.

Als die Bettler begriffen, wie einträglich ich für sie war, folgten sie mir auf den Fersen. Sie schwärmten so nahe um mich herum, dass es aussah, als gäbe eine organisierte Kapelle, deren erster Geiger ich war, eine Vorstellung.

Aber die Damaszener sind kluge Leute. Die Geschäftsleute fanden schnell heraus, wer der Virtuose war, und belohnten mich reichlich, während sie meine Begleiter, die sie bis ins zehnte Glied verfluchten, auf so grausame Art davonjagten, wie es für dieses Land charakteristisch ist. Das ärgerte die Bettler natürlich, und als ein Milchladenbesitzer mich ihnen als Beispiel dafür hinstellte, wie ein würdiger Bettler sein solle, kam es zu einer handgreiflichen Auseinandersetzung, bei der die Steine flogen und die Polizei herbeieilte. Doch kam sie zu spät; als sie eintraf, waren die Bettler bereits in den Nebengassen verschwunden.

Nun dachte ich, sie los zu sein, und wollte auch, da ich keinen Hunger mehr hatte, aufhören zu betteln. Doch kaum setzte ich mich in Bewegung, war die bunt gescheckte Bande wieder da, nun sogar vergrößert: Selbst drei Frauen mit kleinen Kindern hatten sich angeschlossen, von denen eines so lange schrie, bis sich seine Mutter niedersetzte und ihm die Brust gab.

Die Bande bestand nun aus ungefähr dreißig Mitgliedern, und ich war unweigerlich ihr ungekrönter, ehrfürchtig anerkannter König.

Ich wusste, ich durfte sie nicht enttäuschen. Wenn ich aber mit diesem unglückseligen Geschäft weitermachen sollte, so musste Ordnung in die Sache kommen. Ich weiß nicht, was sie mehr überzeugte: meine Argumente oder die Harfe, die ja alle Türen zu öffnen schien. Jedenfalls waren die Bettler schließlich bereit, meinem Plan zu folgen: Nach jeder Vorstellung sollten die beiden saubersten und repräsentabelsten Mitglieder der Bande, die ich aussuchte, höflich vortreten und die Spende entgegennehmen. In einer Seitenstraße würden wir dann den Erlös teilen.

Eine Zeit lang schien der Plan zu funktionieren. Gegen Mittag waren unsere Säcke mit Lebensmitteln für drei Tage gefüllt – mit Brot, Zwiebeln, Oliven, Rettichen, Rosinen und Datteln. Anscheinend aber stieg der Reichtum meiner Gefolgschaft in den Kopf, und schon bald fielen die Bettler in ihre alten Gewohnheiten zurück. Die Sache erreichte ihren Höhepunkt, als ein begeisterter Gemüsehändler uns eine große Schale mit Tomaten (Tomaten, die ich so sehr liebte!) gab. Als wir in der Seitenstraße die schimmernden roten Früchte teilen wollten, stürzten sich die Bettler so wild darauf, dass für mich nur eine einzige übrig blieb, noch dazu eine verfaulte.

Nun hatte ich endgültig genug. Der Bettlerkönig dankte ab! Ich verkündete meinen Entschluss, drehte mich um und ging. Aber die Bettler waren nicht bereit, ihr Lebensmittel-Abonnement so einfach aufzugeben, sondern rannten hinter mir her, diskutierten und flehten, ich solle sie mit meiner Harfe weiter anführen. Da ich hart blieb, nahmen sie eine drohende Haltung ein, rissen an meinen Kleidern, und einer versuchte sogar, mir die Harfe aus dem Ranzen zu ziehen. Nur durch gut gezielte Schläge und Fußtritte – die einzige Sprache, die diese Unglücklichen zu verstehen schienen – konnte ich mich behaupten. Ich nahm ihnen den Schwur ab, von nun an meine Anordnungen genauestens zu befolgen, und war wieder der Bettlerkönig, doch sann ich die ganze Zeit auf eine Möglichkeit, ihnen zu entwischen.

Und sie sollte sich schon bald ergeben, als ein Händler einen ganzen Sack Linsen vor uns auf die Erde schüttete. Diese Linsen, Esaus Leibgericht, ließen sie vor Gier alles andere vergessen. Obgleich die Linsen wurmig und verdorben waren, balgten sich die Bettler darum, pufften und stießen einander blindlings und waren so in ihre Rauferei vertieft, dass sie nicht merkten, wie ich verschwand.

Der Musikant von Damaskus

Nach einer weiteren Nacht in einer Moschee, weit entfernt von der Gegend, in der ich den Bettlern entwischt war, erwachte ich mit frischem Mut. Ich hatte Vorräte für einige Tage und musste also nicht mehr auf den Straßen Harfe spielen.

Da mein Versuch, Jakob Ichiloff aufzufinden, gescheitert war, beschloss ich mit jugendlichem Optimismus, den einzigen Weg zu probieren, der noch offen schien: zum Gefängnis zu gehen und zu versuchen, irgendwie direkt mit Großvater Verbindung aufzunehmen. Zwar schauderte mir, wenn ich an die Szene mit den Gefangenen dachte, andererseits beflügelte mich der enorme Erfolg meiner Harfe bei den arabischen Händlern. Wenn sie die Herzen dieser Menschen so tief gerührt hatte, warum sollte sie nicht dasselbe bei den Gefängniswärtern bewirken?

So spazierte ich, die Harfe unterm Arm, zuversichtlich an dem verwirrten Wachsoldaten vorbei, der das Tor hütete. Ehe er begriff, was geschehen war, befand ich mich bereits in einem kleinen Gebäude jenseits des Tors, in dem der wachhabende Offizier beim Kaffee saß. Als ein paar Wachsoldaten herbeieilten und sich mir in den Weg stellten, nahm ich all meinen Mut zusammen und wandte mich an den Offizier.

»Ich habe etwas Wichtiges zu besprechen – aber mit Ihnen allein.«

Den Hauptmann schien meine Kühnheit zu überraschen, er schickte die anderen fort. Dann fragte er, was ich wolle.

»Hier im Gefängnis sitzt ein alter Mann, der irrtümlich verhaftet wurde. Ich bin sein Enkel, wir sind aus Jerusalem.«

»Wie heißt er?«

»Mattis Janowsky.«

Der Hauptmann zerbrach sich fast die Zunge bei dem Versuch, den Namen zu wiederholen. Als er ihn endlich aufgeschrieben hatte, begann das Geschäftliche.

»Was willst du also, Junge?«, fragte er mich zwinkernd.

»Den Mann heraushaben. Können Sie mir dabei helfen?«

»Das wird eine Menge Geld kosten.«

»Wie viel?«

»Hundert Goldstücke«, flüsterte er.

Zu Hause hatten Vater und Großvater oft über die Währung gesprochen. Ich hatte mir gemerkt, dass ein Goldstück, was einer türkischen Lira entsprach (ungefähr 7 Euro), auf vier Papierlira entwertet worden war und dass unter dem Kriegsrecht der Besitz von Goldmünzen verboten war. Die Forderung des türkischen Offiziers bedeutete also: vierhundert Lira. Obgleich ich keine Ahnung hatte, woher ich so viel Geld nehmen sollte, antwortete ich selbstbewusst: »In Ordnung! Die sollen Sie haben.«

»Gut. Bring das Geld in einer Woche, dann werden wir sehen, was sich machen lässt.«

Er blinzelte mir wieder zu, und ich rannte schnell auf die sonnenüberflutete Straße, damit er meine Freudentränen nicht sähe. Was für ein Erfolg! Vielleicht würde sich das Gefängnis für meinen Großvater in einer Woche öffnen!

Und ich dachte, wie weise doch Mosché Pinhasevitsch war.

Er hatte mir in Petach-Tikwa gesagt: »Geld redet. In Damaskus kannst du für Geld kaufen, was du willst.« Ferner hatte er gesagt, es könne drei Monate dauern, bis Großvaters Fall verhandelt würde. Der Hauptmann aber hatte mich für kommende Woche bestellt, demnach blieb genug Zeit. Alles gut und schön – nur woher sollte ich das viele Geld nehmen?

Nach einiger Zeit des Überlegens kam mir eine Idee. Ziemlich weit entfernt vom Gefängnis hatte ich eine vielbefahrene Straße gesehen. Sie war breit und sauber, ganz anders als die Straßen in den anderen Bezirken, und auf beiden Seiten gab es große Kaffeehäuser, die meist in wunderschönen Gärten lagen und in denen gut gekleidete Leute saßen, viele sogar europäisch angezogen. Wenn irgendwo hundert Goldstücke zu verdienen wären, dann dort, entschied ich, und machte mich auf den Weg. Ich suchte mir in der Prachtstraße einen Platz neben dem Eingang eines großen Kaffeehauses, nahm meine Harfe heraus und begann zu spielen. Bald begannen Münzen auf den Gehsteig zu meinen Füßen zu klimpern. Da bemerkte ich einen breiten, sichtlich wohlhabenden Mann, der mich schon eine ganze Weile beobachtet hatte und plötzlich auf mich zukam.

»Komm mit«, befahl er.

»Wohin?«, fragte ich ängstlich, da ich mich an den Muezzin erinnerte.

»Du wirst schon sehen.« Er lächelte dünn. »Brauchst keine Angst zu haben.«

Widerstrebend zottelte ich hinter dem fremden Mann her, bereit, bei der ersten verdächtigen Bewegung fortzurennen. Nach nur wenigen Schritten blieb er bei einem großen Haus mit einem gepflegten Rasen davor stehen, auf dem »Restaurant« geschrieben stand.

»Da sind wir«, sagte er. »Warte hier, ich hole meinen Bruder.«

»Wozu soll ich warten?«

»Du sollst ihm vorspielen. Wenn du ihm gefällst, bist du ein gemachter Mann. Das Restaurant gehört uns. Vielleicht kriegst du eine Anstellung fürs Leben, mein Junge.«

Das konnte ich mir nicht vorstellen, wartete aber trotzdem und beschaute mir den Ort, an dem ich mein Leben verbringen sollte. Nach wenigen Augenblicken kam der Mann in Begleitung eines etwas weniger wohlbeleibten zurück. Ich begann, ein arabisches Lied zu spielen, aber mein Entdecker unterbrach mich: ob ich auch europäische Melodien kenne? Daraufhin spielte ich ihnen ein paar europäische Lieder vor.

Die Brüder lächelten zustimmend. Leise berieten sie sich, dann jedoch bemerkte der Jüngere, mein Entdecker, verlegen, dass meine Kleidung wie auch meine Sauberkeit zu wünschen übrig ließen. Das war nicht zu bestreiten, denn seit sieben Tagen hatte ich nicht gebadet, sodass ich mich ständig kratzte, und meine Kleider starrten vor Schmutz.

Während die Brüder diskret Abstand zu mir hielten, schlossen wir folgenden Vertrag: Ich sollte an sechs Tagen der Woche von fünf Uhr nachmittags bis Mitternacht spielen und dafür eine Abendgage von einer Medjidie (ungefähr 2 Euro) bekommen, außerdem mein Abendbrot und Trinkgelder.

»Wie viel Trinkgelder geben die Gäste?«, fragte ich neugierig.

»Das hängt ganz davon ab, wie du dem Publikum gefällst.«

»Und wenn ich den Leuten gefalle?«

»Dann kannst du ein reicher Mann werden.«

Die Brüder stellten sich nun als Tufik, mein Entdecker, und Isah vor. Ihr Restaurant, das größte in Damaskus, hatten sie nach ihrer Rückkehr aus den Vereinigten Staaten eröffnet, wo sie zwanzig Jahre gelebt hatten. Isah, der sowohl der Ältere als auch anscheinend der Boss war, beauftragte Tufik, mich in ein Herrenbekleidungsgeschäft, in ein Bad und zu einem Friseur zu führen.

»Kauf für ihn orientalische Kleidung«, ordnete er an, »mit einem hübschen Fes und Pumphosen. Das haben die Gäste gern, besonders die deutschen und österreichischen Offiziere.«

Aber als Tufik meine langen Haare sah, die nach dem Waschen noch länger aussahen, beschloss er, mich nicht zum Friseur zu bringen, sondern zu Isah.

»Du hast recht«, pflichtete Isah bei. »Er sieht so romantisch aus, wie man sich einen jungen Harfenisten vorstellt.«

Mich genierte zwar diese Diskussion um meine Haare, aber ich begriff. Das Geschäftsinteresse ging vor, und diese Männer waren ja meine Chefs.

Nach einem ausgezeichneten Abendbrot gingen wir in den Garten, wo unter Libanonzedern, Zypressen und Palmen inmitten der Tische eine Bühne aufgebaut war. An den Mauern rankte Wein empor, und es gab einen Springbrunnen, in dem ich den ersten Goldfisch meines Lebens sah.

Die Augen gingen mir über beim Anblick des schimmernden Klaviers auf der Bühne. Solch ein Klavier hatte ich bis dahin nur auf Abbildungen gesehen. Die Marke war mir unbekannt: Mason & Hamlin. Aber als ich ein paar Akkorde anschlug, war ich schrecklich enttäuscht, denn das Klavier war entsetzlich verstimmt. Ich sagte das meinem Beschützer.

»O nein, mein Junge!«, rief Isah, der nicht verstand, wovon ich sprach. »Es ist das beste Klavier der Welt! Die größten Konzertpianisten haben es für uns ausgesucht.«

»Das mag schon sein«, erwiderte ich, »aber wann ist es zum letzten Mal gestimmt worden? Wenn ich eine Stimmgabel hätte, würde ich es Ihnen beweisen!«

Isah öffnete das Klavier, in dessen Korpus eine Stimmgabel befestigt war, und ich rollte die Ärmel auf und machte mich an die Arbeit. Bald bemerkte ich, dass dieses amerikanische Instrument ein etwas anderes Stimmsystem hatte, das viel besser zu manipulieren war als das russische von Großvater. Als es gestimmt war und ich die Töne hörte, die dieses Instrument erzeugte, verstand ich, warum Großvater sein Klavier als nicht sehr gut bezeichnet hatte.

Isah hatte mich nach meiner Lebensgeschichte fragen wollen, um am Abend die Ankündigung meines Auftretens gebührend mit Details zu würzen, doch das Stimmen hatte so lange gedauert, dass hierfür keine Zeit mehr blieb. So wusste Isah nur, dass ich Carmi hieß, dass meine ganze Familie vom Großvater bis zu den Enkeln musizierte und dass ich aus einem fernen Ort mit Namen Petach-Tikwa käme.

»Wo ist dieses Petach-Tikwa überhaupt?«, fragte er mich flüsternd, als er schon auf die Bühne steigen wollte.

»Sehr weit weg«, sagte ich, »jenseits der Wüste und der Berge.«

Mehr brauchte Isah nicht, um ein Zaubermärchen zu erfinden, das ich ihm nie zugetraut hätte.

»*Mesdames et messieurs*«, redete er seine Gäste in makellosem Französisch an, wie es die Damaszener Oberschicht beherrscht. »Aus eigener Erfahrung wissen Sie, dass mein Bruder Tufik und ich immer bemüht sind, Ihnen nur das Beste an Bewirtung wie an Unterhaltung zu bieten. Um Ihnen dies erneut zu beweisen, haben wir heute eine außerordentliche Überraschung für Sie: einen jungen Mann aus Petach-Tikwa, der für Sie die Harfe des Königs David spielen wird – Herrn Carmi.«

Der Vorhang wurde zur Seite gezogen, und ich erhob die Hand, um zu beginnen. Ehe ich jedoch den ersten Akkord spielen konnte, schrie es von allen Seiten: »Isah, wo liegt Petach-Tikwa?«

Isah sprang wieder auf die Bühne, blinzelte mir zu und erklärte, das Gesicht hinauf zu den Sternen gewandt, verträumt: »*Mesdames et messieurs*, was soll ich Ihnen erzählen? Petach-Tikwa! Ich wünschte, Sie könnten diesen Garten Eden sehen! Mein Bruder und ich, wir waren in New York und in Chicago und in San Francisco – aber nie war es uns vergönnt, Petach-Tikwa zu sehen, das jenseits hoher Berge liegt, jenseits trockener Wüsten und mächtiger Meere. Ich kann Ihnen nur sagen: Es ist die Heimat der Nachtigallen – ein Ort, an dem ganze Familien den ganzen Tag musizieren.«

Das Publikum klatschte Isah zu, und als ich gespielt hatte, klatschten sie noch lauter. Wie mit den Brüdern besprochen, bettete ich nachher die Harfe auf einen speziell dafür bereitgestellten Tisch, damit die Gäste sie besichtigen konnten. Sie drängten sich herzu, um das Instrument zu bewundern und um auf den diskret, aber zwingend aufgestellten Teller ein Trinkgeld zu werfen.

Ich stand daneben und hörte die Bemerkungen der Leute. Dabei sah ich auch zwei Offiziere der deutschen Luftwaffe, die der Türkei, dem Verbündeten des Kaisers, ein großes Kampfkontingent gesandt hatte. Die Deutschen betrachteten eindringlich die Schnitzereien der Harfe, und ich hörte, wie der eine dem anderen erklärte: »Das ist der Turm Davids.«

Er wandte sich an mich: »Stimmt das?«

»Sie haben vollkommen recht«, sagte ich. »Kennen Sie Jerusalem?«

»Noch nicht. Aber ich hoffe, bald dort zu sein. Aber ich habe den Turm Davids nach einem Bild der Heiligen Stadt erkannt, das bei uns zu Hause hängt.« Lächelnd fügte er hinzu: »Ich bin Jude.«

Heute, nach den Vorgängen in Hitlerdeutschland, kann man sich nur schwer vorstellen, dass es im Ersten Weltkrieg den Juden in der kaiserlichen Armee ebenso wie anderen Deutschen erlaubt war, ihr Blut für das Vaterland zu vergießen.

Da ich die Sympathie der beiden Flieger fühlte, erzählte ich ihnen, dass mein achtzigjähriger Großvater während einer Jagd auf Spione irrtümlich verhaftet worden war.

»Ich bin nach Damaskus gekommen, um Leute zu finden, die mir bei seiner Befreiung helfen«, schloss ich.

Die Deutschen machten sich einige Notizen über den Fall und sagten: »Wir wollen darüber mit unserem Kommandeur sprechen. Übermorgen kommen wir wieder und werden Ihnen sagen, was wir tun können.«

Nach meinem zweiten Auftritt wurde ich an einen Tisch gewinkt, an dem ein Paar saß, das meine Neugierde erweckte. Wie ich bemerkte, wurde der Mann, ein Fünfziger mit einem Schnurrbart, von allen umsitzenden Gästen mit ausgesuchtem Respekt behandelt. Seine beträchtlich jüngere Begleiterin war eine sehr liebliche Frau, schwarzhaarig, elegant frisiert und mit tiefblauen Augen, die Humor und Verständnis ausdrückten.

Der Herr streckte mir freundlich die Hand entgegen und stellte sich und seine Frau mit einem türkischen Namen vor, den ich in dem Lärm rings um uns nicht verstand. Als ich bei

ihnen saß, befragten sie mich neugierig über Petach-Tikwa.
Lächelnd wich ich ihren Fragen aus.

»Isah wäre mir böse, wenn ich so viel erzählte. Er will der
Spezialist für Petach-Tikwa sein – warum soll ich ihm das Vergnügen nicht lassen?«

»O lala«, lachte die Dame. »Ist das ein Geheimnis?« Und ihr
Mann steckte mir eine ganze Medjidie in die Hand.

Als ich nachher in den Trinkgeldteller schaute, war der Haufen von Münzen und Scheinen ein klarer Beweis dafür, dass
Tufik nicht übertrieben hatte, als er behauptete, ich könnte ein
reicher Mann werden.

Als gegen Mitternacht die Sperrstunde heranrückte, stopfte
ich mir das Geld in die Taschen und wollte gehen. Aber Tufik
und Isah hielten mich auf und nahmen mich in ihr Büro. Was
werden sie wollen?, überlegte ich und befürchtete, ich müsste
nun doch mit ihnen teilen.

Aber zu meiner größten Erleichterung wollten sie nur besprechen, wie wir in unserem gemeinsamen Interesse aus dem
Eindruck, den ich zweifellos auf das Publikum gemacht hatte,
noch mehr Profit schlagen könnten. Da die Gäste anscheinend
auf meine »romantische Persönlichkeit« ebenso wie auf meine
Musik reagierten, schlugen die Brüder aus Geschäftsgründen
vor, dass ich von Tisch zu Tisch gehen und mich mit den Gästen
unterhalten sollte. Dafür wollten sie pro Abend noch einen halben Dinar zulegen und versicherten, dass ein solcher persönlicher Kontakt zweifellos auch die Trinkgelder erhöhen würde.

. Auch waren die Brüder um meine Sicherheit besorgt – denn
schließlich und endlich entwickelte ich mich zu einem wertvol-
len »Besitz«. Auch um die Sicherheit meiner Harfe machten sie
sich Gedanken.

»Damaskus strotzt von Dieben«, sagten sie. »Wir wollen einen Leibwächter für dich anstellen.«

Ich lachte über ihre Besorgnisse und zeigte ihnen, dass ich die Harfe mit zwei Riemen an meinen Körper geschnallt trug, wie David seinen Schild. Die Riemen stammten vom Zaumzeug unseres Esels Balaam, das Vater noch rechtzeitig abgenommen und versteckt hatte, bevor er von den türkischen Gendarmen im Zuge der allgemeinen Vieh-Beschlagnahmung abgeholt worden war.

Doch bestanden die Brüder darauf, mich zu dem Hotel zu begleiten, in dem sie mich eingemietet hatten. Als ich allein war, zählte ich, gierig wie ein Geizhals, die Einkünfte des Abends und sah, dass ich fünf Goldstücke oder 20 Medjidies verdient hatte. Nun hatte ich fünf der benötigten hundert Goldstücke beisammen, die der Hauptmann der Wache für seinen Beistand verlangte. Das war ein guter Anfang und beruhigte mich so, dass ich sofort einschlief.

Am nächsten Morgen war ich sehr überrascht, vor meiner Türe einen Wächter zu finden. Er sagte, er sei von Isah und Tufik dorthin beordert, um über meine Sicherheit zu wachen. Anscheinend vertrauten sie den Riemen aus Balaams Zügeln weniger als ich. Nun schön, dachte ich, schließlich war es nicht das Schlechteste, wenn in dieser fremden Stadt zwei Leute um mich und meine kostbare Harfe besorgt waren. Ich setzte meinen roten Fes auf und betrat die Straße in dem Gefühl, über Nacht ein Mann von Bedeutung geworden zu sein.

Zuerst ging ich zum Gefängnis, um dem Hauptmann zu versichern, ich würde das Geld zusammenbekommen. Vielleicht konnte er meinem Großvater inzwischen den Aufenthalt im Gefängnis erleichtern.

Der Hauptmann schien von meinem Auftauchen nicht sehr erbaut zu sein. Überrascht zog er die Augenbrauen hoch, als er mich in meiner türkischen Aufmachung sah. Vielleicht hatte er gestern die ihm unmöglich hoch erscheinende Summe nur genannt, um mich abzuschrecken. Ich nahm all meinen Mut zusammen, der mich schon so weit geführt hatte, und sagte so nonchalant wie möglich: »Schauen Sie mal, was ich in der Tasche habe!«

Er steckte die Hand in meine aufgeblähte Tasche, und die Augen traten ihm aus dem Kopf, als er darin die Unmenge Münzen und Papier fühlte.

»Na los, bedienen Sie sich«, ermunterte ich ihn.

Er tat das ausgiebig und wurde daraufhin wieder freundlicher. Nun besprachen wir die Einzelheiten der am vorhergehenden Tage vereinbarten Angelegenheit und kamen überein, dass ich in fünf Tagen mit mehr Geld zu weiteren Verhandlungen wiederkommen sollte. Ich verließ das düstere Gefängnis mit leichterem Herzen und dem Gefühl, dass Großvaters Entlassung nur noch eine Frage der Zeit sei.

So weit war alles gut. Aber dann begriff ich, dass ich die Riesensumme ja binnen fünf Tagen zusammenhaben musste. Am ersten Abend hatte ich ungefähr fünf Goldstücke verdient; es würde also drei Wochen dauern, eingerechnet Extra-Trinkgelder und die von Isah und Tufik versprochene Sonderprämie, bis ich so weit wäre.

Dann hatte ich einen Einfall. Ich eilte zum Restaurant und lief zu den erstaunten Brüdern ins Büro.

»Ich brauche in fünf Tagen hundert Goldstücke!«, rief ich.

»Hundert Goldstücke! Sonst nichts?«, fragte Isah höhnisch. »Was willst du denn damit? Ein eigenes Restaurant kaufen?«

»Ich mache keinen Witz. Ich will eine Anleihe, und ich meine es ernst. Ich muss sie haben.«

Die Brüder schauten erst mich und dann einander an, und schließlich fragte Isah mit sichtlicher Beklemmung: »Was ist geschehen? Wozu brauchst du eine ganze Bank?«

Also erzählte ich ihnen die Geschichte mit Großvater, nur verriet ich ihnen nicht, dass ich Damaskus in dem Augenblick verlassen wollte, in dem er frei war.

»Gut«, sagten sie. »Angenommen, wir können das Geld auftreiben: Welche Sicherheit kannst du uns geben?«

»Meine Harfe Davids.«

»Deine Harfe Davids?«, wiederholten beide. »Wie viel ist sie wert?«

»Ich würde sie nicht für eine Million Dollar verkaufen, aber ich werde sie Ihnen jeden Abend übergeben sowie alle Trinkgelder, bis ich die Summe zurückbezahlt habe!«

»*Yah Allah!*«, rief Isah, »dieser Junge ist verrückt. Mein großes Mason & Hamlin, das zehn Leute kaum schleppen können, hat mich nur sechshundert Goldstücke gekostet!«

»Ja, aber ich habe eine Harfe Davids. Sie haben ja selber gesehen, wie gut sie den Leuten gefällt!«

Isah kratzte sich nervös am Kopf. »Gib uns ein paar Tage Zeit, wir müssen es uns überlegen«, sagte er ausweichend.

»Außerdem«, mischte sich nun Tufik ein, »haben wir jetzt keine Zeit für Unterhaltungen. Wir erwarten heute Abend eine Menge Leute.«

»Gibt es einen besonderen Anlass?«, fragte ich.

»Nein, nein«, antwortete Isah schnell. »Wir feiern nur den vierten Geburtstag unseres Restaurants.«

Ich gratulierte den Brüdern und ging.

Was der eigentliche Anlass war, wurde mir klar, sobald ich am Abend zur Arbeit kam. Durch den Eingang drängten sich Unmassen von Menschen – ganze festlich gekleidete Familien –, und Isah und Tufik schossen im Garten umher und versuchten, Platz für zusätzliche Tische zu schaffen. Als sich der Vorhang für meinen Auftritt öffnete, war der Garten bis zum letzten Plätzchen gefüllt. Als ich auf die Bühne gehen wollte, flüsterte Isah mir zu: »Lass die europäischen Melodien, heute sind nur Araber da, die wollen hiesige Musik hören.«

So spielte ich die Musik, die ich von der türkischen Kapelle in Jerusalem gehört hatte, und der Garten war erfüllt von entzückten Ausrufen: »*Yah Al-lahhhhh!*«

Als ich den ersten Teil beendet hatte und von der Bühne stieg, um mich unter die Gäste zu mischen, wurde ich sofort an den Tisch des vornehmen türkischen Ehepaares gewinkt, das sich am vorhergehenden Abend mit mir angefreundet hatte. Sie luden mich wieder ein, bei ihnen zu sitzen, und ich fühlte mich von der Aufmerksamkeit dieser Leute geschmeichelt, da sie so offensichtlich wichtige Persönlichkeiten waren. Während der Mann mit mir sprach, betrachtete mich die Dame aufmerksam. Schließlich nahm sie aus ihrer Handtasche ein paar Fotos und wandte sich zu mir.

»Monsieur Carmi, ich möchte Sie nicht in Verlegenheit bringen«, sagte sie schließlich in ihrem gewählten Französisch. »Aber wir haben einen einzigen Sohn, und uns ist aufgefallen, dass Sie ihm erstaunlich ähnlich sehen.«

»Ich hoffe, die Ähnlichkeit stört Sie nicht«, erwiderte ich und errötete gleichzeitig über meinen ungeschickten Scherz.

»Im Gegenteil. Wenn man bedenkt, dass eine Mutter ihren eigenen Sohn immer schön findet, ist das ein Kompliment.«

Und der Mann sagte, so leise, dass es wohl nur für ihre Ohren bestimmt war: »Sogar die Stimme ist ähnlich und die Art, wie er spricht!«

Sie reichte mir einige Bilder, die einen Jungen ungefähr in meinem Alter zeigten.

»Wo ist er?«, fragte ich. »Warum bringen Sie ihn nicht mit?«

Sie erzählten, dass der Junge in Genf zur Schule gehe, und die Dame fügte hinzu: »Sobald der Krieg vorbei ist, wollen wir ihn nach Paris bringen. Er soll an derselben Universität wie mein Mann studieren.«

»In Paris habe ich auch meine Frau kennengelernt«, erklärte der Mann. »Sie war Sekretärin an der Universität.«

Während ich über diesen leibhaftigen Beweis der Überwindung von Rassenvorurteilen nachdachte – denn in diesem Paar verschmolzen ja der Westen und der Osten miteinander –, kam mir eine Erleuchtung: Türke oder nicht Türke – eigentlich sind alle Menschen gleich. Für mich war das eine Entdeckung.

»Carmi, es ist klar, dass Sie ein Geheimnis haben«, sagte der Herr. »Wieso ist ein Junge wie Sie allein hier in Damaskus? Wo sind Ihre Eltern?«

»Das ist eine zu lange Geschichte für dieses Lokal, *mes amis*«, antwortete ich.

»Dann laden wir ihn doch zu uns nach Hause ein, damit wir ihn einen ganzen Abend für uns haben«, sagte die Dame zu ihrem Mann. »Dort kann er uns seine Geschichte erzählen.«

»Sehr gut.« Der Mann blinzelte mir zu. »Und wir werden auch etwas über Petach-Tikwa erfahren …«

Wir verabredeten, dass ich am kommenden Montag, also in fünf Tagen, ihr Gast sein würde. Ihre Adresse wollten sie mir das nächste Mal geben, wenn wir uns trafen.

Ich war sehr stolz zu sehen, dass sich die Leute tief vor ihnen verneigten, als sie zwischen den Tischen durchgingen. Welch ein Unterschied zu meiner verlassenen Gesellschaft von Bettlern, mit denen mich das Schicksal noch vor wenigen Tagen zusammengewürfelt hatte!

Die anderen Gäste hatten beobachtet, dass das vornehme Paar mich an seinen Tisch eingeladen und mir zum Abschied die Hände geschüttelt hatte. Nun war ich von Leuten umringt, die daraus schlossen, es sei anscheinend eine Ehre, mir die Hand zu schütteln. Mein Geldteller floss über. Und als ob das nicht schon gereicht hätte, mir den Kopf zu verdrehen, kündigte Isah von der Bühne herunter an, dass seine Exzellenz, der Bürgermeister von Damaskus, mit seinem Beamtenstab auf dem Weg zum Restaurant sei. Ein paar Minuten darauf hörte ich von draußen her lautes Getöse und wurde Zeuge eines zeremoniellen Auftritts, der an die Art erinnerte, wie mein Großvater mütterlicherseits, Chaim Goldberg, als Muchtar von Jaffa die jüdischen Einwanderer begrüßt hatte.

Die Ehrengäste hatten ganz vorn Platz genommen. Isah wisperte mir einen Vorschlag zu, und so begann ich mit Beduinen-Liedern. Die lächelnden Gesichter am Tisch vor mir bestätigten, dass ich keine bessere Wahl hätte treffen können.

Nachdem ich einige aufpeitschende Tänze gespielt hatte, kam der Bürgermeister mit ausgestreckter Hand auf mich zu.

»*Marchabah!*«, rief er herzlich.

»*Marchabahten!*«, erwiderte ich seinen Gruß. Er strahlte, dass ich, dem arabischen Brauch folgend, seinen guten Wunsch bei meiner Erwiderung verdoppelt hatte.

Nun drängten sich der Bürgermeister und seine Begleitung um den Tisch, auf dem meine Davidsharfe ausgestellt lag.

»Kannst du mir so eine Harfe beschaffen?«, fragte Seine Exzellenz.

»Mein Großvater hat sie für mich gemacht.«

»Kann er nicht auch für mich eine machen?«

»Er sitzt im Gefängnis.«

»Im Gefängnis? Wo? Warum? Ihr seid Vertriebene, nicht wahr?«

»Ja, Eure Exzellenz. Mein Großvater ist hier in Damaskus eingekerkert. Er wurde in Jaffa irrtümlich verhaftet, und ich suche nach guten Menschen, die mir helfen, ihn zu befreien.«

»Warum glaubst du, dass er irrtümlich verhaftet wurde?«

»Die Polizei hat in einem Kaffeehaus nach Spionen gesucht. Großvater ging gerade vorbei und wollte ein Glas Wasser trinken, da haben sie ihn mit allen anderen Juden im Kaffeehaus mitgenommen.«

»Wie alt ist dein Großvater?«

»79 Jahre und 8 Monate.«

»*Yah Allah!*«, rief der Bürgermeister entsetzt, und mein Herz schlug laut vor Freude. »Komm zu mir ins Amt und erzähl mir die ganze Geschichte. Ich werde sehen, ob ich etwas für dich tun kann.«

»Danke, Eure Exzellenz. Wann immer Sie erlauben.«

»Morgen muss ich nach Beirut, werde aber am Montagabend zurück sein. Bringen Sie den Jungen Dienstagvormittag zu mir ins Amt«, wandte er sich an meine Chefs.

»Wie Sie wünschen, Exzellenz«, sagte Isah mit einer Verbeugung.

Nun hatte ich also den Bürgermeister auf meiner Seite. Die Phalanx meiner Freunde wuchs: die deutschen Offiziere, die die Hilfe ihres Kommandeurs versprochen hatten, der

Hauptmann im Gefängnis, das türkische Ehepaar, zu dem ich eingeladen war, und nun auch noch der Bürgermeister von Damaskus.

Als ich an diesem Abend meine Einkünfte zählte, betrugen sie nicht weniger als acht Goldstücke. Trotzdem aber war mein Geldproblem nicht ohne Isah und Tufik zu lösen. Am nächsten Morgen ging ich wieder zum Gefängnis, um dem Hauptmann einen neuen Beweis meines anwachsenden Reichtums zu geben, aber er war nicht im Dienst. Ein freundlicher Korporal sagte, er wäre am folgenden Tag zurück.

Im Schatten des Galgens

Auf dem Heimweg zum Hotel bemerkte ich, dass die Geschäftsleute ihre Läden schlossen und in aufgeregt diskutierenden Gruppen zusammenstanden. Ich folgte ihnen neugierig zu einem weit offenen, unbebauten Platz, auf dem sich bereits eine vieltausendköpfige Menge versammelt hatte. Es wurde unheimlich still, dann stieg aus den vorderen Reihen ein Schrei auf, und ich sprang hoch, um zu sehen, was dort vorn vorging. Was ich sah, war zu viel für mich. Es war der Körper eines Mannes, der in Todeszuckungen am Galgen hing.

»Wen hat man gehängt?«, fragte ich.

»Irgendeinen Juden.«

»Warum? Was hat er getan?«

»Ich weiß nicht. Spion. Er hat für die Engländer spioniert.«

Ein entsetzlicher Gedanke durchfuhr mich.

»War es ein alter Mann?«, fragte ich.

»Nein, ein junger.«

Die Menge zerstreute sich, und ich drängte mich vor zum Galgen. Doch als ich durchkam, waren Galgen und Gehängter bereits entfernt worden.

Nun war ich wieder nichts anderes als ein furchtsamer Junge. Das Hängen des angeblichen Spions zeigte deutlich den organisierten Terror, gegen den ich um meinen Großvater zu kämpfen hatte.

Wer war der Mann, dessen Todeszuckungen am Galgen ich gesehen hatte? Wer war er, der hier schmachvoll gestorben war, weil er im Verdacht stand, eine Heimstätte für sein Volk schaffen zu wollen? Nur ein Jude aus Jaffa, hatte man mir gesagt. Aber einmal musste er ein Junge wie ich gewesen sein. Er musste in eine Schule gegangen sein, wie ich. Er musste, wie ich, durch die Bar-Mizwa zum Mann geworden sein; er musste tiefe Träume von einem guten Leben gehabt haben – vielleicht dieselben Träume wie wir in Petach-Tikwa, Träume, wie man die Wüste zum Blühen bringt. Wenn es einen Gott im Himmel gibt, fragte ich mich, und wenn er sieht, was auf der Erde vor sich geht, warum lässt er nicht Feuer herabregnen, wie es in der Bibel steht, damit all dieses Böse davon verzehrt wird?

Da hörte ich Hebräisch sprechen, ging zu der Gruppe, die es sprach, und sah Jakob Ichiloff, den Mann, den ich seit meiner Ankunft gesucht hatte.

»Carmi!«, rief er, als wir uns umarmten. »Aber – wo ist denn dein Vater?«

»Was meinst du?«

»Hat denn dein Vater meinen Brief nicht bekommen? Weißt du nicht, dass morgen die Verhandlung stattfindet?«

»Morgen!«

Ichiloffs Worte bedeuteten für mich das Ende der Welt. Dieser elende Wachoffizier, der mich im Glauben gelassen hatte, es sei noch viel Zeit! Für hundert schmutzige Goldstücke war er bereit gewesen, mit dem Leben eines alten Mannes zu spielen! Und all die Leute mit großem Einfluss, die ihre Hilfe versprochen hatten! Aber alle wollten erst dann helfen, wenn sie zurückkämen, am nächsten Tag, in zwei Tagen, am Montag, am Dienstag!

Und Großvaters Verhandlung war morgen.

Was konnte ich tun? Wie den Bürgermeister erreichen, der in Beirut war? Wie die deutschen Offiziere, deren Namen ich nicht einmal kannte? Gab es einen Weg, den Türken und seine Frau zu erreichen?

All dies ging mir durch den Kopf. Ichiloff verabschiedete sich von seinen Freunden, um mit mir in ein nahe gelegenes Kaffeehaus zu gehen. Als ich ihm von den Beziehungen erzählte, die ich in Damaskus geknüpft hatte, schüttelte er sorgenvoll den Kopf.

»Deine Beziehungen hören sich gut an – aber was für einen Zweck haben sie, wenn es zu spät ist? Nun kann man nur noch darauf vertrauen, dass Großvater sich durch seine eigene Klugheit rettet.«

Während wir so saßen, kam mir ein hilfreicher Gedanke.

»Ich weiß genau, was ich tun muss!«, rief ich aus. »Ich gehe zum Gericht, erkundige mich, wer der Richter ist, warte auf ihn und spiele die Harfe für ihn. Du sagst zwar, dass alle Richter Henker sind, aber sie sind doch auch Menschen. Wenn der Richter meine Harfe hört, dann lässt er sich sicher sprechen und ich kann ihm meine Geschichte erzählen.«

»Du bist kindisch«, erklärte Ichiloff. »Mein Sohn, du bist in Damaskus. Dies hier ist Sodom.«

»Das stimmt – aber meine Harfe hat hier in Damaskus schon Herzen aus Stein erweicht.«

»Nun gut«, sagte Ichiloff und lächelte resigniert. »Wenn du so fest an deine Harfe glaubst, bin ich der Letzte, der dich entmutigen will. Übrigens ist sowieso nichts mehr zu verlieren.«

Nachdem wir uns über diesen ersten Schritt geeinigt hatten, liefen wir zum Gerichtsgebäude, einem alten, massiven, im europäischen Stil erbauten Haus. Fünfundzwanzig Steinstufen führten zu dem baumhohen, schweren Eingangstor hinauf, durch das wir eintraten. Drinnen konnten wir feststellen, dass in der Tat »Geld spricht«, wie es in der Niedergangszeit des korrupten ottomanischen Reiches überall im Lande der Fall war.

Ichiloff steckte dem ersten Beamten, der uns begegnete, Geld zu und kam bald mit einem zweiten, höheren Beamten zurück, der beim Anblick eines beträchtlichen Trinkgelds sehr freundlich wurde und sich sofort bereiterklärte, auszukundschaften, vor welchem Richter Großvaters Fall verhandelt werden würde. Als er zurückkam und Ichiloff den Namen zuflüsterte, wurde dieser sichtlich blass.

»Derselbe Richter, der den NILI-Mann verurteilt hat, dessen Hinrichtung wir heute sahen«, sagte Ichiloff.

Aber ich war noch immer vom Erfolg meines Planes überzeugt. Wir sagten dem Beamten, dass ich dem Richter eine Serenade bringen wolle, und er lächelte verständnisvoll.

»Wir brauchen nur jemanden, der uns den Richter zeigt, wenn er morgen ins Gericht kommt«, sagte ich.

»Das ist kein Problem, Pascha«, sagte der Beamte. »Dieser hier ist der richtige Mann für Sie.« Und er klopfte dem kleineren Beamten, dessen Augen in Erwartung eines neuerlichen Trinkgelds leuchteten, auf die Schulter.

Nach einer weiteren Runde von Trinkgeldern wurde vereinbart, dass ich am kommenden Morgen um acht Uhr am Eingang des Gerichts sein würde, damit mir der Mann den Richter
zeigen könnte.

Es war spät geworden, ich musste ins Restaurant. Ich lud
Ichiloff ein, mein Gast zu sein, doch lehnte er ab, vermutlich,
weil er sich nicht gut genug angezogen fühlte.

Den ganzen Abend lang wartete ich auf das türkische Ehepaar, aber es kam nicht; ebenso wenig die deutschen Offiziere.
Doch war ich an ihrer eventuellen Intervention auch nicht
mehr recht interessiert. Ich wollte die Sache selber in die Hand
nehmen.

An diesem Abend spielte ich kein einziges Lied für die Damaszener oder ihre europäischen Verbündeten. Ich spielte die
Melodien von Petach-Tikwa, die Lieder Zions und die Gesänge
aus den Psalmen.

Meine Mitverschworenen, Ichiloff und der einäugige Beamte, waren schon da, als ich am nächsten Morgen um acht Uhr
am Eingang des Gerichts eintraf. Sie stellten sich zur Seite, um
nach dem Henker-Richter auszuspähen, während ich oben mit
der Harfe auf der Treppe stand und bereit war, durch ihren
Klang des Richters Herz zu erweichen.

Doch während wir warteten, tauchte eine unvorhergesehene
Komplikation auf: Einige meiner Bettler kamen vorbei und er-
kannten mich. Sie blieben stehen und schrien, ich solle herun-
terkommen, und hörten nicht auf, obgleich ich sie ignorierte.
Ichiloff und der Beamte schauten mich erstaunt an, aber da ich
nicht zu den Bettlern hinschauen wollte, konnte ich auch nicht
auf die beiden sehen und ihnen eine Erklärung geben. Und es
dauerte nicht lange, so schien die Straße neue Bettler zu gebä-

ren. Langsam rückten sie heran und schrien immer lauter auf mich ein. Damit zogen sie allmählich einen Haufen neugieriger Zuschauer herbei, die den Eingang zum Gericht blockierten.

Ein Wachsoldat schwang seine Peitsche und wollte auf die armen Kreaturen einschlagen, aber es waren ihrer so viele, dass seine Maßnahmen nutzlos waren. Als nun die wütenden Bettler drohend auf ihn zu rückten, pfiff der Soldat schrill, worauf ihm aus dem Gebäude zwei Polizisten zu Hilfe eilten, doch als der Pöbel gerade langsam vor den wilden Peitschenhieben zurückzuweichen begann, hielt ein Wagen vor dem Gebäude.

Das ist vielleicht der Richter, dachte ich, und begann in das Geschrei hinein zu spielen. Als sich jedoch die Tür des Wagens öffnete, sah ich zu meinem Erstaunen meinen Freund, den türkischen Gast aus Isahs Restaurant, aussteigen. Mein erster Impuls war, mich zu verstecken, der zweite aber, ihn um Hilfe anzuflehen.

»Was um Himmels willen machen Sie hier? Was ist los?«, fragte er, sichtlich erstaunt, als ich auf ihn zu rannte.

»O Monsieur, ich bin in schrecklicher Not. Könnten Sie mich einen Moment anhören?«

»Nicht hier, mein Junge. Kommen Sie in mein Büro. Dort können wir ruhig sitzen und miteinander sprechen.«

»Haben Sie hier ein Büro? Vielleicht kennen Sie dann die Richter?«

»Ja, ich kenne sie alle.«

Es zeigte sich, dass sein Büro ein eindrucksvoller Saal war, an dessen Wänden Bilder vom Sultan und von Konstantinopel hingen. Sofort wurde dicker, türkischer Kaffee gebracht. Wir setzten uns in Polstersessel, und ich erzählte ihm in Eile die Geschichte meiner Bemühungen, Großvater zu retten.

»Das Schlimmste aber ist«, schloss ich, »dass der Fall schon heute verhandelt wird und dass mein Großvater vor einen Richter kommt, der so grausam ist, dass man ihn den Henker nennt.«

»Ich werde zu dem Richter gehen und mit ihm sprechen«, sagte mein Freund. »Vielleicht ist er gar nicht so hartherzig, wie man sagt. Gehen Sie inzwischen in den Gerichtssaal und warten Sie ruhig, bis der Fall Ihres Großvaters aufgerufen wird. Glauben Sie mir – Sie können mir vertrauen.«

Seine Worte waren sehr trostreich gewesen, aber mir stiegen doch die Tränen in die Augen, als ich sein Büro verließ. Ichiloff war nicht mehr da, und ich fürchtete, er sei böse mit mir. Dazu hätte er sicherlich guten Grund: Schließlich war es meine Idee gewesen, auf den Richter zu warten, und Ichiloff hatte dabei geholfen, während ich alles vergessen hatte, weil ein Freund aufgetaucht war.

Als ich in den bis auf den letzten Platz gefüllten Gerichtssaal kam, sah ich den treuen Ichiloff weit hinten in einer Ecke sitzen. Er winkte mir, ich solle auf den Platz neben ihm kommen, den er für mich freigehalten hatte, doch in diesem Moment rief der Gerichtsschreiber alle Anwesenden auf, sich zu Ehren des Richters zu erheben, dessen Erscheinen unmittelbar bevorstehe. Ich reckte den Hals, um das Ungeheuer zu sehen, das das Schicksal meines Großvaters in seinen Händen hielt, konnte aber nicht über die Köpfe vor mir hinwegschauen. Als ich mich schließlich bis zu Ichiloff durchgezwängt hatte, saß alles wieder, und ich konnte endlich den Richter sehen. Fast wurde ich ohnmächtig!

Der Richter war niemand anderer als mein guter Freund aus dem Restaurant.

»Woher hast du gewusst, dass das der Richter ist?«, flüsterte Ichiloff. »Der Offizier hatte es doch noch gar nicht gesagt.«

»Ich habe es auch gar nicht gewusst«, flüsterte ich zurück.

»Das ist mein Kunde, bei dem ich eingeladen bin!«

Ichiloff und ich waren aufs Äußerste gespannt. Ich horchte auf jedes Wort, das der Richter sagte, und hoffte, dass er nicht der böse Henker sei, den man mir beschrieben hatte. Aber im Verlauf der beiden zuerst aufgerufenen Fälle wurde ich unruhig. Es handelte sich um Berufungsverhandlungen gegen zwei Damaszener Soldaten. Der eine hatte einem Freunde im Schlaf die Kehle durchgeschnitten, der andere seinen Kommandanten, ebenfalls im Schlaf, erschossen. Der Gerichtssaal war von Klagen und Gnadenflehen der Verwandten der Verurteilten erfüllt – es war entsetzlich. Da stand der Richter auf und fragte die Verwandten, ob sie wohl auch die Schreie und Klagen der Familien hörten, denen geliebte Menschen ermordet worden waren, und bestätigte die ursprünglichen Urteile.

Sowie diese Berufungsverhandlung vorüber war, öffnete sich eine Seitentür, und zwei Soldaten führten meinen Großvater herein. Ich traute meinen Augen kaum, als ich sah, wie blass und mager er geworden war – die unauslöschlichen Male, die die Gefangenschaft ihm aufgeprägt hatte.

Ich konnte mich nicht beherrschen und sprang auf, um zu Großvater zu laufen, doch Ichiloff hielt mich zurück. Der Richter rief »Ruhe!« und sah mir in die Augen. Ich verstand und setzte mich wieder.

Großvater hatte dieses Zwischenspiel nicht beachtet. Er war mutlos und niedergeschlagen und saß ganz in sich gekehrt. Er schenkte der Umgebung fast keine Aufmerksamkeit und verwandte keinen Blick an die Zuschauer.

Nachdem er sämtliche Akten durchgeblättert hatte, die ihm der Staatsanwalt gereicht hatte, wandte sich der Richter an Großvater.

»*Vous parlez français?*«

»*Oui, votre honneur.*«

»Wie heißen Sie?«

»Mattis Janowsky.«

»Wie alt sind Sie?«

»Achtzig.«

»Wissen Sie, warum Sie verhaftet wurden?«

»Nein.«

»Keine Ahnung?«

»Nicht die geringste.«

»Haben Sie vorher jemals spioniert?«

»Ich habe niemals spioniert.«

»Haben Sie sich jemals mit Politik beschäftigt?«

»Nie.«

»Haben Sie sich jemals mit Musik beschäftigt?«

»Mit Musik? Mein ganzes Leben lang.«

»Sind Sie Pianist?«

»Ja.«

»Haben Sie vor Königen gespielt?«

»Das stimmt.«

»Haben Sie je von einem Ort gehört, der Petach-Tikwa heißt?«

»Ja.«

»Kennen Sie dort einen Harfenspieler namens Carmi?«

»Ja, ich kenne ihn.«

»Sind Sie mit ihm verwandt?«

»Er ist mein Enkel, Herr Richter.«

»Haben Sie eine Idee, wo er zu finden ist?«

»Wo er zu finden ist? Er ist ein guter Junge, Herr Richter. Er hat nichts mit Politik zu tun. Er ist ein Musiker, vom Scheitel bis zur Sohle. Glauben Sie mir, Herr Richter.«

»Könnte Ihr Enkel hier in Damaskus sein?«

»Nein, bestimmt nicht. Mein Enkel ist, wie ich schon sagte, ein guter Junge und ist zweifellos in Petach-Tikwa.«

»Dann könnten wir ihn in Petach-Tikwa finden?«

Großvater war jetzt verwirrt und fürchtete auch für meine Sicherheit; darum zögerte er mit der Antwort. Der Richter schlug eine neue Taktik ein.

»Wenn Sie Ihren Enkel sehen würden – würden Sie ihn dann wohl erkennen?«

»Selbst im Dunkeln.«

»Versuchen Sie doch einmal, sich hier umzusehen. Schauen Sie, ob er nicht unter den Anwesenden ist.«

Großvater blickte den Richter ärgerlich an, der ihn zu verhöhnen schien. Ungeduldig wandte er den Kopf ab.

Der Richter schaute mich an und lächelte. Dann wiederholte er mit leiser, freundlicher Stimme seine Aufforderung.

»Monsieur Janowsky, bitte schauen Sie sich die Anwesenden hier an und sehen Sie, ob Ihr Enkel darunter ist.«

Großvater schien plötzlich zu begreifen, dass der Richter ihn nicht zum Besten haben wollte, und begann, die Gesichter der Leute in der ersten Reihe zu betrachten. Dann trat er in den Gang und ging langsam in den hinteren Bereich des Saales und prüfte die Gesichter jeder Reihe.

Da konnte ich mich nicht länger zurückhalten, ich packte meine Harfe und ließ Großvaters geliebte vier Arpeggien aufklingen. Dann warf ich meine Harfe in Ichiloffs Hände, rannte auf Großvater zu, und wir fielen uns weinend in die Arme.

Der Richter unterdrückte ein glückliches Lächeln, das seinen Halbmondschnurrbart in Bewegung setzte, und bat um Ruhe. Dann sprach er das Urteil: »Nicht schuldig!«

Bevor ich Worte finden konnte, winkte er mich an den Richtertisch.

»Bringen Sie Ihren Großvater ins Bad und kaufen Sie ihm Kleider. Und heute Abend bringen Sie ihn ins Restaurant. Meine Frau und ich werden da sein, um ihn zu begrüßen.«

Es war vorbei! Ich hatte meinem Freund nicht zu Unrecht vertraut. Aber der wirkliche Dank gebührte der Davidsharfe, die Großvater selber gebaut hatte.

Großvater war von der plötzlichen Veränderung seines Schicksals so benommen, dass er zuerst kaum sprechen konnte. Mir ging es ebenso: Ich wusste nicht, wo ich anfangen sollte. Als ich ihm sagte, was der Richter mir aufgetragen hatte, legte er seinen Arm um meine Schulter.

»Mach mit mir, was du willst, Carmi«, sagte er.

Das Wiedersehen zwischen den beiden alten Freunden, Großvater und Ichiloff, war rührend. Wie nahmen einen Wagen und fuhren in Festtagsstimmung zu einem Herrenbekleidungsgeschäft. Großvater machte keine Einwände, als ich für ihn dieselbe orientalische Ausstattung kaufte, die auch ich trug – Pluderhosen, einen leuchtend roten Fes und eine Jacke mit Goldborte. Nach dem Bad und einem Besuch beim Barbier fuhren wir ins Hotel zurück, wo ich das Beste bestellte, was sich auf der Speisekarte fand.

Ichiloff riet, mit dem erstbesten Zug nach Hause zu fahren, doch beschlossen wir, erst nach Mitternacht zu fahren, um vorher den Richter im Restaurant zu treffen, wie er es gewünscht hatte. Ichiloff ging, um die Fahrkarten zu kaufen, und versprach, uns nach Schließung des Restaurants zu erwarten. Ich schlug Großvater vor, sich in meinem Hotelzimmer eine Weile auszuruhen, inzwischen wollte ich meinen Arbeitgebern die gute Nachricht überbringen.

Doch bevor ich im Büro auch nur ein Wort sagen konnte, schob mir Isah Papier und Feder zu.

»Ich habe das Geld für dich«, rief er. »Du musst nur noch den Kontrakt unterschreiben.«

Aber jetzt wollte ich keine Verträge mehr unterschreiben, die mich an Damaskus binden würden, wenn ich das auch den Brüdern noch nicht verriet. Stattdessen schilderte ich ihnen plastisch die Szene im Gerichtssaal und meinen Plan, heute Abend mit meinem Großvater vierhändig zu spielen. Dann verließ ich das Büro und ließ sie verwundert mit dem nicht unterschriebenen Vertrag zurück.

Großvater war zu aufgeregt, um schlafen zu können. Als ich ins Hotel zurückkehrte, fand ich ihn mit der Davidsharfe im Arm. Als ich ihn nach seinen Erlebnissen im Gefängnis befragte, antwortete er: »Darüber will ich lieber nicht sprechen.« Er sagte das so entschieden, dass ich nicht weiter zu fragen wagte.

Bald darauf führte ich ihn ins Restaurant hinüber, um ihm das fabelhafte Klavier zu zeigen, auf dem er dem Richter am Abend vorspielen sollte.

Um fünf Uhr begann sich das Lokal schlagartig mit Bewunderern meiner Harfe, die mittlerweile zum Stadtgespräch geworden war, zu füllen. Großvater sah mit Erstaunen, wie sich alles nach vorn drängte, um sie besichtigen zu können, und mir machte es Spaß, ihm vorzuführen, wie unser »David« für uns Geld verdiente. Dann zeigte ich ihm, wie man Ost und West unter einen Hut bringen konnte, indem ich Mozart im Stile »Wolfgang Mohammadeus« spielte, musste aber schon bald wieder mit dieser Improvisation aufhören, denn Großvater lachte so schallend, dass das Publikum befremdet war. Nun spielte ich Melodien, die ich von dem Zugschaffner und den Bettlern gelernt hatte.

Als der Richter und seine Frau kamen, beendete ich schnell die Nummer und führte Großvater an ihren Tisch. Madame war begeistert, in ihm einen Kenner zu finden, mit dem sie über den Zauber ihrer Heimatstadt Paris sprechen konnte, und Großvater seinerseits fand das türkische Ehepaar sehr interessant.

Madame nahm die Fotos ihres Sohnes aus ihrer Tasche und zeigte sie Großvater. Ich hatte ihm über die angebliche Ähnlichkeit zwischen dem Sohn und mir erzählt, und er war höflich genug, Madame nicht zu enttäuschen.

»Hätten Sie mir nicht gesagt, dass das Ihr Sohn sei – ich hätte geschworen, es sei mein Enkel«, sagte er.

Während dieser ganzen Unterhaltung hatte der Richter schweigend und nachdenklich dagesessen. Nun fragte er nach unseren Plänen.

»Wir reisen heute Nacht um ein Uhr«, flüsterte ich ihm zu.

»Ich hätte Ihnen das Gleiche geraten.«

»Ein Freund von uns kauft die Fahrkarten und wird uns um Mitternacht zum Bahnhof bringen«, berichtete ich weiter.

»Ach«, sagte die Dame enttäuscht, »und ich hatte mich schon so auf unseren Montag gefreut!«

»*Ma petite*«, sagte der Richter, »sie müssen fort. Sie *müssen!*«
Sie seufzte.

»Ich weiß noch nicht, wie ich es Tufik und Isah beibringen soll, dass ich weggehe. Sie haben große Pläne mit mir.«

»Was für Pläne?«

»Sie wollen die beiden angrenzenden Restaurants kaufen und das Lokal vergrößern. Aber zuerst soll ich einen Vertrag für drei Jahre unterschreiben. Sie warten nur noch auf die Unterschrift, um die Grundstücke zu kaufen.«

»Ich hoffe, Sie haben nie erwähnt, dass Sie aus Damaskus fortgehen wollen?«

»Kein Wort.«

»Das ist gut. Sie könnten sonst in unerwartete Schwierigkeiten geraten. Im Grunde sind diese beiden Burschen nicht sehr verschieden von Ihren Bettlern, nur können sie Ihnen noch mehr Ärger bereiten.« Er dachte angestrengt nach, bevor er fortfuhr: »Beachten Sie meine Worte: Sprechen Sie heute Abend nicht mehr mit Tufik oder Isah, sondern gehen Sie ihnen aus dem Weg.«

Großvater hatte unserem Gespräch mit größter Aufmerksamkeit gelauscht, aber kein Wort dazu gesagt. Er verhielt sich, als wäre er das Kind und ich der Ältere und Klügere.

Indessen nahte der Zeitpunkt für das versprochene Konzert von Großvater. Auf Wunsch des Richters spielte er die »Kaukasischen Impressionen« von Ippolitoff-Iwanoff, danach die beiden herrlichen »Türkischen Märsche« von Mozart und Beethoven, und zuletzt bat die Frau des Richters um einige der »Musikalischen Geschichten« von Couperin.

Ich saß mit dem Richter und seiner Frau am Tisch, als Isah zu uns kam und verkündete, eine große Gruppe deutscher Offiziere sowie »ein General« seien eben gekommen, und ich solle die deutsche Nationalhymne spielen.

Ich ging zu Großvater auf die Bühne, um ihm diese For-
derung mitzuteilen, als schon das Klirren genagelter Stiefel
die Ankunft der Deutschen anzeigte. Zu den Klängen von
»Deutschland, Deutschland über alles« standen sie stramm.
Dann kam ihr Rangältester – der »General« entpuppte sich als
Major – zu mir und fragte, ob ich Avner Carmi Janowsky sei.

»Ja, Herr Major«, antwortete ich.

»Und Ihr inhaftierter Großvater heißt Mattis Janowsky?«

»Was wollen Sie von ihm?«, fragte ich beunruhigt.

»Keine Angst«, lächelte der Major. »Ich wollte nur einige
Einzelheiten über Ihren Großvater wissen, weil ich vielleicht
etwas für ihn tun kann.«

Da sah ich hinter ihm die beiden Luftwaffen-Offiziere – den
jüdischen und den christlichen –, die mir die Hilfe ihres Kommandeurs versprochen hatten.

»Danke, danke!«, rief ich, »aber wenn Sie Einzelheiten
wissen wollen, so sollen Sie sie aus erster Hand haben«, und
wandte mich zum Klavier. »Großvater, möchtest du bitte dem
Major die gewünschten Auskünfte selber geben?«

»Ach du lieber Gott«, rief der Major. Er schüttelte Großvater
die Hand und beglückwünschte ihn, und die anderen Offiziere taten dasselbe. Dann spielte Großvater zu Ehren dieser
Deutschen, die ihm hatten helfen wollen, Bach, Beethoven und
Brahms.

Sobald er geendet hatte, eilte Isah mit dem Kontrakt in der
Hand auf mich zu. »Unterschreiben!«, drängte er und wollte
mir die Feder in die Hand drücken. »Wir brauchen deine Unterschrift.«

»*Bukrah*«, sagte ich. »Morgen.«

Isah und Tufik bestürmten Großvater, mich zu überreden.

»Das ist die Angelegenheit meines Enkelsohns«, antwortete er. »Ich weiß gar nicht, worum es geht.«

»Du hältst den Geschäftsabschluss auf«, drängten die Brüder. »Wir wollen morgen abschließen!«

»Bukrah«, wiederholte ich.

»Dir ist dein Erfolg zu Kopf gestiegen!«, rief Tufik ärgerlich. »Vor ein paar Tagen erst habe ich dich von der Straße aufgelesen!«

Und beide Brüder entfernten sich grollend.

Der Richter, der das Gespräch mit angehört hatte, winkte mich zu seinem Tisch. Er und seine Frau wollten bis zum Schluss bleiben und uns zum Bahnhof begleiten, um sicher zu sein, dass unsere Abreise nicht verhindert würde.

Und so geschah es. Um Mitternacht schüttete ich den fantastischen Betrag, den meine Trinkgelder ausmachten, in einen Sack, verpackte meine Harfe, und wir gingen mit unseren Freunden durch den Garten. Am Ausgang versperrten mir die Brüder den Weg.

»Lassen Sie mich durch, bitte«, sagte ich. »Sehen Sie nicht, dass wir in Gesellschaft sind?«

»Es dauert nicht lange, hier mit deinem Namen zu unterschreiben«, sagte Isah und wedelte mit dem Vertrag.

»Verstehen Sie nicht, dass ich den Kontrakt zuerst durchlesen will? Bukrah. Morgen.«

Draußen wartete Ichiloff mit einem Wagen, der uns direkt zum Bahnhof brachte. Aber erst als wir den Zug unter Dampf stehen sahen, atmeten wir auf. Nun kam der rührende Abschied von dem freundlichen Richter und seiner Frau.

Sie wandte sich zu ihrem Mann und sagte: »Ich möchte dem Jungen so gern einen Kuss geben!«

»Aber meine Kleine, warum tust du es dann nicht?«

Sie küsste mich. »Können Sie verstehen, wie eine Mutter fühlt?«, fragte sie und küsste mich wieder und wieder auf beide Wangen, die sie mit ihren Tränen nässte. Dann schüttelten wir dem Richter die Hand.

Als wir in den Zug steigen wollten, sahen wir durch die Fenster des Warteraums Isah und Tufik starren und kletterten schnell ins Abteil. Fast im gleichen Moment pfiff die Lokomotive, und der Zug setzte sich in Bewegung. Wir blickten zurück und sahen den Richter und seine Frau den Bahnsteig entlang und in den Warteraum gehen. Gleichzeitig hörten wir einige Schüsse fallen und eine Frau aufschreien.

Was war geschehen? Hatten sich die Brüder an dem Richter und seiner Frau gerächt? Die Ereignisse überstürzten sich in den folgenden Kriegsmonaten in einem solchen Tempo, dass wir es nie erfuhren.

König Davids Harfe

Nun endlich waren wir auf dem Wege nach Petach-Tikwa. Aber die unheilvolle Atmosphäre des Krieges lastete auf uns und unserer Umwelt.

Der Zug, der uns nach Süden trug, war so vollgestopft mit lauter deutschen Fliegern und ihrer Ausrüstung, dass zwei Lokomotiven notwendig waren, um die lange Reihe von Waggons zu ziehen. Eingezwängt zwischen den Güterwagen, die notdürftig in Personenwagen umgewandelt waren, befanden sich flache Tragflächen mit den Teilen der zerlegten Flugzeuge, die die deutschen Einheiten zur Halbinsel Sinai brachten.

Anscheinend war Befehl ergangen, die Verstärkung so schnell wie möglich an die Front zu schaffen, denn wir fuhren bedeutend schneller als der Schneckenzug, der mich nach Damaskus gebracht hatte.

Als wir die kleine arabische Stadt Tulkarem, nur zwei Stationen vor Ras-el-Ein und dreißig Kilometer nördlich von Petach-Tikwa, erreichten, hielt der Zug plötzlich an, und wir sahen Haufen türkischer, deutscher und österreichischer Soldaten auf dem Rückzug vom Süden.

Die Deutschen kletterten hastig aus dem Zug und begannen eine erregte Unterhaltung. Auch Großvater und ich stiegen aus, um nachzusehen, was geschehen war.

Plötzlich rief jemand hinter mir meinen Namen, und als ich mich umdrehte, erkannte ich den deutschen Offizier, den ich an meinem ersten Abend im Restaurant kennengelernt hatte. Er war ein lustiger Kerl, der mich mit dem Jazz bekannt gemacht hatte, indem er mir das damals populäre deutsche Lied »Ein kleines Mädchen« temperamentvoll vorgesungen und beigebracht hatte.

Ihn fragte ich, was passiert sei.

»Ach Gott«, sagte er, »die Engländer haben plötzlich angegriffen und Ramla erobert.«

Dieses christlich-arabische Dorf, damals ein Stützpunkt der deutschen Luftwaffe, lag nur zweiundzwanzig Kilometer südlich von Petach-Tikwa.

»Wartet es nicht hier ab«, riet uns der Deutsche. »Geht die dreißig Kilometer lieber zu Fuß.«

In dem Augenblick hörten wir ein Flugzeug, offensichtlich ein britisches, heranbrausen. Wir folgten dem Beispiel des Deutschen und rannten, so schnell wir konnten, vom Zug weg und warfen uns zu Boden. Das Flugzeug setzte zum Tiefflug an, verfehlte sein Ziel aber mit allen drei Bomben, die es abwarf. Wir standen unverletzt auf, aber zitterten doch, denn wir hatten zum ersten Mal die Schrecken eines Luftangriffs erlebt. Schon wollten wir uns zu Fuß auf den Weg machen, als uns der deutsche Offizier zurief, ein Teil des Zuges ginge nach Qalqilyah, der nächsten Station. Da diese nur zehn Kilometer von unserem Ziel entfernt war, stiegen wir schnell wieder ein.

In Qalqilyah wurde klar, warum der Zug hierhergeschickt wurde. Das Dorf, das mit Soldaten vollgestopft gewesen war, hatte einen schweren Luftangriff erlebt, der viele Opfer gefordert hatte. Viele Verwundete lagen auf dem nackten Boden und warteten auf ihren Abtransport in Krankenhäuser.

Als wir den Zug verlassen hatten und zu unserem Zweistundenmarsch aufbrachen, hörten wir das dumpfe Dröhnen der Artillerie im Süden und beeilten uns, nach Hause zu kommen, bevor der Kampf sich weiter nach Norden verlagern und uns den Weg abschneiden würde. Als wir Petach-Tikwa von Weitem sehen konnten, beflügelten sich Großvaters Schritte, und er überraschte mich durch seine Lebhaftigkeit und Ausdauer, ja, er zwang mich zum Schnellergehen.

»Jede Minute ist kostbar«, sagte er.

Als wir die Brücke über den Jarkon erreichten, die nur zwanzig Minuten von daheim den Fluss überspannt, hielten uns die türkischen Wachen auf, da sie die Brücke für den schnellen Rückzug der besiegten Armee freizuhalten hatten. Über den Fluss zu schwimmen, war unmöglich, da das Wasser mit Parasiten verseucht war, die Bilharziose, auch »Ägyptische Krankheit« genannt, verursachen. Petach-Tikwa hatte einen schweren Tribut an Erkrankten und Todesopfern gezollt, bevor man die Ursache der Krankheit im Fluss entdeckte.

Da wir keine Wahl hatten, setzten wir uns auf die Erde und warteten, bis der Strom der rückflutenden Truppen versiegte und die Wachen uns zuwinkten, wir könnten jetzt die Brücke passieren. Wir waren am anderen Ufer kaum hundert Meter gegangen, als eine schreckliche Explosion uns zu Boden warf: Die Brücke, die einzige in der ganzen Gegend, war gesprengt worden. Als wir uns gefasst hatten und weitereilten, kam uns ein immer dichter werdender Strom von Soldaten entgegen, der im Eilmarsch auf die Brücke zustrebte. In den Orangenhainen drückten sich türkische Soldaten herum, die anscheinend vom Krieg genug hatten und darauf warteten, von den Alliierten gefangen genommen zu werden.

»Ich hoffe, Mosché und Pesach tun dasselbe«, flüsterte Großvater mir zu.

Als wir auf dem kleinen Hügel anlangten, von dem aus man Petach-Tikwa sieht, erschraken wir, denn in den staubigen Straßen zeigte sich kein Leben. Wir versuchten, uns gegenseitig einzureden, dass die Leute vermutlich in den Kellern wären, waren aber doch in großer Sorge.

Glücklicherweise war unsere Vermutung richtig gewesen: Als wir am Rande der Siedlung das Haus von Silvers passierten, sahen wir sie aus dem Kellerfenster herauslugen. Wir hatten nicht erwartet, dass sie uns in unserer türkischen Verkleidung erkennen würden, aber Herr und Frau Silver kamen mit Hannah heraus, und wir hörten Hannale ihren Eltern zurufen: »Es ist Carmi, und der andere ist sein Großvater. Und seht nur, aus seinem Sack schaut die Davidsharfe!«

Die Silvers holten uns herein und umarmten uns.

»Aber wo sind eure Kleider? Warum lauft ihr in Purim-Kostümen herum?«, fragten sie.

»Wenn man kein Brot hat, muss man Kuchen essen«, antwortete Großvater.

Frau Silver konnte sich nicht länger zurückhalten. Sie lief zu allen Nachbarn und schrie: »Kommt heraus und seht, wer da ist!«

Und obgleich sich der Kanonendonner immer mehr näherte, waren wir bald von den Einwohnern Petach-Tikwas umringt, die uns »Schalom! Schalom!« zuriefen und freudig auf den Rücken klopften.

Herr Silver begleitete uns. Er ahnte wohl, wie müde ich war, denn er bestand darauf, meinen Ranzen zu tragen. Wie erleichtert ich war, weiß ich noch heute – zuerst aber nahm ich die Harfe heraus und reichte sie Hannah, die sie vorsichtig wie ein Baby in den Arm nahm.

Dann kam Rabbi Citron, uns zu begrüßen, und war so überglücklich, dass er keine Worte fand. Er hob nur die Arme, murmelte ein Gebet und sagte dann: »Gott sei Dank, dass ihr zurück seid.« Mein Großvater klopfte mir auf die Schulter und sagte: »Und auch Carmi sei Dank.« Ich hinwiederum streichelte meine Harfe und sagte: »Auch der Davidsharfe sei Dank.«

Großvater schilderte dem Rabbi kurz unsere Abenteuer, worauf der Rabbi zwei Finger an die Harfe legte – wie man es mit der Thorarolle macht – und sie küsste. Dann schickte er ein paar Kinder mit der guten Nachricht ans andere Ende der Siedlung zu unserer Familie.

Die Kinder schossen davon wie die Pfeile und schrien: »Großpapa Mattis und Carmi Janowsky leben und sind gesund! Sie kommen! Sie kommen!«

Während Vater, Naomi, Jakob, Pnina und Miriam gefolgt von unseren beglückten Nachbarn atemlos vor Freude und Eile auf uns zu rannten, hörte man aus einem anderen Teil des Städtchens einen anderen jubelnden Schrei.

»Mosché und Pesach kommen! Mosché und Pesach kommen!«

Und so näherten sich von drei Seiten Gruppen von Dorfbewohnern dem Zentrum, trafen am Tempelplatz zusammen, fielen sich in die Arme und weinten und lachten gleichzeitig.

Der Muchtar Pinhasevitsch, der auf zwei Krücken heranhumpelte, rief: »Es gibt einen Gott im Himmel!«

»So ist es, so ist es!«, riefen alle.

Und wir folgten dem Rabbiner in den Tempel, um »Gomel« zu beten, den Segensspruch nach einem Wunder. Die Heilige Lade wurde geöffnet. Das Schofar wurde geblasen, und wir sagten das Halleluja Davids, des süßen Sängers Israels. Rabbi Citron forderte Hannah auf, mir die Harfe zu reichen, die sie die ganze Zeit an die Brust gepresst gehalten hatte.

»Spiel, Carmi, spiel die Harfe«, sagte er mit Tränen in den Augen.

»Aber Rabbi …« Ich war entsetzt. »Das geht doch nicht! Seit König Salomos Tempel zerstört wurde, hat es doch in unseren Tempeln keine Musik mehr gegeben!«

»So ist es, mein Junge.«

Der Rabbi fasste meine und Großvaters Hand und führte uns auf die Estrade, von der aus die Thora gelesen wird. Dann wandte er sich an die Gemeinde und sagte feierlich: »Brüder und Schwestern! Im Namen des Allmächtigen und im Namen der Thora nehme ich die volle Verantwortung auf mich dafür, dass ich unserem Sohn Carmi erlaube, im Tempel Musik zu spielen. Denn in der Harfe, auf der er spielte, als er seinen Großvater suchte – in ihr war der Geist der Harfe des Königs David!«

In dieser Nacht war unser Haus voll von Nachbarn, die uns begrüßen wollten, und wir unterhielten uns stundenlang, während die Kanonen im Süden eine donnernde Begleitmusik lieferten. Immer wieder mussten Großvater und ich jede Einzelheit unserer Rettung erzählen.

Mosché und Pesach hatten ebenfalls Abenteuer zu berichten. Sie erzählten, wie sie sich drei Tage lang in einem Brunnen im Orangenhain verborgen hielten, nachdem sie sich von der geschlagenen türkischen Armee entfernt hatten. Als dann nur noch andere Deserteure in Sichtweite waren, hatten sie sich auf den Weg nach Hause gemacht.

Am nächsten Morgen erwachten wir in einer veränderten Welt: Durch die Orangenhaine kamen sechs australische Soldaten geritten, als Vorhut der vorrückenden alliierten Streitkräfte. Mit ihren breitkrempigen, federgeschmückten Hüten sahen sie wie Ritter aus dem Märchen aus, und für uns waren sie wirklich Ritter. Sie bedeuteten Erlösung von der Herrschaft des Osmanischen Reiches, das uns so grausam unterdrückt hatte.

Großvater und Vater, die Englisch sprachen, eilten gemeinsam mit Muchtar Pinhasevitsch zu den Soldaten, um ihnen alle Auskünfte zu geben, die der vorrückenden Befreiungsarmee dienlich sein könnten. Sie teilten ihnen mit, dass die Brücke über den Jarkon gesprengt sei und dass türkische Deserteure in den Orangenhainen auf ihre Gefangennahme warteten, die sie vor dem Verhungern retten sollte. Die Australier, freundliche Burschen, bedankten sich und galoppierten zurück, um über die Lage zu berichten. Ehe der Tag zu Ende war, war Petach-Tikwa voller Australier.

Wir fühlten uns wie neugeboren. Vom Dachboden holten wir die zusammenlegbare Bühne, die Vater für Großvaters ersten Besuch gebaut hatte, und veranstalteten an diesem Abend ein Konzert für unsere Befreier.

Und nun brachte jeder Tag Nachrichten, die unsere Hoffnung auf völlige Befreiung vom türkischen Joch nährten, bis schließlich das ganze Land von der Ankündigung des britischen Kommandeurs, General Allenby, elektrisiert wurde: Die vertriebenen Bewohner Jerusalems würden in ihre Wohnungen zurückkehren können, man wollte ihnen Züge zum freien Rücktransport zur Verfügung stellen.

Wir dachten, dass nun ein herrliches Kapitel der Geschichte begänne. Endlich schien dem jüdischen Volk Gerechtigkeit zu widerfahren. Das britische Kriegskabinett hatte die Balfour-Deklaration erlassen, die die Rechte der Juden in Palästina anerkannte und die Errichtung einer Heimstätte der Juden in ihrer uralten Heimat befürwortete.

Mit heiliger Scheu hörten wir, dass General Allenby, als er das Zionstor in Jerusalem erreicht hatte, mit seiner ganzen Armee vom Pferd gestiegen war, um die Heilige Stadt zu Fuß zu betreten; und wie die ganze Armee, als sie das Herz der Stadt erreicht hatte, in strammer Haltung gestanden hatte, während die Kapelle »God Save the King« und darauf die Hatikwa spielte. Nur war es tragisch, dass bei diesem historischen Ereignis, als das Lied der jüdischen Hoffnung auf ein wiedererstehendes Zion in Jerusalem erklang, kein einziger Jude in Jerusalem war.

Nicht lange danach bildete sich als erste Frucht der Balfour-Deklaration eine Armee, die sich aus Juden Englands,

Amerikas und Palästinas rekrutierte und Seite an Seite mit den Alliierten kämpfte. An diesem scheinbaren Wendepunkt der langen jüdischen Geschichte wussten wir allerdings noch nicht, dass nur wenige Jahre später die Politiker in London der Deklaration eine ganz andere Interpretation geben würden, die die feierlichen Versprechungen von 1917 verraten und zu neuen Kämpfen führen sollte.

Als mein Großvater von General Allenbys Anerbieten erfuhr, die vertriebenen Juden nach Jerusalem zurückzutransportieren, beschloss er sogleich, diese Gelegenheit wahrzunehmen, um nach seinen geliebten Manuskripten zu sehen.

Nach Petach-Tikwa wollte er zurückkehren, sobald der Krieg vorüber wäre. Ich sagte, ich wolle ihn begleiten, und gestand ihm nun, dass Pnina und ich eine – wenn auch vergebliche – Expedition organisiert hatten, um seine Manuskripte zu retten, bevor wir die Reise nach Jaffa unternommen hatten, die mit seiner Verhaftung geendet hatte. Zwar schüttelte er in anscheinender Missbilligung unserer jugendlichen Waghalsigkeit den Kopf, doch im Grunde war er gerührt von meiner Schilderung. Wir hatten seinerzeit zehn junge Leute gesammelt und eingehende Pläne ausgearbeitet, wie wir seine Schätze nach Petach-Tikwa schaffen könnten.

Die letzte Reise

Großvater und ich gehörten anscheinend zu den ersten Juden, die General Allenbys Anerbieten annahmen, denn außer uns reisten nur alliierte Soldaten in dem Zug nach Jerusalem. Die zeitlose Stadt schien auf den ersten Blick unverändert. Doch plötzlich erstarb Großvaters Lächeln, er hielt den Atem an und deutete auf den Rinnstein der vor uns liegenden Straße. Lange schwieg er, dann sagte er: »Schau doch!«

Zuerst dachte ich, er meinte das Gras, das wild in den Straßen emporwucherte.

»Nein, nein«, sagte er. »Nicht das Gras. Siehst du nicht die Bettfedern im Gras?«

»Bettfedern? Was bedeutet das?«

»Ein schlechtes Omen, ein untrügliches Zeichen für Vandalismus. In Russland waren nach Pogromen die Straßen immer voller Bettfedern.«

Nun fiel mir das drückende Schweigen ringsum auf, und ich erschauderte. Sobald wir das jüdische Viertel betraten, sahen wir, dass es nur noch aus Ruinen bestand. Selbst die Türen und Fenster waren aus den Häusern herausgerissen und weggeschleppt.

Als wir uns dem Haus näherten, in dem sein Studio gewesen war, packte Großvater meine Hand, und wir begannen zu laufen. Als wir jedoch durch den Hauseingang stürmten, aus dem sogar die Pfosten herausgerissen waren, bestätigten sich unsere schlimmsten Befürchtungen: Auf der Treppe zwischen dem ersten und zweiten Stock hing das ruinierte Klavier.

Wir kletterten darüber hinweg und überblickten oben das ganze Ausmaß der Tragödie: Die Wohnung war völlig geplündert. Nicht ein Nagel war in den Wänden geblieben. Möbel, Bücher, Kleider, die Fotos mit den Autogrammen, alles war fort. Fort auch die wenigen Erinnerungen an Großvaters ermordete Familie. Der schlimmste Schlag aber erwartete uns im Nebenzimmer, in das Großvater die Kiste mit den Manuskripten geschoben hatte.

»Sie sind fort! Sie sind fort!«, stöhnte Großvater. Er schrie auf, fasste sich mit der Hand ans Herz und wurde ohnmächtig.

Ich lief hinunter, um auf der Straße Hilfe zu suchen. Nahebei stand ein Militärlastwagen mit drei englischen Soldaten, die, als sie erfuhren, was geschehen war, mit mir zurückfuhren. Einer untersuchte Großvaters Puls, ein anderer öffnete ihm Hemd und Kragen. Dann trugen wir ihn in den Lastwagen und brachten ihn ins italienische Missionshaus, das in ein Militärspital umgewandelt worden war. Obgleich es nun der Armee unterstand, nahm der englische Militärarzt Großvater sofort auf.

Nach einer, wie mir schien, Ewigkeit des Wartens kam eine hellhäutige englische Krankenschwester ins Wartezimmer. Sie sagte, mein Großvater sei wieder bei Besinnung, und der Doktor hätte gesagt, es sei soweit alles in Ordnung.

»Danke!«, rief ich und konnte die Tränen nicht zurückhalten. »Glauben Sie, dass ich ihn einen Moment sehen kann?«

Die Krankenschwester lächelte und führte mich hinauf. Großvater lag allein in einem kleinen Zimmer. Er hatte die Augen halb geschlossen, und sein Gesicht erschien blass, dünn, eingesunken. Urplötzlich begriff ich, wie alt er war. Jetzt sah er wirklich aus wie ein achtzigjähriger Mann. Doch dann lächelte er schwach, und ich war wieder glücklich.

Ich wollte der freundlichen Krankenschwester danken, wusste aber nicht, wie. Darum zog ich meine Harfe hervor, spielte ein paar Arpeggien und ließ sie ausschwingen.

»Wie schön«, rief sie erstaunt.

Sofort war ich von einem Haufen verwundeter Soldaten umringt, die Musik haben wollten, und ich fragte den Doktor, ob ich für seine Patienten spielen solle.

»Ja, unbedingt, mein Junge«, sagte er.

Ich spielte »Home, Sweet Home«, das ich von den australischen Soldaten gelernt hatte, als sie unseren Stall, die Scheune und das Hühnerhaus zu ihrer Baracke gemacht hatten.

Danach luden mich der Doktor und die Oberschwester zu einer Tasse Tee ins Büro ein, und ich erzählte ihnen Großvaters Geschichte.

Erstaunlich, dass diese beiden intelligenten Engländer keine Ahnung davon hatten, was mit den Juden Jerusalems geschehen war – ja, sie wussten nicht einmal, dass bei der Besetzung Jerusalems keine Juden in der Stadt gewesen waren. Meine Geschichte erschütterte sie so sehr, dass sie mich baten, ihnen das jüdische Viertel und Großvaters Wohnung zu zeigen. Als sie die sinnlose Zerstörung sahen, waren sie sprachlos.

Meine englischen Freunde erfuhren nichts davon, dass ich in dieser Nacht, als alles schlief, ins Wartezimmer kroch und dort auf einer Bank übernachtete. Am Morgen schrieb ich schnell einen Brief an Vater, um ihn von dieser neuerlichen Katastrophe zu unterrichten. Ein Problem jedoch bestand darin, wie ich ihm den Brief zukommen lassen könnte, da die Post ja nicht funktionierte. An der Bahnstation traf ich glücklicherweise drei jüdische Frauen, die in Jerusalem auch nichts anderes vorgefunden hatten als wir und darum nach Jaffa zurückkehrten. Sie versprachen, den Brief irgendwie nach Petach-Tikwa zu befördern.

Im Krankenhaus warteten gute Nachrichten. Bevor ich mich nach Großvater erkundigen konnte, erklärte die Krankenschwester, er warte auf mich und die Harfe.

Großvater schien wieder der Alte. Vergnügt plauderten wir eine Weile. Dann aber begann er von seinen Manuskripten zu sprechen. Ich erinnerte mich an Vaters Warnung, kein Wort von der schrecklichen Geschichte verlauten zu lassen, die bis nach Petach-Tikwa durchgesickert war: dass arabische Händler in Jerusalem ihre Waren in Seiten aus kostbaren jüdischen Büchern einwickelten.

Um ihn zu beruhigen, sagte ich: »Um deine Manuskripte mache ich mir nicht die geringsten Sorgen. Da habe ich einen Plan: Wir gehen nach Petach-Tikwa, und ich hole Vater und die Familie nach Jerusalem und wir horchen unter den Arabern herum, wo deine Manuskripte sind.«

»Herrlich«, sagte er und drückte meine Hände. Beruhigt begann er über meine Zukunft zu sprechen.

»Du bist ein ausgezeichneter Klavierstimmer«, sagte er. »Ich habe noch den Klang des Mason & Hamlin in Damaskus im Ohr. Es war fast wie von einem großen Meister gestimmt. Ich möchte, dass du dich ganz dem Klavierstimmen zuwendest. Sobald die Post wieder geht, schreibe ich Gustave Lyon in Paris über dich. Und du musst weiter Musik studieren. Vielleicht wirst du eines Tages anfangen zu komponieren.«

Dann wurde Großvater zu einem alten Mann, der Bilanz zieht über das, was er im Leben getan und was er versäumt hat, und darüber, was er noch tun will. Wieder sprach er von dem Klavier des Königs in Rom – ein Thema, das er nicht mehr berührt hatte, seit unser Plan, nach Paris und Rom zu gehen, durch den Krieg vereitelt wurde. Aber während er sprach, begann ich zum ersten Mal zu begreifen, welch tiefe Bedeutung dieses Klavier für ihn hatte.

»Ist es nicht fantastisch?«, sagte er. »Mitten in meiner ausweglosen Situation tauchte dieses Klavier auf – und obgleich ich es nie gesehen habe, löste es das Problem dieser Situation. Das Klavier war wie die Feuersäule in der Wüste – es hat mich in das Land Israel geführt. Siehst du, Carmi, manchmal ist es eine Kleinigkeit, die den Lebensweg eines Menschen ändert. In meinem Fall war es die Geschichte der Harfe Davids, die der italienische König erzählte.

Ich hätte in Italien bleiben können. Ich hätte nach Frankreich gehen können, das ich liebte, oder sogar nach Amerika, das ich nicht kannte. All das ist wesenlos geworden, nachdem ich die magischen Worte ›König Davids Harfe‹ gehört hatte. Da erkannte ich meine Bestimmung – Jerusalem, die Stadt Davids, des Königs von Israel.«

Er schwieg und schloss die Augen, als wolle er die Gegenwart ausschließen, um in der Vergangenheit zu verweilen. Als er schließlich weitersprach, war er sehr schwach und das Reden strengte ihn an. Er sagte nur noch abgebrochene Sätze, kaum vollständige Worte.

»Sehr seltsam – sehr seltsam – und ich kann es nicht verstehen – jahrelang habe ich an das Klavier des Königs herankommen wollen – und es ist nicht gelungen – warum – warum?«

Dann kehrten seine Gedanken zu der Harfe zurück, die er für mich gebaut hatte.

»Weißt du … öfter als einmal … immer habe ich dir etwas über den Klang unseres ›David‹ sagen wollen – durch ihn habe ich begriffen, wie das Klavier des Königs eigentlich klingen muss – damals, als du im Tempel von Petach-Tikwa gespielt hast, das war so … noch nie hat Musik so geklungen …«

Ich wusste, was er meinte. Damals, im Überschwang des Dankes für die Wunder, hatte ich mit einem Gefühl gespielt, das größer war als ich.

»Ich frage mich«, murmelte Großvater und seufzte tief, »ob ich wirklich alles getan habe, was in meiner Macht stand, um dieses wunderbare Klavier zu sehen. Aber jetzt ist es zu spät. Niemals werde ich es sehen. Vielleicht *sollte* ich es nicht sehen. Vielleicht will Gott es nicht.«

»Wie kannst du so sprechen? Warum sollte Gott es nicht wollen? Du bist der herrlichste Mensch der Welt!«, rief ich, während mir das Herz fast brach. »Und du wirst dich wundern, wie schnell du wieder auf den Beinen bist, und dann fahren wir nach Rom, wie wir es uns vorgenommen haben.«

»Du denkst wirklich, dass ich wieder zu Kräften komme?«

»Natürlich.«

»Aber ich bin so müde ... so müde.«

»Ruh dich nur gut aus. Der Doktor sagt, alles ist in Ordnung.«

Er schloss die Augen. Ich dachte, er sei eingeschlafen, und wollte mich auf den Zehenspitzen aus dem Zimmer schleichen, als er wieder zu sprechen begann.

»Ich habe es mir überlegt, Carmi. Es wäre gut ... es wäre richtiger, wenn du einen Brief an den König bei dir hättest ... für den Fall, dass du allein nach Rom gehen musst.«

Ich wollte seinen Zweifel nicht gelten lassen, aber er unterbrach mich.

»Gib mir die Hand, Carmi. Du musst versprechen, dass du das Klavier sehen wirst. Du musst ... du musst ...«

»Natürlich! Aber mit dir zusammen, lieber Großpapa.«

Da kam die Oberschwester herein und gebot mir, ihn ruhen zu lassen. Als ich später zurückkam, schien seine Mutlosigkeit verschwunden, und er wollte, dass ich für ihn Harfe spiele. Sein Gesicht strahlte, als ich »Der alte Baum in Judäas Bergen« intonierte. Großvater liebte dieses Lied, das von einem alten Baum erzählt, der schon die großen Tage König Salomos gesehen hat, dann die Zerstörung Jerusalems, und der nun auf das Wiedererstehen des Landes Juda wartet. Als ich zu dem Vers kam, da der alte Baum einen jahrhundertelangen Schlaf schläft, schlief auch mein armer Großvater ein. Sein müdes Gesicht war entspannt, und er lächelte.

Ich benachrichtigte die Schwester, und sie sagte: »Dann spiel doch noch ein bisschen für unsere jungen Patienten.«

Ich ging mit der Harfe von einem Saal zum anderen, da rief eine aufgeregte Stimme: »Carmi, Carmi!«

Es war mein englischer Engel, der mit besorgtem Gesicht sagte: »Bei deinem Großvater ist eine plötzliche Veränderung eingetreten.«

Ich fand ihn wachsbleich und ohnmächtig, auf der Stirn standen Schweißtropfen. Gleich nach mir kam der Arzt herein. Er beugte sich über den Patienten. As er sich wieder aufrichtete, sah ich, dass keinerlei Hoffnung mehr bestand.

Bevor der Doktor etwas sagen konnte, begehrte ich auf: »Aber vor einer Stunde war er noch ganz lebhaft!«

»Das ist manchmal so. Dein herrlicher Großvater war geistig stark, doch leider körperlich zu erschöpft.«

»Aber er hat doch noch so viel zu tun!«, rief ich. »Er muss noch nach Russland und nach Paris und Rom. Er muss doch den König von Italien sehen. Er muss nach Rom! Er muss!«

Der Doktor legte mir väterlich den Arm um die Schulter.

»Wir haben alles Menschenmögliche getan«, sagte er. »Glaub mir, mein Sohn – mehr konnten wir nicht tun. Es tut uns sehr leid.«

»Ich weiß es, Doktor. Ich versteh …«

Als wir so neben dem Bett standen, begann sich Großvaters Gesicht zu verändern. Es schien voller zu werden, wie es in den Tagen vor der Vertreibung aus Jerusalem gewesen war. Er stieß einen leichten Seufzer aus, und dann breitete sich ein ganz leichtes Lächeln über sein Gesicht. Das Leben verlosch so sanft, wie sich die Dämmerung über die Erde senkt. Ich hielt den Atem an und schaute auf das geliebte Gesicht, das das ewige Lächeln seiner Würde und seines Friedens trug.

Der Doktor, dieser freundliche Mann, ließ einen Rabbiner kommen, damit der Tote nach jüdischem Brauch begraben würde. Am Nachmittag kam ein Wagen vom Roten Kreuz mit vier englischen Totengräbern und brachte die Leiche auf den jüdischen Friedhof am Ölberg.

Es gab keine Möglichkeit, die Familie in Petach-Tikwa zu verständigen, und so war ich in meinem Kummer allein. Aber beim Begräbnis war ich nicht allein. Der englische Arzt und die Schwester begleiteten mich.

Und so wurde Mattis Janowsky begraben, betrauert nur von seinem Enkelsohn und einigen Fremden aus einem fernen Land, die in den letzten Stunden seines Lebens seine Freunde geworden waren.

Auf dem Friedhof, der auf die von Großvater so sehr geliebte Stadt hinunterblickt, half ich das Grab graben, in dem er seine ewige Ruhe finden sollte. Als der Tote ins Grab gesenkt wurde, sprach ich den ›Kaddisch‹. So sah ich zum letzten Mal auf dieser Erde meinen lieben Großvater und Freund.

Der Rabbiner und die Totengräber gingen, der englische Arzt und die Schwester aber blieben. Sie blieben, als ich die Davidsharfe nahm und zum Abschied leise »Der Alte Baum« spielte.

DIE SUCHE

Rom – Berlin

Mein Leben hatte nun ein zweifaches Ziel: erstens, Klavierbau zu studieren und es darin zum Meister zu bringen, zweitens, das Klavier zu finden, in dem die Seele der Harfe König Davids lebte.

Der Wunsch, den Großvater auf seinem Sterbebett ausgesprochen hatte, wurde für mich ein Auftrag wie die Suche nach dem Heiligen Gral.

Im Jahre 1920, sobald Europa sich von den Folgen des Ersten Weltkriegs zu erholen begann, traf ich meine Vorbereitungen zur Verwirklichung von Großvaters Traum. Er hatte eigentlich geplant, dass ich bei Pleyel in Paris studieren sollte, doch als ich erfuhr, dass Berlin das Zentrum der europäischen Musik und gleichzeitig der Klavierindustrie geworden war, beschloss ich, in Deutschland zu studieren.

Noch genau erinnere ich mich des Tages, als ich meinen Pass aus Jaffa nach Hause brachte. Die ganze Familie versammelte sich aufgeregt, um das Dokument zu besichtigen.

»Ein Pass in hebräischer Schrift!«, rief Vater. »Das erste derartige Dokument, das ich sehe! Es lebe die Balfour-Deklaration! Die Tage des Messias kommen!« Dann bemerkte er den eingetragenen Namen: Avner Carmi.

»Was soll das heißen? Der Familienname fehlt!«

Und alle lachten über dieses Versehen.

»Es ist kein Versehen, Vater«, antwortete ich. »Zuerst habe

ich meinen ganzen Namen niedergeschrieben – Avner Carmi Janowsky. Doch wie ich unseren russischen Namen so geschrieben sah, dachte ich daran, was Großvater in Russland erlebt hat, und ich sagte mir: Ich bin ein Jude, der Sohn eines Juden, und mein jüdischer Stammbaum geht zurück bis zur Zeit von Avner-Ben-Ner und bis zu König David – warum soll ich da einen russischen Namen tragen? Weder mein Vater noch mein Großvater waren Russen, sie sind aus Russland geflohen. Und ich gedachte der Bibelstelle, die sagt: ›Und erinnere dich daran, was Amalek dir getan‹. Da habe ich die Feder genommen und habe meinen russischen Namen ein für alle Mal ausgestrichen.«

»Du hast recht getan«, sagte mein Vater mit bebenden Lippen. »Ich bin glücklich darüber.«

Auf dem Weg nach Deutschland machte ich Halt in Rom, um nach dem Klavier des Königs zu forschen. Ich engagierte einen Fremdenführer und ließ mich zuerst zum Titusbogen führen, da Großvater oft von diesem Monument gesprochen hatte. Der Führer rief einen Wagen, in dem wir durch die Ewige Stadt fuhren. Als ich eben begann, die Schönheiten Roms zu genießen, hielten wir an einem großen Platz. Der Führer zeigte auf ein altes Steinmonument. »Das ist er.« Von Weitem sah der Titusbogen nicht besonders großartig aus, aber ich bezahlte den Wagen, und wir stiegen aus.

»Dies«, begann der Fremdenführer seine Litanei, »ist der Triumphbogen des Titus, errichtet von den Römern im Jahre 70 nach Christi Geburt, zur Erinnerung an ihren Sieg über Juda. Die Reliefs oben stellen die heiligen Geräte aus König Salomos Tempel dar, die von israelitischen Sklaven auf den Schultern getragen werden.«

»Das genügt, danke schön«, sagte ich. Dann stand ich schweigend vor dem Bogen und schaute ihn an.

»Das ist noch gar nichts«, drängte der Mann. »Jetzt zeige ich Ihnen das Kolosseum!«

Zu seiner Überraschung wollte ich aber nichts weiter sehen, sondern bezahlte ihm sein Honorar und bedankte mich.

Ich blieb und starrte tief bewegt auf dieses verletzende Zeugnis, den Titusbogen, und meine Gedanken wanderten zurück nach Jerusalem. In der Fantasie sah ich eine schicksalhafte Schlacht zwischen den Römern und dem Volk Jerusalems vor mir, in der meine Vorväter wie Löwen gekämpft hatten. Fast klangen mir noch die verzweifelten Schreie der Verteidiger in den Ohren, denn mir war, als marschierten die gefangenen Juden an mir vorbei, die heiligen Geräte des Tempels auf ihren Schultern. Fast schien ich den Rauch des brennenden Jerusalems zu riechen ... bis mich schließlich in der Nähe ertönende Kirchenglocken in die Wirklichkeit zurückriefen.

Vom Titusbogen wanderte ich zum Königspalast, dem Quirinal. Ich war recht erstaunt, dass der Palast nur ein bescheidenes zweistöckiges Haus war. Unmöglich, sagte ich mir. Unser Tempel in Petach-Tikwa ist schöner als dieser Königspalast. Selbst die Häuser um den Quirinal herum waren schöner als der Palast selbst. Aber wenn es dem König recht war, sollte es mir auch recht sein, dachte ich, als ich zum Palasttor hinüberging.

Sechs Carabinieri standen Wache: Oben auf ihren Helmen wallten Federn. Als ich mich diesen vornehmen Vögeln näherte, teilte ich ihnen meinen Wunsch, den König zu sehen, mit, indem ich ihnen zurief: »Voglio vedere il Re!« Sie amüsierten sich köstlich darüber, dann antwortete mir einer: »Il Re non è qui.« – Der König ist nicht da.

.

Mein Italienisch reichte nicht aus, nach näheren Einzelheiten zu fragen, ich begriff sowieso, dass es für meinen Versuch noch zu früh war, und beschloss, das nächste Mal besser vorbereitet zu sein.

Bevor ich Rom verließ, pilgerte ich noch zum Pantheon, in dem die italienischen Könige begraben liegen, und starrte auf das Grab König Umbertos, der, ohne es zu ahnen, eine so dramatische Rolle im Leben meines Großvaters und der Geschichte meiner Familie gespielt hatte. Ich trug meinen Namen im Besucherbuch ein und fügte hinzu: »Enkelsohn von Mattis Janowsky, dem Freund König Umbertos und der Königin Margherita – Petach-Tikwa, Palästina.«

Ich hatte das Gefühl, damit zumindest einen kleinen Schritt zur Erfüllung von Großvaters Wunsch getan zu haben.

Obgleich Deutschland erst zwei Jahre zuvor eine schwere Niederlage erlitten hatte, war Berlin zu einem Musikparadies geworden. Ich besuchte Konzerte und hörte tief erregt zum ersten Mal in meinem Leben ein Symphonieorchester.

Ich besuchte ein Konzert nach dem anderen, allerdings ohne wirklich ergriffen zu werden. Ich hörte die Großen der Konzertsäle: Busoni, Schnabel, Kreutzer, d'Albert, Borowsky und andere. Aber die herrlichen Konzertflügel, auf denen sie spielten, waren gestimmt, als fehle ihnen alle Musik oder, wie mein Großvater es ausgedrückt hätte: als sei ihnen die menschliche Qualität genommen. Die Oktaven waren zwar richtig gestimmt, standen aber nicht in Harmonie zur Mitteloktave, die, wie bereits vorher erklärt, für die Ausdrucksfähigkeit des Klaviers entscheidend ist. Dadurch hielt der Klang nicht an und es fehlten die Obertöne. Außerdem klangen die Konzertflügel viel zu brillant – so wie die modernen amerikanischen Klaviere, hämmernd und lärmend. Aber ich hatte niemanden, mit dem ich darüber sprechen konnte. Wo sollte ein Bauernbursche wie ich jemanden aus der Klavierindustrie finden, dem er seine Klage vortragen konnte: dass ein Klavier kein Schlagzeug sein sollte, sondern ein »singendes Instrument«?

Ich schrieb mich für zwei Abendkurse ein – an der Universität, wo ich Deutsch und andere Fächer studierte, die ich durch den Krieg nicht beendet hatte, sowie an einer technischen Schule, wo ich technisches Zeichnen lernte. Und sobald mein Deutsch gut genug war, immatrikulierte ich mich am Sternschen Konservatorium, um mich in Musiktheorie und Harmonielehre zu vervollkommnen. Mein Lehrer hierin war Gustav Bumke, ein Schüler Engelbert Humperdincks, des Komponisten von »Hänsel und Gretel«. Als ich Professor Bumke um Rat wegen einer Klavierbau-Schule fragte, musste er feststellen, dass es keine derartigen Schulen gab, sondern dass die Kenntnis auf diesem Gebiet direkt vom Vater zum Sohn übermittelt wurden und dass es für einen Außenseiter kaum möglich war, in diese Tradition einzubrechen.

Während ich noch tief deprimiert diese Auskunft zu verarbeiten suchte, kam ich zufällig in ein Musikaliengeschäft. Ein hübsch aussehendes Klavier zog meine Blicke an, und ich ging hinüber, um darauf verstohlen einen Akkord anzuschlagen. Da sah ich zu meinem Erstaunen die Firmenmarke: Janowsky. Im gleichen Augenblick erinnerte ich mich an eine längst vergessene Andeutung Großvaters, dass ein entfernter Verwandter von uns in Deutschland in der Klavierbranche sei.

Der Inhaber kam zu mir herüber. Ich entschuldigte mein langes Verweilen und erzählte ihm von dem seltsamen Zusammentreffen. Er gab mir die Adresse von Janowskys Klavierfabrik, die tatsächlich in Berlin war. Sofort machte ich mich auf die Suche nach dem lange verlorenen Verwandten.

Beim Anblick der recht eindrucksvollen Fabrik überkam mich ein Gefühl von Stolz. Mit klopfendem Herzen trat ich ins Büro, wo eine große, hübsche blonde Frau mit einem kleinen goldenen Kreuz am Halse saß

»Was wünschen Sie?«, fragte sie.

»Ich möchte Herrn Janowsky sprechen.«

»Ihr Name bitte?«

»Janowsky«, erwiderte ich.

»Janowsky?«, wiederholte sie überrascht.

»Ja, gnädige Frau.« Und stolz fügte ich hinzu: »Ich glaube, wir sind Verwandte.«

»Verwandte?«, sagte sie zweifelnd. Sie stellte sich als Frau Janowsky vor. »Ich glaube kaum, dass mein Mann Verwandte hat.«

»Jeder hat Verwandte, gnädige Frau.«

»Möglich«, sagte sie. »Aber mein Mann hat nie welche erwähnt.« Sie entschuldigte sich und ging ins Nebenzimmer, wo eine laute Telefonunterhaltung im Gange war. Sie kam gleich zurück und sagte: »Herr Janowsky hat sehr viel zu tun. Ich kann ihn nicht stören.« Als sie meine Enttäuschung sah, fügte sie hinzu: »Lassen Sie Adresse und Telefonnummer hier, mein Mann wird sich bei Ihnen melden.«

Ich war fest überzeugt, dass mein »Verwandter« mich bald anrufen würde. Ich fuhr oft hinaus zu der Klavierfabrik, um das »Janowsky-Paradies« zu betrachten, in dem meine Rettung lag. Natürlich wagte ich nicht, das Gebäude noch einmal zu betreten, sondern versteckte mich hinter einem Baum und dachte nur liebevoll an den Mann, der da drinnen Klaviere baute.

Es muss gesagt werden: Ich rief noch einige Male in der Klavierfabrik an, doch ohne Erfolg. Nie bekam ich Herrn Janowsky ans Telefon, immer nur Frau Janowsky, bis sie eines Tages ärgerlich sagte: »Lieber Herr Carmi, mein Mann ist ein sehr beschäftigter Mann. Das habe ich Ihnen doch schon gesagt, nicht? Also belästigen Sie ihn bitte nicht weiter.«

Eines Tages schien das Schicksal dann doch an meine Tür zu klopfen, und zwar in der Person meiner freundlichen Hausfrau, Frau Arnade, einer Witwe, die ihr Brot als Lehrerin verdiente.

»Ich habe heute mit Herrn Schleutze gesprochen, der in meiner Schule die Klaviere betreut«, sagte sie stolz. »Er ist bereit, Sie als Lehrling in seine Werkstatt zu nehmen.«

Als ich mich bedanken wollte, unterbrach mich Frau Arnade.

»Ich bin Ihnen gern behilflich. Aber Herr Schleutze stellt eine Bedingung. Sie müssen jede Arbeit, die er Ihnen aufträgt, ohne Widerspruch ausführen. Was sagen Sie dazu?«

»Selbstverständlich«, sagte ich und lachte. »Wie naiv so ein Klavierbauer ist! Was würde ich denn nicht tun, um in diese magische Welt eingelassen zu werden?«

Am nächsten Tag lief ich zu Schleutzes Werkstatt, die sich in seiner Wohnung befand. Ich hatte einen Arbeitskittel gekauft. Auf mein Läuten wurde die Tür von einem dicken Vierziger mit einem Kaiser-Wilhelm-Schnurrbart geöffnet, der einen seltsamen Kontrapunkt zu seinem völligen Kahlkopf bildete. Der Mann war noch im Nachthemd. Mir kam nicht in den Sinn, dass dies der Klavierbauer sein könnte, bei dem ich in die Lehre gehen sollte, darum sagte ich, ich wollte Herrn Ludwig Schleutze sehen.

»Ich *bin* Herr Schleutze«, antwortete er mit einer Fistelstimme, die in seltsamem Widerspruch zu seinem massigen Körper stand. Er führte mich in eine Werkstatt, in der ein halbes Dutzend zerlegter Klaviere herumstand, hieß mich warten und verschwand ins Nebenzimmer, aus dem eine Frauenstimme und Kindergeschrei herüberklangen.

Bald kam Schleutze angezogen zurück und gab mir meine erste Aufgabe: Ich sollte eine Wiege abschmirgeln, die er für sein Kind gebaut hatte. Und jetzt begriff ich, was seine Bedingung bedeutete, *jede aufgetragene Arbeit auszuführen.* Doch ich hing zu sehr an der Möglichkeit der Ausbildung, um zu meutern, und so machte ich mich an die Wiege mit aller Geschicklichkeit, die ich besaß, und schmirgelte sie, bis meine Hände bluteten. Jedes Mal aber, wenn ich Herrn Schleutze fragte, ob die Oberfläche glatt genug sei, erwiderte er: »O nein. Diese Wiege ist für *meinen* Jungen.«

Nachdem ich fast eine Ewigkeit das Holz bearbeitet hatte, gab Schleutze endlich zögernd zu, es ginge halbwegs. Nun, dachte ich, würde ich an die Klaviere herankommen – stattdessen bekam ich eine Schüssel voller Windeln zum Waschen. So widerlich mir diese Arbeit war, machte ich mich doch daran, da dahinter die magische Klavierwelt zu winken schien, und wusch die Windeln mit demselben Eifer, mit dem ich die Wiege poliert hatte. Bald aber mischte sich Schleutzes dicke, große blonde Frau ein und jammerte, ich ruinierte die Windeln, wenn ich sie so rasend schnell wüsche. Schleutze kam und schaute.

»Was beeilst du dich so?«, fragte er. »Du hast doch den ganzen Tag Zeit!«

»Ich will schnell damit fertig werden, damit ich Ihnen bei den Klavieren helfen kann!«

Schleutze antwortete nicht, sondern ging in die Werkstatt zurück, wo er gemeinsam mit seiner Frau an einem Klavier gearbeitet hatte. Ich wurde nicht einmal aufgefordert, ihnen zuzusehen, geschweige denn, zu helfen. Stattdessen sollte ich mich um das Baby kümmern und nachher Frau Schleutze bei ihren Besorgungen begleiten.

Ich wurde blutrot vor Scham, hielt mich jedoch an die Vereinbarung und protestierte nicht. Wie entsetzlich das war! Frau Schleutze bepackte mich auf ihrer Einkaufstour mit schweren Lebensmittelpaketen und befahl: »Los, ab nach Hause!«

Als wir in die Werkstatt zurückkamen, schien selbst Schleutze zu begreifen, dass das zu viel war. Er lächelte verlegen und ließ mich zusehen, wie er die ausgefransten Filzbeläge an den Hämmerchen eines alten Klaviers zurechtfeilte. Da ich genau begriff, was zu machen war, bat ich ihn, mich auch feilen zu lassen, aber entsetzt antwortete er: »Um Gottes willen! Vielleicht in einem Jahr«, und gab mir einen kleinen Besen, um damit jeden herunterfallenden Faden einzeln aufzukehren.

So verging ein entmutigender Tag nach dem anderen. Die Tage bestanden aus Windeln mit Klavier, Fensterputzen mit Klavier, Bodenwischen mit Klavier, Kohlsuppe mit Klavier. Aber ich sagte mir: »Gieß nicht das schmutzige Wasser fort, bevor du frisches hast« und biss die Zähne zusammen.

Dann kam der Tag, an dem Schleutze mich herablassend eines seiner alten Klaviere ein wenig stimmen ließ. Nun wandte sich das Blatt. Die Schleutzes schauten und hörten zu und hielten dann eine große Flüsterkonferenz ab. Von nun an musste Frau Schleutze ihre Windeln selber waschen, musste den Boden scheuern, die Wäsche aufs Dach bringen und ihre Einkäufe allein nach Hause schleppen. Mein vorher unerkanntes Talent war für die Schleutzes plötzlich wertvoll geworden. Man schickte mich zu Kunden, um Klaviere zu stimmen – aber abgesehen vom Fahrgeld bekam ich keinen Heller bezahlt.

Ich erfüllte die Vereinbarung bis zum letzten Buchstaben. Eines Sonntags entdeckte ich, dass meine Lesebrille in Schleutzes Werkstatt geblieben war. Als ich dort eintraf, war der Meister in der Kirche, aber seine Frau ließ mich ein. Ich fand die Brille auf der Werkbank. Als ich sie nahm, bemerkte ich einen Packen Zirkulare und steckte eines davon ein, um es später zu lesen. Als ich es auf der Straße las, ging mir ein Licht auf. Der Text lautete:

An meine verehrten Kunden!
Versuchen Sie sofort meine Neue Methode!
Billiges Klavierstimmen!
Schnelles Klavierstimmen!
Wunderbares Klavierstimmen!

Jawohl, wunderbar! Nun verstand ich, warum Schleutze ein paar Tage zuvor eine Stenotypistin bestellt hatte, um eine große Anzahl von Briefumschlägen adressieren zu lassen. Und ich begriff, warum Schleutze und seine Frau die Zirkulare selbst in die Umschläge gesteckt und die Packen allein zum Postamt geschleppt hatten, anstatt mich, wie üblich, zum Packesel zu machen: Ich sollte nicht wissen, wie wertvoll meine Dienste geworden waren.

Ein paar Tage später kam die Reaktion auf die Zirkulare in Form einer Flut von Briefen, und ich hatte mehr denn je zu tun. Als ich die Arbeit nicht mehr bewältigen konnte, entschloss ich mich zu sprechen und sagte den Schleutzes ins Gesicht, dass sie das Lehrlingsverhältnis ausbeuteten. Frau Schleutze wandte sich ihrem Gatten zu.

»Siehst du, das hat man davon, wenn man einem Juden gefällig ist!« Ich nahm mein Werkszeug und ging.

Zweimal in der folgenden Woche kam Schleutze zu mir und bot mir Lohn, jedes Mal einen höheren, wenn ich weiterhin für ihn arbeiten würde. In der zweiten Woche schluckte Frau Schleutze ihre Verachtung herunter und versuchte ebenfalls, mich umzustimmen – ohne Erfolg.

Die Jerusalemer Methode

Nach meinen Erfahrungen mit den Schleutzes beschloss ich, an einer Komposition weiterzuarbeiten, die ich einige Zeit vorher begonnen hatte. Eine Woche lang schrieb ich ununterbrochen daran, bis meine Wirtin behauptete, so ein Tempo könne man nicht durchhalten, und mich zum Luftschnappen auf den nahe gelegenen Viktoria-Luise-Platz schickte. Als ich dort auf einer Bank saß, hörte ich aus einem offenen Fenster wunderbares Klavierspiel, das mich an Großvaters Anschlag erinnerte. Aber das Klavier klang so verstimmt, dass es nicht auszuhalten war. Ich beschloss, dem armen Teufel von Pianisten anzubieten, sein Klavier umsonst zu stimmen, lief nach Hause, holte mein Werkzeug und eilte zurück. Da der Vordereingang geschlossen war, ging ich ums Haus und klopfte an der Küchentür. Eine vornehm aussehende blonde Dame öffnete und schaute mich, als sie mein Anerbieten vernommen hatte, von oben bis unten an. Zweifellos hielt sie mich für verrückt, denn sie schloss hastig die Tür.

Ich begriff, dass ich mich kindisch benommen hatte. Am meisten jedoch schmerzte mich, dass meine gute Absicht so missverstanden werden konnte. Einige Tage später aber bot sich eine unerwartete Gelegenheit, als Professor Bumke mir seinen neu gestimmten Flügel vorführte, dessen Ton mir jedoch durchaus nicht zusagte.

»Aber, aber«, protestierte Bumke, »er ist vom besten Klavierstimmer in Berlin gestimmt. Sein Vater hat schon für Liszt und Brahms, für Schumann und Joachim gearbeitet!«

»Und doch kann ich Ihnen beweisen, dass eine ganze Menge an tonalen Möglichkeiten in Ihrem Klavier fehlen – nur, weil es nicht richtig gestimmt ist!«

»Zeigen Sie mir einen Ton, der nicht richtig gestimmt ist.«

»Einen Ton? Das ganze Klavier ist verstimmt«, wendete ich ein. »Niemals werden Sie die Stimmung eines Klaviers anhand einzelner Oktaven prüfen können!«

Und, mit einem entschuldigenden Lächeln, bat ich ihn, näher zum Klavier zu kommen und meiner kleinen Demonstration genau zu folgen. Ich spielte die chromatischen Tonleitern – alle in Dur – auf den Mitteloktaven der Klaviatur, zuerst in Terzen, dann in Sexten und schließlich in Dezimen und doppelten Dezimen.

Und als ich ihn bat, genau auf die Schwingungen der Intervalle zu horchen, stellte mein verehrter Lehrer schnell fest, dass nur wenige Intervalle ein angenehmes, singendes Vibrato erzeugten.

Alle übrigen Intervalle schwangen zu schnell oder zu langsam und klangen entsprechend unangenehm, ja falsch.

»Die Unausgeglichenheit der Vibrati«, erklärte ich meinem Lehrer, »beweist, dass die Stimmung nicht richtig ist, sonst würden sämtliche Intervalle – durch die ganze Klaviatur – in ausgeglichenen, herrlichen Vibrati schwingen.«

»Aber die Oktaven sind doch in Ordnung«, wendete Professor Bumke verwirrt ein.

»Das sind sie«, antwortete ich. »Aber was nützt das, wenn sie nur unter sich richtig klingen?«

Und um meinen Einwand klarzumachen, spielte ich die »guten« Oktaven und demonstrierte, dass sie keineswegs mit den Terzen, Sexten und Dezimen harmonierten.

»Es gibt kein reines Stimmen in Oktaven«, erklärte ich. »Beim Klavierstimmen ist die Oktave lediglich eine Stufe, die nicht nur in sich rein klingen soll, sondern auch im Einklang mit ihren harmonischen Verwandten sein muss, um ein herrliches, singendes Vibrieren hervorzubringen.«

Professor Bumke war sprachlos, schlug ein paar traurige Akkorde an.

»Falsch … verkehrt …«, murmelte er. Dann fügte er bei: »Und ich dachte doch, dass ein Klavier so klingen müsste …«

Da schickte Professor Bumke mich heim, um meine Stimmwerkzeuge zu holen und sein Klavier »mit einer menschlichen Stimme zum Singen« zu bringen.

Als ich mit der Arbeit fertig war, hielt ich mich nicht damit auf, das Klavier auszuprobieren.

»Spielen Sie. Prüfen Sie das Instrument selber«, forderte ich meinen Lehrer auf.

Professor Bumke schlug ein paar Akkorde an.

»Es stimmt, Carmi!«, rief er. »Es ist wirklich wahr. Es klingt völlig anders. Es vibriert mehr, es ist lebendiger, weniger metallisch. Auch der Anschlag ist weniger hörbar.« Er stand auf und sagte: »Ich will Herman Protze anrufen.«

»Wer ist Herman Protze?«, fragte ich neugierig.

»Der Besitzer von Herman-Protze-Musikalien. Er ist Komponist und Musiklehrer. Außer dem Musikaliengeschäft hat er eine erstklassige Klavier-Werkstatt. Die besten Musiker Berlins sind seine Freunde und Kunden.«

Er rief also Protze an.

»Ich habe bei mir einen Schüler aus Jerusalem. Er hat es sich nicht nehmen lassen, meinen Konzertflügel zu stimmen, und ich möchte Sie bitten, zu mir zu kommen und sich anzuhören, was er daraus gemacht hat.«

Ich konnte die Stimme am anderen Ende aufgeregt fragen hören: »War Friedrich denn nicht bei Ihnen? Hat er Ihren nicht Flügel gestimmt?«

»Doch, gestern. Aber der Bursche hier hat etwas daran umgestimmt, und in ein paar Minuten hat er daraus ein ganz anderes Instrument gemacht.«

»Warum schicken Sie ihn nicht zu mir herüber? Ich lasse ihn ein altes Klavier stimmen.«

Als Professor Bumke mir diesen Vorschlag übermittelte, sagte ich, ich wolle lieber selber mit Herrn Protze sprechen.

Protze fragte, ob ich Italiener sei.

»Nein«, antwortete ich. »Carmi ist ein biblischer Name und bedeutet auf Deutsch etwa ›Weingärtner‹.«

»Also was haben Sie mit Bumkes Klavier gemacht, Herr Weingärtner?«

»Ich habe nur die Saiten seines Klaviers in meinen Wein getaucht.«

»Würden Sie auch für mich ein Klavier so stimmen, dass ich von Ihrem Wein kosten kann?«

»Gern«, antwortete ich.

»Wo haben Sie stimmen gelernt?«

»In Jerusalem.«

»Gibt es dort eine Schule für Klaviertechnik?«

Als ich zu stottern begann, fragte er weiter: »Wie viele Klaviere gibt es in Jerusalem?«

»Zu meiner Zeit hatte die Heilige Stadt einen Lehrer, ein Klavier und einen Schüler.«

»Großartig! Und Ihr Lehrer war ein Klaviermacher?«

»O nein! Er war ein *Musik*-Macher.«

»Und Sie glauben, dass Sie jetzt in Berlin Klaviere stimmen können?«

»Warum nicht?‹

»Sie müssen ein Jude sein!«

»Jawohl.«

»Großartig! Dann kommen Sie doch bitte gleich morgen früh zu mir, und wir werden sehen, was Sie aus Jerusalem mitgebracht haben.«

Am nächsten Morgen erschien ich kurz nach Arbeitsbeginn in Protzes Musikalienhandlung. Protze – etwa sechzig Jahre alt mit einem blonden Professorenbart – führte mich in die Werkstatt, in der zu Dutzenden Klaviere standen, an denen ungefähr fünfzehn Klaviermechaniker konzentriert arbeiteten. Er führte mich in einen schalldichten Raum am Ende der Werkstatt, in dem zwei Flügel standen.

»Diese beiden Instrumente sind Ihrem Wunsch gemäß gestimmt. Jetzt zeigen Sie mir Ihre ›Jerusalemer Methode‹. Stört es Sie, wenn ich zusehe?«, fragte Professor Protze.

»Im Gegenteil«, antwortete ich siegesgewiss. »Ich bin glücklich, dass ein wirklicher Kenner mir zuschaut!«

Protze reagierte auf mein etwas übertriebenes Selbstbewusstsein mit einem gezwungenen, frostigen Lächeln, das mich aber nicht störte.

Ich zog einen neuen Stimmschlüssel heraus und begann zu arbeiten. Als ich fertig war, machte ich es wie bei Professor Bumke: Ohne es selbst auszuprobieren, verbeugte ich mich vor Herrn Protze: »Hier ist das Klavier.«

Protze schlug ein paar Akkorde an. Ohne es mit dem Ton des anderen Klaviers zu vergleichen.

»Es stimmt!«, rief er leidenschaftlich. »Es stimmt! Sie bleiben hier! Ich kann Sie brauchen!«

»O nein, Herr Professor«, sagte ich, »ich suche keine Stellung.«

»Was suchen Sie denn sonst?«

»Ich studiere technisches Zeichnen und interessiere mich für Klavierbau.«

»Was schlagen Sie also vor? Auf welcher Basis können wir uns einigen?«

»Ganz einfach: Ich gebe Ihnen etwas von meinem Wein und Sie geben mir etwas von Ihren Kartoffeln.«

»Großartig, Herr Weingärtner!«

Und es war in der Tat wirklich großartig. Bald schon schickte Professor Protze mich zu einem »sehr großen Pianisten, dem größten von allen«, zu einem lieben Freund von ihm, um dessen Klavier zu stimmen.

Und wohin schickt er mich? In jenes Haus am Viktoria-Luise-Platz!

Und zu welchem Künstler? Zu Ferruccio Busoni!

Als ich diesmal an die Eingangstüre klopfte, öffnete dieselbe hübsche blonde Frau, die damals die Küchentüre geöffnet hatte. Sie war ganz offensichtlich verblüfft, den verrückten

Klavierstimmer ein zweites Mal zu sehen. Glücklicherweise aber kam Busoni dazu.

Seit ich Busoni bald nach meiner Ankunft in Berlin zum ersten Mal in einem Konzert hatte spielen hören, hatte ich seine Kunst bewundert. Er schien erstaunt über meine Jugend, und ich war darum doppelt froh, dass ihn die Töne, die das Klavier nun hergab, so unverkennbar begeisterten.

Er fragte, warum Protze dies die »Jerusalemer Methode« nannte.

»Vermutlich, weil sie in Jerusalem entdeckt wurde.«

Busoni stellte nicht die zu erwartende Frage nach dem Erfinder. Stattdessen zitierte er:

Denn von Zion wird das Gesetz ausgehen
Und das Wort des Gesetzes von Jerusalem.

Herrn Protzes Empfehlung verhalf mir in Berlin bald zu einem gewissen Ruhm. Es dauerte nicht lange, und ich konnte für führende Pianisten der Zeit wie d'Albert, Borowsky, Schnabel und Kreutzer arbeiten. Und eines Tages ließ mich Herr Protze den Flügel für das Konzert eines großen russischen Pianisten vorbereiten. Ich hatte den Pianisten schon spielen hören und ihn bewundert, hatte aber den Einwand, dass er übermäßigen Gebrauch vom leisen Pedal machte. Großvater hatte mich gelehrt, Piano und Pianissimo über den Anschlag zu erreichen. Aber als ich eines Tages in Jerusalem allein übte, fand ich eine sehr einfache Methode, ein Pianissimo zu spielen: Ich trat das linke Pedal, das mir bis dahin unbekannt war. Ich dachte, ich hätte etwas Neues entdeckt. Großvater aber lachte über diese »Entdeckung«. Er entfernte die Vorderwand des Pianinos und zeigte mir, was passierte, wenn das linke Pedal getreten wurde: Die Hämmerchen kamen nur halb so nahe an die Saiten heran wie sonst und hatten dadurch viel weniger Kraft. Bei Konzertflügeln, die anders konstruiert sind, kommt der Effekt anders zustande.

»Diese armseligen Töne«, erklärte Großvater, »sind ganz unmusikalisch; man nennt sie fälschlich *piano*. Das Klavier hat eine lebendige Seele, und man soll es mit den Händen spielen, nicht mit den Füßen.«

Als ich später einmal Beethovens Sonaten durchblätterte, lief ich zu Großvater und zeigte ihm, dass Beethoven öfter »una corda« oder »leises Pedal« angegeben hatte.

Da erklärte Großvater weiter: »Zu Beethovens Zeiten waren die Klaviere noch sehr primitiv. Es war unmöglich, darauf leise Passagen zu spielen, wie man es heute auf modernen Klavieren kann. Die Hälfte der Noten wäre nicht zu hören gewesen. Darum musste der Klavierspieler bei leisen Stellen das linke Pedal treten. Würde Beethoven jedoch heute leben und könnte er unsere modernen Klaviere sehen, er würde sofort seinen Bleistift nehmen und alle ›una cordas‹ ausstreichen. Nur ein schlechter Musiker hilft sich mit dem leisen Pedal.«

Daran dachte ich, als ich das Klavier für den großen russischen Pianisten herrichtete, und setzte das leise Pedal praktisch außer Aktion. Auch wenn der Pianist es benützen würde, würde er damit kein Piano erzielen können.

Ich lud meine Freundin Manda von Schafferd ein, mit mir in das Konzert zu gehen. Manda war eine vielversprechende junge Pianistin, Schülerin von Elsa Rompe, einer damals in Berlin bekannten Lehrerin. Manda spielte wunderschön, aber auch bei ihr hatte ich oft kritisiert, dass sie vom leisen Pedal einen zu ausgiebigen Gebrauch machte.

Der Künstler begann mit der Orgeltoccata in c-Moll von Bach-Busoni. Manda war, genau wie das übrige Publikum, von seiner Kunst überwältigt. Ich aber wartete auf den Augenblick, in dem er sich des leisen Pedals bedienen würde. Als er begriff, dass das Pedal tot war, starrte er ungläubig auf die Lyra, an der die Pedale befestigt sind, spielte jedoch weiter. Immer wieder trat er vergeblich das Pedal – und begann dann, die leisen Passagen äußerst behutsam mit den Fingerspitzen zu spielen.

Als er zum Mittelteil der Toccata kam, dem Adagio mit seinen lang zu haltenden Tönen, führte er eine heroische Anstrengung aus, um die leisen Stellen vollkommen zu gestalten: Er beugte sich über die Tasten wie eine Mutter über ihr Kind. Fast schien er die Tasten zu küssen, während seine Finger leise Töne von bezwingender Schönheit hervorbrachten. Sein Gesicht, das kurz zuvor noch vom Ärger über das vergebens bemühte leise Pedal verzerrt war, schien auf einmal strahlend, ja, durchgeistigt, während er die Tasten liebkoste.

Manda drückte meine Hand und flüsterte: »Noch nie habe ich ihn so spielen hören. Er ist wunderbar!«

Als dann der brausende Beifall losbrach, dachte ich: Wenn nur mein Großvater diesen Triumph heute Abend erlebt hätte! In der Pause nahm ich Manda mit hinter die Bühne. Der Künstler stürmte auf mich zu und forderte eine Erklärung, was mit dem linken Pedal los sei.

»Gar nichts«, sagte ich.

»Aber ich sage Ihnen doch: Es funktioniert nicht! Können Sie es nicht richten?«

»Es ist nichts daran zu richten. Ich habe es einfach ausgehängt.«

»Sie haben das Pedal ausgehängt? Warum, zum Teufel?«

»Weil das Pedal ein technischer Trick ist. Es tötet die Musik. Wenn Sie sich heute Abend nur selber hätten spielen hören! Ihre Pianos und Pianissimos waren überwältigend. Und wissen Sie, warum? Nur, weil das absurde Pedal ausgehängt war!«

»Das *absurde* Pedal!«, kreischte er beinahe. Und in seinem Zorn fiel er auf einmal in seine russische Muttersprache zurück. »Kto tjebe skasal takoi *absurd*?« (Wer hat Ihnen erzählt, dass es absurd ist?)

»Moi djeduschka« (mein Großvater), antwortete ich in seiner eigenen Sprache. Ich hatte völlig die Bedeutung dieses Mannes in der Musikwelt vergessen, als ich hinzufügte: »Das Klavier ist ein Instrument, das man mit den Händen spielen soll, nicht mit den Füßen!«

Mit puterrotem Gesicht packte er mich am Kragen, zerrte mich auf die Bühne und schrie: »Bringen Sie das Pedal in Ordnung!«

Was konnte ich anderes tun? Aber ich war so beschämt, dass ich nicht wagte, Manda nach diesem Vorfall ins Gesicht zu sehen, und so setzte ich mich allein auf einen Platz weit hinten. Sie war noch immer böse, als ich mir schließlich gegen Ende des Konzerts ein Herz fasste und auf meinen Platz neben ihr zurückkehrte.

»Der Pianist hat vollkommen recht«, erklärte sie. »Du hast dich nicht in die Angelegenheiten eines Künstlers einzumischen. Berlin ist nicht Jerusalem, verstehst du?«

Sie wollte nachher auch nicht mit mir Kaffee trinken gehen und lief mir auf dem Heimweg einfach davon.

In der Nacht durchlebte ich Albträume voller Furcht und Reue. Es schien, als hätte ich mir Mandas Freundschaft verscherzt –

Manda, die ich fast liebte. Und was würde Protze sagen? Und die berühmte Klavierfirma, die den herrlichen Flügel gestellt hatte? Ich sah mich schon aus meiner Anstellung fliegen und wähnte meine Karriere beendet, ehe sie überhaupt begonnen hatte.

Meine schlimmsten Befürchtungen schienen sich am Morgen zu bewahrheiten. Als ich mich zur Arbeit meldete, kam Protzes Sekretärin auf mich zu.

»Das sind Sie ja endlich! Wir warten schon auf Sie. Sie sollen sofort zu dem Pianisten von gestern Abend gehen, er will mit Ihnen frühstücken.«

»Fräulein, das ist bestimmt ein Irrtum.«

»Was ist denn heute mit Ihnen los?«, fuhr das Mädchen mich an. »Wollen Sie, dass man Sie hinauswirft?«

»Genau das erwarte ich.«

Und da ich sah, dass sie von nichts wusste, erzählte ich ihr, was am vergangenen Abend geschehen war.

»Und die Einladung zum Frühstück ist nur eine Falle«, schloss ich. »Sie kennen die Russen nicht! Vielleicht will er mich sogar umbringen.«

»Sie sind verrückt«, lachte sie. »Eine Stunde lang hat er mich vorhin am Telefon ausgefragt, wer Sie sind und wer der Großvater ist, von dem Sie ihm erzählt haben. Erst vor ein paar Minuten bin ich ihn losgeworden.«

Angesichts der Ereignisse des Vorabends schien diese veränderte Haltung unwahrscheinlich. Dennoch entschied ich mich, der Einladung zu folgen. Für alle Fälle aber steckte ich meinen schweren Stimmhammer ein.

Auf mein zögerndes Klingeln an seiner Tür öffnete ein Diener. Doch im nächsten Moment stürzte bereits der Künstler herbei, stieß den Diener beiseite und kam mit ausgestreckten Händen und einem warmen russischen Gruß auf mich zu. Er führte mich in ein Wohnzimmer, in dem überall die Morgenzeitungen, die über das gestrige Konzert berichteten, aufgeblättert herumlagen.

Und was sagten die Kritiker? Einstimmig priesen sie den ersten Teil des Konzerts und die göttlichen Pianissimos des Künstlers. Ein Kritiker schrieb: »Solche Pianissimos haben wir noch nie gehört – es war, als küsste er die Tasten. Im zweiten Teil des Konzerts jedoch schienen die Pedale des Flügels nicht in Ordnung zu sein.«

Der Kopf schwirrte mir noch von dem Lob, mit dem der Pianist mich überschüttet hatte, als ich in die protzesche Werkstatt zurückkehrte. Da rief mich Manda an.

»Ich war so besorgt über die Szene im Künstlerzimmer«, sagte sie, »dass ich meine Lehrerin anrief, noch bevor ich die Kritiken gelesen hatte. Frau Rompe sagt, du hast vollständig recht. Sie meint, seit Jahren wolle sie ihren Schülern beibringen, ein ›natürliches Piano‹ zu spielen. ›Aber was soll ich tun‹, hat sie geklagt, ›wenn sie alle zu faul sind und jedes Klavier ein leises Pedal hat?‹«

Manda

Manda von Schafferd war die Tochter eines Mannes, der Tasteninstrumente sammelte, da er eine umfangreiche Sammlung geerbt hatte und dieses Familiensteckenpferd weiterpflegte. Das Familienmuseum enthielt Cembalos, Clavichorde, Spinette und die verschiedensten alten Klaviere, alle in bestem Zustand. Es war keines dieser »Bitte-nichts-anfassen-Museen«, in denen kostbare Instrumente nur nutzlos herumstehen. Die von Schafferds forderten ihre Gäste auf, die Instrumente auszuprobieren und die von ihren Erbauern geschaffenen Klänge ertönen zu lassen. Manda und ihr Bruder Willibald waren jederzeit bereit, die Sammlung vorzuführen. Beide spielten wundervoll Klavier und wussten die alten Instrumente auf das Schönste zur Geltung zu bringen.

Ich besuchte von Schafferds und das Museum zum ersten Mal kurz nach meiner Ankunft in Berlin. Damals suchte ich überall nach einem alten Klavier, das vielleicht denselben ungewöhnlichen Klang hätte wie das Klavier des Königs. Ich hatte damit kein Glück – alle waren nur »alte Kästen«.

Manda war damals erst vierzehn Jahre alt, aber man ahnte bereits die zukünftige blauäugige Schönheit, in die ich mich drei Jahre später verliebte. Willibald war damals ein robuster Sechzehnjähriger mit merkwürdig ungleichen Augen: Das eine war blau wie Mandas, das andere hellgrün. Ich erinnere mich an unsere erste Begegnung und meine unwillkürliche Vorstellung, die Augen seien eilig in einem Laden gekauft worden, ohne dass man auf die Übereinstimmung der Farbe geachtet hätte. Als ich Willibald drei Jahre später wiedertraf, erinnerte ich mich seiner seltsamen Augen und wollte sehen, ob sie sich verändert hätten. Aber nun trug er ständig dunkle Gläser, selbst zu Hause.

Mein zweiter Kontakt mit der Familie kam durch Herrn Protze zustande, der mich zu von Schafferds schickte, um ein Klavier zu stimmen, das zu den ungewöhnlichsten Stücken ihrer Sammlung gehörte. Das Klavier war gemeinsam mit einer Orgel in einen Holzkorpus eingebaut, sodass man das Instrument als Orgel, als Klavier, als Orgel mit Klavierbegleitung oder als Klavier mit Orgelbegleitung spielen konnte. Der Klavierdeckel trug eine kleine Metalltafel mit der eingravierten Inschrift: »Erbaut für den Kaiser Napoleon Bonaparte – Paris«.

»Auf seinem Rückzug von Acre verlor Napoleon das Instrument in Palästina«, erklärte von Schafferd. »Schließlich tauchte es in Jaffa auf, wo es Jahre später ein deutscher Kapitän entdeckte, kaufte und mitbrachte. Danach kam es in unsere Hände.«

Als er erfuhr, dass ich etwas Arabisch konnte, zeigte mir Herr von Schafferd eine Rechnung für diesen Fund, die 1905 in Jaffa ausgestellt war. Anscheinend hatten die arabischen Zeugen des Handels nicht schreiben können, denn das Dokument war mit Fingerabdrücken signiert.

Die Geschichte von Napoleons Klavier-Orgel aus meinem eigenen Land erinnerte mich an das Klavier des Königs von Italien und an die Legende, dass es aus dem Holz der Säulen des salomonischen Tempels erbaut sei.

»Sehr merkwürdig«, sagte von Schafferd, als er die Geschichte gehört hatte. »Es klingt, als wäre etwas Wahres dran. Aber warum hat die Welt nie etwas davon gehört?« Er überlegte und fügte dann hinzu: »Wer weiß! Schließlich beruhen fast alle Legenden auf einer längst vergessenen Wahrheit.«

Die Schafferds hatten nichts gegen die Freundschaft eines deutschen adligen Mädchens mit einem jüdischen Klavierstimmer einzuwenden. Es schien sie nicht einmal zu beunruhigen, dass Manda mich auf meinem Zimmer besuchte. Anders Mandas Bruder Willibald. Immer wenn er mich sah, zeigte er deutlich seine Missbilligung.

»Willibald hat sich sehr verändert«, erklärte seine Schwester.

»Er hasst alle und jeden. Wir wissen natürlich, dass das wegen seiner Augen ist, meine Eltern haben schon ein Vermögen ausgegeben, aber anscheinend können die Ärzte nichts gegen diese Unregelmäßigkeit tun.«

Ihr Vater, der zugehört hatte, fügte hinzu: »Willibald beneidet Manda um ihre schönen Augen. Er bildet sich ein, dass er wegen dieser Tücke der Natur bei Mädchen keinen Erfolg hat. Sie sagen, er sehe zum Fürchten aus.«

Und die Mädchen hatten recht. Die ungleichen Augen gaben ihm tatsächlich ein unheimliches Aussehen. Trotz seiner Haltung mir gegenüber verkehrte ich weiter mit Manda. Sie war fasziniert von meinen Erzählungen über das Leben im Heiligen Land und von der Davidsharfe, die bei der Befreiung meines Großvaters Mattis aus dem damaszenischen Gefängnis eine so große Rolle gespielt hatte. Manchmal setzte ich mich ans Klavier und spielte ihr die Melodien vor, die ich damals auf der Harfe gespielt hatte – jene Musik, die über dem Jordan, dem See von Genezareth und über den Eukalyptushainen schwebt.

Manda liebte die Harfengeschichten so sehr, dass sie mich bestürmte, ich solle mir von meinem Vater die Harfe nach Berlin schicken lassen. Vater aber zögerte. Er schrieb:

»Seit Du weg bist, scheint mir unser sonst lebendiges Haus leer. Wenn ich über die Harfe streiche, ist es, als wäre Großvater, als wäre der Geist Jerusalems um mich. Dein schönes Spiel fehlt mir sehr. In Sommernächten hängen wir die Harfe ins offene Fenster und horchen, wie der Wind über die Saiten streicht. Sie tönt dann herrlich, als wäre sie die wirkliche Davidsharfe. Wenn Du darauf bestehst, so schicke ich Dir die Harfe natürlich sofort. Wenn

Du sie mir aber weiter anvertrauen kannst, so ist es, als hättest Du mir Dein Herz anvertraut. Ich werde mich nicht so einsam fühlen.«

Frau Arnade, meine freundliche Wirtin, die fast wie eine Mutter zu mir war, missbilligte die knospende Liebe zwischen Manda und mir. Nach jedem Besuch Mandas erinnerte sie mich an das, was ich ihr von Hannah in Petach-Tikwa erzählt hatte.

»Ihre Hannah ist das rechte Mädchen für Sie«, erklärte sie und setzte zornig hinzu: »Lesen Sie nur noch einmal, was Ihr Vater schreibt. Lesen Sie nur, wie Hannah immer zu Ihnen nach Hause kommt, die Harfe anschaut und darüberstreicht! Erinnern Sie sich, dass Hannah die Einzige aus Petach-Tikwa war, die nach Jerusalem kam, als Ihr Großvater starb.«

Ihre Argumente bewegten mich, aber ich wandte ein, dass Hannah fast noch ein Kind sei.

»Sie werden sich wundern, was für eine junge Dame sie ist, wenn Sie zurückkommen!«, erwiderte Frau Arnade.

Hoffnungen

Während ich mich also in einer dauernden Auseinandersetzung mit meinem Gewissen befand – verkörpert durch meine Wirtin –, ging meine berufliche Laufbahn steil aufwärts. Herr Protze fand es besonders günstig, mich zu seinen vielen jüdischen Kunden zu schicken. So kam ich zu berühmten Männern wie Professor Albert Einstein, Dr. Walther Rathenau, dem damaligen deutschen Außenminister, dem Bankier Dr. Mendelssohn und vielen anderen.

In Dr. Rathenaus Haus hatte ich das Vergnügen, mit ihm Hebräisch zu sprechen, das er aus seiner Knabenzeit noch ein wenig konnte. Er war überrascht, dass ein Jude aus Israel in Deutschland Klaviere stimmte, und so erzählte ich ihm einiges von mir und über das Wiedererstehen des jüdischen Landes. Meine Schilderungen beeindruckten ihn so sehr, dass er zu seiner Mutter sagte: »Meine Liebe, ich glaube, wir müssen einmal dorthin fahren.«

»Das sollten wir wirklich«, erwiderte Frau Rathenau.

Aber die Geschichte machte einen Strich durch diese Rechnung. Nur einige Wochen später wurde die Weimarer Republik von den ersten Anzeichen der Nazi-Bewegung erschüttert, und eines der ersten Verbrechen jener Terroristen, die später Hitler an die Macht brachten, war die Ermordung Rathenaus.

An Professor Einstein habe ich sehr angenehme Erinnerungen. Als er einige Jahre später in Palästina eine Reihe von Vorträgen über seine Relativitätstheorie hielt, erinnerte er sich zu meiner freudigen Überraschung an seinen Berliner Klavierstimmer.

»Wissen Sie, Herr Carmi«, fragte er mit einem verschmitzten Lächeln, »ich glaube, mein Blüthner in Berlin muss wieder gestimmt werden. Wären Sie wohl so nett, bei mir zu Hause vorbeizuschauen?«

Eines Tages sandte mich Protze zu einem jungen Dirigenten, um sein Klavier zu stimmen. Er hieß Ephraim Kurtz und hat sich inzwischen einen bekannten Namen in der Musikwelt errungen. Schon damals, 1920, nannten ihn die Kritiker einen jungen Arthur Nikisch. Während ich stimmte, unterhielten wir uns, und ich erzählte ihm von der Komposition, an der ich arbeitete.

»Ich interessiere mich für junge Komponisten«, sagte Kurtz. »Vielleicht kann ich mit Ihrer Arbeit etwas anfangen.«

Augenblicklich unterbrach ich meine Arbeit und lief nach Hause. Dann saßen wir zusammen am Klavier und gingen die Musik durch, während ich ihm die jüdischen Motive erklärte, die darin anklangen. Obgleich ihm die Motive gefielen, zweifelte er an dem Werk als Ganzem. Trotzdem war er so nett, Adolf Weißmann anzurufen, der damals einer der ersten Musikkritiker Deutschlands und Präsident der Internationalen Gesellschaft für Neue Musik war.

»Ich habe einen jungen jüdischen Musiker gefunden«, sagte er zu Professor Weißmann, »der sich hier herumtreibt und seine Zeit mit Nichtigkeiten verbringt. Ich würde mich freuen, wenn Sie ihn einmal treffen könnten.«

Professor Weißmann traf eine Verabredung, zu der mich Kurtz begleitete. Die beiden blätterten in meinen Kompositionen und schmunzelten über meine vollgeschriebenen Seiten.

»Sieht aus wie Napoleons schwere Artillerie«, bemerkte Kurtz.

»Da müssen wir Sorge tragen, dass Ihrem Napoleon nicht dasselbe Schicksal zustößt wie dem anderen«, sagte Weißmann.

Während sie das Manuskript durchgingen, scherzten sie manchmal über etwas, was sie »orientalisch aufgemachten Gustav Mahler« nannten. Nach einem langen Gespräch, in dem ich auch von Großvaters Davidsharfe und unserem Rohrflöten-Ensemble erzählte, sagte Professor Weißmann, er wolle die Komposition dabehalten, um sie sich genauer anzusehen. Diese Zusammenkunft trug mir eine Unterredung mit Franz Schreker ein, dem Wiener Komponisten und Dirigenten, der zugleich Direktor der Hochschule für Musik war. Schreker hörte mit großer Freundlichkeit zu und ließ mich wissen, dass Professor Weißmann ihm von meinem Großvater erzählt hatte. »Wenn ich Ihnen helfen soll, so stelle ich eine Bedingung«, sagte er. »Sie dürfen nicht weiterkomponieren, bis Sie die Technik vollständig beherrschen.« Ich versprach es und kehrte mit glühendem Herzen in Protzes Werkstatt zurück: Endlich stand ich an der Schwelle zum inneren Heiligtum der Musik.

Schreker handelte schnell. Er befürwortete beim deutschen Kultus- und Erziehungsministerium die Gewährung eines Stipendiums für mich, das alle finanziellen Sorgen beseitigt hätte. Doch gab es ein großes Hindernis: Da ich ein britischer Staatsbürger aus Palästina war, zweifelten die meisten Leute daran, dass die deutsche Regierung Schrekers Vorschlag akzeptieren würde, denn die bitteren Gefühle, die sich einst in dem Satz »Gott strafe England« Luft gemacht hatten, waren noch nicht vergessen. Auch war ich von Zweifeln geplagt, ob ich ein solches Stipendium gegebenenfalls annehmen könnte. Denn das würde heißen, dass ich die Arbeit am Klavier aufgeben müsste, die mich so sehr befriedigte. Sollte ich ein *Musik-Macher* werden statt ein *Klavier-Macher*? Es schien mir unmöglich, eine Entscheidung zu treffen. Also wartete und arbeitete ich weiter an meinen Klavieren. Ein Jahr verging, in dem ich durch mein ständiges Nachfragen alle an der Hochschule verrückt machte. Doch schließlich verlor selbst Professor Bumke, der besonders zuversichtlich an meinen Erfolg geglaubt hatte, die Hoffnung, und es tat ihm leid, dass er sie überhaupt in mir erweckt hatte.

Wie schön sind deine Zelte, o Jakob

Nun folgte eine Enttäuschung nach der anderen.

»Willibald hat sich den Nationalsozialisten angeschlossen«, erzählte mir Manda eines Tages. »Er kommt täglich mit irgendwelchen abscheulichen Geschichten über Juden heim.«

Kurz darauf kam eine weitere beunruhigende Neuigkeit.

»Willibald hat einen geheimen Draht an unser Telefon angeschlossen und hört immer mit, wenn wir telefonieren.«

Und eines Tages, als ich Manda besuchen wollte, teilten mir ihre Eltern, sichtbar verlegen, mit, sie sei verreist, und zwar nach Ostpreußen. Sie baten mich, ihre Tochter zu vergessen.

»Verstehen Sie, verstehen Sie bitte«, drängten sie. Bevor ich mich so weit gefasst hatte, dass ich fragen konnte, was ich denn verstehen sollte, erschien Willibald in einer halbmilitärischen Uniform und schrie, ich solle sofort das Haus verlassen.

»Eine Frechheit!«, rief er aus, »sich in ein deutsches Haus einzuschleichen, um ein deutsches Mädchen zu umgarnen!«

Damit waren auch meine Entscheidungen gefallen. Die Regierung hatte mein Stipendiumsgesuch auf die lange Bank geschoben, und die Familie des Mädchens, zu dem ich in Liebe entbrannt war, wandte sich gegen mich. Es gab nur einen Entschluss: Fort von hier!

Auf dem Heimweg ging ich bei Herrn Protze vorbei und teilte ihm mit, dass ich nach Hause führe.

»Sie sind wohl verrückt!«, rief Protze aus. »Israel ist eine Wüste! Ein totes Land! Hier aber haben Sie eine große Laufbahn vor sich!«

»O nein«, sagte ich. Und dann sprach ich den Vers, den Großvater Chaim Goldberg 1860 gesagt hatte, als man ihm in Karlsbad davon abraten wollte, nach Israel zu ziehen: »Wie schön sind deine Zelte, o Jakob, deine Wohnungen, o Israel.«

»Heute ist das Land noch eine Wüste«, fügte ich hinzu, »aber bald wird es aufgebaut werden. Abraham, Isaak und Jakob liebten das Land, wie auch Moses und Aaron. Warum soll Avner Carmi sich in Deutschland herumstoßen lassen?«

»Herumstoßen lassen? Sind Sie denn hier nicht glücklich? Lieben Sie Ihre Arbeit denn nicht?«

»Ich habe mich nicht zu beklagen. Im Gegenteil – ich weiß, wie viel ich Ihnen und den vielen anderen freundlichen Menschen zu verdanken habe. Ich weiß, welch große Chance Sie mir eröffnet haben, als ich in Gemeinschaft mit Ihren Klaviermechanikern arbeiten konnte – es sind die besten in Berlin. Aber ebenso wie Sie lebe auch ich am liebsten in meinem Vaterland.« Am selben Abend schrieb ich meinem Vater:

»Nach fünf langen Jahren verlasse ich Deutschland. Ich komme nach Hause. Ich verlasse Berlin nächste Woche. Wenn ich durch Italien fahre, werde ich wieder in Rom Aufenthalt nehmen und versuchen, mein Versprechen einzulösen: das Klavier des Königs aufzufinden.

Ich muss allerdings zugeben, dass die Sache immer verwickelter wird. Ein berühmter Sammler von Saiteninstrumenten hat herausgefunden, dass die beiden Säulen des Tempels, genannt Jachin und Boas, aus denen das Klavier angeblich gebaut ist, im Petersdom in Rom zu finden sind. Außerdem weiß kein Musikwissenschaftler und Kenner der Materie, den ich befragt habe, von einem derartigen alten Klavier mit außergewöhnlich schönem Klang. Was hältst Du nun von der Meinung dieser Experten? Ich halte nichts davon. Mein Glaube an Großvater ist nicht im Geringsten erschüttert. Er war ein Romantiker, aber er hätte sich nie eine unmögliche Aufgabe gestellt.

Auf alle Fälle werde ich in Rom zuerst in den Petersdom gehen und herausfinden, inwieweit die Auskunft der Sammler auf Wahrheit beruht.«

Sobald der Brief im Postkasten war, begann ich zu packen. Ich war mittendrin, als Frau Arnade, die ausgegangen gewesen war, in meiner Türe erschien. Sie wurde ganz bleich.

»Was ist los?«, fragte sie. »Was tun Sie denn da?«

»Ich fahre heim, in das Land der Hannales!«

Da strahlte Frau Arnade, obgleich sie mich sehr ungern ziehen ließ. Doch dachte sie, es sei die Liebe gewesen, die mich zu dem Entschluss der Heimreise gebracht hätte – und als Frau war ihr dies Argument genug.

Vatikan und Quirinal

In Rom angekommen, ging ich sofort in die Vatikanstadt, um den Petersdom zu besichtigen und die Wahrheit über die Tempelsäulen herauszufinden. Ich schloss mich einer Gruppe von ungefähr zwanzig Touristen an, die sich von einem Einheimische führen ließ. Eingehend betrachtete ich jede der vielen schweren Säulen, die die gewaltige Kuppel stützen.

Schließlich zeigte der Führer auf zwei Säulen und sagte: »Das sind Jachin und Boas aus dem Tempel des Königs Salomo.«

Ich ging nahe heran. Ich befühlte sie und merkte, dass sie nicht aus Holz waren, sondern aus Marmor.

»Die Säulen sind aus Alabaster, nicht wahr?«, fragte ich den Führer.

»Richtig«, sagte er.

»Aber in der Bibel steht, dass König Salomos Säulen aus Holz gewesen seien.«

»Entschuldigen Sie«, mischte sich ein Tourist mit französischem Akzent ein, »Salomos Säulen waren doch angeblich aus Erz!«

»Das wollte ich auch eben bemerken«, sagte ein anderer mit englischem Akzent. »Sie waren aus dem Erz, das in König Salomos Erzgruben gefördert wurde.«

»Ich verstehe das nicht«, sagte ich. »Von meinem Großvater habe ich gehört – und der hat es wieder von dem verstorbenen König Umberto von Italien –, es gäbe ein Klavier, das angeblich aus dem Holz der Säulen aus König Salomos Tempel gefertigt ist.«

»*O mon Dieu!*«, rief der Franzose. »Muss das ein Klavier sein, das eine solche Geschichte geboren hat!« Und er fügte hinzu: »Junger Mann, wenn man alles glaubt, was einem erzählt wird – ob es nun ein König erzählt oder ein Bauer –, macht man sich verrückt.«

Alle lachten über diese Philosophie und folgten dem Führer weiter. Ich aber blieb gedankenversunken neben den Säulen stehen.

Schließlich verließ ich den Petersdom, kaufte eine Ansichtskarte und schrieb meinem Vater.

»Endlich habe ich die Säulen gesehen. Und ich kann nur sagen: Mag der Sammler aus Berlin mit den Säulen recht haben oder nicht – König Umberto ist mir die größere Autorität. Jetzt ist mir viel leichter ums Herz, und ich gehe in den Quirinal.«

161

In die Stadt zurückgekehrt, fand ich die Straßen verstopft: Mussolinis Schwarzhemden marschierten zu den Klängen einer Blaskapelle, und Tausende von Zuschauern jubelten ihnen zu. Da ich an diesem Wahnsinn nicht interessiert war, bahnte ich mir einen Weg durch die Menge und gelangte bald an das Palasttor. Zwar hatten die Schwarzhemden die Stadt und das Land in Besitz genommen, aber der Königspalast war davon unberührt geblieben. Die Wachen, die vor dem Eingang patrouillierten, sahen noch genauso aus wie vor fünf Jahren – wie Spielzeugsoldaten oder Figurinen einer Operette.

Einer von ihnen hielt mich an.

»Ich möchte mit dem wachhabenden Offizier sprechen«, sagte ich.

Der Offizier erschien aus einer Seitentür. Er war ein gut aussehender junger Mann mit einem Schnurrbart, der nur das Ergebnis jahrelanger, hingebungsvoller Pflege sein konnte. Er hielt die rechte Hand auf der Pistolentasche und fragte mich, was ich wolle.

»Wie kommt man zum König?«, fragte ich.

Der Offizier schien meine Frage komisch zu finden, aber er forderte mich höflich auf, in sein Büro zu kommen.

»Es handelt sich um eine komplizierte Angelegenheit«, erklärte ich. »Sie betrifft einen musikalischen Vorfall, der sich vor fünfundvierzig Jahren zutrug, und darin spielen der verstorbene Vater des Königs, König Umberto, sowie mein Großvater, ein Konzertpianist, eine Rolle.«

»Dann sollten Sie einen Brief schreiben.«

»Und was dann?«

»Dann müssen Sie auf Antwort warten.«

»Ich verstehe. Aber bekommt der König den Brief?«

»Ich glaube schon.«

»Wird er antworten?«

»Ich glaube schon. Aber alles hängt von dem Brief ab. Welche Gründe wollen Sie für die Notwendigkeit einer Audienz angeben?«

»Meine Gründe hängen mit einem historischen Klavier zusammen, das dem König gehört, und ich habe mir geschworen, dass ich es sehen werde. Was glauben Sie, Herr Hauptmann, wird mich der König das Klavier ansehen lassen?«

»Wer weiß, Signor? Das kann man vorher nicht sagen. Der König ist ein sehr freundlicher Mann. Vielleicht gefallen ihm Ihr Brief und Ihre Begeisterung.«

»Und was dann?«

»Dann lässt er Sie vielleicht kommen.«

»Das hoffe ich sehr. Und dann?«

»Dann zeigt er Ihnen vielleicht das Klavier.«

»O Gott, hoffentlich wird es so kommen!«, rief ich. »Wissen Sie, Signor Capitano, es handelt sich hier um einen Traum, der vom Großvater an den Enkel weitergegeben worden ist.«

»Schreiben Sie das doch alles in Ihrem Brief, und hoffen wir, dass etwas daraus wird.«

»Ich danke Ihnen. Ich hoffe, ich habe Sie nicht zu sehr belästigt. Sie sehen selber, dass ich mich mit der königlichen Etikette nicht recht auskenne.«

»Gehen Sie jetzt und schreiben Sie den Brief«, sagte er freundlich lächelnd. »Und wenn er fertig ist, bringen Sie ihn mir, und ich werde mich darum kümmern, dass er bei Hof sofort an die richtige Stelle kommt.«

Die ganze Nacht über arbeitete ich an dem Brief. Ich benötigte fünf bis an die Ränder vollgeschriebene Seiten, um König

Vittorio Emanuele die ganze Geschichte darzustellen. Besonders betonte ich dabei das Versprechen seines Vaters, meinem Großvater das Klavier aus Jerusalemer Holz zu zeigen. Der Hoteldirektor gab mir am nächsten Morgen die Adresse eines Übersetzers, der den Brief in bestes Italienisch übersetzen könnte. Als ich mit der Übersetzung zum Quirinal kam, begrüßte mich der Soldat am Tor wie einen alten Freund, und der Hauptmann übernahm den Brief und wünschte mir Glück. So ging ich in der allerbesten Stimmung. Zehn Tage wartete ich vergeblich auf eine Antwort Vittorio Emanueles III.

Tief enttäuscht und in schwärzester Laune begab ich mich an Bord des italienischen Schiffes, das mich heimbringen sollte. Doch sie verflüchtigte sich wie böser Dunst, als ich an Bord einen Haufen junger jüdischer Auswanderer traf, die ins Gelobte Land wollten und sangen und tanzten. Als ich diese jüdischen Jungen und Mädchen aus den verschiedensten Ländern Europas sah, ihren erregten Unterhaltungen zuhörte, wenn sie über das neue Leben sprachen, das sie in Israel schaffen wollten, erinnerte ich mich der Worte Rabbi Citrons, die er vor fünfzehn Jahren in Petach-Tikwa gesprochen hatte.

Als damals Rabbi Citron meinen Großvater begrüßte, hatte er den Propheten Hesekiel zitiert: »Also spricht der Herr: Siehe, ich will mein Volk herausholen und euch ins Land Israel bringen.«

Und als das Schiff durch das Mittelmeer kreuzte, begriff ich tiefer als je zuvor die seltsamen und wunderbaren Wege des Schicksals: Italienische Matrosen – Nachkommen der alten Römer – brachten nun die jungen Juden – Nachkommen der Kinder Israels – ins Gelobte Land zurück.

Hannah

Es war Frühling, und dies machte sich in besonderer Weise bemerkbar, als wir uns der Küste Israels näherten. Welle um Welle des zartesten Blütendufts trug der Wind heran, denn überall im Lande hatte die Blüte begonnen.

Das Schiff legte in Jaffa an. Ehe wir die Zoll- und Einwanderungsformalitäten erledigt hatten, entdeckte ich bereits Vater, der am Kai gedankenversunken auf und ab ging. Mit einem Mal wurden mir schmerzhaft seine Gedanken bewusst: Als Klavierstimmer war ich weggegangen und kam nach all den vielen Jahren in Deutschland auch nur als Klavierstimmer zurück. Denn mit der ganzen Familie hatte er es als sicher vorausgesetzt, dass ich Komponist werden würde. Immer wieder hatte ich aus seinen langen, innigen Briefen die Befriedigung darüber herausgelesen, dass »die Quelle der Musik in unserer Familie endlich wieder zum Sprudeln gekommen ist«. Als wir uns begrüßten, standen Tränen in Vaters Augen. Fast auf dem ganzen Weg nach Petach-Tikwa sprachen wir kein Wort.

Vaters Eukalyptus-Baumschule hatte sich enorm entwickelt. Die australischen Soldaten, die auf unserem Hof kampiert hatten, waren von der Geschichte, die hinter den »Vögeln« steckte, gerührt gewesen und hatten nach ihrer Heimkehr nach Australien, dem Ursprungsland des Eukalyptus, ausgesuchte Sämlinge geschickt.

Alle meine Geschwister hatten inzwischen geheiratet, und so war unser Haus fast leer. Meine Davidsharfe jedoch lag in einer goldenen Lade, die meine Familie in meiner Abwesenheit gebaut hatte. Unser Podest dagegen hatten die Termiten zerfressen.

Bald merkte ich, dass nicht nur mein Vater, sondern auch die anderen Einwohner Petach-Tikwas enttäuscht waren, da in den fünf Jahren in Europa nichts Rechtes aus mir geworden war.

»Darum ist niemand mit mir zum Schiff gekommen«, sagte Vater. »Und darum kommt auch niemand zu Besuch.«

Er wollte mich davon abhalten, in der Siedlung spazieren zu gehen, und als ich trotzdem hinausging, merkte ich, dass man mir tatsächlich aus dem Wege ging. Vorhänge wurden heruntergelassen, wenn ich an Häusern vorüberging, und hier und da hörte ich ein Flüstern.

»Da kommt er ... jetzt geht er vorbei ... nun ist er fort.«

Um ein so intensives Gemeinschaftsgefühl zu verstehen, muss man begreifen, dass in jenen Anfangszeiten die Menschen, die so hart und eng zusammenarbeiteten, um ein neues Israel aufzubauen, wie eine einzige große Familie waren. Jeder kannte jeden, und die Probleme jeder einzelnen Familie waren die Probleme aller.

Die Dramatik der Situation begriff ich aber erst, als ich schließlich den Schmied Meyer aufsuchte. In einem meiner Briefe hatte ich Vater von einer Stelle in meiner Komposition erzählt, die den Protest der Berge Gilboas gegen König Davids Fluch »Ihr Berge zu Gilboa, es soll weder tauen noch regnen auf euch, ihr trügerischen Gefilde ...« zum Thema haben sollte. Ich hatte erwähnt, dass ein riesiger Kupferkessel, von vier schweren Hämmern geschlagen, die richtige Instrumentierung für den Protestmarsch der Berge sein würde.

Da mein Vater meine Briefe den Nachbarn vorlas, hatten sämtliche Bewohner Petach-Tikwas über den Kessel diskutiert.

Meyer, der Schmied, schrieb mir daraufhin nach Berlin und erklärte sich bereit, für die Symphonie einen derartigen Kessel zu schmieden.

»Deine Berliner werden den Gilboa wahrhaftig sehen«, schrieb er, »denn dieser Kessel wird von einem Ende der Welt zum anderen zu hören sein. Gib mir nur die Maße, und ich beginne sofort mit der Arbeit. Ich will kein Geld, keine Bezahlung, keine Bedingung. Es ist mir eine Ehre.«

Als ich nun zu Meyers Werkstatt in einem Eukalyptushain kam, sah ich zu meinem Erstaunen zwischen zwei Bäumen einen riesigen Kessel aufgehängt und begriff sogleich, was geschehen war. Obgleich ich ihm geschrieben hatte, er solle sich noch nicht die Mühe machen, hatte er unverzüglich den Kessel geschmiedet.

Meyer und seine drei Söhne begrüßten mich mit kühler Höflichkeit. Sie arbeiteten weiter, während ich ihnen schweigend zuschaute. Doch plötzlich gingen sie auf einen Wink ihres Vaters hinaus zum Kessel. Meyer nickte, und nun begannen die vier, in langsamem Rhythmus um den Kessel herumzugehen. Vier Hämmer hoben sich und schlugen dann gleichzeitig mit ungeheurer Wucht zu, noch einmal und noch einmal. Der Ton steigerte sich zu einem ungeheuren Crescendo. Und jedes Mal schlugen die Hämmer an einer anderen Stelle des Kessels auf, die eine andere Klangfarbe hatte, und dieser neue Ton verschmolz mit dem vorher schwingenden Ton zu einem mächtigen, harmonischen Akkord.

Diese rhythmischen Klänge riefen die Leute von Petach-Tikwa herbei, die sich bald darauf um uns drängten. Nun war die Gelegenheit, mit ihnen zu sprechen.

»Warum seid ihr böse auf mich?«

»Er fragt noch!«, riefen die Leute und schauten einander vielsagend an.

»Ich verstehe euch nicht«, fuhr ich fort. »Schließlich bin ich nach Deutschland gegangen, um Klavierbau zu lernen, und das habe ich getan. Dass ich mit dem Komponieren in Berührung gekommen bin, war bloßer Zufall, auch wenn dies für meinen Vater mit großen Hoffnungen verbunden war. Da der Zufall aber nun einmal eingetreten war, wartete ich ab, ob etwas daraus werden würde. Tatsächlich habe ich ein ganzes Jahr lang auf die Entscheidung der deutschen Regierung gewartet. Was hätte ich eurer Meinung nach noch tun sollen?«

»Du hast heute hier unser neues Wasser gekostet«, nahm nun Berl Lifschitz das Wort, ein Ansiedler, der Brunnengräber geworden war. »Es schmeckt süß wie Honig, nicht wahr? Wir haben es gefunden, und das nur dank unserer Geduld. Immer und immerfort haben die Leute gesagt: ›Hört mit dem Graben auf! Hier ist kein Wasser!‹ Aber ich und meine Söhne, die noch dickköpfiger sind als ich, wir haben weitergegraben. Und jetzt haben wir Wasser.«

»Willst du damit sagen, Berl, dass ich noch länger hätte warten sollen?«

»Genau das!«, schrien die Leute ringsum.

»Vielleicht habt ihr recht, Leute, aber denkt doch daran, dass ich eigentlich gar nicht komponieren wollte. Ich brauchte gar nicht tiefer zu graben, um das zu bekommen, was ich wollte – Klaviere zu verstehen.«

Da drängte sich ein Mädchen mit einem weißen Kopftuch durch die Menge. Als sie ganz vorn in der ersten Reihe stand, sah ich, dass es ein reizendes Mädchen war, und erkannte in ihr im nächsten Moment – Hannale. Und wie in einer Opernszene,

in der nun die Auseinandersetzung zwischen den Hauptdar-
stellern vor sich gehen soll, verlief sich die Komparserie in
den Kulissen. Die Leute von Petach-Tikwa schmunzelten und
ließen Hannah und mich unter den Bäumen allein.

Was für Veränderungen die Jahre bringen können! Als ich
Hannah zuletzt gesehen hatte, war sie noch fast ein Kind gewesen. Jetzt war sie eine schöne junge Frau mit seidigen blonden Haaren, einer reizenden Figur und blaugrauen Augen, die
noch immer so träumerisch blickten wie damals, als ich ihr
auf meinem Weg nach Damaskus die Hand geküsst hatte. Die
Worte kamen uns nur mühsam.

»Wie ist es dir ergangen?«, war alles, was mir einfiel.

»Wie ist es *dir* ergangen?«, antwortete Hannah, und auf ihrem reizenden ovalen Gesicht zeigte sich ein bezauberndes
Lächeln.

»Vater schrieb mir, dass du gern auf meiner Harfe spielst.«

»Hmmm.«

»Möchtest du mitkommen und spielen?«

»Gern«, sagte Hannah und drehte schnell das Gesicht zur
Seite, um ihre Freude zu verbergen.

Auf dem Weg zu unserem Haus schlossen sich uns viele
Leute in bester Laune an. Die Verstimmung meiner Nachbarn
gegen mich war verschwunden. Als Hannah und ich bei Vaters
Haus angelangt waren, zog halb Petach-Tikwa vergnügt hinter
uns her. Meinem erstaunten Vater schlugen sie herzlich auf den
Rücken und sagten: »Ist in Ordnung, Abraham. Carmi ist ein
guter Junge, es wird sich schon alles finden.«

Trotzdem blieben Vater und ich uns noch einige Tage fremd.
Unsere Unterhaltung verharrte im Banalen. Anscheinend hat-

te er sich zu sehr in seinen Traum verrannt: Carmi würde ein zweiter Beethoven, ein zweiter Tschaikowsky werden – und nun war es schwierig für ihn, zur Realität zurückzukehren. Eines Abends aber, als ich von einem langen Spaziergang mit Hannah nach Hause kam und Vater noch wach fand, sagte ich ihm, dass ich Hannah liebte. Von diesem Moment an war er wie verwandelt. Sein sanftes Lächeln kehrte zurück, und er konnte mir wieder in die Augen schauen. Nun gestand er, er hätte gefürchtet, dass ich mich in Deutschland verlieben würde. Und von dem Moment an, da er mich mit Hannah gesehen habe, habe er gespürt, dass er erst dann wieder zur Ruhe kommen könne, wenn ich sie heiratete.

Als ich in dieser Nacht im Bett die Ereignisse des Tages überdachte, hörte ich Vater nebenan aufstehen und auf Zehenspitzen in mein Zimmer kommen. Ich stellte mich schlafend, als er sich über mich beugte, öffnete aber plötzlich die Augen. Wir lachten herzlich und umarmten uns.

Ein paar Tage darauf sprach Hannah auf einem abendlichen Spaziergang den Wunsch aus, meine Symphonie »mit dem Kessel darin« zu sehen.

»Komm mit«, sagte ich.

Doch als wir unser Haus erreichten, erkannte ich an der brennenden Nachtlampe, dass Vater sich bereits zurückgezogen hatte, und ich sagte Hannah, ich könnte ihr heute die Komposition nicht mehr zeigen.

»Warum nicht?«, fragte sie erstaunt.

Ich führte sie an Vaters Bett und zeigte ihr, wo die Partitur lag. Armer Vater! Jeden Abend nahm er sie mit ins Bett und blätterte darin, bis er einschlief.

Alle in Petach-Tikwa wussten, dass ich Großvater versprochen hatte, das Klavier des Königs zu finden, und alle waren erbost darüber, dass meine Versuche in Rom gescheitert waren. Alle – außer Hannahs Vater.

Eines Tages, als Hannah mit ihren Eltern auf dem Balkon saß und sie über mich sprachen, klagte Hannah darüber, dass wohl die Tauben im Quirinal ein- und ausfliegen dürften, ich aber nicht eingelassen worden wäre.

»Du bist ebenso unvernünftig wie Carmi«, schalt Herr Silver. »Hat denn der König von Italien nichts anderes zu tun, als einem dahergelaufenen Mann aus Petach-Tikwa Klaviere zu zeigen? Carmi ist ein Träumer. Carmi leidet an Einbildungen! Er läuft einem Hirngespinst nach.«

»Und ich liebe ihn trotzdem«, antwortete Hannah.

»Das weiß ich. Aber ich gebe meine Tochter keinem Mann, der Königsgeschichten im Kopf hat!«

Aber auch diese Einstellung des Herrn Silver konnte unsere Entschlossenheit, einander zu heiraten, nicht erschüttern. Wir wussten, dass wir uns liebten. Nur musste ich Hannahs Vater noch davon überzeugen, dass ich auch unseren Lebensunterhalt verdienen konnte. Dann würde er uns schon seinen Segen geben. Also begann ich, Pläne zu schmieden. Zuerst holte ich mir Rat bei Rabbi Citron. Sein schwarzer Bart war grau geworden, und sein Augenlicht fing an nachzulassen, aber er war noch immer voller Leben und Weisheit.

»Seit ich mit Klavieren zu tun hatte«, fing ich an, »habe ich immer nur an Jerusalem, die Heilige Stadt, gedacht, wo ich mir mein Leben aufbauen wollte. Sie wissen, Rabbi Citron, was mich alles an die Stadt Davids bindet, allem voran die Tatsache, dass mein Großvater dort begraben liegt. Aber inzwischen ist eine große neue jüdische Stadt entstanden, Tel Aviv. Und dort gibt es viel Musik.«

»Ich kann die geistige Bedeutung verstehen, die Jerusalem für dich hat«, sagte Rabbi Citron. »Aber an deiner Stelle würde ich nach Tel Aviv gehen.«

»Tel Aviv ist doch nicht Jerusalem!«

»Einen Augenblick, junger Mann. Jerusalem ist überall. Ob du nun deine Werkstatt in Jerusalem selbst eröffnest oder in Tel Aviv oder in Petach-Tikwa, das bleibt sich gleich – Jerusalem und das Land ringsum sind eins.«

Eine Weile half ich Vater noch in seiner Baumschule, dann fuhr ich mit Hannah nach Tel Aviv, das wir »die Weiße Stadt« oder »die Weiße Taube« nannten, da die Mauern seiner schönen neuen Häuser weiß in der Sonne leuchteten. Der Name Tel Aviv kommt schon in der Bibel vor. Mit »Tel Aviv« übersetzte Nahum Sokolow den Titel des schicksalhaften Buches *Alt-Neuland*, mit dem Theodor Herzl den politischen Zionismus begründete, ins Hebräische. Wörtlich bedeutet Tel Aviv »Frühlingshügel«.

Ich glaube, dass nur diejenigen, die diese Stadt seit ihren Anfängen kennen, das Wunder begreifen können, das sich hier für die Welt und das jüdische Volk ereignete. Zum ersten Mal sah ich Tel Aviv im Jahre 1910 mit Großvater. Wir mussten in Jaffa umsteigen, um einen direkten Zug nach Jerusalem zu bekommen, und gingen während der Wartezeit durch die neue Stadt, die außerhalb Jaffas im Entstehen war. Die kleine Gruppe von Kaufleuten aus Jaffa, die Tel Aviv aufbauten, betrachtete man als total verrückt. Meir Dizengoff, der erste Bürgermeister Tel Avivs, fasste, als er den Grundstein für die neue Stadt legte, den Geist dieser Pioniere in folgenden Worten zusammen: »Wüstenei, deine Stunde hat geschlagen. Wir sind gekommen, dich zu besiegen.«

Die Vision, die auch in den folgenden Jahren der Entwicklung Tel Avivs zugrunde lag, symbolisierte sich in dem ersten Gebäude, das die Pioniere errichteten: das Herzl-Gymnasium, das internationale Anerkennung finden sollte. Nachdem die Schule eröffnet war, wateten jeden Morgen Jungen und Mädchen über die Sanddünen von Jaffa herüber, um von den Lippen Ahad Ha'ams, Dr. Ben Zion Mossinssohns, Dr. Mattmons und anderer großer Lehrer ihr Wissen verkündet zu hören. Auch aus Frankreich, England, Deutschland, Russland und Italien stellten sich Schüler ein – unter ihnen viele Gojim und sogar einige Araber.

Natürlich entstand ein Sprachenproblem, da die Einwanderer nur die Sprachen der Länder sprachen, aus denen sie gekommen waren. Jiddisch wurde als Landessprache vorgeschlagen, aber Jiddisch ist ein Mischmasch aus verschiedenen Sprachen, hauptsächlich Deutsch. Daher beschloss man, die Sprache der Bibel, Hebräisch, zur Landessprache zu machen. So wurde eine Sprache, die praktisch tot und nur einer kleinen Gruppe von Wissenschaftlern bekannt war, zu neuem Leben erweckt. Heute spricht bereits die dritte Generation in Israel Hebräisch als Muttersprache, jedes israelische Kind kann die Bibel in der Ursprache lesen. Mit Entzücken hatte ich als Kind meinen Bruder Mosché von Tel Aviv erzählen hören, wo er das Gymnasium besuchte und an der Musikschule Geige lernte. Das war, bevor ich Petach-Tikwa verlassen hatte.

»Tel Aviv«, prahlte er, »besteht nur aus vierzig Häusern, aber wir haben an der Musikhochschule fünfzig Schüler. Hier läuft jeder Mensch mit einem Geigenkasten herum.«

Ein andermal sprach er über den Kontrabass, den die Schule angeschafft hatte.

»Ich wünschte, du könntest diese Riesengeige sehen!«, rief er. »Groß wie ein Schrank! Wir haben unseren Lehrer gefragt, wozu man eine so dicke Geige brauche, und er hat gesagt: ›Wenn ihr nicht anständig übt, werdet ihr sehen, was dieser große Kerl kann! Er wird so wütend, dass er alle eure kleinen Fiedeln auffrisst!‹«

Als ich nun nach nur wenigen Jahren Tel Aviv wiedersah, gab es dort eine Oper, ein Sinfonie-Orchester, ein Konservatorium und vor allem jede Menge Klaviere, die zweifellos auf mich warteten. Also mietete ich einen Laden im Stadtzentrum – und kaum war das Schild »Klavier-Sanatorium« darüber angebracht, strömten auch schon Flügel und Pianos herein.

Ich war überglücklich, wie schnell Hannah die Struktur des Klaviers begriff, als ich sie darin unterrichtete, und sagte zu ihr: »Für mich wird ein Traum Wirklichkeit.«

»Und mir geht es genauso«, antwortete sie.

Dann stellte ich die Frage, die mich schon lange beschäftigt hatte.

»Wie kommt es eigentlich, dass ein so schönes Mädchen wie du nicht schon längst verlobt war, als ich aus Deutschland zurückkam?«

»Ich weiß es nicht«, erwiderte sie mit gespielter Naivität und küsste mich. »Aber vielleicht fragst du einmal meinen Vater, was er sich dabei gedacht hat, als ich mir alle Jungen vom Leibe hielt.«

Dann erzählte sie davon, wie wir einmal mit ihrer Mutter, kurz vor meiner Abreise nach Deutschland, im Pferdebus gefahren waren und den ganzen Weg lang von Jaffa nach Petach-

174

Tikwa über meine Mutter gesprochen worden war und darüber, was für eine wunderbare Frau sie gewesen sei.

»Ich habe die ganze Zeit auf dich geschaut, weil irgendetwas sich in meinem Herzen bewegt hat. Was es war, habe ich erst verstanden, als du weg warst. Ich habe eine große Sehnsucht nach dir verspürt und bin immer wieder zu deinem Vater gegangen, um über die Zeit deiner Rückkehr zu sprechen. Dann hat er mir immer die Davidsharfe zum Spielen gegeben.«

Wir wollten so bald wie möglich heiraten, aber Hannahs Vater hatte noch Einwände.

»Wozu diese Eile? Schließlich ist Carmi doch eben erst aus dem Ausland zurückgekommen.«

»Wir haben lange genug gewartet«, sagte ich.

»Was meinst du mit ›lange genug‹? Du bist doch erst zwei Monate zurück.«

»Zwei Monate? Seit ich mich erinnern kann, habe ich auf Hannale gewartet.«

Da mischte sich mein Vater ein und legte den Arm um Hannahs Schulter. »Schau doch«, wandte er sich an Herrn Silver. »Hannah wird älter und älter, und ich möchte nicht, dass mein Junge eine alte Jungfer heiratet.«

»Stimmt schon, Abraham, aber lass uns Zeit, deinen Jungen näher kennenzulernen. Schließlich war Carmi fünf Jahre lang fort – im gefährlichsten Alter für einen jungen Mann, vergiss das nicht. Lass uns vernünftig sein und abwarten, ob dein Sohn meine Tochter wirklich wert ist.«

»Du hast recht, Silver«, stimmte mein Vater ihm zu.

Als Ergebnis dieser Unterhaltung wurde zu Hannahs und meinem Missvergnügen die Hochzeit für drei Monate später, »wenn Gott will«, angesetzt.

Als der Hochzeitstag näher rückte, bekam ich mit, dass meine Geschwister etwas vorbereiteten, konnte aber nicht herausbekommen, was es war. Ich wusste nur, dass sie als Hochzeitsgeschenk ein Bild malten, aber sie machten nicht die leiseste Andeutung, was es darstellte. Eines Tages fanden Hannah und ich, als wir vom Einkaufen zurückkamen, an der Wand ein riesiges Bild, zweieinviertel mal eineinhalb Meter, das den »Alten Baum in Judäas Bergen« darstellte.

Ich trat mit einem Licht näher heran, und der mächtige alte Baum, mit sieben Ästen angeordnet wie ein Leuchter, zeigte sich in seiner ganzen Schönheit. Die Äste liefen in bittende Hände aus, und die Blätter erschienen als sehnsuchtsvolle Augen des Volkes von Juda. Den Hintergrund bildete die Wüstenei der Berge Judäas, und in der Ferne lag Jerusalem. Kein anderes Geschenk hätte uns so ergreifen können.

Ich dankte meinem Schicksal, dass ich gleich nach meiner Ankunft in Berlin leidenschaftlich begonnen hatte, Klavierwerkzeuge zu sammeln. Sobald ich von einem neuen Werkzeug im Klavierbau gehört hatte, hatte ich es gekauft. Da es in Berlin ungefähr vierhundert Klavierfabriken und Klaviermontage-Betriebe gab, kann man sich vorstellen, wie viele einschlägige Werkzeuge angeboten wurden. Außerdem war ich ein ständiger Kunde aller Eisenwarenhandlungen gewesen. Meine Sammelleidenschaft war schließlich so maßlos geworden, dass Frau Arnade, die anfangs protestierte, mir zuletzt die Mädchenkammer dafür zur Verfügung gestellt hatte.

Mein Betrieb in Tel Aviv wuchs nun so schnell, dass ich bald geschulte Kräfte brauchte. Qualifizierte Mitarbeiter waren allerdings nirgends aufzutreiben, doch fand ich drei Leute, die bereit waren, das Handwerk zu lernen. Einer kam aus der Tschechoslowakei, der Zweite aus Polen und der Dritte aus Berlin.

Binnen kurzer Zeit ergab sich näherer Kontakt mit Tel Avivs Musikwelt. Eines Tages kam der musikalische Leiter der Oper, Maestro Mordechai Golinkin – der ehemalige musikalische Leiter des Marinsky-Theaters in Petersburg –, in meinen Laden und klagte über Schwierigkeiten. Der Kontrabassist seines Ensembles, Mirkin (später Mitglied des Israel Philharmonic Orchestra) hatte eine Stellung in Jerusalem angenommen und wollte das Ensemble verlassen. Der Maestro fragte, ob ich mir vorstellen könnte, Kontrabass zu lernen.

Professor Bumke hatte mir in Berlin einige Male auf dem Instrument vorgespielt, um dessen Tonumfang zu demonstrieren, aber ich selber hatte es nie angerührt. Doch die Idee, die »dickbauchige Geige« zu spielen, gefiel mir, und so begann Herr Mirkin, mich zu unterrichten. So seltsam es auch klingt, aber meine Fortschritte waren so zufriedenstellend, dass mich das Orchester nach wenigen Stunden engagierte.

Diese Untreue gegenüber dem Klavier hat sich in späteren Jahren als sehr nützlich erwiesen. Denn ich hatte die Fähigkeit entdeckt, sehr schnell die verschiedensten Instrumente zu lernen – Flöte, Oboe, Klarinette, Horn, Trompete, Posaune, Cello, Pauke. Und so konnte ich immer einspringen, wenn im Orchester Lücken entstanden. Es kam vor, dass ich bei ein und derselben Vorstellung zwei verschiedene Instrumente spielte. An einem Abend, an dem der *Bajazzo* und *Cavalleria Rusticana* auf dem Programm standen, brach ich alle meine bisherigen Rekorde: Ich saß im Orchester, rings um mich herum standen fünf Notenständer, und ich spielte fünf Instrumente:

Piccoloflöte, Zweite Flöte, Englisch-Horn, Zweite Oboe und Zweites Fagott. Wie mir das gelungen ist? Ich kann es bis heute nicht sagen.

Knapp zwei Wochen vor meiner Hochzeit erschien mein Vater während einer Orchesterprobe. Er hielt von Weitem einen Brief hoch, und seine Lippen formten die Worte: »*Aus Deutschland!*« Hannah stand neben ihm, und beide schienen sehr aufgeregt. Auf Zehenspitzen schlich ich mich zu ihnen.

Zitternd vor Erregung gab Vater mir den Brief. Er kam von der Hochschule für Musik in Berlin, und als ich den Bogen entfaltete und zu lesen begann, zitterten auch meine Hände. Ich konnte meinen Augen kaum trauen: Professor Schünemann informierte mich, dass das deutsche Kultus- und Erziehungsministerium mich auf Franz Schrekers Empfehlung hin aufforderte, nach Deutschland zurückzukehren, um das bewilligte Stipendium anzutreten.

Ich bat den Dirigenten, mich zu beurlauben, da in meiner Familie etwas passiert sei.

Auf dem Heimweg nach Petach-Tikwa spürte ich die Zweifel, die meinen Vater und Hannah quälten.

»Was wird er jetzt tun? Wird er alles, was er aufgebaut hat, niederreißen?«

Und ich kannte Hannahs Gedanken: »Was wird mit unserer Hochzeit? Werde ich mein schönes Hochzeitskleid weghängen und warten müssen, bis er aus Deutschland zurückkommt?«

Während ich noch überlegte, bat ich Vater, den Inhalt des Briefes vorläufig geheim zu halten. »Du kennst unsere Leute«, mahnte ich ihn.

Vater reagierte verlegen.

»Ich fürchte, dafür ist es zu spät. Ich war so aufgeregt, dass ich den Briefträger zurückgerufen und ihm den Brief vorgelesen habe. Und du kennst doch Isaak: Bevor ich mich für die Reise nach Tel Aviv umziehen konnte, war schon ganz Petach-Tikwa bei mir.«

So war ich nicht verwundert, dass uns schon beim Aussteigen in Petach-Tikwa die mächtigen Klänge von Meyers Kessel entgegenschallten. Die ganze Luft erbebte davon. Und auf uns zu kam ein großer Haufen aufgeregter Leute, allen voran Meyers Söhne Simon und Samson, die den Kessel trugen, während ihr Vater und der dritte Bruder Samuel einen Marsch darauf hämmerten.

»Also, wann fährst du nach Deutschland?«, riefen sie, als sie mich sahen.

»Liebe Leute! Lasst ihr mir vielleicht noch die Zeit, die ganze Angelegenheit zuerst gründlich mit meinem Vater zu besprechen?«

»Was gibt's denn da zu besprechen?«

»Hier ist der Kessel!«, dröhnte Meyer. »Nimm ihn, und auf nach Berlin!«

»Danke schön, Meyer, danke vielmals. Aber ich weiß tatsächlich noch nicht, was ich tun werde.«

»Dieser Kerl ist wirklich nicht zu verstehen«, wandte sich Meyer an die Versammlung und entlockte dem Kessel ein mächtiges *Buuuuum*.

»Nein, wirklich«, sagte Berl. »So ein Stipendium bekommt höchstens einer unter Millionen.«

»Ihr wollt wissen, ob ich das Stipendium annehme«, sagte ich. »Vielleicht würdet ihr zuerst einmal Hannale fragen, was sie dazu sagt. Schließlich soll sie, so Gott will, in zwei Wochen meine Frau werden.«

Hannah wandte sich an Rabbi Citron, der mit der ganzen Menge erschienen war, und sagte: »Ich weiß selber nicht, wie Carmi sich entscheiden soll.«

Sie schaute mir direkt in die Augen und sprach dann zuversichtlich weiter.

»Heute bin ich glücklicher als je in meinem Leben. Ich bin sehr stolz auf Carmi, denn endlich ist das eingetroffen, worauf ich so lange gewartet und woran ich immer geglaubt habe. Aber ich möchte euch noch etwas sagen – eure Unterhaltungen auf den Straßen und in den Bussen haben mich sehr tief verletzt. Wie oft habt ihr gesagt – manchmal sogar in meiner Gegenwart und mit sehr drastischen Worten –, dass ihr Carmi für einen Versager haltet!

Ihr sollt wissen: Wenn Carmi sich entscheidet, nach Berlin zurückzukehren, um das Stipendium anzunehmen, so werde ich so lange auf ihn warten, bis er sein Studium dort beendet hat – vorausgesetzt, dass er auf mich warten will. Aber bevor ihr so schnell entscheidet, was Carmi eurer Meinung nach tun soll, müsstet ihr erst einmal in Tel Aviv sein Klavier-Sanatorium besuchen und ihm zusehen, wenn ein krankes Klavier hereinkommt. Ihr müsstet erleben, wie er es gesund und voller Musik an seinen Besitzer zurückgibt. Und glaubt mir: Ob Carmi ein Klavierstimmer ist oder ein Komponist, das ist mir vollkommen gleich.«

Ich war tief gerührt.

»Brüder und Schwestern, ich glaube, Hannah hat alles Nötige gesagt. Ich liebe sie, und ich danke ihr, dass sie an mich glaubt. Vor euch allen gelobe ich, sie nie im Stich zu lassen. Wenn ihr mich verurteilt, mich undankbar und einen Versager nennt – nun, das ist euer gutes Recht. Ihr seid in der Mehrheit,

und das Gesetz sagt: ›Wenn zwei Männer darin übereinstim-
men, dass der dritte betrunken ist, dann muss sich dieser Mann
in den Rinnstein legen.‹

Wenn es darum geht, ob ich das großzügige Angebot der
deutschen Regierung annehmen soll, muss ich euch leider enttäuschen. Ich habe mich inzwischen für das Klavier entschieden und bin dabei, meinen Traum zu verwirklichen. Arbeit ist
genug, Befriedigung ist genug, Liebe ist genug – was mehr soll
ich mir wünschen?«

»Buuuuum!«, machte Meyers Kessel. Die Leute waren mit
meiner Antwort zufrieden, und nachdem der Rabbi einen Segen gesprochen hatte, gingen sie ihrer Wege.

Paris und Pleyel

Ein Jahr darauf wurde uns eine süße kleine Tochter mit
dunklem Teint geboren, die wir Zmira nannten, was im Hebräischen *Lied der Nachtigall* bedeutet.

Im Jahre 1927 kündigten große Plakate in Tel Aviv das Konzert eines Pianisten namens Artur Rubinstein an. Heute betrachtet man ihn als einen der größten lebenden Pianisten,
doch damals kannten ihn erst relativ wenige Leute, während
jeder natürlich Anton Rubinstein, den großen Pianisten und
Komponisten des 19. Jahrhunderts, kannte. Daher kamen die
Leute in meinen Laden und fragten, wer dieser Artur Rubinstein wäre und ob er mit jenem Anton verwandt sei. Ich konnte
dazu nicht viel sagen. Ich wusste nur, dass der Impresario der
Rubinstein-Tournee durch den Mittleren Osten ein Herr Calderon war, Klavierhändler aus Konstantinopel, und dass Herr

Calderon mich gebeten hatte, ihm einen Sonderpreis für meine Dienste bei der Konzerttournee einzuräumen, da er sich über deren finanziellen Erfolg keine großen Illusionen machte.

Auch mein Vater, der aus Petach-Tikwa kam, war neugierig. »Was für einen berühmten Namen er trägt«, bemerkte er. »Es ist, als sähe man Plakate, auf denen Tschaikowsky angekündigt wird. Hast du in Deutschland von ihm gehört?«

»Nein, aber er muss gut sein, sonst hätte er seinen Namen geändert, anstatt sich damit lächerlich zu machen.«

»Na, ich hoffe auf alle Fälle, dass du ihm sein Klavier gut stimmen wirst, Carmi.«

»Hab keine Sorge, Vater«, versicherte ich ihm, »wenn in Berlin Artur Schnabel zufrieden war, so wird es auch Artur Rubinstein sein.«

Wer könnte den Erfolg des »neuen« Rubinstein beschreiben? Er gab in Israel zehn Konzerte vor überfüllten Häusern, und er hätte zehn weitere geben können, wäre er noch eine Woche geblieben. Von den vierzigtausend Einwohnern Tel Avivs hörten ihn mindestens zwanzigtausend. Seine Interpretation des »Karneval« von Schumann war so überwältigend, dass er ihn wiederholen musste. Und als er abkürzen wollte, protestierte das Publikum so sehr, dass Rubinstein das gesamte fünfzehn Minuten dauernde Werk noch einmal spielen musste.

Was für einen Nachklang hinterließ Artur Rubinstein in unserem Land! Eltern trieben ihre Kinder zu größeren Anstrengungen beim Klavierüben an – sie sollten Rubinsteins werden. Kein Klavier blieb unverkauft. Klavierhändler telegrafierten hektisch nach neuer Ware aus dem Ausland. Mein Klavier-Sanatorium wurde von Kunden überlaufen, die ihre Klaviere »genauso gestimmt« haben wollten, wie ich Rubinsteins gestimmt hatte. Alle sprachen über ihn, und alle schrieben ihren Freunden und Verwandten ins Ausland (und welcher Jude hat keine Verwandten im Ausland?) und bestürmten sie, unbedingt Rubinstein zu hören, falls er bei ihnen konzertierte.

Gegen Ende desselben Jahres, 1927, lernten wir einen weiteren leuchtenden Stern der Musikwelt kennen, den berühmten französischen Pianisten Alfred Cortot. Überall wurde er von dem Volk, dem nach der Bibel die Musik am nächsten ist, warm begrüßt.

Als ich mit Cortot im Konzertsaal stand und den Zustand des Konzertflügels, auf dem er spielen sollte, besprach, bemerkte er, dass meine Schuhe schmutzig waren. (Oh, diese Franzosen!) Er ging hinüber zu einer Putzfrau, lieh sich ihren Besen und bedachte meine Schuhe mit ein paar schwungvollen Glissandi. Da ich kein Spielverderber sein wollte, fischte ich eine größere Münze aus der Tasche, reichte sie Cortot und wartete auf das Wechselgeld. Aber er steckte das Geld gelassen in die Tasche.

Als ich ihn ein Jahr später in Paris wiedersah, tippte er sich an die Stirne und rief: »Ah, mon ami, ich bin Ihnen ja noch das Wechselgeld schuldig!« und steckte mir eine französische Münze in die Tasche. Wir versicherten einander feierlich, dass damit alle gegenseitigen Ansprüche ausgeglichen seien.

Aber ich greife meiner Geschichte vor. Ein paar Monate nachdem Rubinstein und Cortot in Israel gewesen waren, überraschte mich ein Brief der Pleyel Piano-Gesellschaft aus Paris. Ich wurde eingeladen, als ihr Gast auf sechs Monate nach Paris zu kommen. Eine Einladung des Klavierhauses, von dem Großpapa mit solcher Hochachtung gesprochen hatte, in dem er gehofft hatte, mich unterzubringen, und dessen Präsident sein lieber Freund Gustave Lyon war!

»Das haben sicherlich Cortot und Rubinstein veranlasst«, sagte Vater.

»Aber ich habe doch nur nebenbei erwähnt, dass ich gerne einmal den Betrieb Pleyel sehen würde, und sie nie darum gebeten, etwas für mich zu tun«, protestierte ich.

»Trotzdem war es sicher so«, sagte Hannah. »Und du solltest die Gelegenheit nutzen.«

Den Anstoß zu dem Brief aus Frankreich hatte sicherlich Rubinsteins und Cortots Begeisterung über meine »Jerusalemer Methode« gegeben. Natürlich waren wir alle überglücklich. Vater freute sich über die Maßen über die Einladung und Hannah war stolz auf mich.

Aber es gab auch Probleme. Konnte ich Hannah und das Klavier-Sanatorium allein lassen, obgleich sie mit dem fähigen Trio meiner Gesellen vermutlich die Werkstatt gut führen konnte?

Und würde ich es ertragen, Zmira zu verlassen, für die ich mich jeden Abend besonders beeilte, um ihr auf der Harfe vorzuspielen?

Aber Hannah bestand darauf, dass ich fuhr. Da sie praktischer war als ich, begriff sie wohl, dass mein Besuch bei Pleyel für unsere Zukunft wichtig war. »Wenn die Klaviere von Pleyel wirklich so ausgezeichnet sind, musst du hinfahren«, argumentierte sie. »Denn wenn wir hier im Lande einmal Klaviere bauen wollen, wird deine Erfahrung bei Pleyel große Bedeutung haben.«

Ich rief daraufhin: »Vive la France!« und schrieb einen persönlichen Brief an Monsieur Lyon, in dem ich ihm den Zusammenhang zwischen Carmi, dem Klavierstimmer aus Tel Aviv, und seinem guten Freund Mattis Janowsky darlegte. Natürlich kam bald eine persönliche Antwort von Monsieur Lyon, der sein Erstaunen über die »coïncidence extraordinaire« ausdrückte, dass der israelische Klavierstimmer, den seine Gesellschaft eingeladen hatte, sich als der Enkelsohn seines guten Freundes entpuppte.

Jeder Schritt, den ich in der wunderbaren Welt der Musik im Paris des Jahres 1928 tat, wurde mir leicht gemacht durch die Magie des Namens Pleyel und die väterliche Führung durch Gustave Lyon. Gemäß seiner brieflichen Anweisung ließ ich beim Einfahren in den Gare du Nord ein weißes Taschentuch flattern, um mich kenntlich zu machen. Und schon bevor der Zug hielt, hörte ich vom Bahnsteig Rufe.

»Monsieur Carmiiii!«

Ich sah einen älteren Herrn mit zwei jungen Männern auf mich zukommen – Monsieur Lyon und seine Söhne Robert und Roger.

Der alte Mann umarmte mich und rief freudig aus: »Sie sehen Ihrem Großvater tatsächlich ähnlich!«

Eines der ersten Dinge, die man mir bei Pleyel zeigte, war ihr »grande salle Pleyel«, der erst kürzlich fertiggestellt worden war. Sie waren stolz davon überzeugt, den denkbar besten Konzertsaal der Welt gebaut zu haben, und führten mich sogar auf den Dachboden, um mir zu zeigen, wie die muschelförmigen Wände mit feinem Stahldraht an den Grundmauern befestigt waren. Man zeigte mir auch das Museum und die Klaviere, die sie für einige der berühmtesten Musiker der Welt gebaut hatten: für Chopin, César Franck, Saint-Saëns und andere. Es war ein Erlebnis, die Instrumente dieser genialen Musiker zu berühren.

Aber mir lag daran, so bald wie möglich meine Stimm-Methode zu demonstrieren und damit zu beweisen, dass sie meine Einladung nach Paris nicht zu bereuen hatten. Daher bat ich sie, mich in ihre Werkstatt zu führen. Dort traf ich ihre besten Klavierstimmer und konnte endlich die großen Konzertflügel sehen, von denen Großvater so bewundernd erzählt hatte. Zu meiner großen Befriedigung waren sie herrlich gestimmt, allerdings nach Pariser Art; ich hatte nur noch »Jerusalem« hinzuzufügen – das heißt, die linke Seite der Pleyel auf meine Weise zu stimmen.

Es war eine Sache von Minuten – natürlich nur, weil sie vorher so makellos gestimmt worden waren. Die Stimmer und die Lyons, die um den Flügel herumstanden und meinen Manipulationen zusahen, waren entzückt und priesen enthusiastisch die neuen Klangqualitäten, die ihre Konzertflügel nun zeigten. Dabei ist es sehr einfach, das Klavier – jedes Klavier – zum Singen zu bringen.

»Jetzt verstehe ich, was Cortot meinte«, sagte Gustave Lyon und klopfte mir befriedigt auf die Schulter. »Er versuchte vergeblich zu schildern, was er in Tel Aviv hörte.«

»C'est très simple!«, rief Louis Bezy, Pleyels Chef-Stimmer. »Wie das Ei des Kolumbus.«

Am nächsten Tag nahmen mich die drei Lyons mit in ihre Fabrik in Saint-Denis außerhalb von Paris, um der Geburt eines Klaviers beizuwohnen – und zu sehen, wie aus einem Stapel Bretter ein wunderbares Klavier entstand! Da ich begriff, welch einzigartige Gelegenheit ich da hätte, etwas erregend Neues zu lernen, fragte ich die Lyons, ob ich den überwiegenden Teil meines Pariser Aufenthaltes bei der Herstellung von Klavieren zubringen dürfte.

Gustave Lyon breitete weit seine Arme aus, als wolle er die ganze riesige Fabrik darin einschließen.

»Alles gehört Ihnen, Carmi«, erklärte er. »Meine Türen und mein Herz stehen für Sie offen, so lange Sie bei uns bleiben wollen.«

Ein paar Tage später wurde ich zu einer Abendgesellschaft in sein Haus geladen. Ich überlegte, ob meine Davidsharfe am Platze wäre, und nahm sie mit. Eben hatte ich sie dem Dienstmädchen im Vorzimmer übergeben, als Cortot hereinkam und sofort in seinen Taschen nach dem Kleingeld zu suchen begann.

»Toi!«, rief er aus. »Du hättest deine Davidsharfe mitbringen sollen!«

»O nein«, erwiderte ich. »Hier ist ein Pleyel, und ich habe gehört, dass Sie darauf spielen werden.«

»Aber deine kleine Harfe würde uns in die biblische Vergangenheit führen.«

»Gut, Monsieur, dann werde ich meiner Frau telegrafieren, mir sofort die Harfe zu schicken!«

Beim Diner saß ich zwischen den beiden jungen Lyons und ihren reizenden Frauen. Als ich all die Gäste betrachtete, ihrer amüsanten Konversation lauschte und ihre leichte, elegante Art beobachtete, begriff ich, warum Großvater in so hohen Tönen von Frankreich gesprochen hatte. Es entzückte mich, als mein Gastgeber nun seinen Gästen von Großvater zu erzählen begann und besonders davon, dass er dreißig Jahre seines Lebens ausschließlich der Suche und Wiedererweckung vergessener Musik gewidmet hatte.

»Ich pflegte für ihn Konzerte in Privathäusern zu arrangieren«, erzählte Monsieur Lyon. »Dort spielte er alte Kompositionen, die er entdeckt hatte, in drei Fassungen: zuerst im Original, dann, wie der Komponist sie in unserer Zeit geschrieben hätte, und schließlich, wie er sie in hundert Jahren schreiben würde. Es war das originellste Musikerlebnis, das mir in Paris widerfahren ist. Herrn Carmis Großvater reiste dieser Forschungen wegen kreuz und quer durch Europa und kehrte dann nach Jerusalem zurück, sperrte sich in sein Studio ein und bearbeitete seine Funde, um sie später zu veröffentlichen. Als aber die Juden aus Jerusalem vertrieben wurden, ging unglücklicherweise die Kiste mit allen Manuskripten verloren, kurz bevor er sie nach Paris schicken konnte.«

Als Monsieur Lyon schwieg, sagte ich: »Ich danke unserem Gastgeber, dass er meines Großvaters gedachte. Nur wer seine Arbeit kannte, wird die Tragödie ermessen, die der Verlust der Manuskripte bedeutete. Aber etwas von seiner Arbeit ist erhalten geblieben, und ich habe es aus Jerusalem mitgebracht. Vielleicht interessiert es Sie – es ist ein kleines Musikinstrument, das er für mich gebaut hat, als ich ein Junge war.«

»Mais oui, mais oui«, riefen die Gäste erfreut, während Cortot mich verdutzt anschaute, da er sich unserer Unterhaltung kurz vorher erinnerte.

Ich holte die kleine Harfe aus der Garderobe und spielte »Der alte Baum in Judäas Bergen«, und als ich geendet hatte, kamen die Lyons herüber und besahen sich die Harfe von oben bis unten. Schließlich drängten sich alle Gäste, einschließlich des erstaunten Cortot, um die Harfe. Ich erklärte die Bedeutung der Schnitzereien, und Monsieur Lyon staunte über die Geschicklichkeit, mit der das überflüssige Holz so kunstgerecht entfernt worden war, dass dadurch die resonanzerzeugende Muschel entstehen konnte.

Am Tag darauf zeigte mir mein Gastgeber im alten Pleyel-Gebäude an der Rue Rochechouart den Konzertsaal, in dem so viele berühmte Pianisten gespielt hatten. Mich rührte besonders, dass er mir den Sitzplatz zeigte, auf dem mein Großvater bei einem Konzert von Edvard Grieg gesessen hatte. Einige Tage später verdankte ich Monsieur Lyon einen weiteren tiefen Eindruck – er nahm mich zu einer Abendgesellschaft bei Baron Edmond de Rothschild mit, auf der auch Maurice Ravel als Gast erschienen war.

Der Baron, in Israel wegen der Hilfe, die er den jüdischen Siedlern gewährt hatte, liebevoll »Vater der Siedlungen« genannt, befragte mich eingehend über die Zustände in meiner Heimat.

Als ich Chaim Goldberg, seinen persönlichen Beauftragten in Jaffa aus längst vergangenen Tagen, erwähnte, erstrahlte sein Gesicht.

»Chaim war einer der aufrechtesten Menschen, denen ich in meinem Leben begegnet bin«, erklärte er.

Als ich ihm sagte, dass Chaim mein Großvater mütterlicherseits gewesen sei, bestand der Baron darauf, den etwa dreißig Gästen zu erzählen, wie Großvater Chaim das übersandte Geld unter die Siedler verteilte.

»Er legte Gold- und Silbermünzen in Körbe und darüber verfaultes Gemüse. Dann mietete er einen Araber mit Pferd und Wagen, fuhr mit seiner getarnten Ladung von Siedlung zu Siedlung und verteilte dort das Geld gleichmäßig unter allen Bewohnern. Das verfaulte Gemüse diente zur Irreführung etwaiger Räuber.«

Auch der Baron war von der Harfe, die ich auf seinen Wunsch mitgebracht hatte, tief gerührt. Als Gustave Lyon sie ihm hinüberreichte, damit er sie betrachten könne, erhob er sich und drückte sie ans Herz wie ein Jude die Thora, wenn er im Tempel die Ehre hat, sie halten zu dürfen. Dann ging er von einem Gast zum anderen, um die Schnitzereien zu erläutern.

Nachdem ich meine Interpretation von »Mozart in Damaskus« gespielt hatte, kam Ravel zu mir und erklärte: »Mein Freund, Sie sollten Komposition studieren.«

In schwindelerregendem Tempo folgte ein musikalisches Erlebnis dem anderen. Pleyel hatte für Wanda Landowska ein eigenes Cembalo nach ihren Wünschen gebaut. Ich habe immer eine gewisse Zurückhaltung gegen dieses Instrument gehabt, das, unähnlich dem Klavier, kein Piano und Forte erzeugen kann und eine Menge von Pedalen und anderen technischen Vorrichtungen aufweist. Doch muss ich zugeben, dass es wunderbar klingt und dass der Prozess seiner Herstellung mich beeindruckte. Dieses spezielle Cembalo war aus auffallend hellem Holz. Gustave Lyon wollte es von mir nach der »Jerusalemer Methode« gestimmt haben: Danach brachen alle Pleyel-Stimmer in den Ruf aus: »Es lebe Jerusalem!«

Eines Tages platzte ich mitten in eine heftige Debatte der Techniker hinein. Es schien darum zu gehen, dass einer dem anderen einen bestimmten Auftrag zuschieben wollte.

»Welcher Künstler ist denn so schwierig?«, fragte ich.

»Ein gewisser Alexander Uninski, ein Schüler von Professor Lazare Lévy. Er ist erst zehn oder zwölf Jahre alt, hat aber die Kräfte von zehn Pianisten. Er bereitet uns viel Kopfzerbrechen.«

190

»Mein Gott!«, rief ich. »Was für ein Pianist ist das, der *euch* verrückt machen kann?«

»Das ist so«, erklärte einer der Stimmer namens Culon, »er ist ein netter Junge, aber er übt wie der Teufel, und wir müssen dauernd hinlaufen, um das Klavier in Ordnung zu bringen.«

Das erinnerte mich an Großvaters temperamentvolles Spiel, das dieselben Schwierigkeiten verursacht hatte. Wenn ich mir Mühe gab, leise zu spielen, fasste er mir unters Kinn und sagte mit seiner sanften Stimme: »Nimm keine Rücksicht auf das Klavier, mein Junge. Wenn du es nicht kaputt spielst, wirst du nie ein Pianist werden« – und ich hatte den Wunsch, den temperamentvollen jungen Pianisten kennenzulernen. Also erbot ich mich, den Auftrag zu übernehmen.

Der junge Klavierzertrümmerer Alexander Uninski – späterer Gewinner des Internationalen Chopin-Wettbewerbs und Inhaber einer Professur in Toronto – war damals ein kleiner, dünner Junge mit graugrünen Tigeraugen voll innerem Feuer. Nachdem ich sein Klavier gestimmt hatte, plauderte ich mit seinen Eltern, einem reizenden jüngeren Ehepaar. Sie waren Flüchtlinge aus dem bolschewistischen Russland und stammten aus Kiew, der Stadt, in der vor langer Zeit Großvaters Familie bei einem Pogrom umgebracht worden war. Als ich mich als Enkel von Mattis Janowsky vorstellte, rief die Frau entzückt aus: »Dann sind wir ja verwandt!«

»Wir verwandt?«, fragte ich erstaunt.

»Ja. Meine Großmutter Sarah und Ihr Großvater waren Geschwister!«

Ich erinnerte mich noch gut daran, dass Großvater von seiner Schwester Sarah aus Russland Briefe bekommen hatte. Und die Uninskis erzählten, wie sie Alexander, der schon als kleines Kind Anzeichen großer Begabung gezeigt hatte, zum Üben ermuntert hatten, indem sie sagten: »Weiter, Lieber, du musst mehr üben, damit du eines Tages spielen kannst wie Onkel Mattis.«

Es stellte sich heraus, dass Gustave Lyon Großvaters Geschichte von dem *piano fantastique* kannte.

»Wenn mir ein anderer die Geschichte von einem Klavier erzählt hätte, das die ›Harfe König Davids‹ genannt wird, hätte ich nicht hingehört«, sagte er. »Aber da sie von Ihrem Großvater kam, und da er so unerschütterlich daran glaubte, musste etwas daran sein.«

Neu war mir, dass Großvater sich im Jahr 1910 auf seinem Weg von Frankreich nach Israel in Italien aufgehalten und der französische Botschafter in Rom vergeblich versucht hatte, für ihn eine Audienz bei König Vittorio Emanuele zu erwirken.

Gegen Ende meiner sechs Monate in Paris – glückliche Monate voller neuer Erfahrungen – gestand ich meinem Gastgeber, dass ich auf dem Heimweg über Rom fahren und einen neuen Versuch unternehmen würde, das Klavier des Königs zu sehen. Monsieur Lyon war damit nicht nur einverstanden – als er und seine Söhne mich am Gare du Nord verabschiedeten, reichte mir der alte Mann ein Kuvert und sagte: »Hier ist ein persönlicher Brief an den Direktor unserer Vertretung in Rom. Ich hoffe, er wird Ihnen helfen können.«

So verließ ich Paris frohen Herzens. Vielleicht war dieser Brief der magische Schlüssel, den ich brauchte.

Der Prophet gilt nichts ...

Nun war ich wieder in Rom, diesmal mit hochgespannten Erwartungen. Mit Monsieur Lyons Brief ging ich direkt zur Niederlassung der Firma Pleyel.

Der Direktor, ein freundlicher Mann, las den Brief aufmerksam durch und sagte:»Ich würde selber gern ein Klavier sehen, das wie König Davids Harfe klingt!«

Ich erzählte ihm alles, was Großvater von König Umberto über die Geschichte des Klaviers erfahren hatte.

»Gut«, sagte er, »geben Sie mir ein paar Tage Zeit.«

Vier bange Tage verstrichen, ehe ich wieder bei ihm erschien.

»Leider muss ich Sie enttäuschen, Signor Carmi«, begrüßte er mich.»Ich habe weitreichende Erkundigungen angestellt, aber niemand scheint je von einem derartigen Klavier gehört zu haben. Jeden Klavierstimmer, der je im Quirinal war, habe ich ausgefragt, aber nicht einer hat so ein Klavier gesehen oder davon gehört.«

»Aber wie ist das möglich?«

»Das weiß ich nicht. Ich habe Ihnen alles gesagt, was ich in Erfahrung bringen konnte.«

Aber mein Glaube an Großvater blieb unerschüttert.

»Ich werde Ihnen beweisen, dass alle unrecht haben«, erklärte ich.

»Bravo, Signor Carmi! Sie gefallen mir. Sie zeigen Mut und Ausdauer.«

Ich gab nicht auf. Noch einmal ging ich zu dem Reisebüro, in dem vor vielen Jahren ein Angestellter meinen Brief an den König übersetzt hatte. Er war noch immer dort. Ich entwarf schnell einen neuen Brief, den er für mich übersetzte. Diesmal schickte ich den Brief per Post und nicht durch die Palastwache. Leider aber hatte das auch keinen größeren Erfolg.

Wieder einmal kehrte ich besiegt heim. Doch fand ich Trost in Hannahs Wiedersehensfreude, der Wärme unseres Familienlebens und dem Glück, unsere reizende Tochter Zmira in ihrer Entwicklung zu beobachten.

Sofort nach meiner Rückkehr machte ich mich unter dem Eindruck meiner Pariser Erfahrungen und beflügelt von der erfolgreichen Arbeit, die meine Werkstatt auch während meiner Abwesenheit geleistet hatte, daran, sechs Klaviere zu bauen. Im Ausland bestellte ich ausgesuchtes Holz und technische Teile, und zu Vaters größter Befriedigung gelang es mir, Eukalyptus-Furnierholz zu bekommen.

Es war eine freudige Zeit für uns alle. Die Werkstatt war wie ein Bienenstock, ständig kamen Freunde und Verwandte herein, um zu sehen, wie die »Eukalyptien« wuchsen. Vater kam jeden Tag und arbeitete so eifrig mit, dass ich ihm schon ein Gehalt anbieten wollte. Nach einigen arbeitsreichen Monaten waren die Klaviere endlich fertig. Wir fürchteten, sie könnten durch den Staub verdorben werden, der in der rasend anwachsenden Stadt Tel Aviv reichlich vorhanden war. Und da wir sowieso geplant hatten, ein Haus zu kaufen, beschleunigten wir diesen Entschluss und nahmen die Klaviere zu uns nach Hause. Sie wurden über das ganze Gebäude verteilt: Eines stand im Speisezimmer, eines im Zimmer unserer Tochter, je eines in den anderen Schlafzimmern, der Bibliothek und der Diele. Und nun lud ich Musiker ein, um ihnen stolz meine Leistung vorzuführen.

Jeder lobte die Klaviere, was mich natürlich freute, denn ich hatte in diesen Instrumenten alle meine Ideen über die Konstruktion eines Klaviers verwirklicht. Aber ich verkaufte keines davon – in meinen Träumereien hatte ich vergessen, dass der Prophet im eigenen Lande nichts gilt. Eher hätte ich meinen Kunden Klaviere aus Madagaskar oder Sansibar anbieten können. Ein Jahr verging, ohne dass ein Klavier verkauft wurde – dann noch eines und noch eines und noch eines. Und je länger die Klaviere herumstanden, umso misstrauischer wurde man gegen die »Carmis«. Ich konnte nichts dagegen tun. Von der Regierung war keine Hilfe zu erwarten, da Israel damals mit englischen Klavieren überschwemmt wurde. Meine sechs erstklassigen singenden Instrumente standen wie erratische Blöcke an ihren angestammten Plätzen.

Dann aber, nach fünf Jahren, schien ein Wunder zu geschehen. Ein Klavierhändler, dem die Ware ausgegangen war, tat mir den »Gefallen«, eines meiner »Eukalyptien« zu kaufen – für einen Preis weit unter dem ursprünglich geforderten. Innerhalb einer Woche kam er wieder und verlangte ein zweites und wenige Tage darauf zwei weitere!

»Ich verkaufe sie Ihnen nur, wenn Sie mir sagen, wie Sie meine Klaviere so schnell verkaufen konnten.«

»Das sage ich Ihnen erst, wenn Sie mir diese beiden verkauft haben«, antwortete er.

»Gut, sie gehören Ihnen. Und nun reden Sie!«

Er verriet mir das Geheimnis.

»Zuerst einmal habe ich den Namen ›Carmi‹ herausgenommen und die Reihenfolge der Buchstaben geändert. Es heißt jetzt ›Marci‹. Dann habe ich sie schwarz poliert.«

Damit waren meine Experimente im Klavierbau beendet.

Um diese Zeit wurden uns Ora und Aviva geboren, und wir mussten in unserer emsigen Werkstatt Raum für die Wiegen der beiden Kleinen schaffen, damit sie ihren Mittagsschlaf halten konnten. Was für eine wunderbare Generation da zwischen den Klavieren aufwuchs! Zmira, die schon zur Schule ging, verbrachte am liebsten jede freie Minute in der Werkstatt. Mit Ora und Aviva war es später nicht anders. Zmira brachte oft einen Haufen Schulfreundinnen mit, um ihnen die Klaviere zu zeigen. Dann stand sie neben einem auseinandergenommenen Instrument und erklärte: »Seht ihr den Goldrahmen mit den Saiten daran? Das ist die Davidsharfe. Eigentlich ist jedes Klavier eine Davidsharfe, und Davids Harfe war eigentlich das erste Klavier.«

Selbstverständlich hatten unsere Kinder vom Klavier des Königs von Italien gehört, da Hannah und ich uns oft darüber unterhielten. Als ich eines Tages ein uraltes Klavier in der Werkstatt hatte, versuchte Zmira, darauf zu spielen.

»Nicht wahr, Papi, es klingt wunderschön?«

Als ich zustimmte, fragte sie: »Glaubst du, dass es so schön klingt wie das Klavier vom König?«

Ich sagte, nein, das glaubte ich nicht.

»Ich auch nicht«, erklärte das Kind mit Überzeugung.

»Und warum nicht, mein Liebling?«

»Weil doch die Seele von König Davids Harfe im Klavier vom König von Italien ist«, antwortete sie, ohne zu zögern.

Bei uns zu Hause also war die Davidsharfe König. Die Kinder liebten sie, und ich musste sie oft aus ihrem goldenen Bett nehmen, weil sie sie küssen wollten.

Hannah jedoch beutete die Möglichkeiten der Harfe praktischer aus. Wenn die Kinder zu langsam aßen, zu übermütig waren, sich um eine Puppe stritten oder nicht schlafen konnten, brachte sie die Harfe, und ich musste spielen. »David« löste alle Probleme und bewirkte nebenbei noch andere Wunder. Natürlich holte ich die Harfe auch zu jedem Geburtstag und Festtag heraus, um darauf zu spielen.

Der König auf dem Fischmarkt

Mein Klavier-Sanatorium entwickelte sich weiter, und 1934 war ich wieder einmal in Rom, um Ersatzteile zu kaufen, da Italien für uns das nächste Land war, in dem es Teile für alle Klaviertypen gab. Ich stand vor dem Bahnhofseingang in Rom, als ein Taxi vorfuhr, aus dem Artur Schnabel stieg.

»Was machen Sie in Rom?«, fragte er. »Protze erzählte mir, dass Sie wieder in Ihr Heimatland zurückgekehrt seien.«

»Das stimmt, ich bin nur geschäftlich in Rom.«

Zu meinem Erstaunen erinnerte sich Schnabel noch an unsere lang zurückliegende Unterhaltung über das Klavier des Königs. Damals hatte ich auch ihn, wie jeden prominenten Pianisten, gefragt, ob ihm nie ein uraltes Klavier mit besonderem Klang begegnet sei, und er hatte die Möglichkeit der Existenz eines solchen Instruments verneint. »Je neuer ein Klavier ist, desto besser ist es«, waren die letzten Worte jenes Gesprächs gewesen, in dem wir über den alten Kasten gesprochen hatten. Nun, da wir uns wiedertrafen, fragte er ironisch, ob ich denn inzwischen mein, wie er es nannte, »königliches Klavier« gefunden hätte.

»Noch nicht, Maestro. Aber ich hoffe, es irgendwann einmal zu finden.«

»Sie sind also noch immer in die Legende verliebt?«, lächelte er.

»Ja«, gab ich zu, ohne mich im Geringsten verletzt zu fühlen.
»Aber was machen Sie hier?«

»Ich bin ein Flüchtling«, erwiderte er kurz.

Ich hatte bereits vermutet, dass er Jude sei, aber ich konnte nicht glauben, dass ein so berühmter Künstler, den die Musikwelt vergötterte, aus Berlin fliehen musste.

»Und wie geht es Ihrer Frau?«, fragte ich.

»Danke, gut. Sie ist übrigens keine Deutsche mehr.«

»Ach so?«

»Außerdem ist sie zum Judentum übergetreten, aus Protest gegen die Nazis.«

»Aber es ist heute nicht sehr vorteilhaft, jüdisch zu sein, Maestro.«

»Deutsch zu sein noch viel weniger. Man kann nur hoffen, dass diese Woge des Bösen, die Deutschland überschwemmt, nicht lange anhält.«

Schnabel erzählte, dass er in wenigen Tagen eine zweimonatige Konzerttournee durch Vorderasien antreten würde und sich Sorgen über den Zustand der dortigen Klaviere mache.

Ich dachte an die drei guten Gehilfen in meiner Werkstatt und traf eine schnelle Entscheidung.

»Wenn Sie wollen«, sagte ich, »werde ich Sie begleiten und dafür sorgen, dass die Klaviere nach Ihrem Geschmack gestimmt sind.«

Schnabel dankte mir für das Angebot, und wir besiegelten den Vertrag per Handschlag.

»Aber ich habe vorher noch eine Bitte«, sagte er. »Könnten Sie das Klavier im Hause von Signora Martini, einer Schriftstellerin, stimmen? Sie hat für Sonntag eine Gruppe von Musikprofessoren aus Neapel eingeladen, die mich kennenlernen sollen. Meine Frau wird singen, und man wird mich wahrscheinlich bitten, zu spielen.«

»Das Klavier ist schon so gut wie gestimmt«, versicherte ich, als ich Signora Martinis Adresse aufschrieb.

Nachdem wir uns getrennt hatten, ging ich in das Reisebüro, um meinen alten Übersetzer um Hilfe für einen neuerlichen Brief an den König zu bitten.

»Gütiger Himmel«, sagte er mitfühlend, »da sind Sie schon wieder.« Nach kurzem Nachdenken flüsterte er mir zu: »Sie wollen doch den König sehen?« Und als ich nickte, flüsterte er weiter: »Gehen Sie morgen zeitig auf den Fischmarkt.«

»Auf den Fischmarkt?«

»Si si, Signor«, antwortete er leise. »Wissen Sie, der König ist mit seinen Fischen sehr wählerisch. Darum geht Seine Majestät jeden Freitagmorgen auf den Markt, um sich die Fische selbst auszusuchen. Viele Leute nehmen diese Gelegenheit wahr, wenn sie ihm etwas zu sagen haben.«

»Das ist ein herrlicher Rat! Ich werde ganz früh da sein.«

Die ganze Nacht konnte ich nicht schlafen und eilte am nächsten Morgen zeitig zum Fischmarkt. König Vittorio Emanuele war schon früher gekommen und stand bereits an einem Stand vor einem Haufen großer Karpfenscheiben.

»Buon giorno, Sua Maesta«, rief ich und begann sofort mit meiner Geschichte. Aber augenblicklich warf sich die Leibwache des Königs auf mich. Ich wehrte mich, und noch während man mich fortschleppte, schrie ich dem König zu: »Eure Majestät, ich will doch nur mit Ihnen über das Klavier Ihres Vaters sprechen!«

»Schweig, Mörder!«, befahlen die Wachen. »Du kommst mit uns!«

»Lasst mich! Lasst mich! Ich bin kein Mörder. Ich will nur mit dem König über ein Klavier sprechen!«

Während ich mit den Wachen rang und debattierte, drehte der König den Kopf zu mir hin, und ich dachte schon, er würde sich einmischen, aber er starrte nur herüber und wandte sich dann wieder den Fischen zu. Schon hatte sich eine Menge angesammelt, und es erschallten Rufe: »Assassino!« Unter einem Hagel von faulen Tomaten und Orangen wurde ich fortgezerrt.

Im Polizeihauptquartier übernahm der Polizeichef selber die Vernehmung eines anscheinend so gefährlichen Verbrechers, wie ich einer war. Er fand meine Papiere in makelloser Ordnung und außerdem keinerlei Gründe, warum ich hätte Vittorio Emanuele ermorden sollen. Meine Antworten auf seine Fragen überzeugten ihn schließlich davon, dass ich keine bösen Absichten hatte. Er gab der Telefonzentrale Anweisung, nicht zu stören, bestellte Kaffee und Kuchen für uns beide und hörte dann fasziniert meiner Geschichte von Anfang bis Ende zu, wie ein Kind einem Märchen lauscht.

Daraufhin rief er Artur Schnabel an, damit er meine Angaben bestätige, und, da er Schnabel nicht erreichen konnte, Signora Martini. Da sie mich noch nicht kennengelernt hatte, konnte sie zwar nicht für mich bürgen, fragte aber so interessiert nach dem Vorfall am Fischmarkt, dass der Polizeichef ihr die ganze Geschichte erzählte und mit amüsanten Details ausschmückte, über die er so lachte, dass er vom Sessel fiel und ich ihm aufhelfen musste. Obgleich mein Abenteuer dem Chef immer unschuldiger erschien, entschied er doch, dass ich festgehalten werden müsse, bis man Schnabel fände, um für mich einzustehen. So marschierte ich drei Stunden lang in einer Arrestzelle auf und ab, bevor ich freikam.

Als ich am folgenden Tag zu Signora Martini ging, um ihr Klavier zu stimmen, war sie selber nicht zu Hause, rief jedoch an und bestand darauf, dass ich bei der Gesellschaft, die sie für Schnabel gab, ebenfalls ihr Gast sei. Als ich am Sonntag dort erschien, zeigte sich, dass meine Gastgeberin ihre Gäste bereits mit einer dramatischen Version meines Abenteuers unterhalten hatte.

»Mamma mia!«, schrie einer der Professoren Schnabel zu. »Wie haben Sie es zustande gebracht, die Polizei zu überzeugen, dass Ihr Klavierfachmann ein harmloser Mensch ist?«

»Das war ganz einfach«, erwiderte Schnabel. »Ich sagte nur: ›Manchmal passiert es, dass sich ein ganz gewöhnlicher Mann in eine Königstochter oder eine gewöhnliche Frau in einen Königssohn verliebt. Aber Carmi, der ein ungewöhnlicher Klaviermann ist, hat sich nun einmal in den Kopf gesetzt, sich in ein Königsklavier zu verlieben.‹«

Die Gäste lachten schallend und tranken auf meinen Erfolg.

Schnabels Frau sang so herrlich, dass ich begriff, warum sie in Berlin so sehr geschätzt wurde. Die Gäste waren derart beeindruckt, dass zunächst niemand an Beifall dachte. Als sich später das Gespräch Israel zuwandte und die Leute mich über das Land befragten, erzählte ich eine Geschichte, an die mich Frau Schnabels Gesang erinnert hatte.

»Vielleicht haben Sie schon von Kwutzoth, Kibbuzim und anderen Gemeinschaftssiedlungen in Israel gehört«, begann ich. »Das Leben in diesen Gemeinschaften hat ein festes Schema von Moral und Tradition entwickelt, das bis auf die erste Kwutzah Degania zurückgeht. Degania wurde nahe der Stelle gegründet, an der der Jordan den See Genezareth verlässt. Sie wissen vielleicht auch, dass in diesen landwirtschaftlichen

Siedlungen das Land, die Werkzeuge und die landwirtschaftliche Ausbildung vom jüdischen Nationalfonds besorgt wurden und dass dort alles Gemeinbesitz ist. Viele Künstler, Schauspielertruppen und Musiker kommen in diese Siedlungen, um Vorstellungen zu geben. Dort nimmt man solche Vorstellungen sehr ernst, und das ist vielleicht der Grund, warum sich in allen Siedlungen ein merkwürdiger Brauch eingebürgert hat: Man applaudiert nicht, sosehr man auch von einer Darbietung beeindruckt sein mag. Ich habe versucht, den Grund dafür festzustellen, und die einleuchtendste Erklärung ist, dass für diese Leute Musik wie ein Gebet ist, ein Ausströmen des Herzens, eine Erhebung der Seele, die Applaus als Sakrileg erscheinen ließe. Ein Mann, mit dem ich darüber sprach, zitierte ein Wort von Bach: ›Der einzige Zweck der Musik ist, Gott zu preisen.‹

Aber ich konnte jedes Mal, wenn ich mit einem berühmten Musiker durch die Siedlungen reiste, beobachten, wie sehr einen Künstler dieser fehlende Applaus – dieses nackte Schweigen – bedrückte. So hörte ich zum Beispiel im Jahre 1927 Alfred Cortot in einer Kwutza beim See Genezareth spielen. Er war so niedergeschlagen, dass er sein Programm kürzte. Auf dem langen Wege nach Tel Aviv – hundertundfünfzig Kilometer – sprach er kaum ein Wort. Ähnlich peinliche Erlebnisse hatte ich mit Alexander Borowski und Bronislaw Hubermann, deshalb beschloss ich, das nächste Mal, wenn ich mit einem Künstler in eine Kwutza fuhr, die Angelegenheit in die Hand zu nehmen. Die nächste Gelegenheit bot sich 1933, als Artur Rubinstein zum zweiten Mal das Land besuchte.

Nachdem ich das Klavier gestimmt hatte, aber noch bevor die Zuhörer im Saal erschienen, rief ich die sechs bärtigen Jemeniten, die als Klavierträger fungiert hatten, gab ihnen große Trinkgelder und verpflichtete sie, mir alles nachzumachen. Als Rubinstein das Podium betrat, konnte ich fast sehen, wie er zurückzuckte, da der gewohnte Applaus ausblieb. Stattdessen herrschte feierliche Stille. Trotz dieses Empfangs spielte er wunderbar wie immer. Als er fast am Ende war, winkte ich den Klavierträgern, sie sollten sich bereithalten. Sobald Rubinsteins Schlussakkord verklungen war, begann ich lebhaft zu klatschen. Meine Claque folgte dem Beispiel, und innerhalb weniger Sekunden klatschte die gesamte Zuhörerschaft so frenetisch, wie noch keine Kwutza es je erlebt hatte. Aber für Rubinstein kam es zu spät. Er hatte sich noch immer nicht von dem scheinbar kühlen Empfang vor dem Konzert erholt, als er mir hinter der Bühne sagte: ›Unter dem Dach des Allmächtigen ist ja alles möglich – aber wie ein Bühnenarbeiter behandelt zu werden, das ist zu viel!‹

Da er abfuhr, ohne bei dem Bankett zu erscheinen, das zu seinen Ehren bereitet war, kam die Sache in die Presse und verursachte große Aufregung. Eine Zeitung schrieb, man hoffe, dass Carmis Widerstand gegen diese ›elende Sitte‹ endlich eine Änderung bewirken würde. Das war auch tatsächlich der Fall. Seit dieser Zeit sind die Leute aus den Kwutzoth die eifrigsten Beifallsspender geworden.«

Frau Schnabel lächelte mir strahlend zu, und Signora Martini kam, um mich Professor Leonardo vorzustellen, mit der Bemerkung: »Er hat etwas Aufregendes für Sie!«

»Ich bin kein Musiker«, erklärte der Professor, »nur ein Musikliebhaber. Ich bin aber Apotheker, und mein Hauptkunde ist die königliche Familie.«

»Wie wunderbar!«, rief ich.

»Mich hat Ihre Komödie der Irrungen auf dem Fischmarkt sehr beeindruckt. Sollte ich vielleicht Ihretwegen mit dem König sprechen?«

»Sie kennen den König persönlich?«

»Sogar sehr gut.«

»O Professor, wie dankbar wäre ich Ihnen!«

Wir tauschten Visitenkarten, und er versprach, mir nach Tel Aviv zu berichten, was er beim König in Erfahrung bringen konnte.

Der schreckliche Preis

Einige Tage später begab ich mich auf Schnabels Tournee, und während er Beethoven spielte, zählte ich die Tage bis Tel Aviv, da ich dort einen Brief von Professor Leonardo vorzufinden hoffte.

Aber als wir nach Tel Aviv kamen, war kein Brief aus Rom gekommen. Darum bat ich Schnabel vor seiner Rückreise nach Rom, Professor Leonardo an sein Versprechen zu erinnern.

»Sie und Ihr Klavier!«, grollte Schnabel, »Sie sind ja ganz besessen davon!« Doch hatte er viel mehr Verständnis für die Sache, als er sich anmerken ließ, und versprach, meine Bitte zu erfüllen.

Wieder vergingen Wochen, und noch immer kam kein Brief von dem Professor. Schließlich schrieb ich ihm, bekam aber keine Antwort. Und erst zwei Jahre später, als ich selber wieder in Rom war, erfuhr ich den Grund seines Schweigens: Er hatte keine schlechten Nachrichten geben wollen.

»Signor Carmi«, berichtete er, »ich habe hohe Würdenträger befragt. Sie müssen den Tatsachen ins Auge sehen: Die Geschichte von dem Klavier ist meiner Meinung nach ein Märchen. Vergessen Sie sie, Ihrem Seelenfrieden zuliebe! Folgen Sie meinem Rat!«

Als ich, von der Reise zurückgekehrt, Hannah von dieser Enttäuschung erzählte, erschreckte mich ihre Reaktion bis ins Mark.

»Sehr gut«, sagte sie und sah mir in die Augen. »Ich bin erleichtert.«

»Erleichtert?«

»Ja, weil endlich jemand offen mit dir gesprochen hat.«

»Hannale, das meinst du doch nicht im Ernst?«

»Doch, Carmi. Ich habe mich lange nicht getraut, dir die Wahrheit zu sagen. Aber jetzt weißt du sie – und ich bin glücklich darüber.«

»Was weiß ich jetzt?«

»Ich weiß nur, dass ich deinen verrückten Wunsch satt habe. Ich hätte es dir längst sagen sollen. Ich habe sogar meinen Vater gebeten, dich zur Vernunft zu bringen. Ich bin sicher, es ist eine Wahnidee. Auch Schnabel hat dir das ja gesagt.«

Hannahs Stimme war immer lauter geworden, während sie sprach, und ich hatte die meine vor Schreck fast verloren.

Schließlich brachte ich heraus: »Hannale, ich bin wie vom Blitz getroffen. Bitte, bitte, hab Geduld mit mir. Ich kann die Idee nicht aufgeben, ich kann es einfach nicht!«

»Es ist eine Zwangsvorstellung, Carmi«, rief sie fast verzweifelt. »Ein Klavier ist doch keine Stecknadel! Wenn die Leute im Palast nie von einem derartigen Klavier gehört haben, dann existiert es anscheinend nicht. Ich bin sicher, dass Professor

Leonardo alles nur Mögliche getan hat. Warum kannst du die Sache jetzt nicht endlich aufgeben?«

»Vielleicht hat man das Klavier in einen anderen Palast gebracht! Vielleicht hat er mit den falschen Leuten gesprochen! Ich weiß, es wird sich eines Tages alles aufklären, meine Liebe. Mein Herz sagt mir, dass das Klavier existiert«, beschwor ich sie. »Aber ich kann es hören, Hannah! Ich höre seine Stimme. König Umberto kann doch Großpapa nicht betrogen haben – er hätte ihm doch keine Lügengeschichte erzählt!«

»Carmi, um einen Traum zu verwirklichen, tut man alles, was einem möglich ist – aber darüber hinaus kann man nichts mehr tun. Warum willst du das nicht hinnehmen?« Hannah war nun kreidebleich und zitterte. »Oh, es hat keinen Zweck. Ich habe keine Kraft mehr, diese gegenstandslose Debatte weiterzuführen. Dein Starrsinn ist nicht mehr zu ertragen.« Und plötzlich wurde sie ohnmächtig.

Ich begriff nun, was ich getan hatte: Über dem Klavier hatte ich ganz vergessen, dass Hannah schwanger war. Wie in einem Albtraum brachte ich sie in einem Rettungswagen ins Krankenhaus und lief, geplagt von unerträglichen Selbstvorwürfen und Schuldgefühlen, im Wartezimmer auf und ab. Schließlich kam der schreckliche Schlag.

»Ihre Frau hat das Kind verloren, einen Jungen«, informierte mich der Arzt mitfühlend. »Ihr selber geht es gut, aber ich muss Ihnen leider mitteilen, dass sie keine weiteren Kinder mehr haben kann.«

Es war der finsterste Tag meines Lebens. Ich kehrte nach Hause zurück und schlich auf Zehenspitzen ins Schlafzimmer meiner Kinder. Doch nicht einmal der Anblick meiner drei reizenden Töchter konnte mich trösten, denn auf mir lastete mehr als Kummer: Die treue Hannah war mit mir durch dick und dünn gegangen, durch gute und schlechte Zeiten. Nun aber hatte sich der Tod zwischen uns gestellt, der Tod unseres Sohnes, unseres einzigen Sohnes! Und all das nur wegen meiner Hingabe an Großvaters Traum vom Klavier des Königs, der Harfe des Königs David. Lange Zeit war ich wie gelähmt, von Schmerz und Kummer geplagt.

Als Hannah wieder zu Hause war und Freunde und Verwandte kamen, um zu kondolieren, zog sie sich oft zurück und weinte herzerweichend. Auch unsere kleinen Mädchen schienen von Trauer überwältigt. Sie spielten nicht mehr mit ihren Freundinnen, sondern liefen immer wieder an das Grab des ersehnten Bruders, zu dessen Ehren sie schon ein Wiegenlied komponiert hatten, das auf der Davidsharfe gespielt werden sollte. Während Hannahs Schwangerschaft hatten sie so selbstverständlich von dem Baby gesprochen, als läge es schon nebenan in der Wiege. Deshalb war ihr Kummer, ihre Enttäuschung jetzt umso tiefer.

Noch 1938, nach zwei langen Trauerjahren, musste ich zu meinem Leidwesen entdecken, dass Hannah über meinen Traum von dem Klavier noch immer erbittert war. Dies wurde mir bewusst, als ich eines Abends in Tel Aviv einen Vortrag über historische Tasteninstrumente hielt. Im Publikum bemerkte ich ein Mädchen mit einer dunklen Brille, das mir von irgendwo her bekannt vorkam. Als ich im Verlaufe meines Vortrags auf das Klavier des Königs zu sprechen kam, unterbrach die Stimme des Mädchens mich aus einer entfernten Ecke des Saales: Zu meinem Erstaunen erkannte ich Hannahs Stimme. Noch immer hinter der dunklen Brille, die sie vermutlich trug, um nicht von den anderen erkannt zu werden, fragte sie skeptisch, aus welchen Quellen meine Geschichte stamme.

Als ich nach Hause kam, erwartete sie mich.

»Warum hast du von dem Klavier gesprochen?«

»Warum sollte ich nicht?«

»Ich dachte, du hättest es dir aus dem Kopf geschlagen!«

»Wie könnte ich das? Kann ich denn den Kuss vergessen, den ich dir auf deine Hand gab, bevor ich nach Damaskus fuhr? Kann einer von uns vergessen, wie die Harfe klang, als ich im Tempel von Petach-Tikwa spielte? Kannst du vergessen, wie wir uns vor Meyers Kessel wiedertrafen? Kannst du etwa Großvater vergessen? Meine Liebe, du verlangst etwas, das nicht in meiner Macht steht.«

Hannah kam zu mir und weinte an meiner Schulter.

»Der Junge … der Junge …«

Und unsere Herzen strömten zueinander. Mir war es, als wäre ein schweres Gewicht von mir genommen. Das Klavier stand nicht länger mehr zwischen uns.

Von Mirakeln und Wundern

Es kam das Jahr 1939, und der grollende Beginn des Zweiten Weltkriegs ließ auch das Land Israel erzittern. In Tel Aviv war das Geschäftsleben in solchen Ausmaßen zum Stillstand gekommen, dass ich den Großteil meiner Zeit vor meinem Klavier-Sanatorium in der Sonne saß und mich mit anderen müßigen Ladeninhabern in sorgenvollen Spekulationen erging, was Mussolini wohl unternehmen würde und wie sich sein Kurs auf die Länder am Mittelmeer auswirken würde.

»Jetzt stimmt Mussolini die Instrumente«, klagte Hannah. Doch dann geschah etwas, das mich aus meiner Lethargie aufstörte und die Jagd nach dem Klavier des Königs mit voller Kraft wiederaufnehmen ließ.

Als ich eines Tages mit einem Freund im Bus saß und über alte Klaviere sprach, mischte sich ein Passagier ein, der kürzlich meinen Vortrag über alte Tasteninstrumente gehört hatte. Er sei, sagte er, von der Geschichte über Großvater Mattis und das Klavier des italienischen Königs beeindruckt gewesen. Dann fügte er hinzu: »Übrigens habe ich vor Kurzem, als ich in der Universitätsbibliothek in Jerusalem ein Buch über alte italienische Malerei durchsah, die Geschichte des Klaviers gelesen, von dem Sie in Ihrem Vortrag sprachen.«

Es dauerte eine Weile, bis ich begriff, was er gesagt hatte.

»Sie haben über das Klavier gelesen?«, rief ich. »Wo?«

»Im Thieme-Becker!«

»In welchem Band?«

»Ich war leider zu sehr mit meinen Nachforschungen beschäftigt, um darauf zu achten.«

»Aber der Thieme-Becker besteht aus Dutzenden dicken Bänden!«

»Es tut mir wirklich sehr leid. Ich wünschte, ich könnte genauere Angaben machen.« Damit stieg er an der nächsten Haltestelle aus. Ich sprang ihm nach, doch bevor ich ihn einholen konnte, war er verschwunden.

Nun war ich voll neuer Hoffnung. Ich rannte in die Werkstatt, und zu meiner Freude behauptete Hannah nun nicht mehr, dass ich von einer Legende besessen sei.

»Das würde bedeuten, dass das Klavier wirklich existiert!«, rief sie freudig.

Und nun war es Hannah, die mich ermutigte, alles stehen und liegen zu lassen und sofort nach Jerusalem zu fahren, um der Sache nachzugehen.

Aber erst als ich in der Bibliothek war, wurde mir das Ausmaß der Schwierigkeit bewusst. Da ich nicht wusste, in welchem der vierzig Bände sich der Hinweis befand, suchte ich unter jedem nur möglichen Stichwort: Klavier, Musikinstrumente, Umberto – König von Italien, Italien – Geschichte von –. Aber nirgends fand sich auch nur eine Zeile über das Klavier. Drei weitere Wochen sah ich einen Band nach dem anderen Seite für Seite durch, und als sich diese Methode als endlos erwies, engagierte ich auf Rat der Bibliothekarin einen Universitätsstudenten zur Fortsetzung der Suche und kehrte in mein Geschäft zurück.

Als ich nach drei weiteren Wochen keine Nachricht von ihm hatte, eilte ich nach Jerusalem zurück. Ich betrat die Bibliothek und fand meinen Studenten damit beschäftigt, die Bibliothekarin zu küssen.

»Viel Glück«, sagte ich. »Sie erfüllen sich Ihren Herzenswunsch – aber wie steht's mit meinem?« Darauf nahm ich die Forschung lieber wieder selber auf.

Dem Himmel sei Dank! Kurz darauf schrie ich so laut auf, dass die anderen Leser in dieser klösterlichen Stille erschreckt zusammenfuhren. Ich war so erregt, dass ich die Bibliothekarin bitten musste, mir die Stelle aus dem Buch vorzulesen:

»*Ferri, Nicodemo*, geb. 1835 in Siena, gest. nach 1899 in Rom … Schnitzte ein Klavier, das seine Heimatstadt Siena König Umberto dem Ersten 1868 als Hochzeitsgeschenk überreichte …«

Das *musste* mein Klavier sein! Großvater war rehabilitiert! Und die Stadt Siena hatte das Instrument dem König geschenkt. Später wunderte ich mich darüber, dass ich trotz meiner Erregung die Geistesgegenwart besessen hatte, von dem unschätzbaren Artikel eine Fotokopie machen zu lassen.

Mit geschwellter Brust eilte ich heim, um Hannah und den Kindern den Beweis zeigen zu können, doch Hannah sagte nur: »Wozu brauche ich Beweise? Ich kann die Geschichte an deinen Augen ablesen.«

Aber die Kinder wurden ungeduldig, und Ora forderte: »Erzähl uns endlich, was drinsteht, Papa. Mutter kannst du später küssen.«

Hannah teilte meine Meinung, dass sich in den Archiven der Stadt Siena Dokumente über das Klavier befinden müssten. Also sollte ich gemäß meinem Versprechen gegenüber Großvater Mattis sobald wie möglich nach Siena fahren, um sie zu suchen. Doch wieder vereitelte ein Krieg meine Pläne. Hitler war in Polen eingefallen und hatte damit den Zweiten Weltkrieg ausgelöst. Die Frage, was Mussolini plante – ob er sich mit Hitler verbünden oder neutral bleiben würde –, bewegte unser Land aufs Tiefste. Obgleich man noch nach Italien fahren konnte, zweifelten Hannah und ich, ob es vernünftig wäre, den Sprung über das Mittelmeer zu wagen.

So beschäftigte ich mich vorerst damit, alles nur Erreichbare über Siena zu lesen. Dabei begriff ich, wie wenig der Durchschnittsmensch über Siena weiß. Es war eine große Entdeckung: Ich lernte, dass Siena eigentlich die Wiege der Renaissance war, obgleich alle Gebildeten Florenz dafür halten, und dass Siena seit den Tagen der Renaissance so unverändert geblieben ist, dass ein auferstandener Mensch dieser Zeit heute noch, nach fünfhundert Jahren, ohne Schwierigkeiten seinen Weg durch die Stadt finden würde.

Ich verliebte mich in Siena. Mir schien diese alte Stadt eine Schwester Jerusalems, da sie sich schon in jenen Tagen an die toskanischen Berge schmiegte, als Jerusalem auf den Gipfeln der judäischen Berge strahlte.

Und ich lernte, was für einen Reichtum an Künstlern – Malern, Bildhauern, Schnitzern – Siena im Laufe der Jahrhunderte hervorgebracht hatte und dass es ein großes Privileg war, Bürger von Siena zu sein.

Dazu kamen die aufregenden Beschreibungen des berühmten Campo, auf dem seit dem Mittelalter zweimal im Jahr die Sieneser ihre Schutzpatronin, die Heilige Jungfrau, mit dem Palio, dem berühmten Pferderennen ehren, an dem keine Zuchtpferde teilnehmen, sondern gewöhnliche Arbeitspferde.

Während ich in Büchern und Träumen versank, wurden die Kräfte meiner Umwelt durch meine eigenen Töchter in Bewegung gesetzt. Zmira und Ora waren zum Schwimmen ans Meer gegangen. Als sie früher als erwartet auf ihren Rädern zurückkamen, berichteten sie mit der ganzen Empörung von Kindern, die gelernt haben, in einem Klavier ein lebendiges Wesen zu sehen: »Vater, du musst sofort mit zum Strand kommen! Furchtbare Leute waren da und haben ein Klavier weggeworfen! Wie ein Fass haben sie es gerollt!«

Als wir zum Strand kamen, erkannte ich das Instrument sofort. Es war ein Konzertflügel, den ein Emigrant aus Deutschland mitgebracht und an ein Kaffeehaus verkauft hatte. Doch die salzige Luft und der viele Nebel hatten dem Instrument so stark zugesetzt, dass der Inhaber des Kaffeehauses sich entschlossen hatte, es auszurangieren.

Als ich den Flügel in mein Sanatorium geschafft hatte, untersuchte ich ihn und fand, dass man aus diesem ausgesetzten Klavier mit besonderer Sorgfalt das ideale Instrument für das Philharmonische Orchester in Tel Aviv, das dringend einen Konzertflügel brauchte, herstellen könnte. Aber um etwas wirklich Brauchbares zu schaffen, waren viele Ersatzteile nötig – und diese waren nur in Italien erhältlich.

Hannah erkannte die Wichtigkeit meines Unternehmens wohl an, wollte aber bei der augenblicklichen internationalen Lage nichts von einer Reise nach Italien wissen. So begann ich mit den Vorarbeiten, die auch ohne neue Teile geleistet werden konnten, und meine Töchter beobachteten den Fortgang der Arbeit mit größtem Interesse. Jeden Tag kamen sie direkt aus der Schule in die Werkstatt, um nachzusehen, wie es »ihrem« Klavier gehe.

Nachdem der Resonanzboden repariert und der neu vergoldete Metallrahmen wieder eingesetzt war, zog ich zur Probe ein paar Saiten auf. Der Flügel gab volle und klare Töne von sich. Dennoch musste ich die weitere Arbeit wegen der fehlenden mechanischen Teile zunächst einstellen, und wir schoben den Flügel in einen Winkel, in dem er nicht im Weg war. Es schmerzte, die Enttäuschung der Kinder zu sehen. Sobald die Zeitung morgens ins Haus kam, fragten sie neugierig: »Was ist mit Mussolini?«

Obgleich sie es nicht zeigte, spürte Hannah, dass sich in meinem Kopf ein neuer Plan zusammenbraute und dass ich, wenn ich von Italien sprach, nicht nur an die Ersatzteile für den Flügel dachte, sondern an das Klavier des Königs. Sie wusste, dass ich dort natürlich auch Zeit finden würde, nach Siena zu fahren und die dortigen Archive aufzusuchen.

Man glaubte zu dieser Zeit, dass Mussolini, selbst wenn er seine Neutralität aufgeben sollte, nicht notwendigerweise an Hitlers Seite in den Krieg eintreten würde. Darum fanden meine Lieben eines Morgens beim Aufwachen einen Zettel auf meinem Kissen.

»Ich bin nach Italien geflogen. Bin bald zurück. Sorgt euch nicht.«

Am Flughafen von Lydda plauderte ich mit meinem Freund Major Crawford, der der britische Vize-Kommandeur des Flugplatzes und nebenbei Amateurkomponist war.

»Seien Sie sehr vorsichtig«, sagte er. »Auch wenn Italien sich noch nicht im Krieg befindet, ist der deutsche Einfluss dort sehr stark. Man liebt die Juden in Italien nicht mehr.«

Ich saß schon im Flugzeug, als der Lautsprecher laut meinen Namen ausrief. Erschreckt lief ich zur Tür und sah unten Hannah mit den Mädchen stehen. Ich beugte mich zu ihr hinunter, doch als ich zu erklären versuchte, warum ich mich weggeschlichen hatte, legte mir meine geliebte Hannah ihre Hand auf den Mund.

»Es ist gut, Carmi. Ich verstehe. Wir sind nur gekommen, um dir Glück zu wünschen. Geh in Frieden und komm in Frieden zurück.«

Die Wiege der Renaissance

Da ich in Rom vier Stunden auf das Flugzeug nach Turin warten musste, beschloss ich, diese Zeit für einen Besuch bei Professor Leonardo auszunutzen. Aber er war nicht in seiner

Apotheke, und man sagte mir, er werde erst am nächsten Tag zurückerwartet. Also konnte ich nur Grüße hinterlassen.

Als ich in Turin die Ersatzteile für den Flügel gekauft hatte, eilte ich zum Bahnhof, um über Siena nach Rom zurückzukehren. Mit Unbehagen sah ich, dass sich der Zug, in dem ich wartend saß, zum größten Teil mit italienischen Soldaten in voller Feldausrüstung füllte, und überlegte, ob dieser Abstecher nach Siena wirklich vernünftig wäre. Sollte ich vielleicht doch das Land so schnell wie möglich verlassen?

Mein Abteil war nun fast ganz von Soldaten besetzt, die aber bereitwillig zusammenrückten, als ein Priester um die Fünfzig, ein asketisch aussehender Mann mit hoher Stirn, hereinkam.

»Gott segne euch«, sagte er.

Während der Zug durchs Land fuhr, diskutierten die Soldaten über die Gefahr eines bevorstehenden Krieges. Die Mehrzahl schien zu glauben, dass Italien nicht hineingezogen und der Duce schon alles gut regeln würde. Nach zwei Stationen stiegen die Soldaten aus, und ich blieb mit dem Priester allein im Abteil. Er lächelte mir zu und sagte mit einer vielsagenden Handbewegung: »Wunschträume!«

Wir kamen ins Gespräch, und der Priester stellte sich als Pater Lazarus vor. Im Laufe der Unterhaltung stellte sich heraus, dass er einiges über die Juden und ihre Probleme wusste, und sein Erstaunen war groß, als er erfuhr, dass ich in Israel geboren war.

»Welch großes Privileg, ein Nachkomme der alten Israeliten zu sein«, sagte er. »Denn wer hat der Welt die Zehn Gebote gegeben? Von wem erbte die Menschheit das Buch der Bücher? Und waren nicht Moses und Jesus, König David und König Salomo Juden?«

»Ja, Pater, aber was nutzt all das, wenn die Menschen die Bibel nicht beachten? Was haben die Christen den Juden alles angetan! Warum müssen sich die Juden in dunklen Kellern verstecken? Scheint denn die Sonne nicht für alle Menschen?«

»Sie haben recht, mein Sohn«, erwiderte der Priester mit einem Seufzer. »Das Leben ist sehr grausam.«

»Sind es nicht *die Menschen*, die grausam sind, Vater? Ich hatte einen guten Großvater – er ruhe in Frieden –, und er hat mir die Welt, in der wir leben, erklärt. Er sagte: ›Es gibt nur zweierlei Menschen: die guten und die bösen.‹ Die Deutschen erzählen uns heute von ihrer Überlegenheit, ihr eigener Beethoven aber hat gesagt: ›Das einzige Zeichen von Überlegenheit ist, gut zu sein.‹«

»Gott hat den Menschen die Wahl zwischen Gut und Böse gegeben«, erwiderte Pater Lazarus. Als der Priester jedoch sah, wie bedrückt ich wurde, änderte er das Thema und fragte, wohin ich führe.

»Nach Siena.«

»Ich auch. Kommen Sie das erste Mal nach Siena, Signor Carmi?«

»Ja, Pater Lazarus.«

»Dann erwartet Sie eine große Überraschung.«

»Was meinen Sie, Pater?«

»Siena, mein Sohn, ist vielleicht die schönste Stadt der Welt.«

Ich erzählte ihm, dass ich viel darüber gelesen hätte, und fragte, ob er zufällig von dort stamme.

»Ich bin nicht in Siena geboren, aber ich lebe dort seit fünfundzwanzig Jahren in meinem Orden«, sagte er.

»Dann nehme ich an, dass Sie sich in der Geschichte der Stadt gut auskennen?«

»Es hängt davon ab, was Sie daran interessiert.«

»Es handelt sich um ein Klavier, das die Stadt Siena vor langer Zeit König Umberto geschenkt hat.« Und ich zeigte Pater Lazarus die Kopie des Artikels über Nicodemo Ferri aus dem Lexikon.

Er studierte das Dokument aufmerksam und sagte: »Das ist sehr interessant. Doch ich habe leider nie von diesem Klavier gehört. Sicherlich aber gibt es Leute in Siena, die etwas darüber wissen.«

Und er fragte mich, ob ich nur deswegen nach Siena reisen würde.

»Ja, Pater. Die Suche nach diesem Klavier ist Teil meines Lebens geworden.«

»Sie sind sehr mutig, wenn Sie in dieser Situation eine solche Reise unternehmen.«

»Es ist nicht Mut, Pater – ich fürchte, es ist eher Leichtsinn.«

Dann erzählte ich ihm von Großvater und dem Klavier.

»Eine rührende Geschichte«, sagte der Priester. »Mag sein, dass sie wahr ist. Das können wir leicht feststellen. Sobald wir in Siena sind, gehen wir ins Archiv des Rathauses.«

Bevor ich ihm für sein Angebot danken konnte, lief der Zug in Siena ein.

Das Erste, was meine Aufmerksamkeit erregte, war ein uraltes Tor, die *Porta Camollia*.

»Es erinnert mich an Jerusalem«, sagte ich, als ich die Architektur betrachtete.

»Es freut mich, dass es in Siena etwas gibt, was Ähnlichkeit mit der Heiligen Stadt hat«, sagte der Priester. »Ich hoffe, einmal ins Heilige Land zu kommen und dann in Jerusalem etwas zu finden, was mich an Siena erinnert.«

»Sie werden dann mein Gast sein, und ich werde Sie herumführen!«

Über dem Tor stand eine lateinische Inschrift:

COR MAGIS TIBI SENA PANDIT.

Ich fragte den Priester, was sie bedeute. Lächelnd übersetzte er: »Siena öffnet dir sein Herz weiter als seine Tore.«

Vater Lazarus führte mich ins Rathaus und erwirkte, dass wir in die Archive eingelassen wurden. Dort lagen Mengen von Dokumenten in Räumen, die angeordnet waren wie Kreuzgänge. Der Priester sah viele Mappen durch, bis er eine mit der Aufschrift »1868 – König Umbertos Hochzeitsjahr« fand. Ihr entnahm er ein Dokument mit der Überschrift »Frühlingsprotokoll«. Nachdem er es einige Sekunden durchgeblättert hatte, begann er zu strahlen.

»Hier ist es, Carmi!«, rief er jubelnd. »Hier ist das vollständige Protokoll der Debatte über das Hochzeitsgeschenk der Stadt – ein Klavier!«

Vor Freude fielen wir uns in die Arme wie alte Freunde. In der Mappe lag auch ein Foto des Klaviers, das seine ganze Vorderansicht zeigte, mit den schönsten geschnitzten Figuren, die ich je gesehen hatte. Und dabei lag ein ausführliches Schriftstück, das erklärte, warum es für die Stadt unerlässlich sei, ein Hochzeitsgeschenk zu wählen, »in dem sich die schöne Kunst verkörpert, die die Stadt Siena berühmt gemacht hat, und das ein Gegenstand von solcher Erlesenheit sein solle, dass keine zweite italienische Stadt sich mit der Herrlichkeit des Hochzeitsgeschenks würde messen können«.

Das Schriftstück schloss: »Nach ausführlicher Debatte be-

In vista poi di riguardi di convenienza ... ... il Municipio fa il dono in nome della Guardia Nazionale.

Sindaco replica che la proposta della Giunta è di massima: Non scende ad indicare l'oggetto. Egli però propone che fosse scelto un pianoforte che ha figurato all'esposizione di Parigi. È un mirabile lavoro di scultura in legno di Bartolozzi e Terzi ambedue artisti Senesi, e nella parte armonica, (che non è la principale) è opera del Marchisio.

Si cambiano osservazioni fra varj Consiglieri circa all'importanza del dono.

Borghesi osserva che il dono che si propone è importante per il valore intrinseco fatta proporzione con quanto hanno stanziato altre Città; è importantissimo per il valore artistico rappresentando un oggetto ... ... che fiorisce attualmente e con gran lustro e decoro in Siena.

Campani osserva la convenienza che l'oggetto da offerirsi in dono sia scelto da una Commissione.

Borghesi appoggia l'idea con che però il dono rappresenti l'arte e non l'industria della Città.

Dopo altre considerazioni ed un ripetuto alternarsi di pensieri ed emendamenti, la discussione ... è chiusa.

Varj Consiglieri presentano il seguente schema di deliberazione.

" Il Consiglio
" Considerando che attualmente la Guardia Nazionale della Città di Siena è disciolta.
" Considerando come non possa porsi in dubbio il desiderio comune di concorrere alla espressione di un ... ... di devozione e di affetto alla famiglia dei nostri Re ...
" Considerato infine che la offerta di un oggetto nel quale l'arte dell'intaglio fiorente nel nostro paese, sia già rappresentato può più convenientemente rispondere all'oggetto, e non volendo in questa occasione aggiungere ... un atto di beneficenza che sarà ... altamente gradito

Protokoll der Ratssitzung in Siena vom 8. April 1868

schließen die Stadtväter, dass nur ein einziges Geschenk all diesen Forderungen gerecht wird: das Klavier der Marchisios, das auf der Pariser Ausstellung eine Sensation hervorrief – das Instrument, geschnitzt von den berühmten Bildhauern Ferri und Bartalozzi.«

Unterschrieben war das Dokument von drei Personen: Campani, Bürgermeister; Borghesi, Schriftführer; und Banchi, Schatzmeister.

Eifrig begannen wir, den Schatz an Schnitzereien auf dem Klavier zu untersuchen. Das Foto von der Vorderfront zeigte ein faszinierendes Relief und stellte eine klassische Weinlese dar, mit mehr als zwanzig tanzenden, singenden und spielenden Putten. Der Priester deutete auf eine Figur, einen kleinen, Trommel spielenden Knaben.

»Sehen Sie diesen Jungen nur an – er scheint zu leben!«

Seine Worte trafen mich wie ein Schlag vor den Kopf. Ich dachte an Hannah, wie sie nach meinem Vortrag in Tel Aviv in meinen Armen geschluchzt hatte: »Der Junge … der Junge …«

Dem guten Priester, der von außerordentlichem Feingefühl war, blieb meine Reaktion nicht verborgen.

»Was haben Sie, Carmi? Warum berührt Sie das Engelchen so sehr?«

»Es erinnert mich an etwas sehr Trauriges, Vater. Wir haben einen kleinen Jungen verloren.«

»Das tut mir sehr leid, Carmi.«

»Das Schlimme ist, dass es wegen dieses Klaviers geschah.«

»Wollen Sie mir davon erzählen?«

»Ein andermal, Pater. Es ist eine lange und komplizierte Geschichte.«

»War es Ihr einziges Kind?«

»Der einzige Sohn, wir haben drei Töchter.«

Und ich zeigte ihm die Fotos der Mädchen, die ich immer bei mir trug.

»Dann meint Gott es gut mit Ihnen. Sie haben eine schöne Familie.«

»Ich bin ja auch sehr dankbar, Pater. Aber bei uns zu Hause wird nie von kleinen Jungen gesprochen, meine Frau hat dann immer gleich Tränen in den Augen.«

Nun blätterten wir die Mappe weiter durch und fanden ein anderes Foto des Klaviers, das seinen Deckel zeigte. Porträts von fünf Komponisten waren darauf geschnitzt: Händel, Mozart, Guido Aretino, Cherubini und Gluck.

»Sie müssen die liebsten Komponisten des Künstlers gewesen sein«, bemerkte der Priester.

»Der Name Aretino sagt mir nichts.«

»Vielleicht ist er Ihnen als D'Arezzo bekannt?«

Natürlich! Der Mönch aus Pomposa aus dem 11. Jahrhundert, der die Notenschrift reformiert hatte!

»Seine Geschichte stellt einen der bewegtesten Kämpfe um die Entwicklung des menschlichen Wissens dar«, erklärte Pater Lazarus. »Seine fortschrittlichen Theorien hat er beinahe mit seinem Leben bezahlen müssen. Zuerst machten sich die anderen Mönche über seine Methode der Niederschrift von Noten lustig, dann verjagten sie ihn aus dem Kloster. Der arme Mann wanderte von Ort zu Ort und kämpfte um die Anerkennung seiner Idee. In Rom wäre er fast wegen Profanierung der Liturgie gesteinigt worden, hätte nicht der Papst eingegriffen und verlangt, dass er ihm seine Theorien vorführe. Also hörte der Heilige Vater einen Studentenchor, der von D'Arezzo einstudiert worden war, und war begeistert davon. Von da an

durfte D'Arezzo ungehindert seinen Beitrag zur kulturellen Förderung der Menschheit leisten.«

Wir blätterten weiter in den alten Dokumenten und stießen auf die Abbildung mehrerer biblischer Themen, darunter einer herrlich geschnitzten Bundeslade. An ihren Türen befand sich die auf den beiden Gesetzestafeln ruhende Davidskrone, und auf den Tafeln die Zehn Gebote in Hebräisch. Darunter sah man die beiden Leuchter aus König Salomos Tempel. Weiter oben waren zwei Davidsharfen und alle Arten von Erstfrüchten, wie sie alljährlich im Tempel zu Jerusalem dargebracht worden waren. Am Boden der Lade fand sich die Inschrift: »Gebaut für die Jüdische Gemeinde von Livorno.«

Als ich noch ganz in der Betrachtung dieses auserlesen gearbeiteten Symbols meines Volkes versunken war, rief Pater Lazarus: »Schauen Sie!«

Und er reichte mir eine weitere Fotografie, die die Reliefs vom unteren Teil des Klaviers zeigte – eine Davidsharfe und zwei Rohrpfeifen auf einem Lorbeerkranz, rechts und links bewacht von je einem furchterregenden Vogel Greif.

»Wie schön!«, rief der Priester. »Harfe und Pfeife innig vereint wie eine gute Familie.«

Dann fanden wir das vergilbte Blatt einer Sieneser Zeitung »Il Libero Cittadina« vom 15. April 1868 mit dem vollständigen Bericht über den Beschluss, das Klavier als Hochzeitsgeschenk für den König zu wählen.

Der Anblick der Zeitung brachte mich in die Gegenwart zurück, und so sagte ich: »All das ist ungemein aufregend, aber meine Zeit ist kostbar, und ich möchte einen Fotografen finden, der die Dokumente für mich aufnimmt.«

Der Priester verstand meine Eile und half in jeder erdenklichen Weise. Er wartete mit mir im Fotoatelier, während der Mann die Negative entwickelte und Abzüge machte. Als ich diese in Händen hatte, dachte ich nur noch daran, den nächsten Zug nach Rom zu nehmen und meinem Weg zu folgen, der nun wie vorgegeben vor mir lag.

In einer vergangenen Welt

Obgleich ich in solcher Eile war, nach Hause zurückzukehren, konnte ich doch nicht anders, als Pater Lazarus darum zu bitten, mich zur *Cattedrale di Santa Maria Assunta*, dem berühmten Dom, zu führen – und sei es nur für einen Augenblick.

Der Anblick des Domes war so atemberaubend, dass mein Herz zu hämmern begann, als wir uns ihm näherten. Außen wie innen besteht er aus schwarz-weißem Marmor, in den sich noch an die zwanzig andere Marmortönungen unter dem tiefen Blau des Daches mischen. Das Licht der Abendsonne strömte leuchtend durch die bunten Glasfenster. Obgleich ich wusste, dass die Fresken vor mehr als vierhundert Jahren gemalt worden waren, war ich versucht zu fragen, ob sie nicht renoviert worden seien, so hell leuchteten ihre erhabenen Goldornamente und die eingelassenen Edelsteine.

Als wir auf dem Turm standen und auf die sanften Farben der in Ypsilon-Form gebauten Stadt und auf den von Dante besungenen Brunnen von Fontebranda blickten, ertönte aus der Kathedrale unter uns mächtiger Orgelklang.

»Das ist Pater Francesco, unser Organist«, erklärte Pater Lazarus. »Er ist gebürtiger Sienese und kennt sich in der Lokalgeschichte sehr gut aus. Ich möchte, dass Sie mit ihm sprechen.«

Als wir den Turm hinunterkletterten, wurden die Klänge der Orgel so überwältigend, dass ich gut verstand, dass ihre Mächtigkeit Brahms zu seinem großen *Requiem* inspiriert hatte.

Der Organist war ein alter Priester mit einem auffallend langen, schneeweißen Bart, der mit zurückgelehntem Kopf an der Orgel saß, als horche er auf eine Stimme von oben. Als er uns bemerkte, hielt er inne, und Pater Lazarus stellte mich vor.

»Signor Carmi aus Israel, der zu einer außerordentlich interessanten Erkundung hier ist«, erklärte er. »Sie betrifft ein Klavier, das die Bürgerschaft dem König Umberto schenkte.«

Ich nahm die Fotografien heraus, die wir in den Archiven aufgenommen hatten, und zeigte sie Pater Francesco.

»Dieses Klavier kenne ich gut«, sagte er. »Man nannte es die Harfe König Davids. Leider habe ich es nie gesehen, aber ich weiß etwas von seiner Geschichte. Es gibt eine Legende, die besagt, dass die Seele der verlorenen Davidsharfe in dieses Klavier eingegangen sei, daher sein Name.« Dann deutete er in den riesigen Raum der Kathedrale und fügte hinzu: »Hierher wurde das Klavier jedes Jahr zum Fest der Weinlese gebracht!« Er hob den Arm zur himmelblauen Decke. »Und das Holz für das Klavier kam auch von hier.«

»Was bedeutet das, Pater?«

»Mein Sohn, ich spreche von den beiden Pfeilern, die angeblich aus Jerusalemer Holz bestanden. Der Legende nach kamen sie aus König Salomos Tempel.«

»Sie meinen Jachin und Boas?«

»Ich glaube, so nannte man sie, ja.«

»Aber die Säulen waren doch nach Rom gebracht worden«, erwiderte ich.

»Ja, von Jerusalem nach Rom. Und dort wurden sie beim Bau eines Heidentempels verwendet, der nachher zerstört wurde. Als sich später das Christentum verbreitete, wurde in Siena der Bau einer Kirche geplant, und die beiden Säulen kamen hierher.

Bei uns gibt es oft Erdbeben, wissen Sie, und dabei wurden auch Kirchen zerstört. Schließlich fanden die Pfeiler ihren Weg zur Kirche *Santa Maria Assunta*, auf deren Fundamenten unser jetziger Dom errichtet wurde. Ihre Erbauer wollten zuerst wieder die historischen Pfeiler verwenden, fanden aber, sie seien nicht lang genug, und gaben sie darum einer kleinen Kirche, die bei einem schrecklichen Erdbeben im 18. Jahrhundert zusammenbrach. Nach dieser Katastrophe waren sie nicht mehr als Stützpfeiler zu gebrauchen, deshalb schnitten damals die Klavierbauer daraus das Holz für ihren Resonanzboden.«

Er schwieg lange, tief in Gedanken versunken.

»Jawohl, eine lange und erlebnisreiche Geschichte. Wussten Sie, dass Franz Liszt auf dem Klavier gespielt hat? Er sagte, sein Klang sei himmlisch – überirdisch.«

»Franz Liszt hat darauf gespielt?«, fragte ich mit bebender Stimme.

»Dreimal«, erklärte Pater Francesco triumphierend. »Das erste Mal, als das Klavier noch in Siena war, dann wieder an jenem großen Tag, als es Prinz Umberto übergeben wurde, und schließlich, als es nach der Einigung Italiens in den Quirinal nach Rom gebracht wurde.«

Und als ich ihn um mehr Einzelheiten bat, erzählte der Priester folgende wundersame Geschichte:

»Liszt lebte damals, der italienischen Musikwelt noch unbekannt, in Rom und wollte von dort einen Ausflug in die Berge unternehmen. Zufälligerweise stammte der Kutscher, den er gemietet hatte, aus Siena und riet ihm zu einer Tour durch die Toskana. Der Kutscher beobachtete unterwegs, dass Liszt ständig Noten niederschrieb, und erfuhr, dass sein Gast ›ein bisschen Klavier spiele‹. Daraufhin schlug er Liszt vor, nach Siena zu fahren, wo das schönste Klavier der Welt zu sehen sei.

›Welches Fabrikat?‹, wollte Liszt wissen.

›Fabrikat? Signor, in Siena gibt es keine Fabrikate oder Fabrikanten. Es gibt nur ein einziges Klavier, an dem vier Generationen einer Familie gebaut haben – Vater, Sohn, Enkel und Urenkel.‹

Von der vermeintlichen Naivität seines Kutschers belustigt, erklärte sich Liszt mit dem kleinen Umweg einverstanden. Als sie eben in Siena einfuhren, sah er eine Traube Menschen, die in einer engen Straße entzückt vor einem offenen Fenster stand, aus dem Klavierspiel erklang. Liszt horchte verwundert auf. Niemals hatte er solch ein Klavier gehört.

›Das muss das Klavier sein, von dem Sie sprachen‹, sagte er zu dem Kutscher.

›Stimmt!‹, rief dieser und sprang hinüber zu dem Haus.

›Psst!‹, zischten die Leute ärgerlich. Liszt gelang es gerade noch, den Kutscher davon abzuhalten, an die Haustür zu klopfen. Erst als das Spielen aufhörte, klopfte Liszt selbst so leise wie möglich. Dem Klopfen des großen, gut aussehenden Fremden öffneten Eleonora und Nicodemo Ferri, die Besitzer des Klaviers. Der Kutscher erklärte ihnen: ›Dieser Herr hier ist ein Musiker, und er ist eigens aus Rom gekommen. Den ganzen Weg lang hat er Noten geschrieben. Ich hoffe, Sie lassen ihn Ihr berühmtes Klavier anschauen!‹

Daraufhin öffnete sich die Türe weit zum Willkommen. Liszt betrachtete die Schnitzereien auf dem Instrument mit größtem Interesse und lauschte, als Eleonora ihm eine kleine, damals populäre Melodie mit dem Namen ›La Campanella‹ vorspielte. Dann bat er um Erlaubnis, selber spielen zu dürfen, setzte sich an die Tasten und gab eine Probe seiner wunderbaren Fähigkeit, eine Melodie aufzugreifen und daraus ein Bravourstück zu machen. Nun improvisierte er über das Liedchen, das er eben gehört hatte. Die Ferris hörten die Variationen über das Thema und fragten sich, wer dieser wunderbare Virtuose sein könne. Signor Ferri fragte den Fremden: ›Haben Sie daran gedacht, Konzerte zu geben?‹

›Finden Sie denn, dass ich gut genug spiele?‹

›Das will ich meinen, Signor. Könnten Sie bitte Ihren Namen wiederholen?‹

›Franz Liszt. L-i-s-z-t.‹

›Schreib ihn auf, Eleonora, und sieh zu, dass du ihn richtig aufschreibst!‹

Jahre später kam Liszt wieder mit dem Klavier in Berührung, das war im Jahr 1870 im Quirinal zu Rom, wohin König Umberto das Instrument hatte bringen lassen. Liszt war ein berühmter Pianist, Komponist und Dirigent geworden, dessen Name in aller Munde war. Wie üblich, hatte Liszt vor seinem Konzert seinen Klavierstimmer geschickt, das Instrument durchzusehen, auf dem er spielen sollte. Zufällig stieß der Stimmer auf das Siena-Klavier und beschloss, die Aufmerksamkeit seines Herrn darauf zu lenken. Er stimmte es ebenso wie den großen Konzertflügel. Aber als Liszt in der königlichen Karosse, von der Garde des Königs geleitet, eintraf, wurde er sofort von vornehmen Damen und Herren umringt, sodass der Klavierstimmer nicht zu ihm vordringen konnte. Jedes Mal, wenn er sich ihm nähern wollte, kamen ihm ein Prinz oder eine Prinzessin in die Quere.

Als Liszt schließlich auf die Bühne kam und mit seinen Improvisationen begann – was er am meisten liebte –, fiel sein Blick auf das schöne Klavier, das wie ein Waisenkind in der Ecke stand. Er begann zu strahlen, seine Augen leuchteten vor Freude über die Gelegenheit, wieder auf diesem Klavier spielen zu können. Der Stimmer bemerkte Liszts ständiges Ausschauen nach dem Klavier und stahl sich unauffällig daneben, ohne den Pianisten dabei aus den Augen zu lassen. Und als sich endlich die Blicke der beiden trafen, deutete der Stimmer fragend auf das Siena-Klavier. Liszt nickte zustimmend und eilte dem Ende seiner Improvisationen zu. Das Publikum, das den Austausch der Blicke nicht beobachtet hatte, erschauerte im Genuss des Sturzbachs edler Klänge, die der Pianist hervorzauberte, und fand, dass Liszt noch feuriger spielte als je zuvor – dynamischer, ausdrucksvoller, fantasiereicher. An diesem Abend, so sagt man, hielten die Zuhörer tatsächlich den Atem an, denn der Künstler spielte, als hätte er ein Dutzend Hände. Selbst der König und die Königin schmiegten sich aneinander, als suchten sie Schutz.

Schließlich schmetterte Liszt den Schlussakkord und erhob sich. Zum Erstaunen seines Publikums dankte er nur mit einem kurzen Lächeln für den orkanartigen Applaus – dann ging er hinüber zu dem Klavier, das der glückliche Stimmer schnell für ihn öffnete. Und die Zuhörer, die noch vor wenigen Minuten von einem musikalischen Wirbelsturm davongetragen worden waren, wurden nun zu Tränen gerührt, als Liszt auf dem Siena-Piano spielte.«

»Pater Francesco«, sagte ich, als der alte Priester die Geschichte beendet hatte, »ich weiß nicht, wie ich Ihnen danken soll. Bitte entschuldigen Sie, wenn ich Ihnen unersättlich erscheine – aber können Sie mir noch etwas mehr über Nicodemo und Eleonora Ferri erzählen und über den Bau des Klaviers? Wer waren die Marchisios, deren Namen auf dem Klavierdeckel eingraviert ist?«

Pater Lazarus, der wohl verstand, wie viel dies alles für mich bedeutete, erfüllte meine Bitte.

»Wollen wir nicht in meine Klause gehen und bei einem Glas Wein weitersprechen?«, schlug Pater Francesco mit freundlichem Lächeln vor. Der einfache Raum, in den er uns führte, erzählte wortlos von einem Leben, das dem Studium und dem Gottesdienst gewidmet war. Als einzige Möbel fanden sich ein schmales Bett, ein Tisch und einige Stühle, aber das Bücherbrett quoll über von Partituren und Büchern, alten wie neuen. Schöne Bilder mit religiösen Themen schmückten die Wände.

Pater Francesco füllte unsere Gläser mit ausgezeichnetem toskanischem Wein, und nachdem wir auf den Frieden in der Welt und die Brüderschaft unter den Menschen angestoßen hatten, erzählte Pater Francesco weiter.

»Als das Klavier von Siena gegen Ende des 18. Jahrhunderts gebaut wurde, hatte die Herstellung von Tasteninstrumenten eben eine radikale Revolution durchgemacht. Das Pianoforte hatte mit seinen mächtigen Tönen das Cembalo verdrängt. Obgleich jedoch die übrigen Cembalobauer diese neue Entwicklung begrüßten, war der Erbauer des Siena-Pianos anderer Auffassung. Er empfand es als Entheiligung, dass die von ihm so geliebten, für das Cembalo komponierten Werke nun auf dem modernen Klavier gespielt werden sollten. Zwar gab er zu, dass die neue Erfindung wichtig war, denn die Hämmerchen des neuen Saiteninstruments ermöglichten ein ausdrucks- und gefühlvolles Spiel. Aber der neue starke Ton des Klaviers gefiel ihm nicht. Der Wechsel des Klanges war ihm zu drastisch. Und so baute er sein eigenes Instrument: Es war zwar ein Klavier, aber eines, das sowohl den alten wie den neuen Komponisten gerecht wurde. Das von ihm geschaffene Instrument umfasste zwei Musikepochen, den Ausklang der Ära des Cembalos und den Beginn der neuen Ära des Klaviers.

Der Mann, der die Konstruktion dieses bemerkenswerten Klaviers plante, war der alte Sebastino Marchisio aus Turin. Überall suchte er nach einem besonders geeigneten Holz für das Instrument, das er sich vorstellte, denn keines der angebotenen Hölzer befriedigte ihn. So schulterte er seinen Weinschlauch, nahm seinen Stab und begab sich auf die Wanderschaft.

Der alte Marchisio wanderte kreuz und quer durch Italien, aber ohne Erfolg. ›Ihr müsst wissen‹, erklärte er den Händlern, wenn er ihr Holz mit dem Messer probierte, ›ich will ein Instrument von äußerster Zartheit bauen. Dabei kann ich es mir nicht leisten, dass meine Mühen vergeblich sind.‹

Schließlich begab sich der alte Mann müde und enttäuscht auf die Heimreise. In Siena beschloss er, Station zu machen, um einen alten Freund, Pater Flavius, zu besuchen. Kaum aber hatte er das Stadttor durchschritten, als ein Wirbelsturm ausbrach, der selbst stark gewachsene Bäume entwurzelte. Marchisio suchte zusammen mit anderen Zuflucht in einer Kirche, in der sie alle zum Gebet in der schnell herabsinkenden Dunkelheit niederknieten.

Es kam der Moment, in dem der Sturm am Dach des Gebäudes zu reißen begann. Bald darauf erfolgte ein furchtbarer Erdstoß, der die Kirche auf die armen Menschen niederstürzen ließ. Viele Leute, die beim ersten Erzittern der Erde angstvoll auf die Straße gelaufen waren, begannen in den Trümmern zu graben und die Opfer zu bergen. Pater Flavius leitete das Rettungswerk, bis alle aus den Trümmern geborgen schienen.

Schon hob der Priester das Kreuz und stimmte ein Dankgebet an, als jemand ausrief: ›Der alte Mann! Wo ist der Fremde?‹

Sofort begannen Pater Flavius und seine Gemeinde weiterzugraben. Schließlich fand der Pater Sebastino Marchisio, der zwar ohnmächtig war, aber lebte. Als Marchisio eben zu sich kam und Pater Flavius ihn hinausführen wollte, erbebte die Erde ein weiteres Mal, und die letzten Reste der Kirche stürzten auf sie nieder. Wie durch ein Wunder wurden die beiden alten Freunde durch zwei Pfeiler gerettet, die – als wären sie sich in die Arme gefallen – über ihnen ein Schutzdach bildeten.

Als die beiden Männer mit Dankbarkeit im Herzen zu den gesplitterten Säulen aufblickten, die sie gerettet hatten, schrie Marchisio freudig: ›Ich habe es gefunden! Das ist das Holz!‹

Er zog sein Messer heraus, schnitt tief in den Pfeiler und atmete den Duft des Holzes ein. ›Die Süße des Paradieses!‹, rief er aus.

Auch Pater Flavius roch an dem Holz. ›Der Duft der Heiligkeit‹, sagte er. ›Sieh, das sind die Säulen, die vor Jahrtausenden König Salomos Tempel stützten. Dieses Holz hat vieles gesehen, Tränen der Freude und Trauer, der Hoffnung und der Verzweiflung.‹ Und da er von der Suche seines Freundes wusste, fügte er hinzu: ›Du musst die Säulen wieder singen lassen! Und mit Gottes Hilfe werden sie von nun an Zeugen von Tränen der Freude und des Glückes sein.‹

Obgleich Marchisio endlich das rechte Holz für sein Klavier gefunden hatte, konnte er nur noch den Entwurf fertigstellen und aus dem Pfeilerholz den Resonanzboden schneiden. Der tatsächliche Bau wurde von seinen beiden Zwillingssöhnen Giacomo und Enrico ausgeführt. Doch auch sie sollten die Vollendung des Traums ihres Vaters nicht erleben.

Giacomo war in eine zwiefache Tragödie verstrickt. Er liebte die Tochter eines Klavierbauers, in dessen Diensten er stand. Als der Vater das Mädchen zum Abbruch der Beziehungen zwang, sprang sie in den Fluss. Nicht lange danach lauerte der verzweifelte Giacomo dem Vater des Mädchens auf der Brücke auf und zwang ihn, mit ihm gemeinsam den Tod im Fluss zu suchen.

Der frühe tragische Tod seines Zwillingsbruders stürzte Enrico in tiefe Verzweiflung, woraufhin das unvollendete Klavier in einen Keller geräumt wurde, in dem es jahrelang unbeachtet stand. Aber das Gewissen ließ Enrico keine Ruhe, denn er konnte den Wunsch des Vaters nicht vergessen, und er erinnerte sich, was Giacomo gesagt hatte, nachdem er die ersten Saiten aufgezogen hatte: ›So, Mutter. Es ist so weit. Wir sind am Ende vom Anfang.‹

Schließlich konnte Enrico die Erinnerungen nicht weiter ertragen und beschloss, den Bau des Klaviers zu vollenden. Und trotz seiner Schwächeanfälle, die er jeden Abend nach der harten Arbeit in der Fabrik erlitt, begann er sein Werk. Seine Frau Maria protestierte. Mit Tränen in den Augen flehte sie ihn an, so lange zu warten, bis er gesund sei, doch ihr Bitten blieb ohne Wirkung. In einer stürmischen Nacht wurde Maria von einem lauten Donnerschlag geweckt. Sie sah, dass Enrico noch nicht im Bett war, und hörte aus dem Keller klimpernde Laute. Da weckte sie Kinder und Nachbarn, und sie alle gingen hinunter, um Enrico an die Warnungen zu erinnern, die der Arzt ausgesprochen hatte, und um ihn zum Schlafengehen zu überreden.

Bleich wie Wachs erklärte Enrico, während er weiterarbeitete: ›Was weiß denn der Doktor? Was versteht er? Ich bin ein

kranker Mann, aber die Erde wird mir nicht leicht werden auf meinem Grab, wenn ich das Klavier nicht fertigstelle. Darum bitte ich euch alle: Lasst mich gewähren.‹

Keiner sagte ein Wort. Niemand wusste etwas zu sagen. Schweigend verließen sie alle den Keller. In ihren Häusern knieten die Nachbarn nieder und beteten zu Gott, sich Enricos zu erbarmen. Als sie schließlich wieder in ihren Betten lagen und den zarten Tönen des Klaviers lauschten, wurde es plötzlich ganz still im Keller. Schnell eilten sie zurück. Das Gefürchtete war geschehen: Enrico lag sterbend vor dem Klavier.

Einige Jahre später war Enricos älteste Tochter Rebecca zum schönsten Mädchen von Turin herangewachsen. Einer ihrer feurigsten Bewerber war der junge Herzog von Siena, Allessandro Fiorelli. Doch Rebecca zog ihm einen anderen jungen Sienesen vor, Antonio Ferri. Und diese Liebesgeschichte führte zur Vollendung des Klaviers.

Als Rebeccas Hochzeit verkündet wurde, hatten ihre Brüder Luciano und Rafaello, die ebenfalls Klavierbauer geworden waren, sie gefragt, was sie sich als Hochzeitsgeschenk wünschte. Und sie sagte: ›Ich wünsche mir die Einlösung eures Versprechens: das Klavier fertigzubauen, dessen Bau Großvater und Vater nicht beenden konnten.‹

Die beiden Brüder gaben ihr das Wort darauf, und da sie hervorragende Techniker mit eigenen Ideen für Klavierbau waren, vollendeten sie es nicht nur, sondern sie verbesserten das Instrument, indem sie seinen Tonumfang vergrößerten. Trotz der damit verbundenen Schwierigkeiten war das Klavier am Hochzeitstag fertig und stand künftig als stolzester Besitz im Heim von Antonio und Rebecca Ferri. Doch konnte das Paar nicht wissen, dass das Klavier noch nicht seine endgültige Form erreicht hatte, dass die Holzschnitzerei diesem Triumph der Klavierbaukunst die letzte Schönheit verleihen würde.

Diese Vollendung erhielt es durch Ferris Sohn Nicodemo, der einer der größten Bildhauer und Holzschnitzer seiner Epoche werden sollte.

Antonio Ferri, Rebeccas Gatte, stammte aus einer Künstlerfamilie, aus der seit Generationen Maler und Bildhauer hervorgegangen waren. Obwohl auch er beide Künste betrieb, lebte er von der Arbeit in seinen Weinbergen. Er hatte in seiner innersten Seele geschworen, seine Kinder von der Kunst fernzuhalten. ›Kunst‹, sagte er zu Rebecca, ›ist wie Wein. Wenn man erst damit beginnt, kann man nicht mehr davon lassen.‹ Und so verschloss er seine Werkzeuge im Keller.

Nach fünfzehnjähriger Ehe gebar Rebecca einen Sohn, der vom frühesten Alter an zeigte, dass er ein geborener Künstler war. Besonders gern schnitzte er mit Holz. Natürlich versuchte sein Vater Antonio, dies zu verhindern, und schlug ihn deshalb mehr als einmal. Doch es half nichts. Die Bildhauerwerkzeuge im Keller zogen ihn magisch an: Immer wieder fand er seinen Weg dorthin.

Aus dem Keller brachte er alle Arten von Schnitzmessern herauf, die seine Vorväter schon zu Zeiten der Renaissance und früher benutzt hatten. Immer mehr verfiel der Knabe der Magie dieser Werkzeuge, die er an den Möbeln und anderem Hausgerät ausprobierte, kein Holzgegenstand war vor seinen Messern sicher, und so machte er sich sogar an das Klavier heran, wenn auch an einer versteckten Stelle unten am Instrument.

Als seine Mutter dies entdeckte, war sie zuerst entsetzt, dann aber entzückte sie der strahlende Knabenkopf, den Nicodemo da geschnitzt hatte. Sie lief und holte Onkel Bartalozzi herbei, der selber ein Künstler und der Sohn eines Künstlers war. Bartalozzi legte sich auf den Boden, um den ›Schaden‹ am Klavier zu besichtigen, und sah den leuchtenden Engel.

›Ein Ferri‹, flüsterte er. ›Das ist wieder einmal ein Ferri. Antonio täuscht sich, wenn er glaubt, dass dieser Ferri ein Bauer werden wird! Ein Weinbauer, ein Traubenstampfer.‹

Und als Antonio Ferri den lachenden Knaben sah, gab auch er zuletzt seinen Widerstand auf.

Als Nicodemo seine Studien an der Accademia di belle Arti in Siena beendete, wurden seine Arbeiten bereits in ganz Italien und auch im Ausland gekauft. Dann starb seine Mutter, und von da an schien eine Katastrophe der anderen zu folgen. Nicodemo, von Aufträgen überhäuft, trauerte tief um die Mutter und vernachlässigte seine Arbeit. Der schwerste Schlag aber traf ihn, als er um Eleonoras Hand warb. Eleonera war die Tochter des Herzogs von Siena, der noch immer nicht die Schmach verwunden hatte, vor vielen Jahren von Nicodemos Mutter zurückgewiesen worden zu sein. Nicodemo nun dachte, den Herzog zu versöhnen, indem er sein Porträt schnitzte und es ihm schenkte. Doch der Herzog wies das Geschenk zurück und verunglimpfte die schlechte Arbeit in der Öffentlichkeit auf so hämische Weise, dass selbst Eleonora darüber lachen musste. Tief getroffen beschloss Nicodemo, Siena zu verlassen, und machte sich zu einer Pilgerfahrt ins Heilige Land auf. Dort begannen seine künstlerischen Kräfte wieder aufzublühen – noch heute finden sich in Jerusalem und Bethlehem Proben seiner erlesenen Kunst.

Eleonora, voller Reue darüber, dass sie öffentlich über Nicodemo gelacht hatte, beschloss, ihm ins Heilige Land nachzufolgen. Sie muss ein mutiges Mädchen gewesen sein, da sie die Gefahren nicht scheute, die einer allein reisenden europäischen Frau in jenen menschenleeren Gegenden des Orients drohten. Sie gelangte nach Jerusalem, von wo aus sie, als Araberin verkleidet und mithilfe eines angeheuerten Führers, die ganze Gegend rund um Jerusalem durchforschte, bis hinunter zum Toten Meer. Sie ging in jede Kirche, in jedes Kloster am Weg und fragte nach Nicodemo Ferri. Da erfuhr sie, dass vor Kurzem ein Italiener in der Geburtskirche zu Bethlehem herrliche Statuen geschnitzt habe, und so reiste sie nach Bethlehem, und wirklich erkannte sie in einer der Figuren des neuen Reliefs am Altar die Züge von Nicodemos Vater. Also musste Nicodemo hier gewesen sein. Doch nun war er wieder verschwunden.

Eleonora kehrte nach Jerusalem zurück.

Und an eben dem Tag, als sie dort eintraf, kam auch Nicodemo aus den galiläischen Bergen in die Heilige Stadt. Als er, an der Klagemauer angekommen, von seinem Maulesel abstieg, um diesen heiligen Ort zu Fuß zu betreten, lief eine verschleierte Frau auf ihn zu und rief seinen Namen.

›Es lebe Jerusalem‹, grüßte er.

›Es lebe Siena!‹, antwortete Eleonora.

So also fand Eleonora ihren Nicodemo im fernen Jerusalem und brachte ihn nach Siena zurück. Doch noch immer wollte ihr alter Vater nichts von dem ›nichtsnutzigen Sohn eines nichtsnutzigen Bauern‹ hören, und die Hochzeitspläne mussten aufgeschoben werden.

Nicodemo, voll von seinen Erlebnissen im Heiligen Land, beschloss, das geliebte Klavier seiner Mutter mit Schnitzereien zu schmücken, in denen Jerusalem und Siena miteinander verschmelzen sollten. Sein Vetter Carlo Bartalozzi, ein Baumeister, der im Heiligen Land jene Kirchen und Klöster gebaut hatte, für die Nicodemo die Altäre schnitzte, wurde sein Gehilfe. Auch Bartalozzi hatte im Heiligen Lande einen Kummer zu vergessen gesucht, denn seine Frau war in Florenz an der Pest gestorben. Er war sowohl Maler wie Baumeister und hatte sich auch als Soldat im italienischen Freiheitskrieg von 1848–49 ausgezeichnet. Nicht lange nach Nicodemo hatte auch er, zermürbt von der Malaria, das Heilige Land verlassen.

Bei den Entwürfen für die Reliefs hatten die beiden Männer einen begeisterten Helfer: Antonio, Nicodemos Vater, der seit dem Tod seiner geliebten Frau Rebecca wie eine verlorene Seele herumschlich, erbot sich, die Porträts von fünf Komponisten zu entwerfen. Die beiden jungen Künstler waren damit nicht nur einverstanden, sie überließen ihm sogar die Auswahl der Musiker. Und der alte Ferri, dessen Werkstatt so lange leer gestanden hatte, lebte auf. Stolz zeigte er eines Tages den beiden die Porträts: Händel, Mozart, Aretino, Cherubini und Gluck. ›Jeder war in seiner Zeit ein Genie und ein Revolutionär‹, erklärte er.

Die beiden Männer waren entzückt. Aber Eleonora, in der Musik wie in der Kunst zu Hause, begriff sofort die tiefere Bedeutung dieser Auswahl.

›Jeder ist der Repräsentant eines anderen Landes‹, sagte sie.
›Händel – der *englische* Komponist sakraler Musik; Mozart –
das österreichische Wunder; Aretino – der Italiener, der das
MusikAlphabet geschaffen hat; Cherubini – der in Frankreich
lebende Harmoniker; und Gluck aus Deutschland – der Erneu-
erer der Oper. Diese fünf Genies repräsentieren die Einheit der
Musik – *eine* Welt, *eine* Sprache. Dieses Klavier aus Jerusalemer Holz wird ein Symbol des Friedens und der Verständigung
der Menschen.‹

Nicodemo vollendete mit dem Schnitzmesser die Ausfüh-
rung der Entwürfe seines Vaters kurz vor dessen Tod. Nicht
lange danach starb auch der Herzog von Siena, und endlich
konnten Eleonora und Nicodemo heiraten. Für den großen
Tag der Vollendung des Klaviers hatte Eleonora ihrem Gatten eine Überraschung bereitet: Kaum legte er die Werkzeuge
endgültig nieder, so strömte die Masse seiner Verwandten ins
Haus – Ferris aus Siena, Marchisios aus Turin –, um das Werk
zu bewundern. Den Höhepunkt bildete das Eintreffen der Signora Maria Marchisio, Nicodemos Großmutter, deren Mann
über der Arbeit an dem Klavier gestorben war.

Schweigend und eingehend betrachtete sie das Klavier. Keine Einzelheit der Schnitzereien schien ihr zu entgehen, und
sie lächelte. Dann aber sagte sie nachdenklich: ›Wird ihm die
Schönheit zum Vorteil sein? Ihr kennt alle das Sprichwort:
Zieh dem Kind nicht königliche Kleider an – es könnte vergessen, zu spielen.‹

Im Jahre 1867 schickte die Stadt Siena das Klavier voller
Stolz als ihren Beitrag auf die Pariser Weltausstellung, wo so-
wohl sein Klang wie sein Anblick großes Aufsehen erregten.
Es wurden darauf Konzerte im Italienischen Pavillon gegeben,

darunter auch vom jungen Saint-Saëns. Man bot dafür fantastische Summen, doch Nicodemo Ferris einzige Antwort darauf war: ›Ich verkaufe es niemals.‹

Kurz darauf, im Jahre 1868, verbreitete sich in Italien die Nachricht, dass Kronprinz Umberto heiraten wollte. In Erwartung der königlichen Hochzeit begann im ganzen Land der Wettstreit um das eindrucksvollste Hochzeitsgeschenk. Der Bürgermeister von Siena kam persönlich in Ferris Haus und deutete an, sein berühmtes Klavier sei das ideale Geschenk der Stadt Siena. Nicodemo wollte nichts davon hören, doch Eleonora dachte anders darüber.

›Ich verstehe dich nicht‹, sagte sie zu ihrem Mann. ›Siehst du nicht, welche Möglichkeiten damit verbunden wären? Unser Klavier würde auf den ihm gebührenden Ehrenplatz kommen, in den Quirinal.‹

›Und ich verstehe *dich* nicht‹, erwiderte er. ›Begreifst du denn nicht, dass dieses Klavier, dieses Vermächtnis aus der Vergangenheit, mir nicht gehört, sondern mir nur anvertraut ist?‹

›Meinst du, dem Prinzen kann man es nicht anvertrauen?‹

›Das habe ich nicht gesagt. Es ist mehr als eine Frage des Vertrauens.‹

›Ich verstehe dich noch immer nicht. Wenn wir dem Prinzen das Klavier geben, so ist das eine symbolische Schenkung. Natürlich würde es dennoch weiterhin dir und deinem Vater gehören, für immer und ewig. Aber Prinz Umberto ist die Zukunft der Nation, ihr Kind.‹

›Wenn der Prinz das Kind der Nation ist, so ist das Klavier unser Kind – und Kinder gibt man nicht weg. Von dem Moment an, da ich meine Arbeit dazugab, hat sich die Persönlichkeit des Klaviers verändert und ist mit unserem innersten Leben verwachsen. Was interessieren Umberto die Männer, die darauf abgebildet sind? Von der ganzen Schnitzerei würde ihm höchstens die Weinlese gefallen. Für uns aber bedeutet es die Geschichte unserer ganzen Familie. Was soll der Prinz mit dem kleinen Trommlerengel anfangen? Für mich aber ist er der Beginn meines Weges in die Kunst. Außerdem glaube ich nicht, dass Prinz Umberto der richtige Mensch für dieses Klavier ist. Es wäre ein Verbrechen gegen seine Schöpfer, ein Verbrechen gegen die Musik, gegenüber der Welt, wenn man es ihm schenkte. Mein Urgroßvater wollte es bauen, um zu demonstrieren, wie das Nachfolgeinstrument des Cembalos zu klingen habe. Wenn man dieses Meisterwerk im Königspalast versteckt, wo es dem Publikum nicht zugänglich ist, wird es nichts als ein Schmuckstück sein und schließlich vergessen. Und jetzt verstehe ich‹, fuhr Ferri fort, ›warum meine Großmutter zweifelte, ob das glänzende Kleid dem Klavier zum Vorteil gereichen würde. Es ist dadurch zu einem Ausstellungsstück geworden. Ich hätte es nie anrühren sollen!‹

Ferris Haltung verbreitete sich bald in der Stadt, und ganz Siena diskutierte darüber. Alt und Jung fragten: ›Kann Ferri die Forderung unserer ganzen Stadt ablehnen?‹ Und schließlich demonstrierten die Sieneser mit Plakaten auf den Straßen, auf denen stand: ›Es lebe Sienas großer Sohn! Es lebe Nicodemo Ferri!‹ Sie zogen damit zur Kathedrale. Dort trat ein alter Priester, Pater Bernardi, ihnen entgegen und gebot der Menge Ruhe.

›Heilige Gemeinde‹, begann er. ›Ich sehe, was euch bewegt, und ich verstehe euch. Aber denkt an das heilige Gebot: Richtet nicht, auf dass ihr nicht gerichtet werdet. Darum lasst uns hier unter freiem Himmel beraten.‹ Die Menge hörte ihm aufmerksam zu, als er fortfuhr.

›Wie ihr alle wisst, handelt es sich nicht um ein Klavier, sondern um etwas viel Größeres – um ein Musikinstrument, in dem man die Seele der Davidsharfe vermutet. Habt ihr je darüber nachgedacht, welche tiefen geistigen Bande zwischen unserem Bruder, dem ehrenwerten Bürger Ferri, und dem Klavier seines Vaters bestehen? Habt ihr bedacht, wie viel von der Seele und vom Herzen seiner Schöpfer in diesem Klavier steckt? Seid ihr euch der Tränen und des Blutes bewusst, die für dieses Instrument vergossen wurden, ehe sein erster Ton erklang? Jedoch‹, fuhr Pater Bernardi mit großer Wärme fort, ›obgleich dies eine Angelegenheit von höchster Wichtigkeit für das Gemeinwohl ist, die die Ehre unserer Stadt, unser Vaterland und den zukünftigen König betrifft, müssen wir die Entscheidung dem Gewissen Signor Ferris überlassen. Sicher wird er recht entscheiden!‹ Daraufhin zerstreute sich die Menge ohne Murren.

Als Ferri schließlich dem Druck seines Gewissens und Nationalgefühls nachgab, wehten Fahnen in Siena, die Kirchenglocken läuteten, der Wein floss in Strömen, und rings um Ferris Haus tanzte und jubelte die Menge. Aber während die Sieneser draußen überglücklich waren, stand Nicodemo Ferri mit Pater Bernardi vor dem Klavier und weinte.

Dann kamen die Weinbauern von Siena und trugen es auf ihren Schultern in die Kathedrale, dort sollten sie alle das geliebte Klavier zum letzten Mal hören.

Und am großen Tag der königlichen Hochzeit, da alle Straßen nach Turin führten, wurde auch das Geschenk von Siena auf einem Wagen nach Turin gebracht, gezogen von sechs edlen Pferden und geschmückt mit Blumen und Fahnen. Die wahren Schenker, Nicodemo und Eleonora, fuhren still hinterdrein.

Kronprinz Umberto und Prinzessin Margherita wurden mit allem Pomp vermählt, den die neu geeinte Nation aufbieten konnte. Am Tag darauf fand eine weitere bunte Zeremonie im Palast statt: die Überreichung der königlichen Hochzeitsgeschenke. Und an diesem Tag wurde das Klavier von Siena zum Mittelpunkt – durch niemand anderen als durch Franz Liszt.

Die Überreichung der Geschenke sollte eben beginnen, als der Zeremonienmeister Maestro Franz Liszt ankündigte. Und da stand im Eingang der Halle der majestätisch schöne Pianist, dem die wallenden Locken auf die Schultern fielen, an seiner Seite die blendende junge Gräfin Laura Ceprano. Prinz Umberto und Prinzessin Margherita brachen mit der Etikette, gingen persönlich zum Eingang und holten Liszt und die reizende Gräfin zu sich.

Nun richtete man ein helles Licht auf das Klavier von Siena, und es wurde in all seiner Schönheit sichtbar. Der Zeremonienmeister wandte sich zu der erregten Delegation aus Siena und verkündete: ›Seine Gnaden, Signor Bolomei, Bürgermeister von Siena, und Signor Nicodemo Ferri, der berühmte Künstler.‹ Die beiden erstiegen die Tribüne und verneigten sich. Dann hielt der Bürgermeister eine Rede.

›Eure Majestäten, ich habe die große Ehre, dem Königshaus von Savoyen eine einzigartige Schöpfung zu überreichen – ein Klavier mit geheimnisvoll entzückendem Klang, verziert mit Schnitzereien, die Schönheit, Frieden und Lebensfreude darstellen.‹ Der Bürgermeister wies auf Nicodemo und fuhr fort: ›Und wie es die Absicht der Schöpfer des Instruments ist, damit einen Beitrag zu Fortschritt und Kultur zu liefern, wollen wir mit dieser Liebesgabe an das Haus Savoyen die ewigen Bande zwischen dem Volk und dem König festigen, auf dass daraus Einheit, Leben, Macht und Friede erwachsen!‹

Inmitten des Applauses, der dieser Rede antwortete, wandte sich Liszt verwundert an Gräfin Laura.

›Das verstehe ich nicht! Noch vor einem Jahre sagte Ferri in aller Öffentlichkeit: Niemals verkaufe ich dieses Klavier oder trenne mich davon. Unter keinen Umständen. Und jetzt hat er es doch getan.‹

Liszt bemerkte, dass Ferri still neben seinem Instrument stand und sich offensichtlich genötigt sah, eine Rede zu halten. Doch während alle Augen erwartungsvoll auf ihm ruhten, blieb er stumm und konnte keine Worte finden.

›Irgendetwas stimmt da nicht‹, flüsterte Liszt Laura zu, stand auf und eilte hinüber. Als Ferri Liszt herankommen sah, löste sich seine Starre. Lächelnd schüttelte er ihm die Hand, und Liszt, der die Situation begriff, sagte: ›Mit Ihrer Erlaubnis werde ich das Klavier für Sie sprechen lassen.‹

Ferri nickte erleichtert, und Liszt setzte sich an die Tasten. Und nun spielte er *La Campanella*, jene Melodie, über die er vor Jahren so blendend variiert hatte, nachdem Eleonora ihm in Siena vorgespielt hatte. Liszt übertraf sich selbst, das Klavier gleichermaßen, und das Publikum applaudierte, bis die Kronleuchter bebten.

Dieses herrliche Spiel löste schließlich Ferris Zunge, und er sprach: ›Möge es Euren Majestäten gefallen, gnädiglich zu verzeihen, dass mein Mund nicht imstande ist, die richtigen Worte für die Sprache meines Herzens zu finden. Denn ich bin ein Mann der Taten, nicht der Worte. Ich bin überglücklich, dass so viele gute, aufrechte Männer das Werk ihrer Brüder, zu denen auch Ihr ergebener Diener gehört, für würdig erachtet haben … da für mich mein ganzes Streben … meine ganze Hoffnung …‹

Er begann zu stottern und blickte verloren auf seine Zuhörer, worauf sich Eleonora der Situation bemächtigte. Rasch trat sie an die Seite ihres Mannes, nahm seine Hand und fuhr an seiner Stelle fort.

›Eure Majestäten, Signor Ferri ist überwältigt von Stolz und Freude, Ihnen das Klavier zum Geschenk machen zu dürfen, auf dem er die Züge von fünf berühmten Musikern verewigt hat: Söhne verschiedener Nationen, die gemeinsam durch die Sprache der Musik Jesajas prophetische Botschaft des Friedens Wirklichkeit werden ließen. *Wolf und Lamm sollen gemeinsam weiden … Sie sollen kein Übel tun, noch sollen sie meinen heiligen Berg zerstören, so spricht der Herr.*‹«

Kriegsgefahr

Nur schwer konnte ich in die Gegenwart zurückfinden, als Pater Francesco seine erstaunliche Erzählung beendet hatte. Welche menschlichen Dramen, welche Träume und Kämpfe, wie viel Liebe und Sorge waren über eineinhalb Jahrhunderte an der Entstehung dieses Klavieres beteiligt. Die Geschicke, die sich mit dem Klavier verflochten, waren tatsächlich noch viel erregender, als Großvater Mattis und ich geahnt hatten.

Ich dankte Pater Francesco für eine der wahrhaft großen Stunden meines Lebens, und Pater Lazarus und ich verabschiedeten uns.

Mir dämmerte, dass ich vielleicht zu lange in einem Lande verweilt hatte, das am Rande des Krieges stand, und dass es höchste Zeit wäre, nach Tel Aviv zurückzukehren. Pater Lazarus nickte schnelle Zustimmung und wollte mich zum Bahnhof bringen. Da rief ein Zeitungsjunge laut eine Zeitung aus. Die unheilschwangere Überschrift lautete: *Der Duce spricht!*

»Gott weiß, was das bedeutet«, sagte Pater Lazarus.

»Vielleicht ändert Mussolini seine Politik. Vielleicht will er Hitler eine Lektion erteilen.«

»Es wäre nicht klug, darauf zu spekulieren«, sagte der Priester trocken.

Am Bahnhof teilte er mir ruhig mit, er habe die Absicht, mich zu begleiten.

»Wohin?«, fragte ich verwundert.

»Wohin es sein muss, um mich zu überzeugen, dass Sie Italien sicher verlassen.«

»Pater, das ist nicht nötig!«

»Carmi, diese Ankündigung verheißt nichts Gutes. Ich kann Sie nicht allein lassen.«

»Aber ich bin doch kein Kind!«

»Das stimmt, aber ich fürchte, Sie begreifen nicht, wie gefährlich die Situation ist. Es kann sein, dass Sie Unterschlupf und Hilfe brauchen werden.«

»Sie sind die Güte selbst, Pater. Ich hoffe, Gott wird es Ihnen einmal lohnen.«

»Ich bin Christ, und ich tue nur, was mein Herz mir befiehlt.«

Und so reiste ich nach Rom, begleitet von einem Mann, der die große Lehre seines Glaubens im täglichen Leben verwirklichte. Rom machte äußerlich einen völlig normalen Eindruck, und ich fragte Pater Lazarus, ob er eine Spannung spüre.

»Schwer zu sagen«, antwortete er, winkte ein Auto herbei und nannte als Ziel den Flughafen.

Als wir durch die Via 28 Settembre fuhren, in der die Königliche Apotheke lag, sagte ich: »Ich würde gern einen Moment hier halten, um Professor Leonardo guten Tag zu sagen. Glauben Sie, das ist möglich?«

»Selbstverständlich«, erwiderte er und schien tatsächlich nicht allzu besorgt ob der Situation.

Wir stiegen aus und schickten den Wagen fort. Professor Leonardo stand vor seinem Geschäft.

»Carmi!«, rief er, sichtlich hocherfreut. »Was treiben Sie denn zu dieser Zeit in Rom?« Und noch ehe ich ihm Pater Lazarus vorstellen konnte, fuhr er fort: »Ich habe Neuigkeiten für Sie! Großartige Neuigkeiten! Ich habe das Klavier des Königs gesehen!«

»Also existiert das Klavier doch?«

»Ja, aber es steht im Palast in Monza und nicht im Quirinal, wie Ihr Großvater sagte.«

»Und wie ist es? Wie klingt es?«

»Leider war es fürchterlich verstimmt. Aber an der Schönheit seines Klanges kann kein Zweifel bestehen! Es ist wirklich etwas ganz Ungewöhnliches.«

»Wie sind Sie darauf gestoßen?«

»Vor ein paar Monaten hatte ich die Gelegenheit, mit dem König allein zu sprechen. Ich fragte ihn nach dem Klavier, und er lud mich zu einem Ausflug nach Monza ein.«

»Sie Glückspilz!«

Ich holte die Fotografien hervor, die ich in Siena hatte machen lassen, und zeigte sie dem Apotheker.

»Ist das das Klavier?«

»Das ist es!«, rief er. »Woher haben Sie die Bilder?«

»Aus Siena, dank Pater Lazarus hier, der mich ins Stadtarchiv geführt hat.«

Es interessierte mich zu wissen, warum Leonardo sich die Mühe gemacht hatte, nach einem Klavier zu fragen, an dessen Existenz er nach der Befragung der Angestellten im Quirinal doch gar nicht glaubte.

»Ihre Geschichte hat mich nicht losgelassen!«, gestand Leonardo lächelnd. Dann wandte er sich dem Priester zu: »Wissen Sie, Pater, als ich Carmi die schlechten Nachrichten überbrachte, war er so verzweifelt, dass ich einfach weitersuchen *musste*.«

»Und äußerte der König etwas zu den Nachforschungen dieses jungen Juden?«, fragte der Priester. »Hatte er ein Wort für den Mann, der ihn seit Jahren wegen dieses Klaviers zu sprechen versuchte?«

»Nein, Pater«, antwortete Leonardo bedauernd. »Als ich mit dem König sprach, war mein ganzes Trachten darauf gerichtet, zu erfahren, ob das Klavier überhaupt existierte – bis ich tatsächlich davorsaß. Dann aber äußerten der König und die Königin sich auf eine so rührende Weise darüber, dass ich nicht den Mut fand, ihnen Vorwürfe zu machen.«

»Was haben sie gesagt?«, fragte ich gespannt.

»Der König meinte: ›Wir zeigen dieses Klavier nicht einmal unseren nächsten Freunden, da wir es als unser allerpersönlichstes Besitztum betrachten. Es wurde meinen Eltern als ein Symbol geschenkt, das sie als solches bis zu ihrem Tode in Ehren hielten. Als mein Vater ermordet wurde, brachte er seine letzten Kräfte auf, um sich bis zum Klavier zu schleppen, in dessen Nähe er bald darauf starb.

Als das Klavier noch in Rom war, haben die Königin und ich uns oft von allen Verpflichtungen frei gemacht. Dann haben wir auf dem Siena-Piano gespielt und uns an vergangene Tage erinnert. Doch das konnten wir nur bis 1922 – bis zu Mussolinis Marsch auf Rom. Damals flüchteten wir hierher ins Musikzimmer, um die hysterischen Schreie der Schwarzhemden nicht hören zu müssen. Da entdeckten wir, dass die Wände des Klaviers gesprungen waren und das herrliche Holz Wurmlöcher aufwies.‹

›Ja‹, hatte sich die Königin eingemischt, ›das Klavier wurde zum Symbol dafür, was uns allen in Italien zugestoßen war – unserem Leben und dem Leben unseres Volkes.‹«

»Besteht eine Möglichkeit, dass auch ich das Klavier sehe?«, fragte ich Professor Leonardo.

»Ich selber fahre mit Ihnen nach Monza«, gelobte er feierlich. »Ich verspreche es, Carmi, und ich halte mein Wort, sobald die Kriegsgefahr vorbei ist.«

»Kriegsgefahr!« Das Wort rief uns in die gefährliche Gegenwart zurück.

»Ich fürchte, wir sollten langsam aufbrechen, Carmi«, warnte Pater Lazarus.

»Richtig«, stimmte der Professor ihm bei. »Wer kann wissen, was die heutige Rede Mussolinis bringt?«

Während ich die Fotografien einsteckte, spürte ich schaudernd den Schatten Hitlers auf uns. Dies war nicht die richtige Zeit für einen Juden, sich in Italien aufzuhalten.

Flüchtlinge

Wie schnell sich das Netz zuzog, begriff ich, als wir den Flughafen erreichten.

Als ich einen Platz nach Israel buchen wollte, erfolgte die Antwort: »Keine Flüge!«

»Was heißt das – keine Flüge?«

»Es gibt keine Verbindung nach Israel mehr.«

»Mein Gott!«, rief ich verzweifelt. »Können Sie mir nicht irgendwie helfen?«

»Es tut mir leid«, erwiderte der Beamte.

Pater Lazarus schob mich beiseite.

»Gibt es wirklich keine Möglichkeit, diesem Mann zu helfen?«

»Nein, Pater, keine.«

Da der Beamte sichtlich bekümmert über die eigene Antwort war, flüsterte der Priester ihm vertraulich zu: »Mein Sohn, es ist eine Frage von Tod und Leben. Dieser Herr ist Jude, und ich glaube, Sie wissen, wie die Dinge jetzt für Juden stehen.«

»Ich weiß es, Pater. Aber vielleicht bringen Sie ihn nach Bari. Dort kann er versuchen, einen Schiffsplatz zu bekommen.«

Wir fuhren sofort nach Bari an der Adriaküste, dem nächsten italienischen Hafen, von dem aus Schiffe in den Mittleren Osten ausliefen, und suchten nach einer Möglichkeit des Fortkommens. Nachdem wir sämtliche Docks aufgesucht und mit den Matrosen gesprochen hatten, wollten wir schon aufgeben, da bemerkten wir ganz abseits einen kleinen türkischen Frachter mit dem Namen *Arkadaş*, der vollgepfropft mit Menschen war. Als wir näher kamen, sahen wir, dass es jüdische Passagiere waren – Männer, Frauen, Kinder –, Flüchtlinge vor Hitler und Mussolini, die offensichtlich dem Asyl Israel zustrebten.

»Das scheint meine Rettung«, seufzte ich erleichtert.

Der Priester nickte, und ich stellte mich in eine Reihe von ungefähr fünfzehn Menschen, die versuchten, auf das überfüllte kleine Schiff zu gelangen. Die Leute in der vordersten Reihe reichten einem Mann, vermutlich dem Kapitän, Pelze, Kleider und andere Dinge.

»Was soll dieser Handel?«, fragte ich den Mann vor mir.

»Wer kein Geld hat«, erklärte er, »kann die Überfahrt mit Wertsachen bezahlen, mit Uhren, Ringen, anderen Schmuckstücken oder guten Kleidungsstücken.«

»Diese Passage ist von der *Haganah* organisiert«, fügte ein anderer hinzu.

Die *Haganah* war eine jüdische Untergrundorganisation, die heimatlose Juden, den britischen Einwanderungsbeschränkungen zum Trotz, nach Israel schmuggelte.

»Wo sind die Leute von der *Haganah*?«, fragte ich.

»Sie sind schon auf dem Weg zu weiteren Häfen, um weitere Flüchtlinge unterzubringen.«

»Wenn die Reise von der *Haganah* organisiert ist, wieso müssen wir dann dem Kapitän etwas für die Überfahrt zahlen?«

»Weil wir zusätzliche Passagiere sind. Wir kamen erst hier an, als die *Haganah* bereits alles ausbezahlt hatte.«

»Trotzdem haben wir Glück«, sagte ein anderer Mann. »Das Schiff hätte schon gestern ausfahren sollen, wurde aber von notwendigen Reparaturarbeiten aufgehalten.«

Ich war der Letzte, der auf das Schiff gelangte. Ich zahlte dem Kapitän den Preis, den er forderte, und fragte, wann wir abfahren würden.

»Jetzt gleich«, sagte er und steckte mein Geld ein.

»Ist noch Zeit, zum Postamt zu gehen?«

»Nein«, erklärte er mürrisch, besann sich dann aber doch. Wenn ich schnell machte, würde er das Schiff so lange aufhalten. Da bat ich meinen lieben Freund, den Priester, um eine weitere Gefälligkeit: Ich müsste Hannah ein Telegramm schicken, dass ich auf dem Heimweg sei.

»Kommen Sie, Carmi!«, schrie er, und wir rannten zusammen zum Postamt. Aber der Postbeamte wollte kein Telegramm nach Tel Aviv annehmen, wie inständig Pater Lazarus ihn auch bestürmte. So etwas müsse er von einer höheren Instanz genehmigen lassen, sagte der Beamte.

»Gut, Carmi«, sagte Pater Lazarus. »Überlassen Sie es mir. Ich werde dafür sorgen, dass es abgeschickt wird.«

Die Passagiere lehnten sich über die Reling, als wir zurückkamen, und riefen: »Schnell, schnell, schnell! Der Kapitän ist schon böse, weil Sie uns aufhalten!«

Nun kam der schwere Moment des Abschieds von diesem großherzigen Gottesmann, der mein Freund geworden war, und der, ohne zu überlegen, all seine Pflichten beiseitegeschoben hatte und Hunderte von Kilometern gefahren war, um das Leben eines Fremdlings anderen Glaubens zu retten, den er zwei Tage zuvor noch nicht einmal gekannt hatte. Wir standen auf dem Laufsteg und konnten uns nur ansehen, wir waren zu gerührt, um zu sprechen. Schließlich legte Pater Lazarus seine Hand auf meinen Kopf und segnete mich. Dann gaben wir uns die Hand.

Ich eilte die Gangway hinauf, und die Leute machten an der Reling Platz, damit ich meinem Freund am Pier zuwinken konnte. Als das Schiff losfuhr, rief ich ihm zu: »Ich … werde … Sie … nie … vergessen, Pater! Niemals … niemals!«

»Viel Glück, mein Sohn!«, rief er mit bebender Stimme zurück. »Viel Glück, Carmi, Ihnen und Ihrem ganzen Volk! Schalom!«

»Schalom! Schalom!«, antwortete der ganze Chor der Flüchtlinge und winkte der einsamen Gestalt zu.

Als das kleine Schiff ins Mittelmeer hinausfuhr, suchte ich mir, wie alle übrigen zweihundert armen Teufel an Bord, einen Schlafplatz auf den Schiffsplanken. Die Situation erinnerte mich an die Moscheen in Damaskus, in denen ich genächtigt hatte. Doch anstatt von Bettlern war ich hier von Doktoren und Professoren umgeben.

Die Erklärung für diese erlesene Passagierliste war, dass nach der Machtübernahme Deutschlands durch die Nazis im Jahre 1933 Italien den Flüchtlingen seine Tore weit geöffnet hatte. Jüdische Intellektuelle waren von den italienischen Universitäten bereitwillig aufgenommen und teilweise mit hohen Ämtern betraut worden. Erst nachdem Mussolini dem Druck Hitlers nachgab und gleichzeitig König Vittorio Emanuele als politischen Verbündeten gewann, änderte sich diese Situation. Die Flüchtlinge vor dem Hitler-Terror verloren ihre Stellungen, und Italien war voll von mittellosen jüdischen Professoren. Und nun, da Mussolini im Begriff stand, die nationalsozialistische Unterdrückung in all ihrer Brutalität auf Italien auszudehnen, flohen sie, um ihr Leben zu retten.

Als ich auf dem dunklen, überfüllten Deck einen Platz gefunden und mich auf den Planken ausgestreckt hatte, horchte ich auf die Unterhaltungen ringsum. Ich begriff, dass ich mich unter Leuten von höchster Bildung befand und auf diesem uralten Kasten vermutlich der einzige Passagier ohne akademischen Grad war. Zwei meiner Mitpassagiere schoben die wenigen ihnen verbliebenen Gepäckstücke zusammen, um für mich Platz zu schaffen, und stellten sich mit ausgesuchter Höflichkeit vor: Professor Kalkstein, ehemals Universität Köln, und Professor Corinaldi, ehemals Universität Mailand. Im Einschlafen hörte ich:

»Herr Doktor Sulzberger!«

»Jawohl, wer ruft mich?«

»Ich, Professor Jacoby. Ich wollte fragen, Herr Doktor, ob Sie Ihren Schuhanzieher vielleicht einen Moment entbehren könnten?«

»Natürlich, Herr Professor, aber augenblicklich habe ich ihn Doktor Mannheim geliehen, der ihn an Professor Mamlock weitergegeben hat; der muss ihn aber eingesteckt haben und ist im Moment mit Frau Doktor Mayer auf dem Oberdeck.«

»Professor Jacoby!«, mischte sich eine Frauenstimme ein.

»Ja, bitte? Wer ruft mich? «

»Frau Professor Sachs.«

»Was kann ich für Sie tun, Frau Professor?«

»Professor Hansheimer besitzt ebenfalls einen Schuhlöffel. Er ist an Deck mit Frau Doktor Klausner, aber wenn Sie wollen, hole ich ihn.«

»O danke schön, das ist sehr freundlich von Ihnen, Frau Professor. Es eilt nicht. Ich wollte den Schuhanzieher nur für Professor Flatau, und der sagt, es eile nicht.«

»Sehr gern, Herr Professor!«

Ich überlegte, was ich antworten sollte, wenn ich nach meinem Titel gefragt werden würde. Aber auch als ich mich schließlich schüchtern als einfacher Klaviertechniker deklarierte, lüftete jedes Mitglied dieser illustren Gesellschaft den

Hut, wenn man mit mir sprach. Fast schien es, als akzeptierten die Doktoren und Professoren mich als ihresgleichen, obwohl es mir schwerfiel, ihren Diskussionen über Freud und Einstein zu folgen. Als ich einmal einer Unterhaltung zwischen zwei Physikern über Wellen und Töne zuhörte, begriff ich, wie viel ich selbst über mein ureigenstes Gebiet noch zu lernen hatte. So war ich recht froh, wenn die Kinder mich gelegentlich an die Reling riefen, um ›einen großen Fisch tanzen und hopsen zu sehen‹, da ich mich dann von der anstrengenden Konversation zurückziehen konnte.

Eines Tages stellte ich einigen Mitreisenden die Frage, warum sie so lange gewartet hätten, bis sie Europa verließen. Sie schauten mich verwundert an.

»Wie konnte man sich vorstellen, dass die Dinge so weit gehen würden?«, erwiderten sie traurig.

Am nächsten Tag, als wir schon die italienischen Hoheitsgewässer hinter uns hatten, erschauderten wir, als übers Radio Mussolinis kriegerische Stimme zu uns drang. Und eben, als diese Imitation des brutalen hitlerschen Wahnsinns über die Wasser dröhnte – diese Wasser, die im Laufe der Jahrhunderte den Niedergang zahlloser ähnlicher Tyrannen mit angesehen hatten –, tauchte ein italienisches Unterseeboot an die Oberfläche und sandte Signale zu uns herüber.

Das U-Boot setzte ein Boot aus, das Kurs auf unser Schiff nahm, und unser Kapitän befahl uns, hinunter in den Laderaum zu gehen und bei unserem Gepäck zu bleiben. Dann kam ein italienischer Leutnant, begleitet von fünf Matrosen, über die Reling, stieg in den Laderaum hinunter und suchte nach Schmuggelware. Der Leutnant, der wohl schon vorher über die menschliche Fracht Bescheid wusste und vermutlich auch in einer anständigen Atmosphäre aufgewachsen war, starrte auf die zweihundert Menschen und senkte den Kopf. Sichtlich war ihm der Anblick dieser zusammengewürfelten Menschenmasse auf der Flucht vor dem Terror peinlich.

Nachdem die Italiener uns verlassen hatten und das Unterseeboot verschwunden war, gab es erregte Unterhaltungen über mögliche Gefahren, die uns noch bevorstehen mochten: zum Beispiel wenn die Deutschen in einem italienischen U-Boot auftauchten, oder wenn sie bereits eigene U-Boote im Mittelmeer hätten, die uns anhalten könnten.

Angst breitete sich nun wie ein Nebel aus. Über unseren Köpfen dröhnten Flugzeuge, und unter uns lauerten U Boote, Gott weiß welcher Nationalität. Und mitten hindurch fuhr ein winziges, hilfloses Schiff mit einer Ladung von zweihundert Juden. Wir rückten näher aneinander wie eine Herde Schafe – nun gab es keine Professoren oder Doktoren mehr, sondern nur noch Menschen in Angst. Selbst die Kinder ahnten die Gefahr und drängten sich an ihre Eltern.

Auf dem überfüllten Deck besprachen wir die Lage: Es wurde ein Komitee gewählt, mit mir als Vorsitzendem, das den Kapitän befragen sollte, wie er sich im Falle einer Inspektion durch ein deutsches U-Boot verhalten würde: Wollte er uns schützen oder als Juden identifizieren und uns damit dem Tod ausliefern? Aber als wir ihn in seiner Kajüte aufsuchten, lehnte der Kapitän, ein harter, alter Seebär, jedes Gespräch mit uns ab und ließ uns von seiner Mannschaft in unsere Quartiere zurücktreiben.

Zwei Tage lang erregten wir uns über unsere Hilflosigkeit. Dann bemerkten wir, dass das Schiff sehr nah an einer Küste entlangfuhr – der Backbordseite. Ich erkannte die Küstenlinie

Griechenlands und des Peloponnes: Wir befanden uns also auf dem Weg in Richtung Türkei.

Als ich dies meinen Mitpassagieren mitteilte, ging zufällig der Kapitän vorbei. Ich stellte ihn zur Rede und fragte ihn, ob er den Kurs nicht einhalte. Er leugnete es nicht, sondern schob mich mit seinen üblichen Flüchen beiseite.

»Sie haben mit der *Haganah* vereinbart, uns nach Israel zu bringen!«, schrie ich ihn an.

»Das geht Sie nichts an!«, schrie er zurück. »Ich habe Ihnen nur einen Gefallen getan, indem ich Sie überhaupt an Bord genommen habe!«

Ich wandte mich an meine Leidensgefährten.

»Brüder, es wird ernst. Wir befinden uns in einer Falle.«

Einige wollten es nicht glauben, aus derselben Vogel-Strauß-Haltung heraus, die sie allzu lange in Mussolinis Italien hatte abwarten lassen.

»Wahrscheinlich will der Kapitän nur möglichst schnell heim in die Türkei«, sagte einer versöhnlich. »Das ist ganz verständlich.«

»Und von der Türkei aus können wir nach Israel weiter«, setzte ein anderer hoffnungsvoll hinzu.

»Meine Herren, meine Herren!«, rief ich ärgerlich aus, »begreifen Sie nicht, dass die Türkei heute in genau derselben politischen Situation ist wie Italien gestern? Noch vor ein paar Tagen sagten alle: ›Mussolini wird sich niemals Hitler anschließen.‹ Wer sagt uns, dass die Türkei, ein alter Verbündeter Deutschlands, Italiens Beispiel nicht folgen wird? Geschieht das, dann bedeutet die Türkei für uns nichts anderes als die sichere Auslieferung an Hitler!«

»Um Himmels willen – können wir denn nichts tun?«, war

nun die allgemeine Frage, obgleich einige noch immer Verhandlungen mit dem Kapitän befürworteten.

»Es hat gar keinen Sinn, mit diesem Halunken zu sprechen!«, rief ich. »Wir müssen etwas unternehmen, wir müssen handeln!«

»Was können wir tun, Carmi?«, wurden nun Schreie laut, als erwarteten sie von mir die Rettung.

»Soweit ich sehen kann, gibt es nur eine Möglichkeit«, antwortete ich. »Meuterei.«

»Meuterei!« Dieses Wort erregte Entsetzen.

»Wir haben nichts zu verlieren«, behauptete ich. »Unsere einzige Chance besteht darin, den Kapitän und die Mannschaft zu überwältigen und das Schiff unter unsere Kontrolle zu bringen.«

In den Augen meiner Mitpassagiere sah ich einen Hoffnungsschimmer aufleuchten, und es dauerte nicht lange, so hatten sie einstimmig meinen Vorschlag angenommen und mich zum Anführer gewählt.

Eine jüdische Meuterei

Zuerst war unsere Mannschaftsstärke zu überprüfen. Wir hatten zehn kräftige, kriegstüchtige Männer – drei Professoren und sieben Doktoren, die im Ersten Weltkrieg als Soldaten in der deutschen Armee gedient hatten. Dann stellte sich heraus, dass wir eine überraschende Anzahl von Waffen besaßen – Taschenmesser, Rasiermesser, Scheren und sogar zwei Injektionsspritzen, die als Waffen dienen konnten.

»Die Zeit ist kostbar, meine Herren«, sagte ich zu meinen Rekruten, als ich sie einem schnellen Training unterwarf. Ich übernahm die Rolle des türkischen Kapitäns und ließ die Meuterer mich angreifen. Zu meiner angenehmen Überraschung machten sie es ausgezeichnet und überwältigten mich sehr schnell. Als ich die entschlossenen Augen dieser nunmehr verzweifelten Männer sah, ergab ich mich sofort – und hoffte, dass sich auch der Kapitän so verhalten würde, wenn es ernst werden würde.

Auch die Haltung der Zuschauer war ermutigend, die sich um uns geschart hatten, damit unsere Probeattacke nicht den Verdacht der Mannschaft erregte. Nicht einmal die Kinder machten sich über unsere Pantomime lustig.

Nun, da wir den Plan ausgearbeitet und den Angriff geprobt hatten, mussten wir nur noch auf eine Gelegenheit warten und beobachteten ständig die Kommandobrücke und die Kapitänskajüte. Endlich kam der Augenblick, da der Kapitän allein war.

»Psst!«, alarmierte ich meine Bande. »Es geht los!«

Vor die Kajütentür postierte ich fünf Mann als Wache für den Fall, dass unerwartet ein Matrose auftauchte. Mit den anderen fünf stürmte ich in die Kajüte – eine Tat, die einige meiner Mitverschworenen schockierte, da sie es unhöflich fanden, ohne Anklopfen einzutreten.

Der alte Kapitän stand am Steuer und schaute aufs Meer, als wir hereinstürzten. Ehe er ein Wort sagen konnte, erklärte ich:

»Wir verlangen, dass Sie das Schiff sofort auf richtigen Kurs setzen!«

»Raus!«, brüllte er. »Raus! Sofort raus!«

»Nein!«, schrien wir und zogen unsere Waffen.

Der Kapitän beäugte die bedrohliche Versammlung und begann, sich auf den Tisch zuzubewegen.

»Professor Mamlock!«, schrie ich. »Im Tisch muss ein Revolver sein!«

Professor Mamlock sprang zum Tisch, während ich auf den Kapitän zusprang. Der alte Seebär, der für sein Alter erstaunlich zäh und gelenkig war, lieferte mir einen ganz schönen Kampf; doch da hatte Professor Mamlock den Revolver aus der Tischlade gezogen und hielt ihn dem Kapitän ins stoppelige Gesicht.

»Und jetzt halten Sie den Mund und tun, was wir sagen, wenn Ihnen Ihr Leben lieb ist!«, schrie ich.

Der alte Mann begriff, dass er überwältigt war, und gab nach. Sofort änderte er den Kurs und steuerte die *Arkadaş* nach Südosten, auf Israel zu.

Inzwischen hatte unsere kleine Armee die Wandschränke durchsucht und das Waffenmagazin der Mannschaft gefunden: acht ausgezeichnete deutsche Gewehre. Wir riefen unsere Wachen herein und verteilten die Gewehre unter sie. Da alle meine Leute einmal deutsche Soldaten gewesen waren, konnten sie mit den Gewehren umgehen und schwärmten aus, um die Schiffsmannschaft zu holen, während ich mit dem Kapitän zu sprechen versuchte.

»Wir möchten mit Ihnen wie mit einem Menschen verhandeln. Verstehen Sie das nicht?«

Er starrte mich in hilfloser Wut an.

»Vielleicht ist es Ihnen nicht möglich, unsere verzweifelte Lage ganz zu begreifen: Wenn Sie uns in die Türkei gebracht hätten, wäre es mit uns aus gewesen. Jetzt besteht nur die Gefahr, deutschen U-Booten zu begegnen. Für einen solchen Fall haben wir beschlossen, uns als Türken auszugeben. Das ist unsere einzige Chance, die Deutschen zu überlisten und unser Leben zu retten – falls Sie und Ihre Leute uns nicht verraten. Können Sie denn wirklich nicht verstehen, worum es hier geht?«

Der Kapitän verharrte in seinem feindlichen Schweigen.

»Machen Sie sich klar«, fuhr ich fort, »dass Sie und Ihre Mannschaft von jetzt an unseren Anordnungen zu folgen haben. Sollten Sie uns hintergehen, so werden wir nicht zögern, Sie oder Ihre Leute zu töten. Sie sind die Garanten für unsere Sicherheit, und falls wir sterben, sterben Sie mit uns.«

Noch immer starrte der alte Mann mich schweigend an, aber nun glaubte ich auf seinem Gesicht einen neuen Zug zu sehen: Resignation.

Da brachten meine Leute vor ihren Gewehrläufen die Mannschaft herein, die wahrhaft verängstigt dreinschaute. Der Kapitän informierte seine Leute auf Türkisch – er wusste vermutlich nicht, dass ich Türkisch verstand – ohne Umschweife über die neue Befehlslage auf dem Schiff und auch über meine Warnung, dass jeder, der uns zu überlisten versuchte, getötet werden würde. Die Leute nickten und wandten sich nun erwartungsvoll an uns, um neue Befehle entgegenzunehmen, worauf wir ihnen die Hände entgegenstreckten und das Abkommen mit Handschlag besiegelten. Dann kehrten sie an ihre Arbeit zurück.

Der Kapitän war nun wie umgewandelt, von entwaffnender Freundlichkeit, und alles ging glatt.

Gemäß dem alten Sprichwort »Wenn Gott will, schießt ein Besen« sind derartige Wunder ja möglich. Bisher war die ganze gewagte Operation ohne Störung verlaufen, vermutlich, weil die Türken in diesem abgerissenen Haufen niemals eine derartig verzweifelte Entschlossenheit vermutet hatten. Da ich die ganze Geschichte ausgeheckt hatte und Türkisch verstand, beschloss meine kleine Truppe, mich zum Schiffskapitän zu machen. Ich zwängte mich also in die türkische Kapitänsuniform, die mir glücklicherweise einigermaßen passte, und wir gingen hinunter in den Laderaum, um die Ladung zu inspizieren, die größtenteils aus Linsen zu bestehen schien.

Dann aber entdeckte ich etwas, das uns allen das Leben retten sollte – eine Ladung Fese. Beim Anblick dieser hohen, roten orientalischen Kopfbedeckungen mit schwarzen Quasten hatte ich einen Einfall. Warum sollten wir Juden uns nicht als Türken kostümieren? Schnell rief ich alle Passagiere in den Laderaum und teilte jedem einen Fes zu, verbunden mit der Weisung, den neuen Kopfschmuck ständig zu tragen.

»Das ist ein Befehl!«, kündigte ich an und erklärte ihnen ihren neuen Status: »Von jetzt ab seid ihr Türken – allesamt Mitglieder einer großen Familie, die aus Bari kommt, von der Hochzeit eines reichen Verwandten. Ihr seid auf dem Weg nach Hause, in die Türkei.«

»Und wie steht's mit der Sprache?«, fragte Professor Mamlock.

»Das Beste wird sein, vor den Deutschen kein Wort zu sprechen.«

»Unmöglich«, protestierte Dr. Frankfurter.

»Viel zu auffällig«, sagte Dr. Guggenheim.

»Könnte man nicht irgendetwas babbeln, das die Deutschen für Türkisch halten?«, schlug Frau Dr. Klausner vor.

»Ausgezeichnet!«, rief Professor Mamlock. »Eine hervorragende Idee!«

»Türkisch ist doch keine sehr bekannte Sprache«, fuhr Frau Dr. Klausner fort, »und ich kann mir nicht vorstellen, dass deutsche Soldaten Türkisch sprechen.«

Das Problem löste sich in der Diskussion. Wir sollten *Ala mala gala; zipe dripke shamshapony* brabbeln in der Hoffnung, dass das den Deutschen Türkisch vorkäme.

Dr. Korngold, ein ehemaliger Richter aus Frankfurt am Main, machte einen Einwand gegen die Hüte.

»Darf ich die Aufmerksamkeit auf die Tatsache lenken, meine Herren«, sagte er, »dass das türkische Gesetz jetzt das Tragen des Fes verbietet?«

»Aber erlaubt das Gesetz nicht, außerhalb des Landes einen Fes zu tragen?«, fragte Dr. Breslau.

»Oder zum Spaß?«, unterstützte ihn sein früherer Kompagnon, Dr. Braun. »Wäre das ebenfalls ein Rechtsbruch?«

»Nein, in diesem Falle nicht«, entschied der Richter, als spräche er ein Urteil im Gerichtssaal. »Und wenn Carmi es für richtig hält, soll er es anordnen.«

»Danke schön, Herr Gerichtsrat«, sagte ich mit einer Verbeugung vor dem alten Richter.

Nach der Lösung dieses Problems begannen wir, unser Verhalten im Falle einer Begegnung mit den Nazis zu proben. Ich lehrte die Passagiere ein kleines türkisches Lied im Viervierteltakt, dessen Text aus nur zwei Wörtern bestand: *Usmaliya atchamatcha.*

Ich hatte es von dem Schaffner im Zug nach Damaskus gelernt, und es bedeutet ungefähr: »Türke, sei aufrecht!«

Dann organisierte ich drei Tanzgruppen – je eine bestehend aus Männern, Frauen und Kindern – und zeigte ihnen einen ziemlich wilden, orientalischen Tanz, den sie zum Händeklatschen der übrigen Passagiere tanzen sollten.

Am zwölften Tag nach unserem Aufbruch in Bari passierten wir die Insel Zypern und näherten uns der libanesischen Küste

und wollten uns schon dazu beglückwünschen, die Gefahren-
zone beinahe hinter uns gelassen zu haben, wenigstens soweit U-Boote infrage kamen. Tatsächlich war nunmehr unsere
größte Sorge, dass wir für eine Reise, die gewöhnlich fünf Tage
dauert, schon zwölf Tage gebraucht hatten.

Da geschah das, was wir befürchtet hatten. Aus dem Wasser
tauchte ein Unterseeboot auf und signalisierte uns, beizudrehen.

Wir wussten nicht, ob es ein italienisches, britisches oder
deutsches U-Boot war, aber wir wollten nichts riskieren. Auf
ein Zeichen hin begann der eingeübte Akt. Die Tanzgruppen
fingen ihr Stampfen an, die übrigen Passagiere ihr Händeklatschen, und alle sangen dazu lauthals: *Usmaliya atchamatcha!*
Usmaliya atchamatcha! – nur gelegentlich unterbrochen von
Schreien, die uns orientalisch erschienen: *Lululululu! Lilililili!*
Lalalalala! Lolololo!

Als drei Offiziere auf das Deck unseres Schiffes kletterten,
lachten, schrien und tanzten zweihundert Juden mit türkischen
Fesen wie auf einem Bacchanal. Zwei der Eindringlinge waren
Deutsche, der dritte schien Italiener zu sein. Aber keiner der
Feiernden schenkte den Besuchern auch nur die geringste Auf-
merksamkeit – sie sangen und tanzten!

Ich begrüßte die Besucher in der Rolle des Kapitäns mit
Handschlag. Die Deutschen drückten ihr Erstaunen darüber
aus, dass ich Deutsch sprach, und ich erzählte ihnen eine Geschichte, die ich mir vorher zurechtgelegt hatte: dass ich mit
einem Stipendium der türkischen Regierung – »Deutschlands
Verbündete aus dem Ersten Weltkrieg« – an der Akademie für
Seeschifffahrt in Hamburg studiert hätte. Diese Rolle konnte
ich gut spielen, da Manda mich einmal in die Akademie mitgenommen hatte, wo ihr Onkel Dozent war. Die Deutschen

schienen von meiner Geschichte recht beeindruckt – respektive von dem, was sie davon verstehen konnten, denn meine pseudotürkischen Festteilnehmer vollführten einen so ohrenbetäubenden Lärm, dass man sein eigenes Wort nicht verstehen konnte. Darum brüllte ich meinen Kameraden scheinbar ärgerlich zu: »Ruhe! Ruhe!«

Sie nahmen jedoch nicht die geringste Notiz davon – genau so, wie wir es vorher vereinbart hatten.

Einer der Deutschen fragte laut: »Was ist denn mit denen los?«

»Atatürks Bürger!«, schrie ich zurück. »Je näher ein Türke seiner Heimat kommt, umso wilder wird seine Freude!«

Die Offiziere lächelten offensichtlich erheitert, und ich fand die Zeit gekommen, meine unerwünschten Gäste an einen ruhigeren Ort zu bringen.

»Kommen Sie in meine Kajüte«, rief ich und führte sie vom überfüllten Deck.

Unten fragte mich der rangälteste deutsche Offizier: »Wo haben Sie denn die aufgeladen?«

»In Bari. So was von verrückten Leuten! Sie sehen ja, nicht einmal der Kapitän wird respektiert!« Vor meinen Augen erschien das Bild des wirklichen Kapitäns, der zusammen mit seiner Mannschaft den ganzen Auftritt beobachtet hatte.

Nun spielte ich seine Rolle tadellos. Ich bot den Besuchern türkischen Kaffee und Zigaretten an, während ich meine Geschichte losließ.

»Ich hatte in Bari gerade meine Ladung an Bord genommen, als Italien in den Krieg eintrat. Die Panik in der Stadt! Meine Herren, Ihnen brauche ich ja wohl nicht zu sagen, was für ein wichtiges militärisches Angriffsziel Bari ist!«

Die Deutschen nickten ernsthaft.

»Jeder versuchte sofort, aus dem Hafen wegzukommen«, fuhr ich fort. »Was für ein Chaos! In der Stadt hatten fast alle Geschäfte und Läden geschlossen. Auch ich wollte gerade auslaufen, als diese armen Teufel auf mein Schiff kamen. Stellen Sie sich ihre Situation vor! Sie waren nach Bari eingeladen gewesen, zur Hochzeit eines reichen Verwandten – und gerade als die Zeremonie begann, kam Mussolinis Erklärung über das Radio! Das Übrige können Sie sich vorstellen. Die Leute ließen vor Angst Hochzeit Hochzeit sein und rannten zu den Docks. Zwar waren sie noch vernünftig genug, beim Reisebüro vorbeizufahren, wo ihre Pässe und Papiere lagen, aber wie alle anderen Büros in Bari war auch dieses geschlossen. Dann kamen sie zu mir gelaufen und versuchten buchstäblich das Schiff zu stürmen, damit ich sie nach Istanbul mitnehme.

›Wo sind eure Papiere?‹, fragte ich.

›Papiere?‹, schrien sie. ›Bring uns raus, bevor die Bomben kommen!‹

Was konnte ich also tun, als sie an Bord zu lassen? Schließlich sind sie Türken, meine Brüder und Schwestern!«

Ich deutete klagend auf meine Uniform, die mir sichtlich zu eng war.

»Schauen Sie mich an! Meine beste Uniform ist in Bari bei der Reinigung, die natürlich auch geschlossen hatte. Aber was macht das schon. Lieber zwänge ich mich in eine zehn Jahre alte Uniform, die mir gepasst hat, bevor ich Fett ansetzte, als dass ich mein Schiff oder das Leben dieser Leute gefährde!«

»Also hat keiner Ihrer Passagiere einen Pass?«

»Keiner, soweit ich weiß.«

»Und sind Sie sicher, dass sie alle Türken sind?«

»Natürlich sind sie alle Türken!«

»Vielleicht haben einige doch einen Pass?«

»Sie können sie ja fragen, wenn Sie wollen.«

Mein Herz klopfte unter der engen Jacke, als ich die Offiziere aus der Kabine führte und nun die härteste Probe für unser Täuschungsmanöver kam. Ich nahm mein Taschentuch heraus, schnäuzte mich – das besprochene Signal – und forderte Ruhe. Und wie eine Schallplatte, die an ihr Ende gerät, flaute das Bacchanal ab, bis es vollständig erstarb.

Für eine Situation wie diese hatten wir verabredet, dass ich auf Türkisch von eins bis acht zählen würde – das konnte ich im Blitztempo –, als stellte ich eine Frage. Daraufhin sollten einige Flüchtlinge irgendetwas wie *Ala Mala Gala* murmeln, das mit Gottes Hilfe als türkischer Satz aufgefasst werden würde.

»*Bir, iki, üç, dört, beş, alti, yedi, sekiz?*«, zählte ich.

Zu meinem größten Entsetzen kam von meinen angeblichen Türken kein Laut.

Ich versuchte es noch einmal, mit lauter Stimme, und schaute den Nächststehenden gebieterisch in die Augen; aber mit sinkendem Mut erlebte ich, dass meine Akteure zum zweiten Mal das Stichwort verpassten.

Plötzlich ertönte im reinsten Türkisch: »*Hayir, effendim!*«

Es war der wirkliche Kapitän, der wunderbarerweise wie ein Sendbote des Himmels zu Hilfe kam. Ich hatte ihn vorher in den Sinn unserer Vorstellung eingeweiht, als ich noch gehofft hatte, sie würde unnötig sein.

Mit wiedergefundener Fassung wandte ich mich an den rangältesten Offizier und sagte: »Leider scheint kein Einziger einen Pass bei sich zu haben.«

Bevor die Deutschen weiterfragen konnten, dröhnten vom Himmel Flugzeugmotore, und als eine Staffel britischer Kampfflieger erschien, tauchte das U-Boot sofort mit größter Schnelligkeit. Alles ging so schnell vor sich, dass sich die drei Offiziere auf unserem Schiff gestrandet fanden.

»Machen Sie sich keine Sorge, meine Herren«, sagte ich und zeigte auf die türkische Flagge am Mast, »Sie stehen unter unserem Schutz.«

»Danke schön, danke schön!«, riefen sie erleichtert aus.

Die Flugzeuge kreisten einige Male über unserem Schiff und suchten im Tiefflug nach dem feindlichen Periskop, dann drehten sie ab. Nach einiger Zeit tauchte das U-Boot vorsichtig wieder auf, woraufhin unsere Besucher sich schleunigst verabschiedeten und nicht einmal unsere Linsen inspizierten.

Zwei Tage später sichteten wir Land an Backbord – die Ufer Nord-Galiläas. Niemals werde ich den mächtigen Klang der *Hatikwa* vergessen, die im Angesicht ihres Gelobten Landes aus den Kehlen der Flüchtlinge brach. Sie klang weder harmonisch noch schön, doch schwangen in dem Chor aus zweihundert menschlichen Stimmen zweitausend tragische Jahre mit!

Inmitten dieser Aufregung, in der die Menschen einander unter Freudentränen umarmten und küssten, verschwand der Kapitän vom Deck. Als er zurückkehrte, hatte er die Arme voller Kleider, Pelze und Schmuck – die Sachen, die er den Passagieren abgenommen hatte, nachdem er von den *Haganah*-Leuten ausgezahlt worden war. Seine Lippen zitterten.

»Nehmen Sie die Sachen bitte zurück«, bat er. »Ich möchte nichts davon behalten!«

Da wir nun britisch-kontrollierte Gewässer erreicht hatten, übergab ich ihm wieder das Kommando. Er war von den *Haganah*-Leuten eingehend über die gefährliche Anfahrt informiert worden, da die Briten in ihrem Versuch, mit den Arabern in gutem Einvernehmen zu stehen, an der Küste ständig mit Wachbooten patrouillierten, um die von ihnen als illegal erklärte Landung von Juden zu verhindern. Jedes Schiff mit Flüchtlingen, das sie sichteten, wurde unnachsichtig zur Rückkehr gezwungen. Kurz vor unserem Abenteuer hatte sich die Tragödie der *Struma,* eines bulgarischen Frachters mit 781 unglücklichen Flüchtlingen ereignet. Dem Schiff wurde die Landung auf irgendeinem Gebiet unter britischer Kontrolle verweigert. Da schon bald nach dem Auslaufen der Motor versagte und man nirgends landen konnte, kehrte die *Struma* zu dem Schwarzmeer-Hafen zurück, von dem sie gekommen war. Doch auch dort gestattete man kein Bleiben, und man ließ das Schiff ziellos im Schwarzen Meer treiben, wo es bald darauf von einem U-Boot gesichtet wurde. Als dessen Kommandant feststellte, dass das Schiff Juden beförderte, torpedierte er es unter Missachtung der türkischen Flagge. Von den knapp 800 hilflosen Menschen an Bord überlebte nur ein neunzehnjähriger Junge.

Als wir uns nun in stockfinsterer Nacht mit herabgeminderter Geschwindigkeit der Küste näherten, spähten wir nach dem Geheimsignal aus, das uns die *Haganah* an einer vorher verabredeten Stelle geben wollte. Endlich leuchteten am Ufer die Signallichter auf, und wir fuhren mit voller Geschwindigkeit auf die Stelle zu, von der sie kamen. Der von der *Haganah* mit peinlichster Sorgfalt ausgearbeitete Plan klappte in jeder

Einzelheit. Fast im selben Moment, da wir den auf unserer Karte angegebenen Punkt erreichten, waren wir von einem Dutzend Ruderbooten umgeben, die mit Leuten der Geheimorganisation bemannt waren. Und ohne einen Augenblick zu verschwenden, wurden unsere Passagiere in die Boote verstaut, um von den Jungen der *Haganah* ans Ufer gebracht und von dort aus sicher unter unser Volk gemischt zu werden. Als die Passagiere über die Reling kletterten, um die Strickleitern hinunterzusteigen, flüsterten sie mir zu: »Schalom! Lululu! Lililili!« Oh, meine lieben Pseudotürken! Wie sehr hoffte ich, dass ihr im Gelobten Land den Frieden finden würdet, den wir seit Jahrtausenden suchen!

Nun dampfte der Frachter ohne seine Doktoren und Professoren, aber mit seinen drei legalen Passagieren – einem Schneider, einem Installateur und einem Klavierstimmer, die alle anerkannte Bürger waren – nach Tel Aviv. Als der Morgen graute, schimmerten die weißen Häuser Tel Avivs in der Ferne.

Während wir gegen sieben Uhr morgens in den Hafen einliefen, ertönte über unseren Köpfen Motorenlärm, und eine Staffel italienischer Bomber flog auf die Küste zu. Wenige Sekunden später hörten wir Bomben explodieren und sahen, wie aus der Stadt hohe Rauchsäulen aufstiegen. Dieser sinnlose Schlag gegen ein unverteidigtes, nichtmilitärisches Ziel war eine der ersten kriegerischen Handlungen Mussolinis, nachdem er an Hitlers Seite in den Krieg eingetreten war.

Nach dem Luftangriff fuhr der Frachter in den Hafen ein. Ich war voller Besorgnis, dass meiner Familie während dieser Heimsuchung der Stadt etwas geschehen sein könnte. Aber Hannah und die drei Mädchen erwarteten mich im Hafen – lebendig und unversehrt.

»Seit dein Telegramm kam, sind wir hier«, riefen meine Töchter. Und sofort fragten sie: »Hast du alle Ersatzteile für den Konzertflügel bekommen?« Ich war froh, dass ich die Frage bejahen konnte. Als wir uns unserem Haus näherten, kamen uns die Nachbarn aufgeregt entgegen.

»Masel tov!«, riefen sie. »Ihr Carmis habt wirklich Glück!«, riefen sie.

Dann sahen wir, was sie meinten: Unser Haus war durch den direkten Treffer einer italienischen Bombe zerstört worden.

Als wir wortlos die Vernichtung betrachteten, fasste Hannah mich am Arm. »Carmi«, sagte sie versonnen, »fast scheue ich mich, es zu sagen: Aber das Klavier des Königs von Italien scheint uns eben das Leben gerettet zu haben.« Ich küsste sie dankbar – da rief Zmira:

»Unsere Davidsharfe! Sie liegt unter dem Schutt! Und schuld daran ist der König von Italien!«

DIE WIEDERHERSTELLUNG

Der fehlende General

Immer öfter zeigten sich nun Mussolinis Bomber über Tel Aviv. Mein Klavier-Sanatorium war geschlossen, da die Leute zu viel Zeit in den Luftschutzkellern verbrachten, um sich für den Zustand ihrer Klaviere zu interessieren. Also hatte ich Muße für das Liebeswerk an dem verwahrlosten Konzertflügel meiner Kinder.

Während Hannah sich nach einer neuen Wohnung für uns umsah, lebten wir bei unseren Verwandten. Die Kinder verbrachten den Großteil der Zeit in den Ruinen unseres ehemaligen Hauses, um bei den Aufräumarbeiten zuzusehen, in der Hoffnung, die Davidsharfe oder ihre Überreste zu finden.

In dieser deprimierenden Zeit beschloss ich, wie die meisten Männer im militärpflichtigen Alter, mich als Freiwilliger zu einer Transporteinheit zu melden, die von der Jewish Agency, einer Art Quasi-Regierung, unter britischer Oberhoheit organisiert wurde. Zwar hatten wir den Engländern übel genommen, dass sie ihr in der Balfour-Erklärung enthaltenes Versprechen, einer jüdischen Heimstätte in Israel zuzustimmen, gebrochen hatten und dass sie sich bei den Arabern einzuschmeicheln suchten. Trotzdem glaubten wir, zu Recht oder Unrecht, dass die Gründung eines jüdischen Staates auf lange Sicht nur in Zusammenarbeit mit England zu erreichen wäre.

Dass ich zum aktiven Soldaten nicht sehr geeignet war, vermutete ich aus zweierlei Gründen: Erstens hatte ich erst kürzlich zu viel von dem berauschenden Wein absoluter Befehlsgewalt gekostet, als ich die Meuterei auf dem Frachter anführte, um nun Befehlsempfänger zu werden. Und zweitens hatte ich bei dieser Gelegenheit gelernt, wie ungeeignet ich für handgreifliche Auseinandersetzungen war. Als ich den türkischen Kapitän angesprungen hatte, war mir nichts Besseres eingefallen, als ihn beim Bart zu ziehen – allerdings hatte er sich ebenfalls nicht sehr soldatisch verhalten und auch an meinem Schnurrbart gezerrt … Wie auch immer, ich nahm an, mich als Fahrer nützlich machen zu können.

Die Engländer hatten in ganz Israel Rekrutierungsbüros eröffnet, und für Freunde der Demokratie war es eine Freude zu sehen, wie stark der Andrang war. Dass die Briten es uns jedoch unerbittlich verweigerten, eigene Armee-Einheiten zu gründen, in denen wir Hitler und Mussolini als Juden bekämpfen konnten, so wie Hitler und Mussolini uns als Juden bekämpften, war verletzend und beleidigend. Wir wollten nicht nur anonymes Kanonenfutter sein.

Also fand in Tel Aviv eine einzigartige Protestdemonstration statt, die das Problem der Juden als Soldaten unter fremden Fahnen illustrierte: Da paradierten Soldaten – jüdische Soldaten aus allen Armeen und in den verschiedensten Uniformen der Welt.

An der Spitze unser Freund, der ehemalige Besitzer des Konzertflügels, in voller deutscher Generaluniform, und mit ihm ungefähr ein Dutzend Generale anderer Nationen, alliierter wie feindlicher. So marschierte rechts von dem »deutschen« General ein »englischer« General und zu seiner Linken ein »russischer«. Hinter ihnen ein »amerikanischer« und ein »französischer« General und so weiter. Nur einen jüdischen General gab es natürlich nicht – und doch trugen alle diese Soldaten an ihrem Arm denselben gelben Stern, den die Juden tragen mussten, um der Gestapo die Arbeit zu erleichtern. Damit enthüllte sich die jüdische Tragödie in ihrer ganzen Schaurigkeit.

Unsere Führer, David Ben Gurion, Mosche Scharett und andere, setzten London unter Druck und machten klar, dass wir die einzige nationale Gruppierung waren, die sich im Kampf an der Seite Großbritanniens nicht in einer eigenen Einheit organisieren durfte. Schließlich gab die Regierung Seiner Majestät nach, und die berühmte Jüdische Brigade wurde gegründet.

Das große Opfer

Hannah hatte eine Wohnung im zweiten Stock eines dreistöckigen Hauses gefunden, das in einem geräumigen Hof stand. Sie hatte neue Möbel bestellt, und am Tag ihrer Lieferung überraschte ich sie mit einer vollständigen Serie gerahmter Vergrößerungen vom Klavier des Königs. Zum besonderen Andenken hatte ich ihr das winzige Bild des kleinen geschnitzten Trommlers in ein Medaillon einsetzen lassen.

Aber zuerst überreichte ich ihr die großen Bilder. Und wie erstaunt war sie darüber, wie scharf die Vergrößerungen des kleinen Mikrofilms geworden waren. In der Nacht legte ich ihr den schönen Anhänger aufs Kissen, damit sie ihn am Morgen beim Erwachen finden würde.

»Das also ist der Junge, der dich nach Siena gerufen hat!«, rief sie entzückt, als sie das Geschenk entdeckte. Sehnsuchtsvoll betrachtete sie das Porträt. »War das ein entzückender Junge ... Carmi, ein kleiner Junge. O Carmi ...«

Und wieder barg sie ihren Kopf an meiner Schulter und schluchzte aus Gram über den verlorenen eigenen Sohn.

Als die Tränen versiegt waren, bewunderten wir die modernen Möbel, die sie ausgesucht hatte, und fanden die Wohnung, so klein sie auch war, doch recht gemütlich.

»Aber unsere Bilder fehlen mir so sehr«, sagte Hannah. »Nichts kann unseren ›Alten Baum‹ ersetzen und nichts die Davidsharfe.«

»Nichts, mein Liebling«, erwiderte ich. »Es schmerzt mich ebenso wie dich. Aber was können wir tun?«

Als ich nach den Kindern fragte, erwiderte Hannah: »Du weißt doch, wo sie sind!«

»Wieder bei der Ruine?«

»Natürlich! Ich war gestern auch dort und habe mit den Arbeitern gesprochen. Unsere beiden Klaviere sind vollständig kaputt, aber sie glauben, dass man die Harfe vielleicht unbeschädigt finden könnte, da sie in der goldenen ›Arche‹ aufbewahrt ist.«

»Ich würde es gerne glauben, aber ich zweifle daran. Der Kasten war nicht sehr stark. – Und wie gefallen den Kindern die Möbel?«

»Sie scheinen nicht besonders beeindruckt zu sein. Es interessiert sie doch nichts als ihr geliebter ›David‹.«

»Die Harfe ist ihnen wie ein Bruder, Hannale.«

»Sie war ein Stück ihres Lebens. Ich werde nie vergessen, wie Aviva als kleines Kind der geschnitzten Taube ein Stückchen Brot in den Schnabel stecken wollte, und wie Ora sie davon abhielt und Aviva fragte: ›Wovon lebt denn der David?‹ Erinnerst du dich noch an Oras Antwort? ›Von der Musik.‹ Und Zmira fügte hinzu: ›Der Gottesspeise.‹«

Die Anekdote ließ mich noch intensiver wünschen, dass ich etwas tun könnte, um dieses Vakuum im Leben meiner Kinder auszufüllen. Ich sah nur eine Möglichkeit.

»Hannale, ich habe eine Idee: Bevor ich einrücke, werde ich versuchen, eine ähnliche Harfe zu bauen. Was hältst du davon?«

»Nicht viel«, erwiderte Hannah ehrlich und direkt. »Nicht einmal eine goldene Harfe würde die Kinder beeindrucken.«

Da hörten wir Stimmen auf der Treppe, und gleich darauf stürmten die Mädchen ins Zimmer – mit der völlig zertrümmerten Harfe. Sanft legten sie das zerbrochene Instrument auf den Boden und weinten.

»Schaut, was mit unserem David geschehen ist!«

Ich ließ mich auf die Knie nieder, um meine geliebte Harfe zu untersuchen. Sie war nicht wiederherzustellen.

»Armer Großvater Mattis«, sagte ich. »Wie viel von seinem Herzen und seiner Seele steckte in dieser Harfe! Seit ihn das Wort ›Harfe Davids‹ nach Jerusalem führte, hat er von diesem Instrument geträumt. Und auf jeden Spaziergang in Jerusalem nahm er sie mit, als wären wir drei enge Freunde – Großvater, die Harfe und ich.«

Die Mädchen gingen weinend in ihr Zimmer, nach einer Weile folgte ich ihnen.

»Kinder«, sagte ich, »Mutter und ich haben uns überlegt, ob ich nicht vielleicht eine neue Harfe für euch bauen könnte.«

»Wie kannst du so etwas sagen?«, fragte Zmira vorwurfsvoll.

»Du hast recht«, erwiderte ich beschämt.

»Arme Kinder«, flüsterte Hannah.

Da ich sonst fast nichts zu tun hatte, war der große Konzertflügel mithilfe der in Italien gekauften Ersatzteile bald fertiggestellt. Und wegen der großen Leistung, die seine Wiederherstellung bedeutete, beschlossen wir, ihn *Großpapa Mattis* zu nennen.

Ich rief den Direktor des Philharmonischen Orchesters an, Professor Leo Kestenberg, ein Schüler Busonis, und bot ihm den Flügel an. Und zur größten Freude meiner Kinder kam der Findling auf seinen ihm zustehenden Platz. Noch in der gleichen Woche spielte unser israelisches Wunderkind Pnina Salzmann das Beethoven-Konzert in c-moll auf dem Instrument, und meine Töchter waren als Ehrengäste zu dem Konzert geladen.

Zehn Jahre lang diente *Großpapa Mattis* der Philharmonie. Er wurde von weltberühmten Pianisten gespielt, manchmal bis zu dreißigmal im Monat. Als Leonard Bernstein darauf gespielt hatte, wollte er jeden geforderten Preis für die »Tonne« bezahlen, doch bevor ich antworten konnte, hatten sich meine Töchter eingemischt und Mr. Bernstein geraten: »Gehen Sie hinunter ans Meer, vielleicht haben Sie Glück und finden auch so einen Flügel wie wir.«

Am Tag nach Bernsteins Konzert begann meine militärische Laufbahn. Ich wurde Fahrer in einer Einheit, die der Allgemeinen Transportkompanie der Achten Britischen Armee angegliedert war. Unsere Einheit bestand aus ungefähr dreihundert Fahrern, ausgezeichneten Leuten, und unser Kommandeur, Major Smith, war ein wirklicher Gentleman.

Unsere erste Aufgabe war jedoch kaum dazu geeignet, Kriegslorbeeren zu erringen: Wir mussten aus den Militärlagern Müll abfahren. Danach bekamen wir den ehrenvollen Auftrag, ausgedientes Material aus allen Kasernen zusammenzutragen und im Armeedepot abzuliefern.

Mein Sieg bei El Alamein

1942 kam der erste ermutigende Erfolg für die bedrängten Demokratien im Zweiten Weltkrieg: der große Sieg in der Wüste. General Montgomerys Achte Armee vernichtete bei El Alamein Rommels Afrikakorps, und die deutschen Eliteeinheiten, die fast bis nach Kairo vorgestoßen waren, flohen nun gemeinsam mit ihren italienischen Verbündeten und hinterließen auf dieser wilden Flucht ihre gesamte Ausrüstung, die über die ganze lybische Wüste verstreut war. Unsere Transportkompanie hatte die Aufgabe, diese Kriegsbeute einzusammeln. Zur gleichen Zeit, da Rommel den ihm von Hitler verliehenen Titel »Romulus Africanus« ablegte, rückten wir hinter den Minensucheinheiten in der Wüste vor.

Eines Tages, als ich eben damit beschäftigt war, Beutematerial auf meinen Lastwagen zu laden, jagte mein Kommandeur in einem Jeep daher und rief: »Carmi, Carmi!«, und die ganze übrige Kompanie tat es ihm gleich: »Carmii! Car-miii!«

Ich schaute erstaunt auf und dachte, es handle sich um einen Witz, als Major Smith erklärte, er brauche sofort einen Klavierspezialisten.

»Ausgezeichnet, Sir«, erwiderte ich, noch immer in der Annahme, das Ganze sei ein Spaß, »aber ich bin nur ein *selbst ernannter* Klavierspezialist.«

»Ich meine es ernst«, sagte der Major. »Man hat ein Klavier ausgegraben.«

»Ein Klavier?«

»Ja, aus dem Sand. Die Minensucher waren zuerst in Panik und sind fortgelaufen, weil sie dachten, es sei eine Mine mit Zeitzünder.«

»Wie kommt denn ein Klavier unter den Sand der Wüste?«

»Wahrscheinlich durch sein Gewicht. Oder der Wind hat den Sand darüber geweht. Die Jungs mit den Minensuchgeräten haben plötzlich unter dem Sand Tonleitern gehört! Vermutlich haben die Detektoren die Seiten des Klaviers magnetisch angezogen, und als die Detektoren sich entfernten, sind die Saiten wieder in ihre Positionen zurückgesprungen und haben dadurch die Töne verursacht.«

»Untergrundmusik! Weshalb sind die Minensuchkommandos deshalb in Panik geraten?«

»Die Jungs dachten, es handle sich um eine deutsche Mine, die ihnen beim letzten Ton um die Ohren fliegt. Aber dann sind sie zurückgekommen, weil sie neugierig waren, und haben gegraben, bis das Klavier zum Vorschein kam. Dann haben sie alle möglichen Tests angestellt, bis sie sicher waren, dass es keine Mine ist.«

»Ist es ein Klavier, Sir, oder ein Flügel?«

»Ein Klavier. Aber was für ein Klavier! Von oben bis unten mit einer steinharten, dicken Gipsschicht verputzt. Nur die Tasten sind frei.«

»Unglaublich!«, rief ich. »Wozu gipst man denn bitte ein Klavier ein?«

»Was weiß denn ich!«, sagte der Major. »Und jetzt kommen Sie, es ist nur fünf Meilen von hier.«

So fuhren wir zum Schauplatz dieses Wüstenwunders. Und da stand im gelben Sand das eingegipste Klavier und sah aus, als hätte man es eben aus den ägyptischen Pyramiden ausgegraben. Ein fantastischer Anblick: ein Klavier mitten in der Wüste, umringt von zwanzig britischen Soldaten mit Minensuchgeräten.

Der Major stellte mich dem Kommandeur der Minensuchabteilung als Klaviermechaniker vor, und ich begab mich sofort daran, den seltsamen Fund zu besichtigen. Ich öffnete den Klavierdeckel, um die Tasten anzuschlagen, aber alles war mit Sand verstopft, sodass das Klavier keinen Ton von sich gab. Dann öffnet ich die obere Abdeckung, die sich trotz der Gipsschicht öffnen ließ, und stellte fest, dass das Klavier ein italienisches Fabrikat war und sehr, sehr alt sein musste, es wirkte wie eine Antiquität.

»Wozu haben wohl die Deutschen ein Klavier mitgeschleppt, das noch vor der Sintflut gebaut wurde?«, fragte ich meinen Offizier.

»C'est la guerre«, antwortete er resigniert. »Im Krieg geschehen die merkwürdigsten Dinge.«

»Und warum, meinen Sie, hat man es mit dieser steinharten Kruste überzogen?«

»Vermutlich, um es vor dem mörderischen Klima zu schützen.«

Nun begannen die Minensucher damit, Drähte um das Klavier zu spannen – die Absicht dahinter war eindeutig. Wenn auch das Armeeleben meine zivilen Manieren verwildert hatte, so erwachte in diesem Moment meine ganze Liebe zum Klavier wieder in mir wieder.

Trotz seines scheußlichen Aussehens war auch dieses für mich ein Instrument mit einer Seele. Sie sollten es nicht in die Luft sprengen!

»Was wollt ihr damit?«, fragte ich ungehalten die grinsenden Soldaten.

»Nichts Besonderes, George«, lachten sie. »Einen Spaß wollen wir uns damit machen.«

»Wie die kleinen Kinder!«, schrie ich und wandte mich an meinen kommandierenden Offizier. Der aber wollte sich nicht einmischen.

»Tut mir leid, Carmi, das geht mich nichts mehr an.«

Der Kommandeur der Minensucheinheit, den ich flehentlich anblickte, sog nur an seiner Pfeife. Da ging ich, unter Missachtung des strikten Protokolls in der britischen Armee, direkt auf ihn zu, riss mich zu einem strammen Gruß zusammen und bat ihn um Rettung des Klaviers. Und er? Er antwortete nicht einmal.

Jetzt kochte mein Blut. Ich vergaß alle Disziplin und die Tatsache, dass ich nur ein gewöhnlicher Soldat war: Ich warf mich über das eingegipste Klavier, umklammerte es und schickte mich an, es mit meinem Körper zu verteidigen.

»Aus dem Weg, George«, sagte ein Soldat, und die Übrigen schüttelten sich vor Lachen, als er mich am Kragen packte und mit Gewalt fortziehen wollte. Ein paar seiner Kameraden halfen ihm, aber ich widerstand mit allen meinen Kräften. Nun endlich nahm ihr Kommandeur die Pfeife aus dem Mund und befahl: »Okay, Boys, es reicht. Lasst das Klavier in Ruhe.«

»Jetzt kümmern aber Sie sich darum, Carmi!«, rief mein Offizier und kritzelte eine Order, wonach das Klavier am folgenden Tag zur NAAFI gebracht werden sollte, einer englischen Organisation, die für die Unterhaltung der Truppen sorgte und auch Klavier-Reparaturwerkstätten unterhielt.

Immerhin habe ich für dieses merkwürdige Klavier wenigstens eine Gnadenfrist erwirkt, dachte ich befriedigt, als ich zu meinem Arbeitsplatz zurückfuhr.

Während des Abendessens kam mein kommandierender Offizier zu mir in die Messe.

»Schütze Carmi, wenn Sie fertig gegessen haben, kommen Sie mal mit Ihrem Wagen zur Kantine, damit alle sehen können, wie eine ›chromatische Mine‹ aussieht.«

Als ich später mit dem Klavier vorfuhr, versammelten sich meine Kameraden, um das Monstrum zu betrachten, und verlangten, dass ich darauf spiele.

»Es ist voller Sand, ich kann höchstens das Werk herausnehmen und darauf spielen wie auf einer Harfe«, erklärte ich.

Sie waren von dem Vorschlag begeistert. Also klappte ich die Vorderwand herunter, nahm das Werk heraus, fuhr mit den Fingerspitzen über die Saiten und spielte ihnen Melodien von Zion und Jerusalem vor.

Als ich das Klavier am folgenden Morgen in die NAA-FI-Werkstatt nach Kairo brachte, wurde ich ausgelacht. Der wachhabende Sergeant, der meine kostbare Bürde besichtigte, stieß einen missbilligenden Pfiff aus.

»Jetzt langt's aber!«, rief er, deutete mit einer Handbewegung an, ich solle mit diesem Unfug verschwinden, und stapfte davon.

»Entschuldigen Sie, Sergeant«, rief ich ihm nach. »Was soll mit dem Klavier geschehen? Schließlich habe ich es ein paar hundert Meilen weit hergefahren!«

Verächtlich zeigte er in eine entfernte Ecke des Camps, wo anscheinend alles verbrannt wurde, womit nichts mehr anzufangen war.

»Siehst du das? Dort gehört es hin.« Als er mein entsetztes Gesicht sah, fragte er, ob ich einen besseren Vorschlag hätte.

»Ja. Spring mal in meinen Lastwagen und schau in das Klavier hinein. In Italien gemacht! Ich wette, so was hast du noch nicht gesehen!«

»Okay, George«, sagte der Sergeant. »Dann will ich doch mal sehen, was für Makkaroni in dem Kasten drin sind.«

Ich nahm das Werk noch einmal heraus, und es gelang mir, den Saiten eine halbwegs annehmbare Version von *Home, Sweet Home* zu entlocken. Der Sergeant hörte aufmerksam zu.

»Du verstehst es, deine Sachen an den Mann zu bringen, George«, bemerkte er. Und mit einem Blick auf das Werk rief er schließlich: »Tatsächlich, dieses verdammte Klavier muss nur anständig sauber gemacht werden! Okay, wir nehmen's herein.«

Er rief einige italienische Kriegsgefangene, um das Klavier abtransportieren zu lassen, und sagte bedauernd: »Wenn nur nicht diese verdammte Kruste drum rum wäre!«

»Spielt keine Rolle«, sagte ich begütigend. »Bei dem Klima hier sollte man jedes Klavier so behandeln.«

Später im Jahre fand zur Feier von König Georges Geburtstag die übliche Parade statt, und bei dieser Gelegenheit wurden auch einige Fahrer befördert. Zu meinem größten Erstaunen war auch ich darunter.

Als der kommandierende Offizier mir den neuen Rang verlieh, flüsterte ich ihm zu: »Mit welcher heroischen Tat habe ich das verdient, Major?«

Lächelnd antwortete er: »Für Tapferkeit bei der Rettung eines Klaviers.«

Und als ich erstaunt die Augen rieb, wandte sich Major Smith an die Soldaten der Parade und befahl: »Ein dreifaches Hurra für den Gefreiten Carmi!«

Und die Kompanie donnerte: »Hurra! Hurra! Hurra!«

Die Abenteuer eines verkrusteten Klaviers

Gegen Ende des Jahres 1943, knapp vor der Invasion Italiens, bekam ich einen Brief von Hannah, aus dem ich ersah, dass das Leben in Israel langsam begann, wieder in normalen Bahnen zu verlaufen. Man hatte ihr geraten, sofort nach Ladenräumen zu suchen, um nach dem Krieg unser Klavier-Sanatorium wiedereröffnen zu können.

Auf der Suche nach einem geeigneten Geschäftslokal in den Straßen Tel Avivs war sie in die Nähe des Trödelmarktes gekommen. Von Weitem hatte sie eine Anzahl Klaviere vor den Läden gesehen, die als »Gelegenheitskäufe« mit 95 Pfund, 85 Pfund und 75 Pfund ausgezeichnet waren.

Neugierig geworden – denn es handelte sich ja schließlich um Klaviere –, hatte sie sich die »Gelegenheitskäufe« näher angesehen. Es waren darunter Instrumente aus vielen Ländern: Deutschland, Österreich, England, Italien und sogar eines aus Russland. Bei einigen war das Gehäuse durchlöchert, bei anderen Holzteile herausgesplittert, und eines war sogar mit einer steinharten Gipskruste überzogen!

Während sie dieses merkwürdige Klavier betrachtete, war der Geschäftsinhaber herausgekommen, hatte sie sofort als Frau Carmi erkannt und sich als Salomon Boris Kiripichnikow vorgestellt.

»Ihr Mann kennt mich gut, Frau Carmi«, sagte er. »Ich habe ihm schon einige alte Klaviere verkauft, die er wegen der Ersatzteile haben wollte.«

»Es freut mich sehr, Sie kennenzulernen, Herr Kiripichnikow«, hatte Hannah geantwortet und ihn gefragt, woher er die Klaviere hätte.

»Aus dem britischen Abfalldepot«, erklärte der Trödler. »Bei einer Auktion gekauft. Ein paar sind Kriegsbeute und ein paar waren im Abfalldepot auf dem Müll.«

»Wieso sind sie in einem so schrecklichen Zustand?«

»Kriegseinwirkungen. Die Löcher stammen von Kugeln, die gesplitterten Stellen von Schrapnellen.«

»Dieser irrsinnige Krieg! Und dieses hier? Warum ist es so verpanzert?«

»Wer weiß? Vielleicht zu Tarnungszwecken.«

»Oder vielleicht, weil es sonst auseinandergefallen wäre«, bemerkte Hannah. Dann witzelten sie weiter über das Gipsklavier, und Hannah fragte den Trödler »nur aus Neugierde«, wie viel er dafür bezahlt hätte.

»Gar nichts, Frau Carmi, es stand nicht zum Verkauf. Eigentlich hätte ich es auch gar nicht bekommen sollen, es war für einen anderen Kunden als Zuschlag gedacht.« Als er Hannahs Erstaunen sah, fügte er hinzu: »Wie ich sehe, sind Sie dem hiesigen Klaviergeschäft ganz entfremdet. Sie haben keine Ahnung, was in dieser Stadt los ist.«

Dann wischte er sich mit seinem Taschentuch über die Stirn und begann eine ausführlichere Erzählung.

»Dieses Klavier hat zu einer britischen Unterhaltungstruppe gehört, die für die Verwundeten in Militärhospitälern Vorstellungen gegeben hat. Irgendwann hat das Instrument die vielen Transporte und die wüste Behandlung nicht mehr ausgehalten, und der Mechanismus ist zerbrochen. Aber die Truppe hatte sich so an das Klavier gewöhnt, dass man es immer wieder reparieren ließ. Tatsächlich hat jeder Klaviertechniker im Lande es irgendwann einmal repariert. Der Letzte war Willy Mulens. Und obgleich er gewusst hat, wie verrückt die englischen Soldaten danach waren, hat er nichts mehr tun können, als dem Klavier ein anständiges Begräbnis zu geben.«

»Ein Begräbnis?«

»Jawohl«, sagte er herzlich lachend. »Mulens ist ein großer Spaßvogel. Er hat das Klavier untersucht und dann von den Soldaten eine Kerze und zwei Stöcke verlangt. ›Was denn für Stöcke?‹, fragten sie. ›Spielt keine Rolle‹, war die Antwort.

Dann legte er die zwei Stöcke zu einem Kreuz zusammen, zündete eine Kerze an und murmelte: ›Friede deiner Asche!‹

Und so blieb das Klavier in einer Ecke stehen und kam schließlich ins Abfalldepot. Als dort später eine Auktion stattfand, wurden alle Klaviere sofort aufgekauft. Bis auf zwei Ausnahmen: einem deutschen Instrument, das von Kugeln durchlöchert war, und diesem italienischen hier, die beiden wollte niemand haben. Man machte sich über die beiden alten Wracks lustig und über die schönen Bronzepedale mit Lorbeerblättern an dem Krustenklavier.

›Sie sind wie ein Goldring in einer Schweineschnauze‹, sagten sie. Und als zwei Händler davorstanden, hat der Fritz Großmann ihnen zugeschrien: ›Lasst das stehen! Das ist was für Carmi! Ruft Hannale!‹«

(Großmann, das wusste ich, war mir nicht wohlgesinnt. Als ich meine sechs Klaviere baute, wusste er über meine Arbeit nur das Schlechteste zu sagen.)

»Und dann war es Großmann selbst, der das Museumsstück nach Tel Aviv brachte«, fuhr der Altwarenhändler fort. »Und das kam so: Als schließlich die Auktion vorbei war und Großmann auf die Verladung seiner Käufe wartete, hatte ihm der Auktionator vorgeschlagen, die beiden zurückgebliebenen Klaviere mitzunehmen.

›Wie viel für das pockennarbige deutsche?‹

›Was Sie wollen‹, schlug der Auktionator vor.

Großmann wedelte mit einer Pfundnote, aber der Auktionator meinte, die Hälfte sei mehr als genug. Wie er aber herausgeben wollte, hatte er nur zwei Schillinge in der Tasche. Und Großmann? Der entschied sich, statt der acht Schillinge Wechselgeld auch noch das Gipskrusten-Klavier mitzunehmen.«

»Und so«, fügte Hannah hinzu, »kam Großmann mit zwei Vertretern der Achsenmächte nach Tel Aviv zurück.«

»So kann man sagen. Aber das verkrustete Klavier hat Großmann nur Pech gebracht. Als er es in den Keller schaffen wollte, war es zu breit und ist nicht durch die Kellertür gegangen, sodass er es im Laden stehen lassen musste. Und dort hat man so viele Bemerkungen darüber gemacht, weil es neben den besseren Instrumenten so auffällig war, dass es Großmann auf die Nerven ging. Irgendwann sah er einen Unglücksbringer darin und wollte es nur noch loswerden. So kam es schließlich zu einem ehemaligen Klarinettisten namens Edelmann, der alt und taub war und mit seinen Ersparnissen einen Handel mit alten Klavieren begonnen hatte. Und was soll ich Ihnen sagen? Das Krusten-Klavier war für Edelmann und Frau, völlige Neulinge im Klaviergeschäft, so etwas wie ein Dukatenesel: Immer wieder kaufte man es ihm ab, und immer wieder kamen die Kunden bald darauf zurück, um es gegen ein besseres umzutauschen. Auf diese Weise verkaufte Edelmann es im Schnitt zweimal in der Woche, und sein Geschäft blühte auf. Nachdem die Edelmanns genug Geld verdient hatten, um sich in einem Altersheim einzukaufen, zogen sie sich zurück und schenkten mir dieses Zauberklavier, damit es mir auch Glück bringen möge. Und das tut es; denn auch ich verkaufe es immer und immer wieder.«

»Was für eine Geschichte, Herr Kiripichnikow!«

»Das will ich meinen!«

»Und woher nehmen Sie all die Klaviere, die Sie gegen das hier eintauschen können?«

»Ich brauche nicht immer ein Klavier dafür zu geben. Am Anfang war es vielleicht ein Hochzeitskleid oder ein Frack, später ein Regenschirm und einmal, ich erinnere mich, ein Wasserkessel und dann einmal ein Besen. Und wenn es ein Käufer vom Land ist, dann bekommt er vielleicht einen Zaum für den Esel oder eine Pflugschar oder eine Handvoll Nägel.«

Darüber lachte Hannah herzlich.

»Außerdem«, fuhr Herr Kiripichnikow fort, »macht das Klavier eine Menge Reklame für mich. Wenn ich mit meinem alten, mageren Pferd durch die Straßen fahre, stelle ich immer das Klavier hinten auf den Karren. Wir sind so bekannt, dass die Leute am Ende einer Schlange wissen, dass ich es bin, der mit seinem langsamen Tempo den Verkehr aufhält. ›Ah, da kommt wieder der Trödler mit seinem alten Klavier‹, rufen sie. Aber manchmal irren sie sich – manchmal ist es auch ein echtes Begräbnis.«

Hannah lächelte über den Humor des Alten und fragte dann, warum er denn die Kruste nicht heruntergeklopft hätte.

»Meine Liebe«, antwortete er, »ich habe mir schon die Finger blutig gearbeitet, damit das Klavier nicht wie ein Grabstein aussieht. Aber diese Kruste ist hart wie ein Fels. Man bringt sie einfach nicht runter. Die Arbeiter sagen, es gehe nur mit der Axt. Und die Klaviertechniker, die ins Werk geschaut haben, sagen, daran ist nichts mehr zu reparieren.« Höflich setzte er hinzu: »Nur Herr Carmi könnte das.«

»Danke, Herr Kiripichnikow. Und wie viel wollen Sie für dieses wertvolle Erbstück samt Kruste?«

»Sie können es für 25 Pfund haben. Nein, entschuldigen Sie – für 20. Ist das fair?«

»Ich kann nicht sagen, dass es *nicht* fair wäre. Aber ich glaube, Sie werden es mir noch billiger lassen.«

»Gut. 15 Pfund. Passt Ihnen das?«

Hannah zögerte, öffnete den Deckel und schaute ins Werk.

»Nein, Herr Kiripichnikow. Es tut mir leid, dass ich Sie bemüht habe.«

»Wie viel wollen Sie dafür geben?«

»Gar nichts, Herr Kiripichnikow. Nicht einen zerbrochenen Heller.«

Der alte Mann senkte enttäuscht den Kopf, als Hannah fortging und sich anderen kriegsverletzten Instrumenten zuwandte. Bald scherzte sie mit einigen Händlern über die Inschriften, die die alten Klaviererzeuger auf ihre Instrumente zu gravieren pflegten, wie »Hoflieferant« oder »Kaiserliche Klavierfabrik«.

Einen der Händler riss die allgemeine alberne Stimmung mit, und er begann auszurufen: »Hierher, meine Damen und Herren, hierher! Schauen Sie sich meine Klaviere an! ›Hoflieferant!‹ Das ist Kaiser Wilhelms Klavier!«

Um sich nicht ausstechen zu lassen und die versammelte Menge zu sich zu locken, zeigte ein anderer auf sein österreichisches Exemplar und schrie: »Das ist Kaiser Franz Josephs Klavier! Das Klavier des Kaisers von Österreich und Ungarn!«

Noch ein anderer, der eine russische Ruine vor dem Laden stehen hatte, brüllte: »Genossen! Das Klavier aus dem Kreml! Der Flügel der Zarin! Rasputins Klavier!«

Und ein weiterer Trödler, der kein Klavier zu verkaufen hatte, ergriff eine Geige: »Kinder Israels! Schaut euch diese Geige gut an und urteilt selbst! König Davids Fiedel!«

Sein Nachbar langte sich eine alte Trompete, blies ein Tamta-ram-Taram und erklärte: »Seht! Seht! Denkt daran, was Ama-lek uns getan – und vergesst dabei Mussolini nicht! Nehmt die Trompete und lasst sie ertönen, bis sein Reich fällt!«

Nun entschloss sich auch Kiripichnikow zum Handeln. Er kletterte auf das verkrustete Klavier und schrie aufgeregt: »Signori und Signore! Liquidations-Ausverkauf! Bankrott-Ausverkauf! Das Klavier des Königs von Italien an den Meist-bietenden!«

Das Siena-Klavier ist gestohlen!

Im folgenden Jahr begann die Invasion Italiens, und die Al-liierten stießen auf der Halbinsel vor. Meine Einheit wurde von Nordafrika nach Neapel verlegt. Sofort, nachdem Rom gefallen war und man dorthin fahren durfte, beantragte ich Urlaub und machte mich auf den Weg, Professor Leonardo zu besuchen.

Mein alter Freund stand genauso hinter dem Ladentisch sei-ner Apotheke wie vor vier Jahren. Er erkannte mich zuerst wegen der Uniform nicht, doch als er genauer hinsah, ging ein strahlendes Lächeln über sein Gesicht.

»Carmi!«, rief er und schüttelte mir herzlich die Hand. »Wie gut, Sie gesund und munter wiederzusehen!«

Wir gingen in sein Privatkontor und hatten eine lange Unter-haltung. Ich erfuhr von ihm, dass Pater Lazarus damals in Rom Halt gemacht hatte, um Leonardo von meinem Entkommen auf dem türkischen Schiff zu berichten, und ich hinwiederum erzählte ihm Einzelheiten über die italienischen Bombenangriffe auf Tel Aviv, die Leonardo tief erschüttert hatten. Als ich ihm erzählte, wie meine Familie am Hafen auf mich gewartet hatte, während die Bombe auf unser Haus fiel, rief er: »Dann hat Ihnen das Klavier des Königs das Leben gerettet! Das muss ich dem König und der Königin erzählen, sobald sie aus Neapel kommen, wo sie sich während des Krieges aufhielten.«

»Was wollen Sie dem König erzählen?«

»Genau das, was Ihre Kinder gesagt haben: dass er die Schuld am Verlust Ihrer Davidsharfe trägt.«

»Darauf könnte er antworten, dass *seine* Davidsharfe uns das Leben gerettet hat.«

Leonardo bekräftigte sein Versprechen, das er mir bei unserer letzten Begegnung gegeben hatte: mich nach Monza mitzunehmen, um das Klavier zu besichtigen. Wir würden allerdings warten müssen, bis auch Norditalien erobert wäre. Inzwischen aber plante er eine andere Vergünstigung für mich: einen Besuch im königlichen Schlafzimmer im Quirinal, das mit Holzschnitzereien von niemand anderem als Nicodemo Ferri dekoriert ist. Während wir auf die Besuchserlaubnis warteten, führte Leonardo mich in die Vatikanische Bibliothek, um mir die April-Nummer der *Arte Italiano* aus dem Jahre 1900 zu zeigen, deren Leitartikel der Arbeit von Ferri gewidmet war.

Der Besuch im Quirinal übertraf alle meine Erwartungen. Unweigerlich musste ich mich daran erinnern, wie ich vor zwanzig Jahren neben dem Marmorbrunnen vor dem Eingang gesessen und die Tauben beneidet hatte, die im Palast ein- und ausfliegen konnten. Diesmal präsentierten die Wachen das Gewehr für mich.

Wir gingen von einem Raum zum anderen, und jeder war wie ein Museum mit Bildern, Statuen und anderen Kunstschätzen angefüllt. Das königliche Schlafzimmer war, wie das Klavier, fast auf jedem Zentimeter seiner Täfelung mit Schnitzereien verziert, die zweifellos alle von der gleichen geschickten Hand stammten. Doch am meisten erregte mich, an der linken Seite des königlichen Bettes denselben Cherub zu finden, der auf dem Klavier die Trommel schlug; dieser jedoch hielt ein aufgeschlagenes Buch in den Händen mit der Signatur »N. Ferri«.

Während des gesamten Besuches ließ mich das merkwürdig unangenehme Gefühl nicht los, dass jeden Augenblick der König erscheinen und mir Vorwürfe machen könnte: »Was suchst du in meinem Schlafzimmer? Dir geht es doch nur darum, mein Klavier zu sehen, habe ich recht?«

Im späten September konnte ich nach Siena fahren, um Pater Lazarus aufzusuchen. Ich erfuhr, dass er nun mit zwanzig seiner Ordensbrüder in einem uralten Kloster auf einem Hügel in der Nähe des Brunnens von Fontebranda lebte. Als ich bei ihm eintrat, war es wie ein Wiedersehen zweier Brüder. Er stellte mich einigen anderen Priestern vor und lud mich dann in sein Zimmer ein, wo wir mit einer Flasche des köstlichen Weins von Siena auf unser gegenseitiges Wohl und auf den Frieden der Welt anstießen und uns vielerlei Neuigkeiten erzählten. Mich berührte tief, dass sich Pater Lazarus seit unserem ersten Zusammentreffen intensiv mit dem jüdischen Problem beschäftigt hatte. Er zeigte mir viele Bücher, die er zu diesem Thema gelesen hatte.

»Sollte der zionistische Traum Wirklichkeit werden«, erklärte er, »so würde das Wiedererstehen des Heiligen Landes der

Stolz des zwanzigsten Jahrhunderts werden – mit voller Berechtigung mag es sogar als das größte Wunder in der modernen Geschichte betrachtet werden.«

Dadurch, dass ich Pater Lazarus kennen und bewundern lernte und auch seine Priesterbrüder traf, stieß ich auf eine neue Entdeckung. Bis dahin waren mir katholische Priester meist als seltsame, etwas anormale Leute erschienen. Aber nun begriff ich meinen Irrtum, begriff, dass die Ideale dieser Männer gänzlich auf Liebe und Bruderschaft beruhen und ihnen jeder Mensch Fleisch vom eigenen Fleische ist, und dass sie zu ihrem priesterlichen Beruf aufgrund ihres tiefen Wunsches kommen, Frieden und Harmonie zwischen den Menschen zu stiften.

Sobald die Lombardei frei war, löste mein kommandierender Offizier ein mir vorher gegebenes Versprechen ein: Er gab mir den Pass und einen brauchbaren Jeep für die Reise, die ich ihm als so wichtig geschildert hatte. Als ich jedoch in Rom ankam, hatte Professor Leonardo traurige Nachrichten für mich: Er hatte inzwischen erfahren, dass das Klavier gestohlen worden war.

»Wer hat es gestohlen?«, rief ich verstört.

»Die Deutschen. Anscheinend damals, als sie auf dem Weg nach Nordafrika durch Italien kamen.«

»Wer hat sie in den Palast gelassen?«

»Mussolini. Während Rommels Afrikakorps auf dem Weg zu den südlichen Einschiffungshäfen war, hat er in Monza ein paar deutsche Offiziere einquartiert. Man sagte mir, das Klavier sei nach Deutschland geschmuggelt worden.«

»Wenn es in Deutschland ist, bedeutet das das Ende unserer Suche.«

»Das befürchte ich auch.« Leonardo schüttelte traurig den Kopf. »Von den Deutschen genommen!«

»Ja, dieser Satz bedeutet das Ende größerer Hoffnungen als nur meiner.«

Professor Leonardo konnte nicht aufhören zu grübeln.

»Es müssen hohe deutsche Offiziere gewesen sein, wenn sie im Palast stationiert waren. Wer sonst hätte ein so großes Kunstobjekt aus Italien heraus und nach Deutschland schmuggeln können? Ja, wer sonst? Wer sonst? *Sacra-men-to!*«

Ein Klavier ist kein Pferd

Ungefähr zur gleichen Zeit bereitete daheim in Israel Hannah eines Tages das Abendbrot und bemerkte, dass die Kinder sich verspäteten. Unruhig überlegte sie, was sie aufgehalten haben könnte. Da stürmten die Mädchen herein und schrien vergnügt: »Wir waren verhaftet!«

»Wer hat euch verhaftet?«

»Die Polizei.«

»Aber was ist denn geschehen?«

»Wir haben die Enkelkinder vom Trödler mit verfaulten Tomaten und Orangen beworfen!«

»So etwas habt ihr gemacht? Warum denn?«

»Das war so«, erklärte Zmira. »Du weißt doch, dass er immer auf seinem Karren das verkrustete Klavier mitschleppt, mit einem großen Plakat: CAPRICCIO ITALIANO ZU VERKAUFEN.«

»Ja, ich weiß, dass Herr Kiripichnikow Humor hat. Was ist sonst geschehen? Warum hat euch die Polizei verhaftet?«

»Wir kamen gerade aus dem Kino, ungefähr zehn von uns, und da hörten wir so eine komische Art von Musik. Alle Leute blieben stehen und schauten, woher der Krach kam, und da haben wir den Karren vom Trödler kommen sehen, natürlich mit dem Klavier. Und drei von seinen Enkelkindern saßen obenauf wie auf einem Pferd. Der alte Mann hat auf einer Fiedel gekratzt, und zwei von den Gören haben mit Löffeln und Gabeln auf Blechtellern herumgehämmert, und die dritte hat mit ihren Füßen auf das Klavier getrommelt. Das konnten wir nicht mit ansehen, und so haben wir geschrien: ›Herunter von dem Klavier!‹ Und wie sie sich nicht darum gekümmert haben, wollten wir dem alten Kerl eine Lektion geben.«

»Du liebe Güte!«, rief Hannah und schlug die Hände vors Gesicht, damit man ihr Lachen nicht sehen sollte.

»Einen Augenblick noch, Mutter«, fuhr Zmira fort. »Lass uns ausreden. Wir haben also unser Taschengeld zusammengelegt und einen Korb mit alten Tomaten und Orangen gekauft. Dann sind wir vorgelaufen und haben uns in einem Hof versteckt, bis der Karren vorbeikam. Und da haben wir sie mit dem Zeug beworfen, wie sie es verdient haben.

Was das für einen Auflauf gab! Die Leute auf der Straße haben nicht verstanden, warum wir das tun, und sind auf uns los. Dann war die Polizei hinter uns her, und wie die anderen Kinder gesehen haben, dass die Polizei hinter uns her ist, haben sie Angst bekommen und sind weggerannt. Und dann haben ihre Mütter gedacht, dass die Polizei hinter ihren Kindern her sei, und sind rausgekommen und den Polizisten mit Besen und Mangelhölzern nachgelaufen. Aber der Trödler hat uns angezeigt, und da hat die Polizei uns gepackt und aufs Revier gebracht.

›Wozu werft ihr auch Tomaten auf die Leute?‹, hat uns die Polizei angeschnauzt.

›Wozu trommeln sie mit Füßen auf einem Klavier rum?‹, haben wir geantwortet.

›Es gehört doch ihm?‹, sagte der Vorsteher.

›Na und?‹, hat Ora gefragt. ›Und wenn ein Mann sein eigenes Pferd schlägt? Was dann?‹

›Ein Klavier ist kein Lebewesen‹, hat der Vorsteher gesagt.

›Das sagen *Sie*‹, hat Aviva gesagt. ›Ein Klavier ist wie die Harfe des Königs David.‹

Und kannst du dir vorstellen, Mutter, dass der Vorsteher und seine Leute darüber so gelacht haben, dass sie fast geplatzt wären! Dann hat der Vorsteher zum Trödler gesagt: ›Die Carmis haben recht, Herr. Wissen Sie, wozu ein Klavier gut ist? Ein Klavier ist kein Pferd! Und Sie sollten aufhören, der ganzen Stadt mit Ihrem Lumpenkram auf die Nerven zu gehen!‹«

Hannah als gerichtliche Sachverständige

Ein paar Wochen später hatte Hannah Besuch von einem großen, grauhaarigen Herrn, der sich als Staatsanwalt Misrachi vorstellte. Er verkündete, er vertrete die Anklage in einem Fall, der ein gestohlenes Klavier betreffe, und er hoffe, Hannah sei bereit, an meiner statt vor Gericht als Sachverständige zu erscheinen. Das Klavier sei dem Altwarenhändler Kiripichnikow gestohlen worden. In der weiteren Unterhaltung stellte sich heraus, dass es sich um eben jenes eingegipste Klavier handelte, das bei der Verhaftung unserer Kinder die entscheidende Rolle gespielt hatte.

»Aber dieses Klavier ist doch nichts als alter Trödel!«, rief Hannah aus.

»Das ist mir bewusst«, erwiderte der Staatsanwalt. »Jedoch baue ich den Fall auf einem Satz der Mischna auf, der besagt, dass ein Mann ein Dieb ist, wenn er unerlaubt ein Objekt entwendet, das mehr wert ist als eine Stecknadel mit Kopf.«

Die Verhandlung wurde von Richter Schamir geführt, einem hervorragenden Juristen, und der erste Zeuge war der Trödler. Der Richter befragte ihn eingehend darüber, ob er, wie man behauptete, das Klavier in den Rinnstein gestellt und geäußert habe: »Soll die Müllabfuhr es holen.« Das gab Herr Kiripichnikow zwar zu, bestand aber darauf, er hätte es nicht so gemeint.

Als Hannah in den Zeugenstand gerufen wurde, stellte sie erfreut fest, dass Richter Schamir mich nicht nur gut kannte, sondern auch über meine Suche nach dem Klavier informiert war sowie über mein unglückseliges Abenteuer auf dem römischen Fischmarkt.

»Jetzt erinnere ich mich auch«, bemerkte Richter Schamir, »dass Ihr Mann, als er einmal unser Klavier stimmte, uns Fotos aus Siena zeigte. Meine Frau hat ihn damals damit geneckt, dass er Bilder von einem Klavier an seinem Herzen trage wie ein anderer die Bilder seines Mädchens.«

Dann wurde Hannah als Sachverständige vernommen. Der Richter, der deutlich eine andere Meinung über die Sache hatte als der Ankläger, befragte sie eingehend über das Klavier. Und Hannah antwortete, dass sie es gut kenne und dass Herr Kiripichnikow es ihr einmal für 15 Pfund angeboten hätte.

»War das nicht ein günstiger Gelegenheitskauf?«, fragte der Richter.

»Nicht für ein derartiges Klavier. Ich wollte es nicht haben, und ich habe Herrn Kiripichnikow gesagt, dass ich es nicht kaufen würde – nicht einmal für einen roten Heller.«

Diese Antwort irritierte den Staatsanwalt, der ausführte: Die Frage sei, ob das Klavier mehr »Materialwert als eine Stecknadel mit Kopf« habe.

»Natürlich«, antwortete Hannah. »Jeder kann sehen, dass das Klavier genug Rippen und Drähte, Schrauben und Metall hat, um daraus eine Million Stecknadeln zu machen. Doch dazu muss man wissen: Hat der Angeklagte das Klavier gestohlen, um es als Musikinstrument zu verwenden, oder wollte er es für einen anderen Zweck haben?«

Als Richter Schamir fragte, was sie mit »einem anderen Zweck« meine, lehnte sie sich über die Brüstung des Zeugenstandes und sagte: »Herr Richter, Sie wären überrascht über die völlig unmusikalischen Zwecke, zu denen viele Leute in unserer Stadt dieses Klavier verwenden wollten!«

Und während das Publikum aufgeregt flüsterte, deutete Hannah auf Herrn Henigmann, einen Bienenzüchter, der daraufhin von Richter Schamir in den Zeugenstand gerufen wurde. Es stellte sich heraus, dass Herr Henigmann das Krusten-Klavier einmal von dem Trödler hatte kaufen wollen, um es für seine Experimente mit den Bienen umzubauen, den Kasten jedoch dafür unbrauchbar gefunden hatte.

Dann fragte Richter Schamir, ob weitere Personen im Gerichtssaal wären, die ähnliche Erfahrungen mit dem Klavier gemacht hätten – woraufhin sich einige Leute meldeten.

Der erste Zeuge, der vorgerufen wurde, war ein gewisser Josef Vogel, der gemeint hatte, der verkrustete Kasten würde einen idealen Brutofen für seine preisgekrönten Hennen abgeben, doch hätten sich die Maße als ungeeignet erwiesen.

Dann kam ein Herr Haskel an die Reihe, der sich als Richter Schamirs Fleischer entpuppte und aussagte, er hätte das Klavier kaufen wollen, um es in einen Eiskasten umzubauen, dass aber seine Frau dagegen protestiert hätte. Auch Frau Haskel kam in den Zeugenstand, um ihre Einwände darzulegen.

»Ich halte nichts vom Umbauen«, sagte sie. »Die Sachen sollen das bleiben, was sie sind. Man macht keinen Eiskasten aus einem Klavier und kein Klavier aus einem Eiskasten.«

Dann trat Herr Rapp auf, ein Geigenbauer, der gemeint hatte, den Resonanzboden für den Bau von Geigen verwenden zu können, aber auch dieses Geschäft war nicht zustande gekommen.

Der letzte Zeuge war ein Herr Schulhoff, der einmal in Deutschland ein bekannter Shakespeare-Darsteller gewesen war und nun mit heißen Fleischklopsen handelte. Er sagte aus, dass ein gewisser Tischler ihm einmal aus Mitleid darüber, dass er seine schwere Warenladung auf dem Arm durch die Straßen tragen müsste, angeboten hatte, eine Art fahrbare Küche zu bauen.

»Er ist mit mir auf den Trödelmarkt gegangen, um mir dieses Ding, das verkrustete Klavier zu zeigen. Aber mir kochte das Blut bei dem Gedanken, ein Musikinstrument so zu entehren, und ich sagte dem Mann, dass ich damit nichts zu tun haben wolle.«

»Herr Schulhoff hat das ausgesprochen, was ich sagen wollte«, unterbrach Hannah. »Für den einen ist ein Klavier nur ein Ding wie jedes andere aus Holz und Metall, für den anderen ist es ein Musikinstrument, in dem der Geist Gottes lebt. Wollte man ein Klavier in der Art abschätzen, wie die Anklage es fordert, so könnte man ebenso den Wert eines Toten nach dem Wert seiner Haut, Knochen, Haare und Zähne bestimmen.«

Daraufhin verkündete der Richter sein Urteil: »Soweit dieses Klavier ein Klavier ist, soweit ist der Dieb ein Dieb. Der Fall ist geschlossen.«

In den Applaus, der den Gerichtssaal erzittern ließ, rief der Angeklagte:

»Ich habe eine Bitte, Herr Richter!«

»Und die wäre?«

»Als Mann von Grundsätzen möchte ich um Ihre Anordnung bitten, das Klavier nicht in meine Wohnung bringen zu lassen, sondern dorthin, wo man mich seines Diebstahls bezichtigte – auf den Trödelmarkt.«

»Ihre Bitte ist genehmigt. Schalom.«

Das Problem unserer Kinder

Ungefähr zwei Wochen nach dem Prozess standen meine Kinder um sechs Uhr morgens auf, um im Meer schwimmen zu gehen. Hannah ermahnte sie, nicht zu weit hinauszuschwimmen und um viertel acht zurück zu sein. Sie fuhren auf ihren Rädern los und kürzten den Weg ab, indem sie über den Trödelmarkt fuhren, wo sie im Rinnstein wieder das verkrustete Klavier erblickten.

»Man hat es tatsächlich ausgesetzt«, sagte Ora, und alle drei Mädchen stiegen von den Rädern und gingen hinüber, um das Klavier zu besichtigen.

»Sie haben jede einzelne Schraube herausgenommen!«, rief Aviva empört.

»Trotzdem ist es noch ein Klavier«, sagte Zmira, die den Deckel aufgehoben und darin herumgestöbert hatte. »Der Resonanzboden ist noch drin, und darum ist es ein Klavier, das man bergen sollte.«

»Aber was können wir denn tun?«, fragte Ora.

»Ich denke, wir sollten es nach Hause nehmen.«

Ora und Aviva äußerten begeisterte Zustimmung.

»Einen Moment«, entschied Zmira. »Zuerst müssen wir sicher sein, dass es tatsächlich ausgesetzt wurde. Wir müssen hierbleiben, bis die Händler kommen, und Herrn Kiripichnikow fragen.«

»Und wer wird mit ihm sprechen?«, fragte Aviva, der bei der Erinnerung an den Vorfall mit den Tomaten etwas mulmig wurde.

»Das ergibt sich«, meinte Zmira. »In einer Stunde wird der Markt geöffnet, bis dahin müssen wir das Klavier bewachen.«

Obgleich ihnen das Versprechen, das sie ihrer Mutter gegeben hatten, ein wenig Sorge bereitete, waren die Schwestern mit dem Plan einverstanden.

Es dauerte nicht lange, da hörten sie die Glocken von Kiripichnikows Wagen näher kommen und versteckten sich hinter dem Klavier. Dennoch entdeckte Kiripichnikow sie sofort.

»He, was habt ihr da zu suchen?«, rief er.

»Gar nichts«, beteuerten sie verlegen.

»Seid ihr nicht die Carmi-Kinder?«

»Ja.«

»Ich hoffe, ihr wollt nicht wieder mit Tomaten werfen!«

Die Mädchen kicherten verlegen.

»Raus mit der Sprache! Wollt ihr das Klavier haben?«

»O ja, o ja!«, schrien die Mädchen begeistert.

»Dann aber schnell! Der Geigenmacher will sich heute früh den Resonanzboden holen!«

»O danke! Vielen Dank, Herr Kiripichnikow!«

Der alte Mann stieg vom Bock seines Wagens und kam schmunzelnd zu ihnen herüber.

»Jetzt werdet also ihr auf dem Klavier reiten«, sagte er. »Aber ich, Salomon Boris Kiripichnikow, werde deshalb nicht mit Tomaten nach euch werfen. Und auch meine Enkelkinder nicht.«

Zmira standen vor Verlegenheit die Tränen in den Augen, aber aus seiner Freundlichkeit schöpfte sie neuen Mut.

»Herr Kiripichnikow«, stotterte sie, »es tut uns wirklich furchtbar leid, was passiert ist. Entschuldigen Sie bitte.«

»Ist schon gut«, erwiderte er. »Ich bin schon nicht mehr wütend darüber. Eigentlich bin ich sogar froh, wenn ihr das Klavier mitnehmt. Warum, kann ich gar nicht erklären, vielleicht, weil es mir zu viel zu schaffen gemacht hat. Jedenfalls würde mir das Herz brechen, wenn das alte Ding auf den Schutthaufen käme. Euer Vater kann mit so einem toten Kasten umgehen, und wie ich höre, kommt er bald zurück. Also viel Glück!«

»Jetzt gehört das Klavier uns!«, schrie Zmira. »Wenn Papa nach Hause kommt, wird er es reparieren!«

»Aber wo sollen wir es hinstellen?«, rief Ora. »In der Wohnung haben wir keinen Platz!«

»Dann eben in den Keller.«

»Und was wird der Hausbesitzer dazu sagen?«

»Der liegt doch im Krankenhaus.«

»Und wenn er zurück ist?«

»Soll er erst einmal zurück sein, dann wird man weitersehen …«

Sie breiteten ihre Schwimmanzüge und Handtücher über das Klavier, um es vor der Sonne zu schützen.

»Aviva und ich bewachen es«, ordnete Zmira an, »und du, Ora, läufst nach Hause und holst die Kinder aus der Nachbarschaft. Und bring die Sackkarre aus Vaters Werkzeugschuppen mit. Wir stellen das Klavier darauf und ziehen es alle zusammen nach Hause!«

Als Ora in die Wohnung stürmte und »Mutter! Mutter!« rief, kam keine Antwort.

Sie nahm den Karren und fragte bei unserer Nachbarin Sarah an, ob Hannah keine Nachricht hinterlassen habe.

»Wo wart ihr denn bloß? Wisst ihr nicht, dass es schon fast acht ist?«, rief Sarah. »Eure Mutter ist zum Strand gegangen, weil sie sich Sorgen gemacht hat!«

»Dann sagen Sie ihr bitte, dass alles in Ordnung ist. Und dass wir bald nach Hause kommen und eine herrliche Überraschung mitbringen werden!«

Dann lief sie auf die Straße und ließ einen schrillen Pfiff ertönen, das Signal für die jüngere Generation. Daraufhin hatten sich bald etwa zwei Dutzend Jungen und Mädchen zwischen zwölf und sechzehn Jahren vor dem Haus versammelt.

»Was ist los?«, wollten sie wissen.

»Schnell! Alle auf die Räder und mitkommen!«, ordnete Ora an.

Als die Radfahrer auf dem Trödelmarkt angekommen waren, verkündete Zmira: »Wir brauchen eure Hilfe für etwas sehr Wichtiges. Wir müssen dieses kaputte Klavier zu uns nach Hause schaffen und in den Keller stellen. Wollt ihr uns helfen?«

Alle waren sofort bereit. Sie stellten ihre Fahrräder auf einen Haufen, packten das Klavier und kippten es an, sodass sie eine Sackkarre darunterschieben konnten.

»In Ordnung!«, rief einer der Jungen. »Aber was wird mit unseren Rädern?«

»Die hängen wir ans Klavier«, schlug Zmira vor. »Mit euren Hosengürteln. Dann haben wir die Hände frei.«

Aviva war entsetzt, doch Zmira beruhigte sie.

»Keine Sorge, das ist immer noch besser, als wenn Herrn Kiripichnikows Enkelkinder darauf herumtrampeln würden.«

Als alle Fahrräder aufgeschnallt waren, konnte man vom Klavier kaum noch etwas sehen. Der Trödler und seine Kunden hatten sich um die Kinder geschart und ihnen bei ihrer Tätigkeit zugesehen. Als sie eben abfahren wollten, erschien der Geigenmacher.

»Eine Minute!«, rief er. »Nur eine Minute! Ich will bloß etwas aus dem Klavier herausnehmen.«

»Was denn, Herr Rapp?«, fragte Zmira streng.

»Ein kleines Stück Holz, das ist alles.«

»Sie meinen den Resonanzboden?«

»Du weißt also, was das ist?«

»Und ob! Ich bin Zmira Carmi, die Tochter von Avner Carmi.«

»Freut mich, Sie kennenzulernen, Fräulein Carmi. Ihren Vater kenne ich gut. Lassen Sie mich also das alte Stück Holz herausnehmen.«

»Warum sind Sie nicht früher gekommen?«

»Ich habe mich nicht wohlgefühlt.«

»Dann sollten Sie unbedingt zum Arzt gehen, bevor Sie sich so anstrengen. Dem Klavier können Sie Adieu sagen.«

Sie gab ihren Kameraden das Zeichen zum Aufbruch, und das Klavier setzte sich in Bewegung.

Währenddessen war Hannah heimgekommen und hatte von Sarah Oras Nachricht bekommen. In Erwartung der angekündigten »herrlichen Überraschung« schauten die beiden Frauen neugierig vom Balkon die Straße entlang. Hannahs Mund blieb offen stehen, als sich ein anscheinend solider Block von Fahrrädern dem Hause näherte. Dann erkannte sie ihre eigenen Töchter inmitten des lärmenden Haufens, der diese merkwürdige Pyramide zog und schob.

»Was hat das zu bedeuten?«, rief sie hinunter.

»Komm und schau es dir an!«, rief Aviva zurück.

»Man kann es von hier aus genauso gut sehen.«

Die Kinder begannen schallend zu lachen.

»Du musst runterkommen, Mutter!«, wiederholte Avira.

Erst auf der Straße sah Hannah, was sich unter den Fahrrädern verbarg.

»Und was habt ihr damit vor?«, fragte sie.

»Wir stellen es in den Keller.«

»Kommt gar nicht infrage!«

»Aber Mutter«, protestierte Aviva, »der Resonanzboden ist noch im Klavier. Und Papa hat immer gesagt, dass ein krankes Klavier wie ein kranker Mensch ist. Und dass man sie beide in gleicher Weise behandeln muss.«

»Und du hast dasselbe gesagt«, fügte Zmira hinzu.

»Was sagst du dazu?«, wandte sich Hannah lachend an Sarah, war aber tief gerührt. Einen Moment besann sie sich, während sie die Kinder anstarrte, die nun schweigend um das von Fahrrädern bedeckte Klavier standen. Dann sagte sie: »Also gut. Macht, was ihr wollt.« Und zu Sarah: »Das ist schon ein bisschen Kopfzerbrechen wert – und wäre es auch nur, um Carmi zu zeigen, wozu unsere Kinder fähig sind.«

Was Hannah befürchtet hatte, geschah jedoch eine Woche später, als der Hauswirt aus dem Krankenhaus zurückkehrte.

Er saß auf dem Balkon und schnappte frische Luft, als ihm auffiel, dass unsere Mädchen auffallend oft zum Keller hinein- und herausliefen.

»Was bedeutet das?«, fragte er. »Was gibt es denn im Keller Besonderes?«

»Ach gar nichts«, antworteten die Mädchen ausweichend.

Inzwischen konnte der Hauswirt aber trotz seiner gerade überwundenen Krankheit schon wieder herumspazieren und stieg die Treppen in den Keller hinab. Dort fand er natürlich das Ungetüm, das eingegipste Klavier.

»Sie haben wohl geglaubt, dass ich nicht mehr aus dem Krankenhaus nach Hause komme?«, fuhr er Hannah an. »Der Krieg ist noch nicht vorbei und mein Keller ist ein Luftschutzkeller für die Mieter. Er muss leer sein. Ich verlange, dass Ihre Kinder dieses schmutzige Zeug unverzüglich fortschaffen, sonst rufe ich die Polizei!«

Und obgleich Hannahs Herz für die Kinder blutete, ließ sie Transportarbeiter kommen, die das Klavier zurück auf den Trödelmarkt bringen sollten. Aber die Arbeiter fanden, dass das Objekt völlig wertlos sei, steckten also den Lohn ein und trugen das Klavier einfach auf die andere Straßenseite hinüber, kletterten auf ihren Lastwagen und fuhren ab.

Vom Balkon aus sah Hannah, wie man sie betrogen hatte.

»Das spielt keine Rolle«, tröstete Sarah sie. »Dieses Klavier ist ein öffentliches Ärgernis, wo immer es steht, hier oder auf dem Markt. Zuletzt wird es doch auf dem Schutthaufen landen. Der Bürgermeister wird dafür sorgen.«

Die Kinder waren natürlich über den Verlust des mit so viel Mühe geborgenen Klaviers untröstlich. Und wie sehr Hannah sie auch trösten wollte, sie scheiterte immer wieder an der

Tatsache, dass das Klavier wie ein Grabstein gegenüber im Rinnstein stand und sie schweigend anklagte.

»Hätte ich dieses Klavier nur nie im Leben gesehen!«, schluchzte Zmira.

Der Kummer der Kinder wuchs von Tag zu Tag, und das Klavier stand weiter drüben, ohne dass die Stadtverwaltung etwas unternahm.

»Jetzt haben es die Kinder aus dem Wohnblock gegenüber umgedreht und sitzen drauf!«, klagte Zmira eines Tages, als sie aus der Schule kam.

»Was können wir denn tun, Liebes?«, fragte Hannah.

»Was wir tun können?«, schluchzte Zmira. »Du hast doch selbst im Gerichtssaal eine so schöne Rede gehalten. ›Ein Klavier ist ein Musikinstrument, in dem der Geist Gottes wohnt.‹ Was hat es für einen Sinn, dass du es eine ›Bundeslade‹ und ›Davidsharfe‹ genannt hast?«

»Aber Zmira, ich habe alles für das Klavier getan, was ich nur tun konnte! Was kann ich dafür, wenn der Hauswirt es nicht zulässt, dass es im Keller steht?«

»Du kannst nichts dafür, Mutter«, sah Zmira schließlich ein. »Aber man kann doch nicht zulassen, dass ein Klavier wie ein Straßenköter behandelt wird!«

Hannah versuchte, Zmiras Interesse auf die *Chaconne* von Bach-Busoni zu lenken, die meine Tochter für meine Rückkehr vorbereitete. Das half eine Zeit lang, und Zmira saß nun stundenlang am Klavier.

Nachmittags brachten Ora und Aviva zwei befreundete Jungen mit heim. Sie scharten sich um Zmira und begannen mit Verschwörerstimmen zu flüstern.

»Zmira, du bist der Boss«, hörte Hannah einen der Jungen

sagen. »Wenn du willst, brechen wir die Beziehungen zu dem Block gegenüber ab.«

»Nein, das gefällt mir nicht«, entgegnete Zmira, »die meisten Kinder drüben sind noch zu klein und verstehen nicht, worum es hier geht. Vielleicht wäre es besser, den Eltern zu schreiben und ihnen zu erklären, dass es eine Sünde ist, ein Klavier mit Füßen zu treten.«

Dieser Vorschlag fand allgemeine Anerkennung, und Hannah hörte, wie sie unter großen Diskussionen einen Brief verfertigten, der fünfmal abgeschrieben wurde, was einige Stunden in Anspruch nahm. Dann liefen die Kinder über die Straße und warfen die Briefe in die Postkästen.

Die Reaktion erfolgte umgehend: Die Mieter des Blocks gegenüber beschlossen am nächsten Tag auf einer Versammlung, das Klavier selber fortzuschaffen, ohne auf die Stadtverwaltung zu warten. Sie waren sich darüber einig, dass man es nicht auf einem Schutthaufen verbrennen, sondern stattdessen außerhalb der Stadt begraben sollte.

Als sie es aber auf einen herbeigeschafften Leiterwagen heben wollten, erwies es sich als zu schwer für die alten und schwächlichen Männer, die daheim geblieben waren, da ja alle kräftigen jungen Männer beim Militär waren. Als sie es ein zweites Mal versuchten, rutschte das Klavier ab und hätte fast einen alten Mann erschlagen. Nun waren die Frauen so erschreckt, dass sie schrien: »Lasst das Klavier in Ruhe, bevor es einen erschlägt! Soll der Bürgermeister sich darum kümmern!«

Und so blieb das verkrustete Klavier weiterhin im Rinnstein gegenüber unserem Haus stehen. Und eben in dem Moment, als sein Schicksal vollends in die Sackgasse geraten war, erhielt meine Familie die Nachricht, dass ich meinen lang erwarteten Drei-Wochen-Urlaub erhalten hatte und bald nach Tel Aviv käme.

Innerhalb einer Woche war ich zu Hause und beglückt über die Freudenrufe, mit denen meine Lieben die Geschenke begrüßten, die ich aus Italien mitbrachte: Bücher, Statuen, Reproduktionen großer italienischer Meisterwerke, Bildermappen von Rom, Siena, Turin, Neapel, Mailand, Florenz und anderen berühmten Städten.

Nach dem Essen verkündete ich: »Ich werde meinen Urlaub dazu nutzen, das Klavier-Sanatorium wieder zu eröffnen!«

Und zu Hannah gewendet: »Was ist mit den Räumen, von denen du geschrieben hast? Kann man sie besichtigen?«

»Wir müssen es sogar schnellstens tun. Man wollte schon eine Anzahlung darauf haben.«

»Warum hast du sie dann um Himmels willen nicht längst gemietet?«

»Weil die Mieten so heraufgegangen sind, da habe ich mich nicht getraut.«

»Gut, Hannale. Morgen schauen wir uns den Laden an.«

Die Kinder waren begeistert, und die kleine Aviva rief vergnügt: »Den ersten Auftrag haben wir schon für dich!«

»Den ersten Auftrag für mich?«, wiederholte ich und nahm sie in die Arme, um sie zu küssen. »Hast du unser Klavier so ruiniert, dass du es nicht selber in Ordnung bringen kannst? Oder hat Zmira es mit der Chaconne so strapaziert?«

»O nein, Papa«, antwortete das Kind mit tiefem Ernst. »Ein anderes Klavier – ein sehr, sehr krankes Klavier.«

»Ein sehr krankes? Keine Sorge, Avivale, wir bringen es in Ordnung. Ich werde das kranke Klavier behandeln, und du hilfst mir dabei. Möchtest du das?«

Die Augen aller meiner Mädchen begannen zu glänzen.

»Und wo ist das kranke Klavier?«, fragte ich.

»Im Rinnstein gegenüber, Papa«, sagte Aviva.

Ich schaute zu Hannah. »Was meint Aviva?«

»Es ist ein altes Klavier, Carmi. Ein toter Kasten.«

»Komm, Papa«, mahnte Aviva ungeduldig. »Lass uns zu ihm gehen.«

»Was für ein Klavier ist es denn?«, fragte ich Hannah.

»Ach, das ist eine lange Geschichte!«, erwiderte sie. »Ich erzähle sie dir bei Gelegenheit.«

Nur ungern erhob ich mich aus meinem bequemen Sessel. Als wir jedoch auf die Straße kamen, war dort kein Klavier zu sehen. Stattdessen fanden wir eine Horde Kinder vor, die auf einem großen Klumpen saßen.

»Hallo, Kinder, könnt ihr mal für eine Minute runtergehen?«, riefen meine Mädchen.

Als die Kinder der Bitte Folge geleistet hatten, stieß ich einen Schrei aus.

»Mein Wüstenkamerad! Das ist das Klavier, dem ich das Leben gerettet habe!«

»Du kennst das Klavier?«, fragten meine Mädchen erstaunt.

»O ja, sehr gut sogar! Ich musste mich mit Soldaten raufen, damit sie es nicht in die Luft sprengten. Es hat eine ganz unglaubliche Geschichte, die ich euch einmal erzählen werde.« Aber ich hatte jetzt keine Zeit, über diesen seltsamen Zufall nachzudenken. Ich bat ein paar Leute, die eben vorbeigingen, mir zu helfen, das Klavier aufzurichten. Dann öffnete ich den Deckel und war fassungslos: Noch nie hatte ich ein Klavier in einem solchen Zustand gesehen. Kein Werk, keine Hämmerchen, keine Saiten – nichts, gar nichts.

Die Kinder erwarteten ein Wort von mir, doch ich blieb stumm. Es tat mir leid, dass sie mir dieses Klavier überhaupt gezeigt hatten. Schließlich musste ich sie ansehen und sagen: »Meine geliebten Kinder, es tut mir leid, für das Klavier und für euch, aber diesen Auftrag kann ich nicht annehmen. Für dieses Klavier kann man nichts mehr tun.«

Die Kinder starrten mich an, Tränen in den Augen.

»Aber Vater«, sagte Zmira mit gebrochener Stimme, »du hast doch immer gesagt, dass es auf der ganzen Welt kein Klavier gibt, das nicht wieder in Ordnung gebracht werden kann!«

»Das stimmt, Liebes, aber nicht ein Klavier in einem solchen Zustand. Außerdem kann ich meine Zeit doch nicht an eine derartige Sache wenden, wenn Hunderte von wirklichen Klavieren auf meine Hilfe warten.«

Die Kinder sahen einander schweigend an. Schließlich sagte Hannah: »Gehen wir heim«, und sie wollte Aviva an die Hand nehmen. Aber das Kind trat unwillig von ihr zurück. Also setzten wir uns allein in Bewegung, und als die Kinder uns über die Straße folgten, geschah es mit gesenkten Köpfen und schleppendem Schritt.

Zu Hause gingen sie sofort in ihr Zimmer, und Hannah und ich lauschten ängstlich vor ihrer verschlossenen Türe.

»Papa ist nicht mehr der, der er früher war«, hörten wir Ora sagen.

»Ganz und gar verändert«, stimmte Zmira zu.

»Und Mutter!«, rief Ora. »Habt ihr gemerkt, dass sie ganz auf seiner Seite ist?«

Hannah und ich zogen uns entmutigt zurück. Anstatt der Mädchen kam um die Abendbrotzeit ein Zettel, auf dem deutlich erkennbar das Krustenklavier skizziert war, und darüber die Worte:

»Wutstreik.«

In dieser Nacht konnten weder Hannah noch ich schlafen. Wir lagen wach und erwogen die Situation.

»Ich fürchte, dieses Problem müssen wir lösen«, sagte Hannah.

»Du hast recht, Hannale.«

»Ich wünschte, du könntest das Klavier in Ordnung bringen.«

»Vielleicht gibt es doch eine Möglichkeit. Stehen wir auf und schauen es uns noch einmal an!«

»Ich habe keine Taschenlampe, Carmi.«

»Eine Kerze genügt.«

»Ich hab auch keine Kerze.«

»Dann wird es ein Streichholz tun.«

»Es ist vollkommen verrückt, Carmi. Der Resonanzboden ist völlig gesprungen.«

»Gesprungen oder nicht – wir schauen es uns an.«

Wir standen auf und zogen uns an. Als wir die Treppe hinuntergehen wollten, erschienen unsere Kinder, ebenfalls vollständig angekleidet.

»Was soll das heißen?«, fragte ich Hannah.

»Sie haben dasselbe getan wie wir vorhin: hinter der Türe gestanden und gehorcht.«

So erschien die Familie Carmi mitten in der Nacht auf der Straße, um das Klavier zu besichtigen.

Doch es war fort.

Hannah versuchte, fröhlich zu erscheinen, als sie sagte:

»Wahrscheinlich hat die Stadtverwaltung es abtransportiert.«

Ich versuchte, einen humorvollen Ton anzuschlagen, was ich allerdings gleich danach bereute: »Na ja, es war ja auch ein öffentliches Ärgernis. Vermutlich hat der Bürgermeister begriffen, dass man sich darüber in der Dunkelheit den Hals brechen kann.« Eisiges Schweigen meiner Kinder bestrafte mich.

»Kinder«, sagte Hannah schließlich, »euer Vater hat bewiesen, dass er helfen will, oder etwa nicht?«

»Ja«, gab Zmira mit halb erstickter Stimme zu und umarmte mich versöhnlich, fügte aber gleich hinzu: »Wir müssen schnell zur Schutthalde. Vielleicht können wir das Klavier noch retten.«

Ich nahm an, dass Hannah sich diesem Unternehmen zu solcher Stunde widersetzen würde, aber sie sagte nur: »Gut, dann lasst uns versuchen, ein Taxi zu finden.«

Obgleich sich unsere Suche auf der Schutthalde als fruchtlos erwies, kehrten wir mit der Sicherheit zurück, dass das Klavier noch irgendwo in Tel Aviv sein musste.

Die Kruste bricht

Ein paar Tage später stand ich oben auf einer Leiter und malte meinen Namen über den neuen Laden, als ein Lastwagen davor hielt und der Fahrer ausstieg. Er stellte sich als Herr Noah vor.

»Arbeiten Sie wieder?«

»Noch nicht, aber man kann schon Geschäftliches besprechen.«

»Dann habe ich den ersten Auftrag für Sie!«

»Sehr interessant. Worum handelt es sich denn?«

»Ich habe ein Klavier gefunden, aber niemand will es in Ordnung bringen.«

»Warum nicht? Wollen Sie denn nicht dafür bezahlen?«

»Das schon, aber alle sagen, dass das Klavier nichts taugt. Ich hab es hinten auf dem Wagen.«

Ich kletterte die Leiter hinunter und ging mit ihm zu seinem Lastwagen. Und da war es wieder, das Klavier mit der Kruste! Herr Noah, der meine Heiterkeit irrtümlich für Freude über seinen Auftrag hielt, war sichtlich überrascht.

»Das ist Schicksal!«, sagte er mit bebender Stimme.

Als ich nicht begriff, was er meinte, erklärte er:

»Wie soll ich es Ihnen erzählen! Einmal hätte ich dieses Klavier schon beinahe gekauft, doch dann war es plötzlich weg. Und jetzt habe ich es doch bekommen, und sogar umsonst – einfach gefunden.« Und er fragte, ob ich es für ihn herrichten könnte.

»Ich kann Ihnen sogar aus einem alten Eiskasten ein Klavier bauen, vorausgesetzt, dass Sie die Arbeit bezahlen, die dazu nötig ist«, erklärte ich ihm.

»Wie viel würde das ungefähr sein?«

»Dieses Klavier zum Spielen zu bringen, mein Lieber, das ist ein ganz schönes Stück Arbeit, und diese Arbeit setzt sich aus vielen Teilen zusammen. Ich kann es Ihnen noch nicht genau sagen, zudem bin ich ja auch erst seit einigen Tagen wieder in Tel Aviv und weiß nicht, wie es hier mit Ersatzteilen aussieht. Ich muss mich erst umschauen.«

»Und wie lange werden Sie dazu brauchen?«

»Auch das kann ich Ihnen noch nicht mit Bestimmtheit sagen. Es ist noch immer Krieg, und wir sind in allem beschränkt. Darum kann ich nichts Bestimmtes versprechen.«

»Ich verstehe und bin mit allem einverstanden. Ich bin sicher, Sie schaffen es schon.« Und Herr Noah zog eine Rolle Geldscheine heraus und zählte mir davon 50 Pfund als Vorschuss auf den Tisch.

Wir besiegelten das Geschäft mit Handschlag und trugen das Klavier gemeinsam in meine Werkstatt.

»Es wird eine Menge Arbeit machen, die Kruste herunterzukriegen«, bemerkte ich.

»Die Kruste entfernen?«, rief er entsetzt. »Das kommt nicht infrage! Ich bin von Beruf Stuckateur. Nie zuvor habe ich das Glück gehabt, ein Klavier mit Stuck zu finden. Das soll ein Symbol für mein Handwerk werden! Ich will es in meiner Wohnung aufstellen!«

»Na ja, über Geschmack lässt sich streiten«, murmelte ich.

»Wenn Sie es also in Ordnung gebracht haben, dass es spielt, werde ich es neu verputzen und polieren und zuletzt Blumen und Vögel und Engel einarbeiten.«

Ich hatte Mühe, mein Schaudern über diese geplante Klavierdekoration zu verbergen, denn der Mann strahlte vor Begeisterung darüber, dass seine großartige Idee nun kurz vor ihrer Erfüllung zu stehen schien.

Als der Stuckateur ging, deckte ich den Sonderling mit einer schweren Plane zu, denn der Anblick würde meinem neuen Verkaufsraum sicherlich nicht zum Vorteil gereichen. Trotzdem entzückte mich mein erster Auftrag: Ich würde das bejahrte Klavier, meinen alten Bekannten aus der nordafrikanischen Wüste, dem Herzenswunsch meiner Töchter gemäß in Ordnung bringen und die recht hohe Rechnung dafür Herrn Noah, dem Stuckateur mit Handwerkerstolz, überreichen können.

Ich überlegte: Sollte ich nach Hause laufen und meiner Familie die merkwürdige Geschichte erzählen? Auf solche Art aber würde das Überraschungsmoment fehlen, das meine Kinder so schätzten. Ich beschloss also, sie zu überraschen, indem ich sie, ohne mir vorher etwas anmerken zu lassen, einfach in den Laden holte und nicht einmal in der Werkstatt verriet, was für ein Klavier sich unter dem Überwurf verbarg.

Auf dem Heimweg fiel mir Hannahs Warnung ein, heute erst nach Hause zu kommen, wenn sie mich holte, da sie für den Abend nicht nur ihre Eltern, meinen Vater und alle Geschwister mit ihren Familien zum Abendbrot eingeladen hatte, sondern noch fünfzig weitere Gäste erwartete, darunter auch neue Freunde, wie den Richter Schamir und seine Frau, bei denen Hannah nach dem Prozess zum Nachtmahl eingeladen gewesen war.

Die Schamirs hatten unsere Einladung mit einem herzlichen Brief beantwortet, in dem sie darum baten, die Vergrößerungen der Fotos vom Königsklavier sowie das sogenannte »Frühlingsprotokoll« aus dem Archiv zu Siena ansehen zu dürfen. So platzte ich also in die Wohnung, als Hannah noch eifrig buk und kochte, Ora und Aviva vierhändig eine Mozartsonate übten und Zmira in ihrem Zimmer an den letzten Feinheiten der Chaconne arbeitete, und schrie: »Kommt mit! Schnell! Ihr müsst mit mir kommen!«

Sofort waren alle versammelt.

»Wohin? Was ist geschehen?«

»Große Neuigkeiten! Kommt! Kommt mit!«

»Was ist denn los?«, fragten sie einander, da sie von mir keine Antwort erhielten, und riefen dann voller Freude: »Wahrscheinlich hat Vater den ersten Auftrag erhalten!«

Die Vorbereitungen für das Abendessen wurden im Stich gelassen, und wir rannten gemeinsam zur Werkstatt. Als die Kinder das verdeckte Klavier sahen, waren sie begeistert.

»Tatsächlich, der erste Auftrag!«, riefen sie.

»Unglaublich!«, sagte Hannah. »Bevor wir überhaupt inseriert haben, kommt schon ein Klavier! Ein guter Anfang.«

»Und dabei hat Papa noch nicht einmal das Firmenschild fertig gemalt!«

»Was für eine Art Klavier ist es?«, fragte Zmira.

Und sie alle schauten neugierig auf das verdeckte Instrument. Schnell stellte ich mich davor.

»Ihr habt doch Überraschungen gern, nicht wahr?«

»Natürlich!«

»Dann macht die Augen zu, bis ich bis drei gezählt habe – dann nehme ich die Decke herunter.«

»Also los!«

»Nein, ihr müsst warten!«

»Beeil dich!«, schrien sie und schlossen die Augen.

Ich zählte langsam: »Eins … zwei … drei!« und zog die Hülle ab.

Die Mädchen kreischten vor Freude.

»Was für ein Glück dieses Klavier hat! Wie hast du es denn wiedergefunden?«, fragte Hannah mit ungläubigem Staunen.

»Du solltest lieber fragen, wie es *mich* wiedergefunden hat!«

»Carmi, dieses Klavier läuft dir nach wie ein treuer Hund.«

Inzwischen hatten auch meine Töchter ihre Sprache wiedergefunden.

»Was meinst du, Papa«, fragte Ora bebend, »wie wird es klingen, wenn es in Ordnung ist?«

»Ich glaube, wie jedes andere Klavier«, bemerkte Hannah.

»Nun«, sagte ich zögernd, da ich eine Sachverständige, die vor Gericht ausgesagt hatte, nicht korrigieren wollte. »Zumindest wie jedes andere *alte* Klavier.« Und deckte es wieder zu.

Während wir noch darüber nachdachten, wie das Klavier klingen würde, wenn es wieder ein Klavier wäre, kam der Stuckateur mit seiner Frau, seiner kleinen Tochter und der Klavierlehrerin der Tochter hereinspaziert.

Seine Frau war so klein und gepolstert, wie Fräulein Dora, die als Konzertpianistin vorgestellt wurde, lang und dürr war. Das Kind wurde als »unser Wunderkind Nina« bezeichnet.

Der Grund seines Kommens? Verlegen äußerte er: »Herr Carmi, möchten Sie so gut sein, meiner Frau das Klavier zu zeigen und die ganze Geschichte zu erklären? Ich habe leider eine wichtige Verabredung und muss mich verabschieden.«

Und noch ehe ich ein Wort sagen konnte, war er fort.

»Was soll ich Ihnen denn zeigen?«, fragte ich verwundert. »Es gibt noch nichts zu sehen.«

»Schon gut«, sagte Frau Noah begütigend, »ich weiß, das Klavier muss erst gestimmt werden, aber Nina möchte das Instrument so gern sehen, auf dem sie spielen soll, wo sie doch gerade mit den Stunden angefangen hat.«

»Aber Frau Noah, es gibt noch nichts daran zu sehen!«

»Was ist denn daran so geheimnisvoll? Warum dürfen wir das Klavier nicht sehen?«

»Wie Sie wollen, Frau Noah – hier ist es.« Und ich zog die Hülle herunter.

»*Schma Jisrael!*«, schrie Frau Noah auf, und die Klavierlehrerin stimmte ein.

Die beiden Frauen hielten sich die Augen zu und spuckten dreimal aus, als hätten sie ein Gespenst gesehen.

Als sie die Fassung wiedergefunden hatte, schrie Frau Noah mich an.

»Wollen Sie mir weismachen, dass das ein Klavier ist? Dass das ein Klavier ist, wollen Sie mir einreden? Nur über meine Leiche kommt diese Missgeburt in mein Haus!«

Die Musiklehrerin fand es anscheinend schlauer, zuerst ein Gespräch anzufangen, und fragte: »Was für eine Marke ist es?«

»Es findet sich nur ein altes, verblichenes Schild darauf, das kaum lesbar ist. Ich habe bisher nur die Buchstaben MAR-CHIS entziffern können. Meine Vermutung ist, dass es Französisch oder Italienisch ist und etwas mit *Marquis* zu tun hat.«

»Aha, das Klavier eines Marquis also«, lächelte die Klavierlehrerin überheblich. »Und was hat dieser Kasten für einen Sanor?«

»*Sanor?* Was verstehen Sie unter Sanor, Fräulein?«

»Oh là là«, stichelte die Lehrerin. »Es heißt, Sie seien der Klavierstimmer von Artur Schnabel, Artur Rubinstein und Arturo Toscanini gewesen. Und da wissen Sie nicht einmal, was Sanor ist? Sanor! Sanorisch? Verstehen Sie das nicht?«

»Oh, jetzt verstehe ich, was Sie meinen«, sagte ich. »Sonor wollen Sie sagen, Ton, Klang, *sonorité*. Den gibt es im Augenblick noch nicht, meine liebe Dame. Aber haben Sie keine Sorge, alles wird wieder vorhanden sein, sowohl Sonor wie *sonorité*«, setzte ich scherzend hinzu.

Das aber war fehl am Platze.

»Ich habe noch nie etwas von einem Sonor oder einer Sonorité gehört, die kommt und geht«, rief die Lehrerin ärgerlich. »Was ist denn eigentlich mit diesem Klavier passiert?«

Das Misstrauen der Lehrerin, das auf ihrer völligen Ahnungslosigkeit beruhte, hatte sich nun auf die Frau des Stuckateurs übertragen.

»Sie Betrüger! Sie Schwindler!«, schrie sie ärgerlich. »Jetzt ist auch noch der Sonor und die Sonorité weg ...«

Und sie packte ihr Wunderkind an der Hand und zog es hinaus. Die kratzbürstige Lehrerin folgte ihr erhobenen Hauptes.

In die nunmehrige Stille sagte Hannah: »Carmi, mit solchen Kunden möchte ich den Laden nicht eröffnen.«

»Du hast recht, Liebling. Aber wenn ich die Anzahlung zurückgebe, ist es mit dem Klavier aus. Denn niemand sonst in der Welt würde sich die Mühe machen, ein Klavier in solchem Zustand auch nur anzufassen.«

Noch bevor wir zu einer Entscheidung gekommen waren, was mit diesem ersten Auftrag zu tun sei, kam sie zurück, die Frau des Stuckateurs, und brachte ihren Mann mit. Aus seinem veränderten Auftreten und Vokabular war zu schließen, dass die Musiklehrerin ihn mittlerweile über die Geheimnisse der Klavierkonstruktion aufgeklärt hatte.

»Was war hier los, Herr Carmi?«, fragte er herausfordernd.

Während ich noch über eine Antwort nachdachte, die ihm begreiflich machen könnte, dass er von etwas sprach, wovon er nichts verstand, fing er an zu schreien.

»Genügt es nicht, dass die Leute schon alles aus dem Klavier herausgerissen haben? Und da nehmen Sie noch die Señorita und den Signor heraus?«

»Einen Augenblick, Herr Noah. Zuerst einmal haben Sie Sonor und Sonorité mit Signor und Señorita verwechselt. Zweitens muss ich Ihnen sagen, dass Ihre Musiklehrerin von einem Klavier so viel versteht wie eine Kuh vom Hürdenlaufen.«

»Reden Sie sich nicht heraus, Herr Carmi! Antworten Sie lieber, wer Ihnen erlaubt hat, diese Sachen aus dem Klavier herauszunehmen? Und wo sind sie jetzt?«

»Wo ist was?«

»Signor und Señorita.«

Als wir nicht anders konnten, als schallend zu lachen, begriff Herr Noah endlich, dass da irgendetwas nicht stimmte, und lenkte ein.

»Ich bin ja nur ein Stuckateur, aber die Klavierlehrerin hat mir das gesagt.«

»Herr Noah«, übernahm nun Hannah mit ihrer üblichen, ruhigen Sicherheit, »haben Sie doch etwas Geduld und warten Sie, bis die Reparatur gemacht ist. Sie werden sehen, was für ein Klavier Sie bekommen! Es wird wirklich eine Señorita sein.«

Da aber mischte sich Frau Noah ein.

»Nur über meine Leiche!«, schrie sie. »Ich will keine Señorita! Ich will überhaupt nicht, dass dieses Klavier repariert wird! Ich will nur das Geld zurück. Das Klavier können Sie behalten. Sollen doch Ihre Kinder darauf spielen! Und ich sage Ihnen, Frau Carmi, Ihr Mann hat sich meinem Gemahl gegenüber sehr unanständig benommen!«

»Wie meinen Sie das, Frau Noah?«

»Er hat meinem Mann eingeredet, er soll in dieses Gelump Geld stecken!«

»Das ist nicht wahr!«, protestierte ich vehement. »Es war die Idee Ihres Mannes. Er wollte unbedingt ein Klavier mit Stuck haben.«

Der Stuckateur schien inzwischen bemerkt zu haben, dass er im Unrecht war. Und nun – wie es schlichte Leute in solch einer Situation tun – versuchte er, seine Verlegenheit durch Lautstärke zu übertönen. Mit hochrotem Kopf hämmerte er auf das Klavier.

»Ein Betrüger sind Sie, ein Lump!«, schrie er. »Dieses Klavier ist wertloses Gerümpel, und ich werde mein gutes Geld nicht wegschmeißen und es reparieren lassen!«

Und unter wütenden Ausrufen: »Mein Geld, mein Geld!« hämmerte er immer weiter mit der Faust auf das Klavier.

Dieses Hämmern war das Hämmern des Schicksals. Es war genau das, was das Klavier gebraucht hatte. Aber in dem dämmrigen Laden, in dem das elektrische Licht noch nicht angeschlossen war und der sich außerdem inzwischen mit neugierigen, vom Lärm angelockten Passanten gefüllt hatte, bemerkte niemand, was mit der Gipskruste geschehen war.

Hannah und die Mädchen mischten sich unter die Menge und versuchten, die Situation zu erklären, während der Stuckateur mit seinen Schmähungen fortfuhr.

»Erklären Sie mal lieber, was mit dem Kasten geschehen ist!«, schrie er und hämmerte immer wieder auf das Klavier. »Und der Signor und die Señorita ... Sagen Sie mir endlich, wo sie sind!«

Die Zuschauer schienen mit dem Stuckateur zu sympathisieren, denn sie vermuteten, dass jemand von dem Signor und der Señorita betrogen worden war.

Da die Situation allmählich recht peinlich und für die Eröffnung einer neuen Werkstatt immer weniger zuträglich wurde, beschloss ich, die Frage nach Recht und Unrecht außer Acht lassend, Herrn Noah seine 50 Pfund zurückzugeben.

Zufrieden stopfte er sich das Geld in die Tasche und stapfte mit seiner schimpfenden Frau aus dem Laden. Ich atmete auf.

Da hörte ich die erregten Stimmen meiner Töchter.

»Papa! Papa! Komm schnell! Auf dem Klavier ist ein Engel!«

Ich schlug mir die hässliche Szene aus dem Sinn und eilte zu ihnen. Sie hielten ein Stück Kruste in die Höhe, das sich anscheinend durch Herrn Noahs schwere Faustschläge vom Klavier abgelöst hatte und in dem sich der Abdruck einer herrlich geformten Figur abzeichnete. In rasender Eile stellte ich fest, wo das Stück abgefallen war. Und siehe da. Auf dem nunmehr freigelegten Holz zeigte sich ein entzückender kleiner Cherub, der mit heiterem Lächeln eine winzige Trommel schlug, als wollte er die ganze Welt um das Klavier versammeln!

»Das … das kann nicht sein. Nein, es kann nicht sein!«, schrie ich und zerrte das Foto vom Klavier des Königs aus meiner Tasche.

Doch als ich die geschnitzte Figur darauf mit der verglich, die unter der Kruste verborgen gewesen war, wusste ich, dass ich das Klavier des Königs vor mir hatte.

Ich schrie laut auf.

»Es ist der Junge, Hannale! Das ist der Junge, mein Liebling! Dies hier ist das Klavier des Königs! Es ist die Harfe des Königs David!«

»Und Süßigkeit ging von dem Starken«

So also hatte das Siena-Klavier mich gefunden.

Ich wusste, dass meine Arbeit erst begonnen hatte. Die grabsteinähnliche Kruste musste erst entfernt werden, um die ursprüngliche Schönheit, die Nicodemo Ferris Kunst dem Gehäuse gegeben hatte, sichtbar zu machen. Dann musste das ruinierte Instrument von Grund auf neu gebaut werden, um seine lieblichen Töne, die mein Großvater und ich in unserer Fantasie zu hören gemeint hatten, als er in Jerusalem die Davidsharfe baute, für die Welt wiederzugewinnen. Doch bevor ich irgendetwas daran unternehmen konnte, musste das Klavier zu mir nach Hause gebracht werden, damit ich nach dem Tagwerk in Muße daran arbeiten konnte.

Die Transportarbeiter, die ich hereinrief, kannten das verkrustete Klavier von seinen Wanderungen durch Tel Aviv recht gut und spotteten über meine Warnung, sorgsam damit umzugehen. Als ich ihnen jedoch den kleinen Engel zeigte, machten sie große Augen und behandelten den zugegipsten Schatz mit aller erdenklichen Behutsamkeit.

Kaum hatten wir das Klavier nach Hause gebracht, als unsere Gäste hereinzuströmen begannen. Sobald Richter Schamir von dem großen Ereignis hörte und das Instrument sah, rief er den Staatsanwalt, Herrn Misrachi, an und bat ihn, herüberzukommen. Als er da war, begann sich der Richter bei ihm zu entschuldigen.

»Ich bedaure nachträglich, dass wir damals über den Wert des Klaviers verschiedener Meinung waren. Denn wie ich nun sehe, hat es tatsächlich einen weitaus größeren Wert als eine Stecknadel mit Kopf!«

Die Entfernung der Kruste erwies sich als äußerst schwierig. Alle von uns konsultierten Experten rieten, Lösungsmittel anzuwenden, um das Holz und die Schnitzereien nicht zu beschädigen. Diese aber waren, wie die meisten Chemikalien, der Kriegswirtschaft vorbehalten, und sie auf dem schwarzen Markt zu kaufen, brachte zweierlei Schwierigkeiten mit sich: Erstens war die Qualität dort sehr unzuverlässig, zweitens überstiegen die Schwarzmarktpreise meine mageren Einkünfte aus dem Soldatensold, von meinem dahingeschmolzenen Bankkonto gar nicht zu reden.

Hannah und ich führten lange Unterhaltungen darüber, ohne zu einem Schluss zu kommen. Einige Monate später – ich war inzwischen aus der Armee entlassen worden – rief mich Hannah, als sie vom Einkaufen nach Hause kam, ins Musikzimmer.

»Carmi«, begann sie, »vielleicht hältst du mich für verrückt, aber ich kann nicht mit ansehen, wie unser Aschenputtel mit seinen herrlichen Engeln in der entsetzlichen Kruste herumsteht. Deshalb bin ich zur Bank gegangen und habe Geld für das Lösungsmittel abgehoben.«

»Sei gesegnet, mein Liebling«, war alles, was ich antworten konnte.

Nun krempelten wir alle die Ärmel auf und machten uns ernsthaft an das königliche Klavier heran. Und nachdem wir es eine Woche lang unzählige Male mit Lösungsmitteln abgewaschen hatten, löste sich endlich die angeblich unlösliche Kruste auf. Vor unseren Augen enthüllte sich die Schönheit, von der ich geträumt hatte, seit ich in den Archiven von Siena zum ersten Mal die Bilder des Klaviers gesehen hatte. Die Wirklichkeit allerdings war noch viel berückender, als die Fotos es uns hatten ahnen lassen.

Als der Innendeckel abgewaschen war, erschienen deutlich die Namen der Erbauer.»Fratelli Marchisio, Turino; Sculptori: Bartalozzi e Ferri; Siena.« Einer nach dem anderen neigten wir uns ehrfurchtsvoll über die Namen der Unsterblichen, die diese märchenhafte Schönheit erdacht und geschaffen hatten.

Während ich ständig überlegte, wie man das zerstörte Klavier wiederherstellen und zum Singen bringen könnte, bewegten mich gleichzeitig noch eine Reihe anderer Fragen: Wie war das Klavier in das von den Deutschen kontrollierte El Alamein gelangt?

Welchen militärischen Rang musste ein Mann haben, der ein Klavier direkt aus dem Palast des italienischen Königs stehlen und außer Landes bringen konnte, ohne seinen Verlust befürchten zu müssen, falls er an einen anderen Kriegsschauplatz versetzt werden sollte?

Die Verkleidung des Klaviers war so fachmännisch durchgeführt, dass der Organisator des Diebstahls die Hilfe von Experten zur Verfügung gehabt haben musste. Aber warum hatte er das Instrument mit über das Mittelmeer geschleppt, anstatt es »heim ins Reich« zu senden? Hatte Rommel vielleicht befürchtet, dass es ihm in Deutschland verloren gehen würde? Oder dass Hermann Göring die Lieferung so gedankenlos an sich nehmen würde, wie er einmal – so erzählte man sich – die Marke seines Hundes genommen und sich neben seinen anderen Orden an die Brust geheftet hatte?

»Der Teufel wird wissen, wie es war«, sagte ich, als wir in der Familie alle diese Möglichkeiten erwogen. »Wie kann man in dieser Welt, in der alles auf dem Kopf steht, die Wahrheit herausfinden?« Und wir beschlossen, es der Zeit zu überlassen, die Lösung zu bringen, die wir jetzt nicht finden konnten.

Eines Tages aber sagten meine Töchter: »Wir müssen dem König das Klavier zurückgeben.«

»Das meint ihr also?«, fragte ich, ohne wirklich von dieser Idee überzeugt zu sein. »Holt euch Stühle. Wir setzen uns, um das Problem zu besprechen.«

Ich begann: »Moralisch betrachtet scheint dies tatsächlich die richtige Entscheidung zu sein. Aber ich weiß nicht, ob wir dem Klavier gerecht werden, wenn wir es in seinem jetzigen Zustand zurückgeben. Sollten wir es nicht vorher in Ordnung bringen? Wenn aus keinem anderen Grunde, so deshalb, damit wir seine Stimme hören können? Und inzwischen, denke ich, sollten wir uns noch einmal gründlich überlegen, ob das Klavier sein Leben weiter in seinem alten Versteck im Königspalast verbringen und wieder ein vergessenes Instrument werden soll, das der Welt verborgen bleibt. Soll dieses Klavier nicht nach dem Willen seiner Erbauer, der Marchisios, zu Fortschritt und Kultur der Welt beitragen?«

Ich sah auf den lieblichen Gesichtern meiner Mädchen Zweifel an ihrer eigenen Entscheidung aufsteigen, die sie eben noch so sicher geäußert hatten, und das bestärkte mich in meiner immer entschiedener werdenden Überzeugung, dass ich den Ausweg aus unserem Dilemma gefunden hatte.

»Ihr macht mich sehr stolz auf euch, meine Mädchen. Vielleicht könnt ihr gar nicht begreifen, wie stolz! Stolz auf eure bedingungslose Aufrichtigkeit. Und ich werde nie vergessen, wie ihr das kranke Klavier nach Hause geschleppt habt, damit es wieder gesund gemacht wird, und auch nicht, wie ihr einen Unterschlupf dafür gesucht habt, obgleich es damals nur ein altes, armseliges Klavier mit einer Kruste darum war.

Ich teile eure Ansicht, dass der König von Italien ein moralisches Anrecht auf das gestohlene Klavier hat. Darum werden wir ihn benachrichtigen, dass wir sein verlorenes Eigentum gefunden haben. Aber bis zu seiner Antwort werden wir an dem Klavier arbeiten. So können wir, selbst wenn wir es nach Italien zurückschicken müssen, vorher seine Stimme hören.«

Die Mädchen waren mit diesem Vorschlag von Grund auf einverstanden.

»Glaubst du, dass der König diesmal antworten wird?«, fragte Zmira.

»Es wird ihm schwerfallen, nicht zu antworten«, entgegnete ich. »Diesmal bitte ich ihn nicht um etwas, sondern habe ihm etwas anzubieten.«

Sofort nach dem Essen setzten wir uns um den großen Esstisch und machten uns an den Brief. Der ganze Tag verging mit Entwürfen und endlosen Verbesserungen, bis wir uns auf folgendes Dokument einigten:

Tel Aviv, 14. März 1945

Vittorio Emanuele III
König von Italien
Rom.

Eure Majestät.

Im Namen meiner Familie sowie im eigenen Namen habe
ich die große Ehre, Ihnen mitzuteilen, dass Ihr Klavier
– dasselbe, von dem vor vielen Jahren Ihr Vater meinem
verstorbenen Großvater seltsame Dinge erzählte und das
ich so viele Jahre suchte – auf wunderbare Weise seinen
Weg in mein Haus gefunden hat. Sie mögen sicher sein,
dass es hier geschützt ist und zu Ihrer bedingungslosen
Verfügung steht.

Hochachtungsvoll
Avner Carmi

Um diesmal die Sicherheit zu haben, dass der Brief wirklich in
die Hände Seiner Majestät gelangen würde, schickte ich den
Brief per Einschreiben. Den Belegzettel besitze ich bis heute.

Beauftragter und Werkzeug

Es zeigte sich, dass es im Jahr 1945 noch schwieriger war,
Ersatzteile für ein Klavier zu bekommen, als eine steinharte
Kruste zu entfernen. Ich musste meine ganze Erfindungsgabe
aufwenden, um nur die allerprimitivsten Teile aus den kriegs-
zerstörten Instrumenten, die man mir anbot, zu beschaffen,
ganz zu schweigen von den eigentlich angemessenen Teilen

für ein so einzigartiges Klavier, das in seinen großen Tagen alle Klaviere der Welt übertroffen hatte. So hatte ich während des gesamten Tages, wenn ich mit Hannahs Hilfe in meinem blühenden Geschäft arbeitete, das Siena-Piano im Kopf.

Eines Tages kamen unsere drei Mädchen ins Geschäft gelaufen und riefen begeistert: »Das Siena-Klavier spielt! Es spielt!«

Hannah und ich, die den noch immer beklagenswerten Zustand des Klaviers nur allzu gut kannten, fragten ungeduldig: »Was heißt das? Spielt es von selber?«

»Ja!«, antworteten sie. »Wie die Harfe von König David! Kommt nur und hört es euch an!«

Die Begeisterung auf ihren Gesichtern war so echt, dass Hannah und ich ihnen ohne weitere Fragen nach Hause folgten, obgleich wir insgeheim doch einen kindischen Scherz dahinter argwöhnten. Zu Hause hetzten die Mädchen vor uns ins Musikzimmer, und als Hannah und ich hinterherkamen, erlebten wir dasselbe wie mein guter Großvater, als er mich einmal beim Experimentieren mit seinem Klavier überraschte. Die Vorderwand des Siena-Klaviers war heruntergenommen, Zmira kniete davor, und mit ihren Fingerspitzen strich sie über ein halbes Dutzend Saiten, die die Mädchen mit großer Geduld über den Resonanzboden gespannt hatten. So unvollkommen sie waren, es waren Töne, die Zmira hervorlockte.

Nun kapitulierte ich endlich vor dem großen Verlangen der Kinder und beschloss, dass – Materialknappheit hin oder her – die Wiederherstellung des Siena-Klaviers mit aller Kraft in Angriff genommen werden musste, und zwar sofort. Unser Musikzimmer wurde zur zweiten Werkstatt. Jeden Abend nach dem Essen waren wir an der Arbeit, um die Worte des Propheten Hesekiel wahr werden zu lassen: »Ich will euch Adern geben und Fleisch lassen über euch wachsen und euch mit Haut überziehen und will euch Odem geben, dass ihr wieder lebendig werdet.«

Um aber dem zerbrochenen alten Klavier Leben und Atem zu geben, musste zuerst sein »Herz«, der Resonanzboden, herausgenommen werden. Hätte es sich um ein gewöhnliches Klavier gehandelt, so wäre es einfach durch einen neuen ersetzt worden. Im Falle des Siena-Klaviers aber hätte die Entfernung des Resonanzbodens bedeutet, dass nur seine schöne Hülle und Geschichte übrig blieben.

Der Grund für den traurigen Zustand des Resonanzbodens war, dass die Stege, über die die Saiten laufen, verloren gegangen waren. In der Zeit, in der das Klavier an den verschiedensten Orten herumgestanden hatte, war es all seiner leicht entnehmbaren Teile beraubt worden. Die Stege, die die Saiten gestützt hatten, waren vermutlich als Feuerholz verwendet worden, und die Rippen, die hinten ans Klavier geleimt waren, hatten wahrscheinlich dasselbe Schicksal erlitten. Rippen und Stege haben die Aufgabe, den Resonanzboden in Form zu halten, man kann sie in jedem Klavier sehen, wenn man nur den oberen Deckel öffnet: Über die 4 Zentimeter breiten Stege werden die Saiten gezogen und die Rippen hinten über den Resonanzboden geleimt. Sie sind nur 2½ Zentimeter breit. Moderne Klaviere haben mindestens zwölf Rippen; das »Siena« aber hatte nur vier.

Ein weiteres Problem entstand durch die außerordentliche Feinheit des Resonanzbodens. Üblicherweise ist ein Resonanzboden ungefähr einen Meter breit und 2 Zentimeter dick und außerdem so konstruiert, dass er, wenn beschädigt, herausgenommen und ohne Schwierigkeit wieder eingesetzt werden kann. Doch der Resonanzboden des Siena-Klaviers war nur 5 Millimeter dick und an manchen Stellen fast durchsichtig, das heißt nicht mehr als 2½ Millimeter. Zudem war er so konstruiert, als hätte man nie mit seiner Reparatur gerechnet. Außerdem war diese dünne Schicht, die der Legende nach aus zweitausendjährigem Holz geschnitten war, so gesprungen und gespalten, dass sie zu bröckeln begann. Und doch musste ich diese so dünn gearbeitete Platte uralten Holzes in einem Stück herausnehmen und versuchen, sie zu reparieren.

Diese mühevolle Arbeit, die Abend für Abend verschlang, stellte die höchsten Anforderungen und zerrte an den Nerven. Nur die Überzeugung, dass diese Aufgabe meine ureigene Aufgabe und das Siena-Klavier »mein« Kind war, ließ meine Hand immer wieder sicher werden.

Schließlich war es geschafft. Ich hatte den splitternden Resonanzboden herausgenommen, repariert und wieder eingesetzt. Dann schlug ich, wie es die Klavierleute tun, mit der Faust darauf, und er antwortete mit einem Ton, der mich im Tiefsten erregte: Es klang wie das Echo, das in Davids Höhle in den Bergen Gilboas widerhallte.

Dies war der Anfang der dreijährigen Arbeit, die das Klavier von Siena wieder zu einem so wundervollen Gesang bringen sollte, dass mein Vater, der sich vor fünfunddreißig Jahren so sehr gegen meinen Weg als Klaviermechaniker gesträubt hatte, sagte: »Jetzt begreife ich, warum du mit allen Fasern deines Herzens das Klavierhandwerk lernen wolltest.«

Und tatsächlich habe ich mir oft überlegt, dass ich nur durch Großvaters Vorbild und durch die Inbrunst, die er mir für dieses legendäre Klavier wie auch für jedes andere eingeflößt hatte, diese Aufgabe erfolgreich lösen konnte. Ich bezweifle, dass sonst jemand in der Welt die hoffnungslose Aufgabe auf sich genommen hätte, solch ein verwüstetes Instrument wiederherzustellen.

Nun musste eine neue Mensur für das Klavier entworfen werden, das heißt, ich musste die genaue Lage, Maße und Spannung der Saiten bestimmen und entscheiden, wie sie in Beziehung zu den anderen Teilen gesetzt werden sollten. Doch wurde die Arbeit zu einer großen Freude, da meine Kinder dabeistanden und jede meiner Bewegungen, jeden Punkt verfolgten, den ich mit dem Bleistift anzeichnete – mit der gleichen Begeisterung und Bewunderung, mit der ich Großvater Mattis zugesehen hatte, als er die Davidsharfe plante.

Nachdem die Mensur auf dem Papier entworfen war, musste ich das Werk bauen. Natürlich kam es nicht infrage, das Werk irgendeines anderen alten Klaviers zu nehmen und in das Siena-Klavier einzubauen, denn jeder Klavierbauer hat da seine eigene Mess-Skala, obgleich alle Klaviere auf demselben Prinzip beruhen.

Doch woher die erforderlichen Teile nehmen? Obgleich der Krieg nun zu Ende war, konnte man noch immer kaum Ersatzteile bekommen. Allerdings standen in meinem Laden zwölf alte Klaviere, die ich kürzlich aus einem Schrottlager der Armee gekauft hatte. Sollte ich sie alle ruinieren, um Ersatzteile für ein einziges, wenn auch königliches Klavier zu finden?

Um die zwölf alten Klaviere zu kaufen, hatten wir eine Anleihe aufnehmen müssen, da die mageren Kriegsjahre und die bisherigen Aufwendungen für das Siena-Klavier unsere Ersparnisse weitgehend aufgezehrt hatten. Die Lösungsmittel allein hatten zweihundertfünfzig Pfund verschlungen. Unser Plan war gewesen, die zwölf alten Klaviere umzubauen und an ihrem Verkauf so viel zu verdienen, dass wir Zmira und Ora auf die Hebräische Universität nach Jerusalem schicken könnten. Von unseren Ersparnissen wär längst nichts mehr übrig – sollten wir nun auch noch die Ausbildung unserer Töchter gefährden, um dieses Phantasie-Klavier zu bauen?

Schließlich fand ich die, wie ich glaubte, geniale Lösung, mit der man sowohl den Wolf füttern als auch das Lamm am Leben lassen konnte: Ich wollte die notwendigen Teile von den alten Klavieren »borgen«. Ich redete mir ein, dass die normalen Handelskanäle bald wieder zur Verfügung stehen würden und man dann die geborgten Teile ersetzen könnte.

Doch damit war Hannah nicht einverstanden.

»Zuerst kommt die Ausbildung der Kinder«, sagte sie, getragen von der Sorge einer Mutter um ihre Kinder wie auch von jenem weiblichen Misstrauen, wenn es um finanzielle Angelegenheiten geht. »Außerdem brauchen wir das Geld, um uns selbst wieder zu organisieren.«

Die Mädchen waren in einem großen Zwiespalt: Was war stärker, der Wunsch, die Stimme der Davidsharfe zu hören, oder der, auf die Universität zu gehen? Schließlich siegte die Universität, und so stand das unvollendete Klavier verschlossen und schweigend im Musikzimmer.

Als aber meine Geschwister in Petach-Tikwa von diesem Aufschub hörten, kamen sie mit all ihren Kindern an – eine ganze Armee – und verlangten die Fortsetzung der Arbeit am Klavier.

»Wir müssen es endlich hören!«, erklärten sie.

Dann kam mein Vater. Aufmerksam hörte er Hannahs Darlegung an.

»Schau, Vater, die ganze Zukunft der Kinder liegt in diesen alten Kästen, diesen zwölf Klavieren, die wir reparieren und verkaufen wollen. Wenn man sie alle dem Siena-Klavier zuliebe verstümmelt, würde das auch die Ausbildung unserer Kinder verstümmeln. Das Königsklavier war fast ein Jahrhundert lang vergessen. Ich sehe nicht ein, warum es dann nicht noch ein paar Jahre warten kann.«

Mein Vater nahm ihre Hand.

»Du hast recht, Hannale, wie immer«, sagte mein Vater und nahm ihre Hand. »Aber glaubst du, ich werde so lange leben?«

Ich war bei Vaters Besuch nicht zu Hause gewesen. Hannah kam zu mir in die Werkstatt, als Vater gegangen war.

»Carmi, ich habe es mir überlegt«, sagte sie. »Wir *müssen* mit dem Klavier weitermachen. Und zwar sofort, ohne Rücksicht auf alles andere.«

Wir machten also weiter und borgten uns die notwendigen Teile aus den alten Klavieren. Wie sie so beraubt dastanden, boten sie einen traurigen Anblick: Das eine hatte seine »Finger« verloren, das andere seine »Zähne«. Dem dritten fehlten die oberen Töne, dem nächsten der Bass. Noch einem war eine der »Zungen« herausgenommen, einem anderen die »Rippen«.

Wir, die wir in Israel leben, glauben, dass es das Land der Wunder ist. Und wie ich an dem Klavier arbeitete, fühlte ich, dass ich das Werkzeug eines Wunders war. Denn wie Antonio Ferri und sein Sohn auf dem Klavier eine internationale Galerie unsterblicher Musiker verewigt hatten, um zu demonstrieren, dass die Musik als Sprache der Seele die ganze Menschheit eint, so lieferten die Länder der Unsterblichen, die die Ferris abgebildet hatten, die Ersatzteile. Diese alten Klaviere, denen ich die Teile entnahm, um das Siena-Klavier wiedererstehen zu lassen, stammten aus dem England Händels, dem Österreich Mozarts, dem Italien Aretinos, dem Frankreich Cherubinis und dem Deutschland Glucks. Das Neue daran war, dass einige Teile aus Israel stammten, aus den Klavieren, die ich selber gebaut hatte. Und obgleich jedes der erwähnten Klaviere auf einer verschiedenen Tonleiter aufgebaut war, gelang es, im »Siena« alle Teile harmonisch zu vereinen. Ich sang bei der Arbeit, während das Werk Gestalt annahm. Meine Tage waren von Glück durchleuchtet.

Doch dann kam der Rückschlag. Ich fand heraus, dass ich der Elastizität und außerordentlichen Feinheit des Resonanzbodens nicht genügend Spielraum gelassen hatte, und die vielen, vielen Saiten mussten wieder herausgenommen und langwierige Experimente angestellt werden, bis endlich auch dieses Problem zu meiner Zufriedenheit gelöst war.

Der nächste Schritt war die Koppelung, die sich beim Siena-Klavier von jedem anderen unterschied. Unter Koppelung versteht man die Abstimmung zwischen dem Resonanzboden und der Spannung des Saitensystems. Eine vollendete Koppelung hängt davon ab, ob der Steg die genau entsprechende Höhe hat. Dies ist die vielleicht heikelste Stelle im Klavier, bei der die kleinste Abweichung ein Klavier in ein beliebiges Möbel verwandeln kann.

Ich entdeckte, dass die vier Stege des Siena-Klaviers verschieden hoch gewesen sein mussten. Die richtige Dimension für jeden Steg zu finden, war wie das Finden der berühmten Nadel im Heuhaufen. Wieder experimentierte ich Tag für Tag und Nacht für Nacht, und als ich endlich die Lösung hatte, leimte ich die Stege auf den mürben Resonanzboden und spannte die Saiten noch einmal auf. Da gab es ein entsetzliches Geräusch: Der Resonanzboden war nach allen Seiten hin gesprungen.

Nun war Hannah am Ende ihrer Kraft. »Gib den sinnlosen Kampf auf«, flehte sie. »Es gibt für Klaviere keine Auferstehung, keine Wunder. Mit diesem Klavier ist es eben aus.«

»Sag das nicht«, riefen die Kinder. »Papa weiß, was er tut. Papa weiß, was er sucht!«

Ich umarmte die Mädchen und versuchte, Hannah zu beruhigen. Und ich versprach, dass alles gut werden würde. Doch tief im eigenen Herzen fühlte ich, dass ich nicht mehr weiterwusste. Vor mir stand das vermutlich herrlichste Klavier der Welt, das mir das Schicksal so offensichtlich anvertraut hatte, und ich hatte es wiederherzustellen. Andererseits hatte ich bereits fast alles, was ich besaß, geopfert und nichts erreicht.

Doch das Vertrauen meiner Kinder machte mir Mut – »Papa weiß, was er tut!« – und rief noch einmal Großvaters Sehnsucht nach diesem Klavier in mir wach. Die Frage meines eigenen Vaters klang in meinen Ohren: »Wer weiß, ob ich so lange lebe?« Ich *musste* einfach weitermachen.

So fing ich von vorne an. Wie Enrico Marchisio, der nach seiner schweren Arbeit in der Klavierfabrik geduldig Nacht für Nacht daran gesessen hatte, verbrachte auch ich meine Nächte nachdenkend und experimentierend. Und eines Nachts, gegen zwölf Uhr, als alle Sterne am Himmel über Israel strahlten, ertönte aus der Tiefe des Klaviers ein Akkord, der mein Herz erzittern ließ, ein Akkord, der klang, als käme er vom Himmel selber.

»Das ist es!«, schrie ich und rannte, Hannah und die Mädchen zu wecken.

»Das ist die Stimme des ›David‹!«, rief Hannah weinend.

»Unseres ›David‹«, sagten die Mädchen und küssten die Mutter.

Und so konnte das Klavier von Siena – nach annähernd drei Jahren hartnäckiger Arbeit – der Welt zurückgegeben werden. Es war um dieselbe Zeit, als in den Vereinten Nationen die Debatte über das Wiedererstehen des Staates Israel stattfand. Am 30. November 1947 – dem Tag, an dem die Vereinten Nationen die Entscheidung bekannt gaben, dass der Staat Israel gegründet wurde – legte ich, umgeben von meinen Lieben, letzte Hand an das Siena-Klavier und räumte mein Werkzeug zur Seite.

»Es ist vollbracht!«, rief ich aus. Die Harfe Davids erklang wieder.

Finale

Lévy war von der Geschichte des Klaviers tief beeindruckt. Nun wollte er erfahren, was weiter damit geschehen war, und so erzählte ich ihm von dem historischen Abend, da das Klavier von Siena seine moderne Premiere bei einem großen Konzert unter dem Patronat des Premierministers Ben Gurion hatte. Die bekannte israelische Pianistin Pnina Salzmann war ausersehen worden, bei dieser Gelegenheit zu spielen. Unter den Ehrengästen befanden sich neben Botschaftern und wichtigen Würdenträgern auch der Außenminister Mosche Scharett, der Finanzminister Levi Eschkol und viele Freunde meiner Familie.

Als Hannah und ich während der Pause meinen Vater und den Premier besuchen wollten, fanden wir sie in so intensivem Gespräch, dass wir still stehen blieben und nur zuhörten.

»Der Vorfall ist wie eine Auferstehung – als hätte sich ein Grab wieder geöffnet«, sagte Ben Gurion. »Die einzigartige Stimme dieses herrlichen Instruments stimmt ein in den großen Chor, der heute aus Israel erschallt.«

»Und ihr sollt erfahren, dass ich der Herr bin. Ich rede es und tue es auch‹«, zitierte mein Vater aus der Bibel.

»›Wie groß sind deine Werke, o Herr, wie tief sind deine Gedanken‹«, setzte der Philosoph Ben Gurion hinzu.

Inzwischen hatte er Hannah und mich bemerkt und wandte sich an uns.

»Es scheint, dass das Klavier noch mehr auf der Suche nach Ihnen war als Sie auf der Suche nach dem Klavier! Was geht hier vor, Carmi? Wieso klingt dieses Klavier anders als alle Klaviere, die ich je gehört habe? Wieso klingt es manchmal wie eine Harfe und manchmal wie ein Spinett und manchmal sogar wie ein ganzes Orchester?«

»Sie haben ein besseres Gehör, als ich dachte«, erwiderte ich.

»Das will ich meinen, Carmi«, grollte mein Vater. »Jeder David ist musikalisch, so auch dieser; das ist die Tradition seit König David.« Und wir alle lachten.

Mein Vater starb. Er ruhe in Frieden! Er war ein mitreißender, ehrlicher und aufrechter Mann und lebte neunzig Jahre, um schließlich noch die Entstehung des freien Staates Israel und seine Aufnahme in die Vereinten Nationen zu erleben. Von der Zeit an, da meine Mutter nicht mehr lebte, war er für seine Kinder nicht nur ein hingebender, idealer Vater und Freund gewesen, sondern hatte ihnen auch eine gute und warmherzige Mutter ersetzt.

Vater hinterließ kein Testament. An so etwas hatte er nie gedacht, da er und seine Kinder einander absolut respektierten und wir auch ohne Testament wussten, was sein Vermächtnis jedem Einzelnen von uns gegenüber war. Von mir hatte er gewünscht, dass ich die Geschichte des Klaviers niederschriebe. Denn er war davon überzeugt, dass die Klänge des Siena-Klaviers und seine Geschichte einander ergänzten, zusammengehörten. Außerdem aber hatte er gewünscht, dass ich den Klang des Klaviers in alle Welt hinaustrage.

Um den ersten Wunsch meines Vaters zu erfüllen, musste ich eine neue Mission auf mich nehmen. Das heißt, ich musste zur Feder greifen und ein Buch schreiben – etwas, das ich mir nie zugetraut hätte. Dann aber musste ich mich bemühen, die Aufmerksamkeit der Welt auf die Existenz des Siena-Klaviers zu lenken. Das entsprach allerdings auch meiner eigenen Überzeugung, da mir schien, das Klavier wollte in der Welt wirken. Als Musiker konnte ich mir vorstellen, dass das Instrument in unserer Zeit noch größeres Interesse erwecken würde als 1867, da es die Pariser Weltausstellung zierte. Schon, dass es dem modernen Ohr vermitteln konnte, wie bestimmte Kompositionen vergangener Perioden klingen sollten, bedeutete einen großen Beitrag zu unserem Musikverständnis.

So weit, so gut. Doch auf diesem Weg lagen große Schwierigkeiten: Ehe ich das Siena-Klavier aus Israel nehmen und in die Musikzentren der Welt bringen konnte, mussten die Besitzrechte geklärt werden. Das Instrument war ja Eigentum des Hauses Savoyen. Über diesen Punkt war Hannah, und mit ihr die ganze Familie, anderer Ansicht als ich. Sie fanden, dass ich mit dem Klavier nach eigenem Ermessen verfahren könnte. Ich aber hatte ein ungutes Gefühl, obgleich meine Bemühungen, vom König direkte Antwort zu erhalten, gescheitert waren, und trotz der Meinung vieler Leute, ich solle nicht mehr an das Haus Savoyen denken, sondern das Instrument als mein Kind, als ein Geschenk Gottes betrachten. Doch wurden meine Zweifel durch solche Ratschläge nicht behoben.

Gott sei Dank lösten schließlich meine Töchter Zmira, Ora und Aviva das Problem für mich.

Im Jahr 1950 gab es zur Feier des zweiten Jahrestages der Wiedergeburt unseres Staates Israel in unserem Haus ein großes Familientreffen. Wir trugen fast alle noch die israelische

Armeeuniform, da damals jeder zwischen sechzehn und sechzig unseren jungen Staat verteidigen musste. Meine Familie stellte fast einen eigenen Militärverband dar, eine »Janowsky-Einheit«, die aus fünfundsechzig starken Seelen bestand. Wir gedachten bei jeder Reunion unserer lieben Verstorbenen, zündeten zu ihrer Erinnerung Kerzen an und sprachen über die langen, schweren Jahre, die wir vor der Wiedergeburt Israels durchlebt hatten. Natürlich auch über die soeben ausgefochtene letzte große Schlacht im Stile Davids gegen die fünf arabischen Nachbarstaaten, die sofort nach seiner Gründung unser kleines Land von allen Seiten her überfallen hatten.

Und dann erklang die Harfe Davids, als unsere Mädchen die Gesellschaft mit einem vielseitigen Programm auf dem Siena-Klavier unterhielten. Als sich die Feier schon dem Ende zuneigte – es war fast Mitternacht –, entzündete sich plötzlich eine erregte Debatte an unserem Hauptproblem: Wem gehört das Klavier des Königs?

Das Ganze begann damit, dass irgendjemand Ora fragte, wie es jetzt eigentlich mit dem Klavier stünde, und sie erwiderte: »Ich glaube, Vater sollte sich darüber nicht mehr den Kopf zerbrechen!«

»Vor allem, wenn man die fantastischen Umstände bedenkt, unter denen dieses Klavier in deine Hände gekommen ist!«, schloss mein Bruder Jakob sich an.

»Ich kann es noch immer nicht fassen, dass das Klavier des Königs von Italien bei einer Trödelauktion des Königs von England verkauft wurde!«, fügte Mosché hinzu.

»Dennoch hat Vater die komische Idee, dass wegen des Klaviers ein diplomatischer Konflikt zwischen Rom und Jerusalem ausbrechen könnte!«, rief Zmira ironisch.

Nun mischte ich mich ein.

»Übertreib nicht, mein Liebling. Es ist nicht so einfach, wie du denkst. Die Erben des Königs könnten eines Tages, mitten in einem Konzert, das Klavier von der Bühne weg konfiszieren lassen.«

»Solange die Situation nicht ganz geklärt ist, ist für Carmi das Problem nicht gelöst«, unterstützte Hannah mich. »Und niemand in der Welt wird ihn davon überzeugen, dass es sich bei dem Klavier letztlich doch um einen gestohlenen Gegenstand handeln könnte, der lediglich in seinem Haus aufbewahrt wird.«

»Aber Carmi, das Haus Savoyen existiert doch gar nicht mehr!«, rief Mosché.

»Dann gehört das Klavier als italienisches Kunsterzeugnis immer noch dem italienischen Staat!«

»Menschenskind!«, schrie Mosché nun. »Es ist doch öffentlich von britischen Armeestellen verkauft worden!«

»Du hast recht und doch nicht recht«, sagte ich. »Das Klavier wurde nicht verkauft, sondern einem Händler geschenkt.«

»Und wo ist der Unterschied?«

»Es existiert keine Verkaufsrechnung.«

»Was ist denn mit dir los?«, fragte mein Bruder Pesach empört. »Die Geschichte hat doch in allen italienischen Zeitungen gestanden, und trotzdem hat kein Mensch nach dem Klavier gefragt!«

»Außerdem spricht dir das Gesetz das Klavier als Finder eindeutig zu«, sagte meine Schwester Mirjam.

»Sieh die Sache, wie du willst«, beharrte ich. »Ich aber werde mit dem Klavier nichts unternehmen, bevor ich nicht sicher sein kann, dass meine Pläne nicht gestört werden.«

»Da hat Vater vollkommen recht«, stimmte mir nun meine jüngste Tochter zu. »Warum soll er sich in eine unklare Situation begeben?«

»Was ist da unklar?«, schrie zu meinem Erstaunen meine Tochter Zmira, fast wütend. »Das Haus Savoyen ... das Haus Savoyen! Und was ist mit dem Hause Carmi, das sie zerstört haben? Und was mit unserer Davidsharfe, die sie vernichtet haben, und mit der goldenen ›Arche‹? Und was mit unseren zwei Klavieren und all den Dingen, die wir besessen haben? Sind sie nicht unter den Ruinen des Hauses Carmi begraben worden? Und haben das nicht die Italiener gemacht?«

Alle waren Zmiras Meinung.

»Aber warum sieht Vater das nicht? Und warum betrachtet er das Auftauchen des Klaviers des Königs von Italien immer nur als ein Wunder anstatt auch als einen Akt der ausgleichenden Gerechtigkeit?«

»Es ist etwas an dem, was Zmira sagt«, bemerkte Mosché.

»Das italienische Volk hat seinem König das Klavier als ein Symbol der Liebe geschenkt«, sagte ich zu Zmira. »Ein Symbol, mein Kind, hat eine merkwürdige Macht.«

»Gerade davon spreche ich«, mischte sich Ora ein. »Das Klavier ist König Umberto als Symbol der Bande zwischen einem treuen Volk und einem treuen König geschenkt worden, aber König Umberto war kein treuer König. Er hat sein Volk enttäuscht, und die Italiener haben ihn darum selber umgebracht! Und darum hat auch das Haus Savoyen sein symbolisches Klavier verloren, weil ...«

»Weil sich König Vittorio Emanuele mit den Henkern und Kriegswütigen verbrüdert hat!«, fiel Zmira ein. »Er hat sich mit Adolf Hitler verbündet!«

»Genau das meine ich«, nahm Ora wieder das Wort. »Solange der König sein Volk achtete, das seinem Vater das Klavier als ein Symbol geschenkt hatte, bestand zwischen dem Haus von Savoyen und der Nation eine intakte Bindung. Doch von dem Moment an, da er seine Pflichten als König Italiens zu vernachlässigen begann, verschwand das Klavier aus seinem Besitz, das Haus Savoyen brach zusammen und der König musste ins Exil.«

»Und ist in Ägypten gestorben«, warf ein Gast ein.

»Und Hitlers Freund Mussolini«, sprach nun Zmira weiter, »der es den Deutschen ermöglichte, italienische Kunstschätze wegzuschleppen, und der für den Diebstahl des symbolischen Klaviers aus dem Krönungspalast verantwortlich ist – was ist mit ihm geschehen? Hat nicht eben damals seine Herrschaft zu bröckeln angefangen? Und ist er nicht schließlich elendiglich umgekommen?«

»Und die Deutschen?«, gab Aviva das Stichwort.

»Wer auch immer der hochgestellte Deutsche war, der das Klavier in die Wüste verschleppte – jedenfalls war die Schlacht bei El Alamein die erste Niederlage der Deutschen, die schließlich den Zusammenbruch des ganzen Tausendjährigen Reiches erlebten. Und alles nur wegen dieses Klaviers!«

Alles lachte über diese groteske Unterstellung. Dann aber fuhr Zmira leise fort: »Dort ging es bergab, unsere Geschichte aber erstand von Neuem. Nach zweitausend Jahren ist ein Volk auferstanden! Fast scheint es, als hätten sich die beiden Pfeiler Jachin und Boas, aus denen das Klavier gemacht ist, aus den Ländern des Verfalls aufgemacht in ihr Heimatland, das neu erstand – Israel. Haben nicht die Römer, die Judäa und Jerusalem zerstörten und unsere Vorväter als Sklaven verschleppten, zusammen mit den heiligen Geräten auch die Pfeiler Jachin und Boas verschleppt, aus denen sie Heidentempel und Kirchen erbauten? Haben also nicht die beiden Pfeiler dasselbe Schicksal gehabt wie die Kinder Israel während ihrer zweitausendjährigen Knechtschaft? Und fast scheint es, dass, wie so viele Juden, die auch Jachin und Boas heißen und aus ihren Exilländern nach Israel aufgebrochen sind, sich auch die Pfeiler – bildlich gesprochen – auf den Weg zurück gemacht haben und dass darum das Klavier aus Jerusalemer Holz zurück nach Jerusalem kam.«

Die Worte meiner Töchter hatten mich in der Tiefe meiner Seele gerührt. Ich war überzeugt von der Aufrichtigkeit und Wahrheit der Argumente der einzelnen Familienmitglieder. Ich erhob mich, um meinen abschließenden Beitrag zu unserer Aussprache zu liefern.

»Ungeachtet meiner eigenen Empfindungen und eingedenk seiner Erschaffer – der Marchisios, Nicodemo Ferris und Carlo Bartalozzis – in Erfüllung ihrer Absicht schlage ich vor, wir betrachten dieses Klavier als ein Symbol des Friedens, das der ganzen Welt gehören soll! Und es soll den Namen tragen: Das unsterbliche Klavier!«

Nun bin ich auf dem Wege, die Welt mit diesem Instrument bekannt zu machen. Und ich kann nur hoffen, dass das »Unsterbliche Klavier« die Mission erfüllt, die seine Schöpfer ihm zudachten. Ich bete darum, dass das wunderbare Klavier etwas beitragen möge zu der Aufgabe der Menschheit: in Frieden, in Brüderschaft und in Harmonie zu leben.

Schalom!

Friede sei mit euch!

Nachwort zur Neuauflage 2016

Vor 60 Jahren begann Avner Carmi die Arbeit an diesem Buch, das im Jahr 1960 in New York veröffentlicht wurde. Zu diesem Zeitpunkt befand er sich bereits seit einigen Jahren auf seiner großen Reise, die das Ziel hatte, das »Unsterbliche Klavier«, sein Symbol des Friedens, der Welt zu präsentieren.

Vier Jahre nach der Fertigstellung des Klaviers begann er, über das Buch nachzudenken, in dem er die Geschichte des Siena-Pianos niederschreiben wollte. Erste Ideen für den Titel der englischsprachigen Ausgabe waren: *Scandal in Tel Aviv, Witness of Tears* oder *The Harp of King David*, ehe er sich schließlich für *The Immortal Piano* entschied.

Am 16. März 1953 schiffte Carmi sich in Genua ein und fuhr mit der *Andrea Doria*, die erst zwei Monate zuvor vom Stapel gelaufen war, nach New York – mit an Bord befand sich das Siena-Piano. Die »Neue Welt« sollte die erste Etappe seiner *Grand Tour* werden, und tatsächlich ergaben sich hier Möglichkeiten, die er in Israel niemals gehabt hätte. Man wurde auf ihn und sein Instrument aufmerksam, bedeutende Persönlichkeiten der Musikwelt hatten Gelegenheit, das außergewöhnliche Instrument kennenzulernen.

Im August 1955 widmete das *New York Times Magazine* Carmi einen Artikel unter dem Titel »The Harp of David«. Dort heißt es: »Der alte russische Pianist lag auf seinem Totenbett in Jerusalem, und seine letzten Worte waren an seinen Enkel gerichtet. Er erzählte ihm von einem antiken Klavier, dessen Klang so wundervoll sei, dass man es ›König Davids Harfe‹ genannt habe. Sein üppig gearbeiteter Korpus – so sagte man – bestünde aus dem Holz des Tempels König Salomos in Jerusalem. Dieser Teil der Geschichte gehört zur Legende, das Klavier jedoch existierte tatsächlich.«

In diesen Jahren in den USA wurde das Unsterbliche Klavier nicht nur in zahlreichen Konzerten einer breiten Öffentlichkeit präsentiert, es entstanden auch mehrere Schallplattenaufnahmen. Der amerikanische Pianist Charles Rosen (1927–2012) etwa nahm Sonaten Scarlattis und Mozarts auf, der russische Pianist Anatole Kitain (1903–1980) spielte Bachs Adagio in C-Dur in einer Bearbeitung für Klavier ein. Sieben Aufnahmen entstanden in dieser Zeit, die in namhaften Zeitschriften wie *Billboard* besprochen wurden.

Im Dezember 1960 erscheint in den *Daily Capital News*, Missouri eine Vortragsankündigung: »Es ist die wahre Geschichte eines Mannes, Avner Carmi, und seiner unaufhörlichen, lebenslangen Suche nach einem sagenumwobenen Klavier. Carmi riskierte sein Leben, um seinen lebenslangen Traum zu einer triumphalen Wirklichkeit werden zu lassen … Am Ende der Veranstaltung werden wir dieses unschätzbar wertvolle Instrument selbst hören, gespielt vom weltberühmten Pianisten Ivan Davis.«

Wo begegneten sich Mattis Janowsky und der italienische König Umberto I., dem das Klavier gehörte? Laut Carmi (hier S. 13) war es in Rom. Folgt man jedoch Giveon Cornfield, Geschäftsführer des kanadischen Klassik-Labels Orion Records,

fand die Begegnung in Jerusalem statt (siehe *Note-Perfect.*
Thirty Years in Classical Music Recordings, Chaminade University Press 1993). Dort heißt es auch: »Selbst in einer Zeit, in der Franz Liszts Vorrangstellung in der Weltelite nur wenig Raum für andere Virtuosen ließ, erlangte Janowsky großen Ruhm als Pianist.«)

Es gibt keinen Grund, an Cornfields Darstellung zu zweifeln, in allen anderen Details decken sich seine Ausführungen mit denen Carmis. Und da auch durch andere Quellen belegt ist, dass König Umberto sich 1880 in Jerusalem aufhielt, liegt die Vermutung nah, dass Carmis Ausführungen an dieser Stelle den Bereich des Mythos nicht scheuen.

Dichtung und Wahrheit

Es gibt Hinweise darauf, dass Avner Carmi es in seinem autobiografischen Roman mit der historischen Wahrheit nicht in allen Details allzu genau genommen hat. Exemplarisch hierfür mögen die Passagen um den eben erwähnten Franz Liszt herangeführt werden. Es können ernsthafte Zweifel daran bestehen, dass der exzentrische Pianist tatsächlich während der feierlichen Übergabe des Siena-Pianos anlässlich der Trauung Umbertos I. im April 1868 in Turin geweilt hat – an keiner Stelle in der Literatur ist dies belegt. Und damit nicht genug: In Carmis Darstellung heißt es:

»Und da stand im Eingang der Halle der majestätisch schöne Pianist, dem die wallenden Locken auf die Schultern fielen, an seiner Seite die blendende junge Gräfin Laura Ceprano.« (siehe S. 246)

Frauen gab es in Liszts Leben viele, von denen die für seine Biografie wohl bedeutendsten die Französin Marie d'Agoult und die Fürstin Caroline zu Sayn-Wittgenstein gewesen sind (siehe Ida Marie Lipsius, *Liszt und die Frauen*. Leipzig 1911). Den Namen Laura Ceprano allerdings sucht man vergebens.

Auch an anderen Stellen des Buches finden sich Ungenauigkeiten, die zum Teil den gegenüber der heutigen Zeit stark eingeschränkten Möglichkeiten der Recherche geschuldet sein mögen, hier aber dennoch aus Gründen einer historischen Korrektheit erwähnt werden sollen. Carmis faszinierende Schilderung der Überfahrt von Bari nach Tel Aviv (siehe S. 253 ff.) endet mit seiner Schilderung der Katastrophe um das Flüchtlingsschiff *Struma*. In der amerikanischen Originalausgabe wie in allen bisherigen deutschen Ausgaben reihte sich hier ein Fehler an den anderen. Es war von einem »türkischen Frachter«, »620 Passagieren«, »türkischer Flagge«, »Beschuss auf der Rückreise«, einem »deutschen U-Boot« sowie von »einem einzigen 15-jährigen Überlebenden« die Rede.

Tatsächlich war die *Struma* ursprünglich ein englischer Dreimaster, der im Jahr 1880 in Newcastle unter dem Namen *Cornelia* vom Stapel gelaufen war. 1934 wurde er von der bulgarischen Aktiengesellschaft Struma gekauft und nach ihr benannt. Sieben Jahre später ging der Frachter in den Besitz des wohlhabenden bulgarischen Zionisten Dr. Baruch Konfino (1880–1862) über, der zuvor schon andere Überfahrten von Flüchtlingsschiffen nach Palästina organisiert hatte. Heute gilt als gesichert, dass das Schiff am 12. Dezember 1941 unter der Flagge Panamas mit 769 jüdischen Flüchtlingen aus der Bukowina und Bessarabien an Bord zunächst vom rumänischen Hafen Constanța aus nach Istanbul fuhr und dort wegen eines

Maschinenschadens die geplante Weiterfahrt nach Palästina nicht antreten konnte. Nach langwierigen Verhandlungen zwischen der Jewish Agency mit der britischen und der türkischen Regierung, die dazu führten, dass lediglich wenige Passagiere das Schiff verlassen durften, entschied die türkische Regierung, das Schiff ins Schwarze Meer und außerhalb des eigenen Hoheitsgebietes zu schleppen. Dort wurde es seinem Schicksal überlassen und am 24. Februar 1942 vom sowjetischen U-Boot Shch-213 durch einen Torpedo versenkt. Gesichert ist, dass es einen Überlebenden gegeben hat, den damals 19-jährigen David Stoliar, der später in den USA lebte und 2014 im Alter von 91 Jahren starb. Das Unglück der *Struma* gilt als die größte Katastrophe der *Alija*, der Rückkehr vertriebener Juden nach Palästina.

Das »Unsterbliche Klavier« heute

Ungeachtet dieser Details handelt es sich bei Avner Carmis Lebensgeschichte um ein außergewöhnliches Zeugnis – nicht nur der Leidenschaft eines einzelnen Mannes, sondern eines in der Geschichte des Instrumentenbaus wohl einzigartigen Beispiels.

Der brasilianische Komponist Heitor Villa-Lobos (1887–1959) etwa hörte es und sagte später: »Ich liebe das *Unsterbliche Klavier*, seinen Klang ebenso wie seine Geschichte.«

Im Jahr 1996 wurde das Instrument, das sich noch immer im Familienbesitz der Carmis befand, in einem Auktionshaus in Herzlia, nördlich von Tel Aviv, versteigert.

Die umfangreichste Dokumentation der Geschichte dieses außergewöhnlichen Instruments ist – begonnen im Jahr 2012 und seither kontinuierlich weitergeführt – in einem bekannten sozialen Netzwerk zu finden. Der Amerikaner Steve Ballance hat sich der Geschichte das Klaviers verschrieben und alles gesammelt, was es über die Historie des Siena-Pianos zu finden gibt. Interessierte werden fündig werden, wenn sie nach dem »Immortal Piano« suchen.

Um den weiteren Verbleib dieses sagenumwobenen Instruments ranken sich neue Legenden.

Michael Stehle